———— 想象,比知识更重要

幻象文库

白凛 SUNLIGHT

悬夜

世纪

余卓轩 著

新星出版社　NEW STAR PRESS

序　言

老友卓轩又出新书，嘱我作序，感慨余兄精力旺盛之余，赫然发现竟是一部既经典又颇具新意的奇幻小说，不禁更添激动。

认识卓轩已十年有余，最初的机缘便是因为奇幻。后来大陆奇幻坎坷蛰伏，但卓轩因为活跃于科幻、漫画和游戏，一直多有联系交流。这些年来，他创作科幻小说，做架空世界设定，策划出版漫画，甚至涉及企业管理等诸多方面，我每每为其涉猎广博却又于每一行业都颇为专精而震惊，并有过多次合作，但这部《白凛世纪》，实实在在让我惊喜——这本书让我仿若回到二十年前初遇奇幻的时光，而正是那些时光，让我最终走上了幻想文学编辑的道路。

卓轩获得《权力的游戏》原著作者乔治·R.R.马丁创办的首届《地球人奖》，获得向其取经的宝贵经验，从《白凛世纪》三部曲便可看出经典奇幻的轮廓与内核——

宏大世界观加上细腻的地图，从开篇便说明这是一部冒险史诗，并用多视角、多主线的方法，让叙事线之间相互牵引，环环相扣，编织出宏大立体有血有肉的故事。

此外，今天提到中国的奇幻文学，往往会提到两个来源：西方史诗奇幻和中国神话传说。但在这二者之外，还有一个重要来源，即诞生于世纪之交的网络奇幻小说。这类小说后来深刻影响了海峡两岸的奇幻风格，《白凛世纪》竟也颇有这种"本格"之风的经典气息，特别是那些完整、独特又自成一体的架空设定，能让我这种"设定党"立刻感受到找到组织的兴奋！

幻想史诗的世界逻辑，蒸汽朋克的齿轮元素，西式奇幻的残酷描述，甚至网络游戏常见的力量体系……应有尽有。

究竟这是一部严肃奇幻文学，还是东方视角的创新神话，还是经典网络奇幻？我想不同的读者会获得不同的答案，这也是卓轩这系列的魅力所在——他萃取各类型的优势，糅合成属于自己的独特风格。

《白凛世纪》不仅仅是复古，传统韵味之外更多新意，最显著的便是故事背景设定在了极具科幻色彩的"未来"。这其实正是奇幻文学的有趣之处——和很多人直觉的不同，奇幻小说的"空间"非常广阔，故事背景既可以是虚构的，也可以是现实的，故事发生的时代也可以是过去、现在和未来,也正是因为这个原因,在奇幻和科幻界一直有人推动"大幻想"文学创作。遗憾的是,随着奇幻的式微,干流消失,这类支流更是罕见,所以看到《白凛世纪》这样一部"未来奇幻",如何不叫人热血沸腾、摩拳擦掌?更难能可贵的是它的未来背景自然地融入了环保主题,因此本系列虽然是一部奇幻文学,却超脱了奇幻小说往往更关注个体的局限,具有了对人类整体的观照。

翻开本书踏入卓轩创造的世界,希望这部《白凛世纪》,带给你一段清冷凛冽又血脉偾张的阅读时光!

目录

1 序章

PART I 寻找归宿

17 离焱
27 绚痕
38 拂羽
45 绚痕
61 潋芒
71 宇蚀
80 潋芒
95 绚痕
104 宇蚀
111 离焱

PART II 世界剧变

123 潾霜
133 拂羽
145 绚痕
156 宇蚀
163 潋芒
176 拂羽
185 离焱
191 拂羽
207 潾霜
231 绚痕
252 离焱
258 宇蚀

目录

271	绚 痕
280	拂 羽
296	潾 霜

PART III 前进黑暗

319	拂 羽
328	宇 蚀
337	浮空要塞队伍
337	第一梯队
338	第二梯队
338	第三梯队
340	引光使
348	离 焱
352	潾 霜
360	离 焱
367	潾 霜
372	引光使
381	潋 芒
385	潾 霜
391	离 焱
397	引光使
400	潾 霜
404	宇 蚀
413	拂 羽
424	宇 蚀
436	引光使
450	终 章

登场人物

奔灵者文明（日痕山）

雨寒（拂羽）	瓦伊特蒙女长老
凡尔萨（离焱）	护卫队队长 使用双刃巨剑
红狐 费奇努兹	新任总队长 使用弓箭
安雅儿	首席愈师 形灵是巨型蜘蛛
冰眼 额尔巴	统领阶级 形灵是巨鳄
哈贺娜	统领阶级 虹光轨攻击模式
飞以墨	统领阶级 虹光波攻击模式
佩塔妮	统领阶级 使用三叉戟
佩罗厄	统领阶级 使用三叉戟
亚煌（翔影）	昔日总队长 使用双刀
黎音	奔灵者 形灵是猎豹
杭特	奔灵者 长老护卫队员
海渥克	奔灵者 使用双战斧
辛特列	奔灵者 使用鞭子

朗果	奔灵者 使用双圆锤
普拉托尼尼	奔灵者 虹光网防卫模式
奥丁	奔灵者 愈师
布闵	居民 银匠
阿波诺	居民 灵板工匠

舞刀使文明

刃皇	舞刀使统治者
因幡	议会代理首长
仑美	议会成员
子藤	舞刀使 身兼化术师
隆川	舞刀使 体格壮硕
霞奈（潋芒）	已故的炽信之胞妹 双腿残疾

奔灵者文明（欧洲大陆）

艾伊思塔（芬澜）	引光使
亚阎（宇蚀）	暗灵奔灵者 使用双刀
俊（潾霜）	新任总队长 形灵是燕子
帕尔米斯	弓箭队队长
莉比丝	弓箭手 大范围攻击模式
依可萝	弓箭手 形灵是巨型莲花
韩德	弓箭手 戴钢铁口罩

汤加诺亚	奔灵者 虹光盾防卫模式
尤里西恩	奔灵者 使用双刃环
牧拉玛	奔灵者 愈师
泰鸠尔	奔灵者 使用虎爪耙
比克洛陶宛	奔灵者 形灵是变种猩兽
琴（绚痕）	暗灵奔灵者
麦尔肯	学者
槌子手 骆可菲尔	居民 灵板工匠
大块头	居民 银匠
蓝恩大妈	居民
贝琪	居民
葡慕	居民
费氏兄弟	居民

幻魔导士文明

克瑞里厄斯	浮空要塞驱动师
姐堤亚娜	浮空要塞塑能师
梅西林诺斯	大魔导士 驻守亚法隆
阿米里亚斯	大魔导士 驻守亚法隆
葛莱妮亚	大魔导士 驻守北境白城
马格莉斯	年轻的幻魔导士
费雪琳娜	年轻的幻魔导士

每一个生命体，都会有另一个生命与之相系。

有时他就在远方，在你看不见的某处静静运行。直到某一天他感受到你的变异，于是断然改变轨迹——分秒不停地，朝着你而来。

两种命运交织缠结，在永恒膨胀的时空中酝酿着可能性，堆砌成生命路径。

最初，这只是一股存在于时空的脉动，没有形体的心跳脉搏。存在是为了发出细微的波动，对抗所有已存在的初始的"力"。在迷彩和尘埃间，发出无人听见的细微呢喃。就这么持续了亿万年。

慢慢地，他忆起命运缠结的那一刻。

依稀记得在他周围，亿万分之一的瞬间有股扩张的力量在持续作用，撕开黑色天幕，带来电光、微粒和力量的波长。更多波动出现了，像是落入海面的雨点，纤弱得难以察觉。持续的、浪摆的、气泡般的波动不断浮现。忽然，其中几个波动扭曲了黑夜，像是细小的雨点落入海面却遽然撕开了旋涡。

不知为何,他头一次向内看,首次发现体内竟有道蓝光。他直觉那是生命的颜色,却难以巨细靡遗地描绘出来。

周围空间的力的漩涡一个个化为了光流,其中还有一道特别耀眼。即使啃蚀一切的暗夜笼罩寰宇,亦压制不了那道光流顽强的执念。它拉开高速的轨迹,卷动七彩和无色的尘埃粒子,促使它们彼此撞击,彼此融合,一片片,像是万千拂逆的羽缎。终于,随着运行的动能,巨岩不停堆叠,在流动的焰红之中缠绕和固化,崩裂,再固化,扎实地成形了。远方,似有声音在呼唤。于是他看向另一方。

那是引力和爆发力的源头,像心脏一样,涌动着,放射着。同一源点有两股力量重叠着与彼此对抗,既塌缩又膨胀,唤起无尽的光痕波动绚丽地朝外散放,犹如嘹亮的祷文横扫意识边缘。在他耳里这是世界的第一声鸣响,推动万物奔绕的力量。他吃惊地凝视,却发现不知何时,先前由光流凝结而成的生命之星在他转头的顷刻间已变了模样;它正持续飞翔,拖拽着一条奔离的火焰,急速划过逐渐虚无的空间。

整个过程,他都在身旁。他见证了那颗蓝色行星的诞生。

那颗行星的表面持续变化,在动静与昼夜之间缓缓沉淀,披身的火焰转化为凝结的优雅。最终雨水生成,御守飓风和云气,在白霭云层底下,幽芬的海洋反射着来自远方的光澜。

他终于知道要怎么去形容自己体内的那道蓝光。原来和那行星的海洋一模一样。

在那一刻，他惊叹了，选择让命运与之缠结。于是往后，特定时刻，他将一次次、一次次地到来。

万年如同须臾。他再次沉睡不醒，在虚空中留下孤寂的轨迹。忽然某个片段他听见一声来自遥远黑暗深处的悲鸣。

在他那潾清如冰霜的体内，蓝光正如往昔般涌动。古老的使命唤醒了他。想起束缚于己身的永恒誓言，他仿佛再次听见起始的祷文，在之中推动它们的缠结共生。

消逝的生命，莫忘远方执念。
自沉睡中苏醒，唤醒对方到来。
两者相互牵引，永恒循环的意志。
环绕着生灵的轨迹，怀抱着净化的意念。
以未来弥补过去，我们并未忘却远古的誓言。
纵使光明破灭，黑暗丛生；直到天地灭裂，生命终结。

他断然改变轨迹，拉开朦胧的白色尾线——分秒不停地朝着蓝色星球疾奔而去。

序　章

世界被金色雾气笼罩着。纷飞的雪花中，地表起伏的轮廓也成了金色的浪纹。

阳光无声无息地改变了世界的样貌，掀开所有阴郁，释放出大地的靓白。那些从地面看来无边无际的平滑雪丘，现在从高空眺望竟成了蜿蜒细密的脊脉和峭谷，仿佛瓦伊特蒙龙骨洞穴里的骨骸。河川底下显现柔和的淡蓝色光晕，来自常年积压的冰雪。

数百年来的幽暗一扫而空，世界仿佛刚从沉睡中苏醒。

麦尔肯依偎在浮空的冰山边缘的围栏上，辽阔的景色尽收眼底。在为这次奇遇雀跃之余，他却不免有种阴郁的想法：即便云层化开千里，依然只是天空的局部。

在他们上方，空中大洞的边缘就像一层钢圈，框起环形的疆界勉强压制着远方的乌云。

当初在地面上以为阳光已覆盖整个世界，现在来到空中才发现那只是幻觉。辽阔的视野让麦尔肯完全清醒了。远方依旧一片暗淡,无止境淤积的乌云散发着绝望——而他们正在朝那个方向航行。

"……麦尔肯,我得告诉你一件事。"在踏上浮空要塞之前,亚阎把他独自拉到一旁,神秘地说。

麦尔肯看见居民诚惶诚恐地在雪地排起队伍。三座巨大冰山的表面被雕砌成宏伟的要塞,要塞矗立在雪地上,周边散发虹光泡泡。

"我没有时间了。"亚阎当时的神情与平时完全不同。他打量周围,确定没人在附近才低声说:"我需要你承诺,不会把我接下来要说的话透露给他人。"

麦尔肯诧异地回望他。

现在,站在浮空要塞上的麦尔肯盯着远方大地,不禁回想这一年半的经历。人们经历过的浩劫、遇见的奇观,早已远远超乎研究院所有的知识储备量。

迄今发生的所有事,远古文献都没有起到帮他们做好心理准备的作用……

自冰雪世纪降临以来,奔灵者的祖先在家乡瓦伊特蒙度过长达五百年的生活。瓦伊特蒙是位于子辐线 23.2 度的南太平洋的福地,那个洞穴的地势利于遮掩风雪,有地底炎流的热气保障,有邻近海岸线提供的鱼类为粮,更有足够多的魂木散布在周围的雪地中,这一切帮助人类抵御白色世纪的所有威胁。

阳光消失的这五百年间,地球上的植物多数都白化了,质地像死灰的槁木。只有少数埋藏在深雪里的"魂木"依旧无恙,内蕴碧光足以持久燃烧,也可制作成"栖灵板"——给人类的奔灵者用以存放他们在苍茫大地找到的游光般的灵体。

雪灵。

由于体质不佳,麦尔肯从来没有机会成为奔灵者,但他研究过这些彩光般的灵体。它们的原生状态就像气泡,可以出现在雪地任何地方。

在缚灵师对它们施以束灵仪式后,雪灵会永恒与宿主的魂魄相融。而有了雪灵的助力,奔灵者能够做出常人无法达成的事——乘着板子俯冲飞跃,唤出灵光暖和身体,甚至影响物理世界。多数居民或多或少都向往奔灵者可以只身在冰雪大地存活和长途远征的能力。

但对于学者而言,奔灵者的出现对于人类历史有着更为重大的意义。

在奔灵者的捍卫下,人类文明的存活概率大幅提升,同时,人类也启动了对旧世界遗迹的探索,开始夺回世界的遗产。

他们在远古城市找到引灵所需的银饰,以及往昔的文献与地图。更重要的是奔灵者外出探索归来后讲述的故事引爆了人们对那本该恐怖的世界的好奇心。因此除了生存以外，人们的生命有了更多意义。于是才有了研究院。

在一个多数居民不识字、终日生活在幽暗地底的文明中，"学者"这个稀有群体必须同时学习符文语和音轮语。他们被赋予普通居民没有的特权——使用"火焰"的权利。因此研究院的石墙内满是烛光，桌缘和石台都堆积着干固的蜡液，奇形怪状地凝结起它们所消耗的光阴。

麦尔肯披上学者之袍时才七岁。十五年前那一天，他通过了两种语言的考试，成为瓦伊特蒙的杰出小学者。

当时他的家乡文明发生了一系列的变化。在研究院和黑允长老的合力下，奔灵者的"远征队支部"一反过往的弱势，成为三个支部当中最受瞩目的存在。

远行的奔灵者开始带回看似没什么实际用途的旧世界器皿和文物，分发给居民保存。口耳相传的故事让每件物品都有了光环，代表着一段或惊悚或英勇的冒险事迹。足不出户的居民忽然感觉自己也能握有外面世界的一点儿碎片。遥远的联想、浪漫的传说，取代空白的历史形成真实世界的轮廓。

突然间，原本无人问津的远征任务成了家喻户晓的话题和期盼。居民永不满足的精神渴求成了远征队的动力，还出乎意料地鼓舞了研究院。大量的文献解读工程如火如荼进行。各方连成一线，良性循环加速。

经年累月，研究院以狂热的使命感建立起远征必备的知识体系，成为远征队的最强后盾。麦尔肯便是在这种旺盛的氛围中度过了他的学者生涯。甚至，他也开始想象哪天或许自己也可以成为奔灵者。

一件他从未预料的事发生了：有一位实力超群的奔灵者加入了研究院，成为学者。

这个史无前例的人就是亚阖。同时掌握着实战和理论，他一加入便成为研究院举足轻重的人物。然而多半时间他都在外执行任务，待在研究院的时间有限。而且亚阖桀骜不驯的性子实与腼腆的麦尔肯相左，两人从未有太多的交集。但亚阖的身份确实给了麦尔肯希望，他幻想说不定某天身为学者的他也能搭乘栖灵板，亲自去遗迹探险。

但这个希望在不久后破灭。

世代交替间，有些人希望扩大研究院的影响力，因此推举亚阖为首席。但他只担任"一日首席"，便莫名遭到研究院终生驱离，因而行踪成谜，学者前辈们也绝口不再提及此人。

直到现在麦尔肯才知晓那天大的秘密：高层发现亚阖在研究"逆理奔灵"的禁术，他拿自己做实验，也找了其他奔灵者做实验。因此研究院和奔灵者双双排挤他。而亚阖不过是想找方法了解自己体内奇特的"暗灵"。

从此，研究院不再接纳奔灵者。知识体系的建立必须中立，隶属支部和长老管辖的奔灵者有太多包袱。麦尔肯也打消了成为奔灵者的念头，安分守己地沉浸在阅读或誊写中，十年如一日。首席学者换了数任，他则让自己满足于不起眼的助手身份。

渐渐地，研究院变得德高望重，和居民的距离也靠得更近。

从某个角度看来，能独享烛火特权的研究院竟成了奔灵者阶级和普通居民之间的桥梁。学者们会定期为居民讲述文献的内容，研究院的大门也敞开了，任何感兴趣的人都可以随时来咨询。麦尔肯最常见的访客是个绿发女孩。

那女孩的长发系着几串贝壳，随着轻盈步伐"喀啷喀啷"地响，不定时运来成批的蜡烛。谁也没有料想到某一天，她竟会为世界带回"阳光"——

一切的开端，是名为路凯的奔灵者从澳大利亚大陆的"雪梨"遗迹带回了两份重要文献。

经由研究院倾全力解读后，首席学者帆梦判定那些文献乃是百年难得一见的重大发现，并吩咐麦尔肯去告知恩格烈沙长老。当时，有件事正在瓦伊特蒙发酵：负责三支部的长老们陷入暗潮汹涌的斗争，无论是与所罗门的关系或者旧世界的文献都成了他们攻击彼此的筹码。

三长老召开历史上最后一次居民大会,在黑底斯洞中央的小岛上聚集了几乎瓦伊特蒙的所有人。会议进行时,对那些事毫不关心的麦尔肯选择独自待在研究院誊写史料。

但他万万没料到艾伊思塔会冲进研究院,撒了个弥天大谎窃取"恒光之剑"的文献。麦尔肯自然没有怀疑这位数年来频繁进出研究院的女孩会是个骗子。

他几乎没花什么时间就找到文献的誊本,因为抄写者正是他本人。是麦尔肯协助帆梦破解出一个理论上的可能性,并把从未印证的可能写在誊本上——"Aqua,生息的原力"。

他亲手把那叠誊本递给艾伊思塔的一刻,两人都不知道这个举动将对瓦伊特蒙的未来产生翻天覆地的影响。

不久之后,一个惊动全瓦伊特蒙的消息传来:路凯所率领的联合远征精英小组,被宣判任务失败。然而,在日后将成为总队长的俊,却奇迹般地归来了。

他带回灭绝的所罗门文明的私藏资料。研究院又一次如火如荼地尝试解读文献。

学者们把信息拼凑起来,发现一个接一个的惊人事实——敌人已能突破太平洋火环带;敌人已找到方法从所罗门的中心区域冒出,并灭绝了该文明;"白岛"的体积,似乎正在变大……

麦尔肯依循从书里读到过的人类文明面临重大灾难时的应变措施，向首席学者帆梦提出全面远行迁徙的想法。他们辩论了很长一段时间，帆梦最终同意了。首席学者因此召开了统领阶层的"秘密会议"。

秘密会议当天，除了代表研究院的帆梦和麦尔肯，长老、远征队长等人之外，还出现一名不速之客——凡尔萨。

凡尔萨并不认识麦尔肯，但麦尔肯却僵直了身体，一眼便认出有"叛逃者"称号的男子。

麦尔肯对他抱有不为人知的罪恶感，渊源来自数年前，凡尔萨的父亲加尔萨纳被派往研究院视为重点遗迹的斐济岛。

当时，加尔萨纳与所罗门的奔灵者一同遭到大批魔物的围困。归来求援的奔灵者说出他们的重要发现，并拿出了几页样本，内容竟然是冰雪世纪初期"科学家研究成果"的残迹。麦尔肯立刻和多数学者一个口径：必须取得全部文物回来鉴别。

"既然如此，绝不能让所罗门的人抢占先机。我们得暂缓救援任务。"黑允长老下决定的那一刻，帆梦面色煞白。

"长老……研究院支持不让文物落入所罗门手中，是想建议奔灵者必须倾力去取回那地方的文物。"帆梦央求。

"所罗门先发现那地方，就有了'索取权'。"黑允阴沉地说，"这是避免我们双方陷入战争的协议。现在投入人力，到头来东西依然会归他们所有"。

研究院的人哑口无言。研究院一直以来纯粹而中立的求知欲，在权力阶层的掌心里成了杀人的理由。

救援行动延迟将近三个月后，奔灵者抵达时只看到混乱的场景和一片死尸。据说凡尔萨在得知此事之后，对三位长老甚至整个瓦伊特蒙产生了终生的恨意。

但事情总是出人意料。瓦伊特蒙最后那段光阴接连遭到两次狩群入侵，却由于凡尔萨的举措而得救。

第一次入侵发生时，正是凡尔萨拯救了缚灵师，点燃烽火环，给人们间不容发的预警去做好防备。随后艾伊思塔从方舟带回了"恒光之剑"驱散敌军。

第二次入侵发生之前，则是凡尔萨在秘密会议中挑战统领阶级的封闭决定，坚持要把艾伊思塔拉入会议。也正因为如此，就在会议决策几乎确凿时，艾伊思塔看见麦尔肯手中的研究文献。

在被人们称为"引光使"的绿发女孩面前，所有的资讯都是不完整的拼图，却给了她启示去发现隐藏在暝河底下的魔物踪迹。最终，这些年轻的一代虽无法阻止瓦伊特蒙毁灭，却也争取到时间挽救了无数的生命。

迁徙还是如麦尔肯所预期的那样发生了。研究院的同仁与时间赛跑，包装好最重要的文献——包括关于白岛的资料、难解的旧世界科研文献、远古的地图等——踏上白雪皑皑的不归路。

雨寒取代了她的母亲，成为迁徙大队唯一的长老。总队长亚煌和红狐辅佐在她的左右，统领阶级成员都效命于她。

他们跨越了子辐线将近74度之遥的距离，长途跋涉超过一万公里。

旅途中，麦尔肯花了很多时间研读阳光的本质，和帆梦一同解析艾伊思塔的灵凛石项链，以及"恒光之剑"所代表的谜题。

不幸的是以雨寒为首的统领派，和以艾伊思塔为首的居民派出现严重分歧。多数奔灵战力被雨寒带走，居民都被抛下。就在这些被抛弃的人们争执不休，拿不定主意该往哪儿去时，麦尔肯开口了："还有一个可能性。"

他运用帆梦留下的算法，结合灵凛石及恒光之剑在正午的信息，计算出欧洲文明的精确地理位置。人们再次燃起了希望。在俊、艾伊思塔和一小群奔灵者的带领下，2300名居民朝西方行进。

事实上，麦尔肯从来没有把握他们能抵达欧洲大陆。一路上他满怀恐惧，从未想过在诸多学者死去后，自己仿佛成为研究院的精神接班人。这与奔灵者在雪地和狩群的博弈不同，学者的每一个判断，都有可能造成迁徙大队的全数灭亡。

会遇上来自欧洲文明的冰山状的巨大浮空载具纯属运气。乘坐其上的一群"幻魔导士"看见天空破开，阳光归来。于是他们被吸引而来，拯救了瓦伊特蒙的子民。

然而，代价却是引光使艾伊思塔的牺牲……

"麦尔肯，我得告诉你一件事。"在他们踏上浮空要塞之前，亚阎把他独自拉到一旁，"我需要你承诺，不会透露给他人我接下来要说的话。"

麦尔肯诧异地回望他。亚阎红肿的双眼有股前所未有的狰狞。

麦尔肯颔首后，亚阎瞥向排队居民的方向。"看见那个女孩吗？"人群中，有个黑发女孩朝他们望来，羞怯的神情里有种不协调的阴郁。"琴和我一样，唤醒的雪灵是'暗灵'。"

麦尔肯瞪大眼，愣了半响。

他忽然想起先前果然没有看错。在千流瀑布之城的战役中，最后一条巨型触手被奇特的暗焰给灭杀，果然就是那黑发女孩干的！奔灵者里头竟然还有一位暗灵使者，而且不为人知。

"这段时间我一直在教她如何控制暗灵，但她还太年轻，状态很不稳定。"亚阎凝视他，"麦尔肯，我需要你的保证，你会照顾好她。"

"我？什么……我完全不懂这些啊。"麦尔肯觉得这要求异常荒谬。亚阎自己就曾触犯研究院的禁忌，为何现在却来要求学者照顾那有暗灵的女孩？"为什么不找个奔灵者带她呢？帕尔米斯？莉比丝？"

"奔灵者对暗灵的恐惧是与生俱来的，因为他们比普通人更了解雪灵的破坏力。看看这些年来他们怎么回避我。遑论我算已经驯服了自己的暗灵。"

"那么……我该怎么做？"

"把你的知识传授给她。"亚阎当时这么说，"培养理性思维对驯化暗灵有直接的影响，理性的养分便是知识体系。你是最好的人选。"

麦尔肯叹了口长气，苍白的雾气从嘴角散开。

目前，三座浮空要塞载着幸存的四十七位奔灵者和不到两千的居民，正朝着欧洲大陆的方向而去。

麦尔肯独自背着一包残余的古籍和文献，弓着背依身在要塞的边缘，手里握着一片多角的透明石子。那是所罗门最后的生还者玛洛娃在生前交给路凯的东西，然后由路凯给了俊，最终，再由俊亲手交给麦尔肯。但无论怎么检视，瓦伊特蒙依旧没人知道该如何使用这石子。他习惯性地在手中把玩，心中一阵悲凉。

引光使艾伊思塔死了……俊也受了致命伤，迄今昏迷不醒……

　　一阵阵水雾从麦尔肯的视线底下飘过，时而朦胧了底下的白色大地。浮空冰山边缘的瀑布声响与高空的风声融合，忽高忽低，分辨不出差别。他回头看着冰山表面的层层走道，以及漫步的身影。那些幻魔导士的袍子和研究院的竟有些雷同，但在长袍里头，他们套着一层不寻常的皮铠。

　　深沉的阴影从前方铺天盖地而来，周围的空气逐渐被剥夺了色泽。浮空冰山已跨越阳光的疆界，头顶上的无云蓝天转为钢铁般的铅灰领域。眼前堆积的云层给人无尽的窒息感。

　　他们正在航向未知的世界彼端。

相传在旧世界的二十一世纪，有颗陨石毫无预警闯入地球大气层，坠落于太平洋中央。

冲击力使地壳板块与海洋水位起了巨大变化。数年之间，厚重的云层凝聚于天空，永恒降雪，逐渐将地球密封。全世界平均温度降至零下，文明相继灭亡，生命逐一消逝。

从此，世界进入"冰雪世纪"，地球全然转为一颗白色星球。昼夜依旧，但白天的一切变得朦胧，夜里的天空则永远漆黑。

"阳光"成为传说五个世纪后，人们终于意识到太平洋中央的陨石"白岛"乃具生命，迄今消灭文明的魔物都由其增生，所覆盖的地理范围正急剧扩张。同时，人类亦找到令阳光回归的方法。

决定世界命运的最终时刻，即将到来——

PART I 寻找归宿

离　焱

　　蓝光从魔物弓起的躯体流泄出来，冷烟蔓延日痕山的坡面。冰晶般的荆棘围绕着她一圈圈盘转，像有生命的篱笆把她自己给围困起来。但凡尔萨知道这只是假象，任何一刻，魔物都可能发动攻击。

　　他往后退了几步，踩碎冰屑的声响在脚下响起。他这才发现身旁雪地已全是蠕动的冰棘。

　　陀文莎的脑袋高挂在魔物那看似头顶的地方，她的双眼绽放蓝光，和魔物躯体中的光晕以一个频率闪动。在她脑袋的正下方，也就是魔物的腹部，有个比人还高的狭长裂口，里头数不尽的冰齿朝外翻开，又层层向内卷曲，那模样竟有点儿像是变异的女性阴部。里头的锐齿保持着某种怪诞的律动，仿佛越渐强烈的痉挛。

　　凡尔萨以目光锁住陀文莎的脑袋，眼角却试图捕捉雨寒的动向。

　　雨寒手无寸铁，但她勇敢地绕过魔物的身后，缓缓朝一名舞刀使文明的女孩接近。那女孩似乎叫作霞奈,是死去的炽信的妹妹。她因双腿缺陷无法挪身,在满是冰棘的雪坡中,紧紧抱着一根断裂的魂木桩。

"所有的'狩',都是你分裂出来的细胞吧!?"凡尔萨知道自己必须引开陀文莎的注意力,放声说:"你袭击我们,想侵占我们世界的一切。就是你。白岛。"

"重灵本该灭亡,由我全面肃清。"陀文莎发出碎冰似的声音。已分裂的双腿高挂在她面孔的两侧,犹如魔物的触角。苍白的腿肌上隐约可见墨色血管。

"为什么?你为什么这么做!?"凡尔萨向一旁挪动,把对方的视线牵引开来。忽然他看见陀文莎的面孔再次闪现纠结的线痕。

"散解的分灵,世界的根基。当汇灵为独一的追求,像是无尽倒蹿的龙卷,疾驰循环,演烈无从收束。肃清之始。"

凡尔萨压根听不懂她的话。这是白岛吗?还是陀文莎?

她的眼珠子向上翻,像要猛然失去意识,眉间却压出深刻的皱结,仿佛几种冲突的情绪突然炸裂。她的嘴角正以骇人的速度颤动。

"枝叶是……锁光的关键……树干才该是彩光的归宿……它的根部才能……逆转其存在……"

她在说什么？她在说魂木吗？五世纪以来，白岛扼杀了世界上几乎所有植物，从地球生态最根基的地方开始拆解文明。凡尔萨呐喊："要怎么做，你才肯放过我们！？"

"无从妥协。重灵逝之，轻灵散解。"在魔物顶上，陀文莎的面孔低垂下来。"她知道。她能感受到。虽过于挣扎，却能理解，愿成器皿。"

凡尔萨愣住了。仿若隔世的记忆突然从脑中闪现：第一次狩军全面进攻瓦伊特蒙之前，就在所有不祥的预兆成形时，缚灵师遭到桑柯夫长老的囚禁。当时雨寒找到凡尔萨一同前往搭救，缚灵师见到他们所说的第一句话是：它们来了。

"所以你希望瓦伊特蒙灭亡，是吗？现在来到下一个文明，你也想毁灭这里。"凡尔萨愤怒咆哮："陀文莎，瓦伊特蒙曾是你的家！人们拼死保护你，现在它已经灭亡了！因为你！"

冰色荆棘猛然甩动，两道波动从凡尔萨左右席卷而过。魔物的胸口发出嘶吼，突来的风压令凡尔萨举臂掩面。

"你救不了我！"那一嘶吼回到了陀文莎原来的声音，她的面孔不断变化，仿佛脑中所有情绪像龙卷般地翻动。"别以为我从未看见……你们相视的目光……"魔物开始前进，利爪拨动着覆雪的地面。

冰棘忽地卷住凡尔萨的小腿，疼痛感刺穿肌理，然而他无动于衷。他只微微朝雨寒点头,然后怒目瞠视陀文莎的面孔,"我曾对你有罪恶感……看来我错了。你是敌人。"

一条冰鞭甩来。凡尔萨在没有任何武器的情况下抬手臂格挡,手臂被"唰——"的一声捆住,细密的锥刺刮开血红皮肉。雨寒在此时有了动作。她跃过盘动的冰棘,准备扶起霞奈。

然而不知为何,霞奈竟甩开雨寒的手,不肯放开木桩。

一道冰棘卷住雨寒的腰,将她高高抬起。"雨寒!"凡尔萨吼。她悬于魔物背后的空中,痛苦地哀号,血液在腹部慢慢淌开。

"放开她!"凡尔萨想往前走,手脚的冰棘却扯得更紧,剧痛如刀割。此时冰棘已在雨寒身上绕圈,锥刺扎实地埋入她纤细的腹部。

陀文莎的眸子已转为永冻冰的乳白。魔物硕大的躯体向后仰,中央裂口獠牙满布,朝向天空。雨寒被递了过来,在它上方不停扭动。"由她唤醒的治愈之灵的缠结体,早应处决。"

凡尔萨不顾手臂上拉出满满的血痕,向前挣扎。但他只能眼睁睁看着雨寒的身子下沉,下方几尺之处魔物大口饥渴闪烁。他们都没有雪灵在身,无从对抗白岛的化身。

"住手!"霞奈大喊。她满脸是泪,艰难地想起身。

突然凡尔萨的视线被虹光包覆。彩影连带暖风刷过身旁，他听见晶体断裂的噼啪声响，手脚的荆棘瞬间粉碎。

又一束虹光划过眼前，绕过拎着雨寒的冰棘，她一个不稳往魔物的口中落去。

凡尔萨毫不犹豫地跃上冰雪凝成的狩臂，飞过獠牙绽放的大口，千钧一发之际接住了雨寒。他俩从魔物的侧身滚落，被地面盘动的锥刺刮了满身。

彩光接连袭击魔物，令它发出震天怒号。好几条荆棘爆裂，但更多从它的背部生成，开始朝四方甩动。凡尔萨看见数名暗白衣袍的身影包围了魔物。他们舞动虹光包覆的黑色长刀，毫无间歇地对抗甩来的冰棘。

"这里马上会成战场，我们得离开。"凡尔萨试着扯开雨寒腰间的断棘，它已转为暗蓝，光泽渐失，用力一扯便粉碎。然而雨寒的腹部沁血，痛不欲生。她咬着牙没吭半声，紧紧搂住凡尔萨。

周围的舞刀使手持长度不成比例的黑剑，沉着地迈开步伐，宽松的袖口露出皮肤上闪动的银纹。一道道剑刃拉开虹光，划开雪雾弥漫的空气，拆解荆棘防阵。

魔物巨大的手掌遽然前挥，六道利爪扫击包围网。有舞刀使以刀刃格挡后被撞飞。其中一名舞刀使则没那么幸运，割裂的衣袍分层滑落，胸膛是鲜红的伤痕。他跪了下来却未曾退却，颤抖的双手把长刀刺入雪地，想坚持镇守的位置，但又两道冰棘交叉甩过他的脖子，瞬间断其首级。

凡尔萨抱起雨寒往外跑，荆棘之阵似乎发现了，朝他们套射过来。凡尔萨回身闪躲，一次次机敏地避开。

"放下我……你自己逃……"雨寒颤抖地想推开他。

"闭上你的嘴，长老。"凡尔萨将她搂得更紧，拼命向前跑，此时左右两旁同时有冰棘射来。

狭长的黑长刀在空中卷动，套住两边的冰棘后以激烈的角度扭转，使其断开——是子藤，他护住凡尔萨的身后，面对正在转身的庞大魔物。

他脸庞上稚气已消失，取而代之的是杀气。"你们快走。"子藤的眼中反射虹光，从眼角延伸至颈口的银纹正在释放波动般的光芒。他调整持刀的姿态，在荆棘四甩、雪雾激荡之间竟有种奇特的从容感，仿佛他改变了风暴的焦点，让自己成了暴风眼。

"霞奈。"犹如一道突发的白色闪电，子藤奔向抱着木桩的女孩的方向。所经之处溅起一阵冰晶残屑。

凡尔萨明白了子藤的去向，便转头继续朝反方向奔驰。终于他闯出了魔物的范围，朝下坡滑落数尺。他回头看见大约八九名舞刀使在雪尘纷飞的斜坡上与魔物作战。凡尔萨立刻将雨寒安顿在雪地，发现她从胸部到大腿一片鲜红。他的身子也沾满了她的血。黑发女孩疼痛地喘着气,眼角含泪。

"愈师——愈师!"凡尔萨东张西望,却发现他们所在之地四下无人。微风吹拂在斜坡上,卷起淡淡的白尘。作战的声响仿佛在非常遥远的彼方。

他绝望地朝下坡处远眺。在日痕山接壤外领地的陆桥一带,所有奔灵者渺小的身影都被挡在那儿,被舞刀使禁止前来。

一切都迟了。

舞刀使文明之中没有愈师,而雨寒无法治愈自己。

凡尔萨不知所措,全慌了。世界仿佛变得无声,听觉蒙蔽,感知归零。

"没关系……"雨寒的声音把他拉回了现实。伴随她凝视而来的目光,呼啸的风声、人群的叫喊再度出现在听觉边缘,但感觉很远,很远。凡尔萨不敢眨眼,紧盯着她。年轻的长老眼中满是泪水,她抬起手,拉住凡尔萨的袖子,虚弱地说:"我做了坏事……我没有想杀死她……我没有想要抛下他们……"

"别说话。"凡尔萨不知所措,只能握住雨寒的手,"你等着。我现在就去下面找安雅儿——"

"来不及了……"雨寒握紧他的手。女孩面部的血色已无,双唇像是白化植物般的槁灰。"他们太远了……我知道。"

"你伤势太重了！我得想办法找愈师！"

然而雨寒并未放手。"你陪着我就好了……这是长老的……命令……"她慢慢闭起眼，泪珠沿着脸蛋滑落，眼角因为剧痛而抽动。

凡尔萨发现自己的手抖得比她还严重。"你别开玩笑！我们就只有你一个长老，你出了事，瓦伊特蒙该怎么办！？"

"不应该……是我当长老的……如果是亚煌领导我们，不会像现在这样……"雨寒啜泣着，喉间吃力地搏动。"他们都死了，所有的居民……我抛弃了他们……都死了……"

凡尔萨惊慌地看着女孩身旁的白雪缓缓化为红色浆液。

"艾伊思塔……她跟那些居民在一起……"眼泪不断从雨寒眼底流淌，"我抛下她……抛下所有人……都死了……"她止不住哭泣。

凡尔萨捧着女孩的头，跪在血泊里。他的胸口一阵绞痛，甚至没有意识到自己眼底也涌现了泪水。

远方乍现激烈的彩光。舞刀使已形成虹光阵，让光波在长刀之间传送。凡尔萨抬头，看见远方一波波虹光攻势正在溃灭魔物的身躯。陀文莎原本的肢体部位也被砍为碎片，化为一丝丝的肉片。

子藤避开巨爪,闯入魔物胸前,其他的舞刀使朝他抛来炽热的虹光。子藤旋动身子承接伙伴的虹光波,将它们一道接着一道射入魔物的躯干。众舞刀使不断射去能量,子藤则冒险成为攻击中枢。魔物无从反击,冰齿化为四散的碎屑,硬雪身躯逐渐溃裂。

最终魔物遽然炸开,仅剩的几条冰棘在远方抖动片刻,便在崩解之中沉寂。

"雨寒……"凡尔萨挪回视线,看着女孩仿佛沉睡的脸庞。

她再也没了动静。

他捧着她的脸,张开口,想喊什么却发不了声。他以额头紧贴雨寒冰冷的额头,紧闭双眼,泪水落在女孩脸上。"哈啊……"凡尔萨禁不住啜泣。

当所有感观都被剥夺,听觉的边缘似乎有脚步声从雪地逼近。

"——隆川,请放我下来!"有人声传来。

凡尔萨抬头,看见一名高壮的舞刀使背着方才在木桩边的霞奈。

女孩落地,蹒跚走来,跪在雨寒的身旁。

"她还有呼吸。"霞奈触摸雨寒的脉搏,脸颊贴近她的口鼻处。

高壮的舞刀使也蹲了下来,检视雨寒满目疮痍的腹部，摇摇头说："这是致命伤，已失血过多。就算带她下去医疗处，也于事无补了。"

"但她是为了救我……"霞奈哀伤地触摸雨寒的额头。凡尔萨看到霞奈的脸上同有干涸的泪痕。更多舞刀使来到他们周围，包括子藤。他们震惊地盯着瓦伊特蒙的长老。

霞奈仿佛在犹豫什么，隐隐瞥视身旁的众舞刀使。

然后她抿住了唇，仿佛下了决心般轻吸口气，卷起袖口，露出了悬挂在左腕的黑晶手镯。

众舞刀使瞧见后都露出诧异的神情。有几位发出尖声的惊叹，仿佛见到比方才的魔物更加邪恶的东西。

"霞奈，你怎么还留存这东西？"某位舞刀使以非难的口吻说道。

"这是诅咒之物，你应该最清楚。"另一位舞刀使也开口，"这东西早应该全数销毁，你竟有所私藏——"

但他们被子藤给挡下。

"做吧，霞奈。救起她。"子藤静静地说。他的面容也满是哀伤。

凡尔萨怀着困惑和震惊，目光游移在两个女孩之间。

霞奈抿紧唇，取下手镯。她将它挪向一旁的白雪地，开始说出某种祷文。

绚　痕

　　贯穿欧亚大陆的远古生命线——丝绸之路，如今就和大陆各处一样，被苍茫的深雪覆盖。皑皑的白雪仿佛一片巨大的裹尸布，一切文明的踪影都在它底下消失殆尽。

　　在厚重的云层和空寂的平顺柔雪之间，三道闪动的雾气从空中飘晃而过，推动着浮空冰山前行。

　　每座冰山都是蓝白色的菱形冰。它的上半部是人工雕塑出来的要塞，像远古文献里描绘的殿堂。大大小小的阶梯在冰面被砌了出来，连接各个塔层，各个区域。某些地方有明显的入口通往要塞的内部。长袍人士进进出出。

　　它的下半部则是不规则的块状冰面，典型冰山底座的样貌。

　　琴所在的位置是人工要塞的底层，也就是菱形冰突出的边缘，刚好可以瞧见底下喷放的水汽。那感觉像把一条瀑布给拉横了，水汽化为朦胧的白雾，在飞行中拖出飘洒的尾迹。其他两座浮空冰山则位于后方不远处。

琴已在要塞边缘待了许久,她背靠金属栏杆,手里捧着一本书籍。附近有音轮语的交谈声,来自在上层游走的幻魔导士。

幻魔导士穿着长袍或披风,身上没有像奔灵者那样形影不离的兵器。他们多半绿发绿眼,但和瓦伊特蒙的翡颜裔又有显著的差异,发色更加明亮,甚至给人一种掺染了白银线痕的错觉。

为了这趟旅程,瓦伊特蒙的居民被他们分成三群人,分别安置在各个浮空要塞。琴看见部分居民窝身在接近顶层的平台上,领取幻魔导士给予的面包和热汤。

她的伯父汤姆斯也挤在其中,他是琴在世上仅存的亲人。汤姆斯满脸沧桑,恭顺的笑容在人群中凸显出来。他热切地向别人多讨些食物,一口两口都行。这是令她最感嫌恶的事。

琴远离人群,避免交谈。就算自己分配不到粮食也无妨。她可以忍耐。

她以好奇心削减肚子里的饥饿感,思考着为何这些浮空要塞能承载那么多的人,那么多的食物。她想起刚离开瓦伊特蒙,人们被迫携带着大大小小的箱子,在雪地寸步难行。即使有角鹿和羊驼载物,也难以对抗肆虐的天候。从一个落脚处走向下一个,中途的死伤总是难以计数。

但浮空要塞无论行进速度、承载能力,都远超过最强的奔灵者团队。要塞内部甚至还有完善的庇护所。如此巨大的差异，让瓦伊特蒙的居民感到幸运的同时，也难掩卑微的神情。

到了现在，原本率领迁徙居民的两位领导者，艾伊思塔和俊，都遭遇了不测。于是承接领袖职责的是弓箭手帕尔米斯和学者麦尔肯。他们也和琴位于同一座要塞。在另外两座冰山上，莉比丝、依可萝分别担任主要的沟通人物。事情演变至今，弓箭队在这群年轻的奔灵者中扮演起无比重要的角色。负伤的总队长俊则在莉比丝的冰山那儿；据说他的胸腔被打穿，幻魔导士把他安置在一个冰棺里。

至于亚阎，琴一直未见他的踪影，不确定他在哪一座冰山要塞。

"这个，给你的。"麦尔肯递来一个瓷碗，里头是热汤，还有一条墨黑色的面包。

琴面无表情地接了过来，微微点头谢谢他。

麦尔肯放下背包，用手抹了抹脸。满面胡茬儿让他看起来和实际年纪大有落差。他应该和琴差不多大。"幻魔导士说大概再三天半的时间，就会抵达欧洲大陆的聚落。"麦尔肯的声音似乎有股复杂的情绪。他把双手搭上围栏，望向苍茫的白色大地。

琴轻啜了口汤，发现竟然是热的，很不习惯。她这辈子没吃过热食。

"这一带曾是人类历史上最重要的命脉。但也逃不过白雪的封杀。"麦尔肯扭头瞥向雕砌精细的塔型要塞，"不过就算如此，文明还是找到了延续的方法。幻魔导士果然握有非常惊人的科技。"

琴咀嚼着面包，硬是吞下一口汤。摆放在她大腿上的书籍，就是关于丝绸之路的，这也是麦尔肯挑给她看的。

书上说曾经一度，这个地带的险峻山脉就像河堤一样阻隔了文化的火种，但群山最终总是败下阵来，难以阻止人们翻山越岭和彼此交流。文化的传播像溢出的洪水，没有任何地势可以阻拦；它可以存在于一支商队满盈的车篷，一群盗贼染血的刀锋，甚至吟游诗人灵巧的指尖和悠扬的唱颂。在某个无法预料的时刻，短暂的接触，便可能像涟漪般地无穷扩散。

许久以前，在那尚未被白雪覆盖的旧世界，灰薰裔和翡颜裔的祖先就是通过这样的道路而联结起来，把彼此的文化带给了对方。

"旧世界的人类从来没有被看得见的障碍给打败。山岳，河川，甚至海洋，都没有阻止他们前进的欲望。"麦尔肯在琴身旁坐了下来。"只有通过交流，新技术才能在灵感之中诞生，并找到扩散的机会。所以当时，酿酒的技术由西向东蔓延，丝绸交易则由东向西传播。还有许多早已失传的香料，都是在来来往往的运送过程中生根，成为各地文化的一部分，数百年之间渊源流传。很难想象丝绸之路当时的景象。应该是充满生机的吧？人们通过交谈和书写来传达想法，包括古时的信仰、生命的哲理、各种有益文明的科技，还有一种他们称为'艺术'的概念。"

"艺术……？"琴轻声地开口。不知为何，这个词触动了她内心的某根弦。银珠子般的双眸望向麦尔肯。

"是啊。算是远古人类把想法用很奇特的方式去呈现出来，只为了更好地传达给世界知道。但这个词在冰雪世纪降临后便被人们遗忘了。"麦尔肯搓了搓鼻子，"现在想起来，瓦伊特蒙的所有工坊都是为了制造有实用功能的东西而存在。连科技都称不上。"他发出轻微的苦笑，"毕竟我们的家乡如此偏远，人们在狭隘的空间里面对生死存亡，五百年来一成不变。直到黑允长老的时代，情况才改变。"

"你喜欢艺术？"琴放下手中的碗。

"我读了很多相关资料，很难不产生好奇。感觉艺术和科技一样难懂。这两个应该是旧世界最高深的东西了。"他忽然露出些许罪恶的表情，摸了摸脸说，"啊，在研究院的时候，事情都由帆梦和其他资深学者负责，所以我的闲暇时间其实很多，时常挑了其他人不看的文献来研读。"

然后他话锋一转说:"那种感觉很奇特,旧世界的人类无论距离多远,就是这样交互影响的,连文明都改变了。"

琴把最后一口已冷却的面包放入口中,专注地聆听。

"打个比方,一些制作特殊玻璃的科技朝着东方一路传播到亚细亚大陆,落在一支灰薰裔祖先的手中。在那之前,灰薰裔只对瓷器和青铜有偏爱,但玻璃技术的传入为那悠远的文明增添了一个新的审美观点。同时造纸的技术则反向朝西方传播回去,让人们可以把点子给具象描绘下来,后来在欧洲大陆掀起翻天覆地的变化。"

"听不太懂。这些东西,在当时是属于科技还是艺术呢?"

琴的问题令麦尔肯思索了片刻。"应该都包含了吧。科技是人们开创了某种新的做事方法;艺术则是运用那些方法去扩散和传递想法,甚至传递情绪。我的认知应该是这样。"

琴立刻点点头。

"它们对于历史长河的影响很深远。我刚才举例的那两项技术,不单对于旧世界很重要,就连千百年后的瓦伊特蒙也保留下来了。"

"我们?有吗?"琴有些诧异。

麦尔肯露出一抹卖关子的笑容,"研究院用以记录一切的殷纸,就是传承了造纸技术。另外,可以承载烛火的玻璃碗——"

"还有荧光灯。"琴恍然大悟。

"没错。那些工艺品都可以溯源到旧世界的技术。当然，和旧世界相比是小巫见大巫了。"他指了指整座浮空要塞，"这才是人类技术在这时代的结晶。假如帆梦还活着，一定会兴奋到大跌眼镜的……"

麦尔肯滔滔不绝地说，但琴的思绪仍停留在荧光灯。她仿佛再次看见那些小巧的罐子，装满爬动的萤火虫，挂在瓦伊特蒙的每个洞穴和隧道口，每隔一段时间就会有人换上新的玻璃罐，确保每一个幽暗的角落都有光源。

"麦尔肯。"呼唤声从旁传来，是一名幻魔导士。

他穿着厚沉的袍子，内部绣有丝绒花纹，高贵华丽。同样穿着连身衣袍，麦尔肯的学者之袍却显得朴素简陋。

"抱歉，刚才去吩咐了一些事。我们已安顿好你们的同胞，较严重的伤患也安置在室内休息了。"

"非常谢谢你，克瑞里厄斯。"麦尔肯站了起来。

"你之前说想了解要塞的运行法则对吗？那么，请跟我来一趟。"

麦尔肯刚要跟上他的脚步，突然转过身说："琴，你也一起来吧？"

琴立刻点头，一口喝下半凉不温的汤，跟上他们。

克瑞里厄斯看上去大约四十来岁,是在露出笑容时初次显现各种深切的皱痕的那段年龄。他拉下兜帽,一头亮绿色长发被风吹拂,下巴和两颊的须茬也是一片淡淡的绿,像是亮藻。但他最标志的特征或许是一对八字胡,衬着睿智的细长眸子,让琴想起在书里看过的远古思想家的肖像。

他带着麦尔肯和琴来到冰山侧边的暗门,沿着一道螺旋阶梯下行。

方才听完麦尔肯说的话,琴忽然留意到幻魔导士文明的工艺技术有多么惊人——冰山内砌的阶梯以精确的间距和弧度向下延伸,完全不同于记忆中瓦伊特蒙的天然洞穴。

当他们抵达阶梯底部,已身处完全的黑暗中。

"你们在原地等一会儿。"克瑞里厄斯的声音回荡在狭小的空间里。两个文明所说的语言有某程度的相似,但对方的词汇很大比例是音轮语。所幸习得双语言是近代奔灵者所必修,琴在这方面也曾下过相当的功夫。

忽然,微弱的亮光出现在前方,照映出两道垂直的冰墙。克瑞里厄斯走过中央的窄道,墙面便莫名地浮现出光芒。"请跟我来。"他挥了下手。

麦尔肯战战兢兢地往前走,凝视周围的一簇簇光源。琴在最后面,伸手触碰,发现那些晃动的光波来自冰墙的内部。她停下脚步仔细瞧,看见那些竟是虹光点,犹如水底不断冒出的微小气泡!更奇特的是它们飘晃的方向明显朝向幻魔导士,末梢消失了,根部却持续生成,似乎无法脱离冰墙里的位置。

琴凑近脸庞细看,银色瞳孔反射着游动的虹光泡泡。

气泡的来源是个镶嵌在冰壁中的银币。光泡从它周围诞生,一波接着一波。就在她出神凝望时,那些光泡却逐渐黯淡。黑暗从后方再度包覆过来,仿佛在催促她跟上其他人。

就这样,只有幻魔导士走过的地方,周围才出现短暂的明亮。他们跟随那长袍背影,抵达道路尽头的另一扇门。克瑞里厄斯推开它,突然袭来的风压和亮光令琴捂住脸庞。外头是个地势下斜的空间。

这凹室大约直径三米,对外的一面是完全敞开的。他们就像从山洞刚走出来,以下斜的角度面向远方的景色。如此危险的地方,只有一道细长而弯曲的护栏为防范措施,夸张地朝外画出一个弧度。

"双手抓紧!一不小心就可能落入半空!"幻魔导士大声说。在这里,水流的声响、冷风的呼啸都化为混浊的乐章,覆盖听觉。

他们来到护栏向外凸的地方,左右探望,明白了自己所在的位置:这儿是浮空冰山下半部的某一处,距离上方的塔层至少有十五米。

隔着朦胧的水雾,远方大地就像一张上扬的白毯,绵延至天际。地心引力扯动着他们,仿佛想把人们从护栏的边缘拉下来。

"看那边。"克瑞里厄斯指向下方。

琴和麦尔肯一起伸长脖子眺望,看见一排圆盾般的黑色巨石被嵌在冰山表面。每个黑石片的边缘都有一圈很粗的银色轮盘。最惊人的是,数不尽的虹光气泡组成了一股涡流,在它们周围激烈地盘绕。

"那是我们用来维持动力的黑水晶,称为'墨玺'。"克瑞里厄斯拉开音量解释:"它们可以在雪地汲取能源,让要塞浮空。我们再运用同样的能源,把部分冰雪融为水汽,成为喷射动力,推动行进方向。"

麦尔肯震惊地看着虹光泡形成的漩涡,"你说的能源……是指那些光点?"

"是的,没错。只有运用墨玺才能吸取它们,储备在周边的银制轮槽里头。但时间久了也会耗尽。所以每航行一两天,要塞都必须停泊在雪地一阵子,让墨玺重新汲取能源。所幸那些能源体在雪地里到处都是。它们可是这个时代独有的,命运赐予我们的礼物。"

麦尔肯一时哑然,不祥地望了琴一眼,然后再次盯着一整排的墨玺盾。"我知道这个黑色水晶。我听过它的另一个名称……'灵凛石'。"

"是吗?"幻魔导士语气诧异。

"嗯……而且你所说的'能源',我们也给了它另一个名字……"麦尔肯咽了口唾沫后说,"我们叫它'雪灵'。"

拂　羽

雨寒睁开双眸，眼前一片晃动的绿光。她以为自己回到了瓦伊特蒙，在黑底斯洞盯着朦胧的萤火虫光海。直到几个不熟悉的面孔挪动到视线里。

她眨了眨眼，意识慢慢清晰。这些人穿着领口宽松的深黑色衣袍，里头有层褐色的衬衣。他们全都把黑发盘髻，细致的褐色缎带垂落于肩。雨寒这才想起自己在哪儿。

然而，眼前这些人的装扮虽和舞刀使如出一辙，脸上却没有舞刀使的银痕刺青。

外头已是黑夜，天花板也和暗夜一般漆黑，只有源于她腹部的飘缈录光带来一阵慰藉。雨寒发现自己躺在一张硬床上，腹腔栖息了一只巨型蜘蛛。

"长老，你醒来了。"愈师安雅儿立刻挪身过来。她令雪灵从雨寒的身体脱离，暖绿光芒逐渐转回七彩，同时气化似的从弯曲的八只脚开始消散。

"我……我在哪儿?"雨寒左右瞥视,腹部一阵剧痛。这是一个由漆黑木梁构筑的房间,角落几个石台上有火光燃烧。"我以为自己已经……"

"你没事了。这里是舞刀使的炼金厅堂。"安雅儿抚摸她的额头,"有个女孩逆转了你伤口的恶化。他们把你带来这儿,由化术师透过膏药进行后续治愈。你睡了好几个小时。"安雅儿微笑道:"还好没事了。"

"接下来由我们来吧,"一位化术师说,"伤势差不多已稳定,我们得为她进行包扎。"

安雅儿退到一旁,几位黑衣化术师再次围上来,用各种道具帮雨寒清洗伤口。他们拉开有弹性的绷带捆缚她的腰部,令她咬紧牙关忍住一阵阵刺痛。空气中弥漫着某种浓郁的味道,冲淡了感知,取而代之的是昏眩,仿佛自己在摇摆的船上。

"炼金厅堂"和刃皇所在的"议会厅堂"都建在日痕山的半山腰,两者相邻。

这一黑一红、一小一大的建筑立基在破碎的旧世界矮楼,将那些残骸覆盖过去,以这时代的匠技打造出严谨却温合的形象。每一块楣石、每一根桩柱都是如此契合,浑然天成。周围空地则陈列着整齐划一的石座,顶端的盆子里有易燃膏和火焰,在暗夜中投射数道守卫的深影在建筑物上。

那些是驻守着炼金厅堂大门的舞刀使。他们长刀触地,斜依肩膀,刃面犹如黑色玻璃反照跃动的火光。数十名奔灵者则坐在外头不远处,其中有些在打盹,因此当雨寒走出来时,一时间没人注意到。

首席愈师安雅儿抱着自己的栖灵板,朝众人喊道:"大伙儿,长老没事了。"

奔灵者睁开惺忪的眼眸,朝大门口聚集过来。带头的是红狐费奇努兹,还有冰眼额尔巴和佩氏姐弟。雨寒留意到他们都未携带武器和栖灵板。

"太好了。我们担心死了。你昏迷好一阵子!"双胞胎的姐姐佩塔妮说道。

红狐止住僵硬的步伐,站在雨寒面前,一语不发。无论他这一刻有什么情绪,都被封锁在严峻的面容后方。在一旁的双胞胎弟弟佩罗厄则怒道:"这些舞刀使竟然禁止我们进去看你!"

"没事了,化术师也帮了很大的忙。"安雅儿安抚他。

更多奔灵者簇拥过来。雨寒的目光飘过后排的哈贺娜、朗果、海渥克、奥丁等人,却没看见她想找寻的那张面孔。

佩塔妮没有好气地说:"舞刀使处处防范我们。他们似乎咬定这次的事件完全是由我们造成的。"

"如果他们没有禁止我们踏进日痕山，我们早就解决那魔物了！"佩罗厄看向他的姐姐，侧脸露出明显的瘀青。"姐，当时你不该阻止我。得教训教训他们，让那些没出过远门的家伙知道瓦伊特蒙不是好惹的。"

"别说了。你们的莽撞差点造成难以收拾的后果。"老将额尔巴开口。他左眼的冰色碎片在火光下隐隐闪动，似乎对佩罗厄等年轻一辈的冲动感到不满。"这里是他们的地盘，我们还得在这儿栖身。"

人们低声争执起来。身体的疼痛，心智的疲惫，都让雨寒咬住牙，眼神变得空洞。她再一次感到那股复杂的情绪正从心底淌出，难以压制。

她的脑海有一半想起了过往的遗憾，那不断啃食自己的罪恶感令她想找个地方躲藏起来。然而心中有另一半是愤怒的声音，想起正是眼前这些人把她逼上这条路，迫使她牺牲不知多少瓦伊特蒙的子民。

其实你们并非真正在意我这长老的死活……雨寒本能的在心中设下了防线，把其他人的声音阻隔起来。

她想起当初，奔灵者看见陀文莎入侵时和舞刀使在山脚下对峙的影像，胸口渗出一阵悲凉。你们这群人，只是认为自己的身份遭到践踏，本能想反抗，才又把我视为旗帜……就像你们拱我为领导者，却又暗地密谋自己的对策。

她盯着眼前争执的人们，心底却逐渐冰冷。

雨寒不自觉想起自己的导师，还有黑允长老最后的拥抱。你们从未真正在意或相信过我……只有茉朗相信我。只有母亲相信我。但她们都死了。雨寒看着前面这批奔灵者的脸，异常陌生的脸。

她想起自己差点带着懊悔死去，差点一事无成地死去。

那么，残破不堪的瓦伊特蒙文明便会彻底落入这群人的手里，久而久之在异地完全逝去。

她忽然有一个清晰的想法：我会让你们所有人后悔，让你们所有人臣服。我是瓦伊特蒙的长老，不是你们随意摆布的东西。

她的情绪在愤怒和遗憾之间摇摆，却忽然瞥见人群后方，有个身影走来。

凡尔萨的面孔深藏在阴影内，跃动的火光时而点亮他的侧脸。男子望见雨寒，有种松了口气的欣慰。他在其他人后方一段距离停下脚步，注视她。

其他奔灵者正窃窃私语，有人关切雨寒的伤势，有人猜测魔物的本质，也有人持续咒骂舞刀使。她却无心留意，只隔着整群人和凡尔萨无声相望。

几乎察觉不到的，柔纱般的暖意包覆住雨寒。昏迷之前，凡尔萨曾经握住了自己的手。持刀的粗糙掌心，在凛风中的最后一刻为她带来温暖。

凡尔萨是在意我的……

她的呼吸逐渐平缓,正想朝他走去,却注意到一件事。

凡尔萨披着某种御寒的布衣,宽松,轻薄。那样式并非瓦伊特蒙的风格,而是舞刀使文明的衣裳。她的心跳停了一拍。

雨寒的面孔在火光下再次狰狞。人们留意到了,都静了下来。

打从在瓦伊特蒙,凡尔萨的白羊驼披风便从不离身。只有当陀文莎因雨寒的任性死于风雪中,凡尔萨才脱下披风裹住她的尸体,连同埋葬。因此陀文莎复活后,那苍白的胴体就是裹着凡尔萨的白色披风,入侵日痕山。

影像化为燃烧的记忆,某种根深蒂固的恨意在脑中涌现。雨寒不懂为何自己的情绪像暴风般奔腾,只感觉自己要撕裂了。

有千万个问题想问,想嘶吼。但随着缚灵师的死,有些事情再也不会有答案。她的心脏像被施了石化的法术一般,剧烈搏跳却在脑海里响起破碎的回音。

"我们回去外领地的暂居处吧。"红狐沉静地说,"你需要休息。"他把红色雪狐披肩给雨寒披上,带着她从人群中间穿过,朝下坡走去。

经过凡尔萨身旁时,雨寒停下脚步,想说出一句自己一直想对他说的话。然而她无法让自己抬头。雨寒咬着唇,不明白为何泪珠从眼角落下。

"还疼吗?"安雅儿也过来身旁,和红狐一起搀扶住她。

雨寒点点头,向前走,没有回话。

绚　痕

夜暮来临时，世界化为深灰，仿佛云层和地表同时灌满了铅。只有西方残留了一小抹的白昼，是三座浮空要塞行进的方向。

琴老早把自己的栖灵板打包起来，埋藏在其他居民的物品当中。她压根不敢随身携带它，害怕接触之后暗灵会不受控制地冒出来。

除了麦尔肯，她不与任何人交谈。而年轻学者倒是丝毫不枉亚阁的托付，尽责地带着琴探访要塞各处。她慢慢理解幻魔导士文明的技术根基。

名为"墨玺"的黑水晶，具有从雪地吸取"原生雪灵"的功能。然后将其储存于银制容器，方能当成能源使用。其他的奔灵者得知此事，无不面露复杂的神色。

琴阅读过相关书籍，知道能源在旧世界文明曾经扮演多么重要的角色。有许多当今陌生的词汇——风力，水力，石油，核能，在旧世界均是各种触发"电力"这种终极动力的来源。人类曾经依赖它发展出先进文明的样貌。而从拼凑的知识里,琴作了一个大胆的猜测。

她不敢告诉任何人,连麦尔肯也不敢说——她认为在旧世界,"阳光"可能只是诸多"能源"中的一种,是可以转化为电力的一种方法。在旧世界却取之不尽用之不竭,但现在这股力量已消失不见。

这是连研究院也不敢触碰的事,因为它涉及瓦伊特蒙的信仰根基。琴依稀记得自己就是为此厌恶艾伊思塔。因为绿发女孩凭借找到的恒光之剑,便以信仰挟持人群,那等于剥夺了人们去探索事实的权利。

如今引光使已逝去,连同恒光之剑消失了。

迄今为止,为何人类会全面丧失最重要的"电力"?无数个世代到现在,所有想找回电力的尝试都告失败,就连旧世界遗迹挖掘出来的器材都不再运转。这问题在瓦伊特蒙始终没有答案。

但她万万没料到,自己却在浮空冰山上获得了答案。

黑夜来临时,要塞各处出现一潭潭的虹光气泡,点亮了走道、阶梯和人群集聚的平台。它们都源于镶入冰墙里的银币。在远离雪地的高空,琴感觉自己身处在精巧的彩光之城。

除了克瑞里厄斯,还有一位幻魔导士与麦尔肯粗略地交换双方文明的情况。妲堤亚娜是个三十多岁的女人,有着细致的脸庞和薄如刀片的深红双唇,亮绿色卷发长到了背部,散落在花纹繁复的披风上。那女人头戴银色的发网,在彩光照耀下熠熠生辉。

妲堤亚娜在他们面前解开胸口的披风绑绳,里头是较薄的内袍,令琴惊讶的是有好几条带状皮革捆绑着她姣好的身子,或交绕过胸脯,或斜切于腰间。皮革表面镶着诸多小巧的黑色水晶。

"这些是小型的墨玺?"麦尔肯似乎很想仔细打量,却不大好意思,最后视线不由自主地乱晃。反倒是琴目不转睛地盯着那女人的身体。

"是的,我们用来操控'雪能'泡泡的工具。"女幻魔导士缓缓舞动双手,邻近的几处虹光源变得更加明亮,像从忽然沸腾的水底冒出的大量泡沫。

"我们每人都必须穿戴墨玺在身上。"克瑞里厄斯也说道。仿佛为了示范给他们,他撩起袖子秀出双手臂上的皮带,上面同样嵌着数颗黑色水晶。琴这才明白之前在地道里,为何只有幻魔导士走过的地方会吸引亮光出现。

麦尔肯点头说:"我们的族人里,有位女孩也配戴了那样的项链。而且在她的墨玺珠子里有很精巧的器械,像互相牵动的转轮。"

"那是微型的'机械钟'。"妲堤亚娜说,"结合里头的银制齿轮和音叉,只要一年吸取一次能量便可维持永恒转动,用以记录时间。它在远行时可以作为定位系统的一部分。"

麦尔肯振奋地说:"我们后来也想明白了。"

"你们找到的那个有可能是某个年代,我们派出去寻找其他文明的先驱者所带。"姐堤亚娜问道:"那东西你们还保存着?那女孩儿人在哪儿?"

麦尔肯沉默片刻后,哀伤地摇头。

女幻魔导士立刻会意过来,"啊……我很抱歉。"

"我们在迁徙的路途中,失去了许多的同伴。"麦尔肯说。

"嗯……但想想,你们确实达成了创举。"姐堤亚娜裹紧披风,重新绑回胸前的绳缎。她露出浅浅的一抹笑,让琴觉得有种天然的妩媚。"我们从未听说过上千人的团体跋涉那么长的距离。你们来自23.2度,几乎是世界的最边缘。"

世界的最边缘……琴知道他们的家乡确实远离所有远古陆盘,数世纪之间与世隔绝。

"请问……"她不自觉开口时,其他人望来的目光令她无来由的害羞。"目前世界上,还有哪些文明幸存下来?"琴把一些词汇刻意转为音轮语。

两位幻魔导士面面相觑,然后克瑞里厄斯摸着自己的八字胡回道:"从过往探索看来,各大洲都有人类的迹象,但许多充其量只能说是聚落。五百年间发展出茁壮的社会,能真正意义上被称为'文明'的,据我们所知非常少。"他思量片刻,"在亚细亚大陆东边尽头有个'舞刀使文明'。南太平洋的所罗门群岛则是我们首次发现的'奔灵者文明'。当然,还有你们。而我们'幻魔导士文明'在欧洲、中亚都有据点。"

"我们很好奇每个区域的人是怎么以不同方式去运用雪地的能源。"妲堤亚娜解释道:"能够办到这件事,才有资格被称为新世界的文明。"她摆动手肘,露出套在掌心上的星形墨玺。身旁一簇虹光脱离了内嵌银币的冰座,悠悠地飘晃到她的手中,看上去就像妲堤亚娜的掌心正不断冒出气泡;一旦她柔顺地转动五指,虹光泡沫也随之变换上浮的轨迹。"其实我们有理由相信在北美大陆也有某些幸存的文明,奇妙地融合了远古工业世界的技术。"

"是的,"克瑞里厄斯接过她的话说,"一世纪以前,曾有浮空要塞抵达北美洲的东岸,在那儿发现过近代人类生活过的痕迹。但自始至终,我们一直没有接触到任何生还者。"

麦尔肯插不进话,瞠目结舌,勉强逼自己咽了口唾沫。琴则没有像他那么震惊,只轻轻点头。

"看下面。"女幻魔导士凝望某处,双手下沉,让周边的光源暗淡下来。

"啊……!"麦尔肯开始朝要塞边缘走去。附近有几名瓦伊特蒙的奔灵者也瞧见同样的画面,聚集到围栏边。他们眺望远方的黑暗。

琴随着他们眺望,忽然一股气呛在胸口。

蓝光点蔓延大地,在黑夜中隐约勾勒出山峰的形状。仿佛是蓝色的熔岩从顶峰喷发,在暗夜里就像山脉的血管。

"狩群。"妲堤亚娜说,"毁灭了旧世界所有文明的魔兽。"

麦尔肯结结巴巴地说:"从高空远眺……那数量真是惊人。"

"我们在航行中经常看见,习以为常了。"女幻魔导士淡然一笑,走向一道上斜的冰砌阶梯,示意他俩跟上。克瑞里厄斯则暂时告别他们,低身钻进一个洞穴的入口。"你们应该明白狩群充斥在世界各角落。"她回头道。

"我们还以为狩只会出现在沿海一带……妲堤亚娜,其实我们有许多事想告诉你们,"麦尔肯跟上她的脚步,语气忽然严肃,"过去两年我们也有许多重大的发现。"

"太好了,我们等不及听你阐述。"女幻魔导士说,"但得等我们抵达亚法隆,'圆桌会议'将会欢迎你们带来的资讯。尤其最重要的——你们如何带回阳光。"

"嗯，我们判断很大的概率是只要'冰脊塔'遭到摧毁——"麦尔肯忽然止住口，因为他看见琴正高抬着下巴，凝视漆黑的夜空。"琴，怎么了？"

麦尔肯随她仰头望。除了整片的黑夜，什么也没有。

下一刻，锯齿状的光芒遽然闪现。从无比遥远的黑夜彼端射来，那光亮穿透了云层内部。卷动的乌云就像是某种巨兽的腹腔，朦胧的皮囊从内点燃。那道光横向刷过他们要塞的正上方，然后朝着后方消逝而去。琴立刻转头，目光紧追，但光芒已不在。不出片刻，天空降下了轰隆巨响，比冰层碎裂的声响更加嘹亮。一旁有居民惊慌地捂住耳朵。

"别担心，那些是——"周边几位幻魔导士才要安抚众人，却又来了一道闪光，在云层内延烧片刻，扫过天际后才有迟来的鸣动。妲堤亚娜说："那是'雷电'，算是半天然现象。这一带时常看见。"

"'半天然'？"琴低声说。

"啊，是旧世界存在于大气中的积电释放现象！"麦尔肯张大了嘴，"我读过的。但还是第一次见到……"

"你们刚才所见的，与旧世界的天然闪电还是有些不同，"妲堤亚娜继续往前走，"在冰雪世纪降临前，闪电多半不是这模样。它需要相对温暖的地面来唤起水汽和云层对流，闪电出现时是云层与地面之间的垂直连接。但现在,它有了另一个方向。"

麦尔肯恍然睁大眼,"白岛的方向。那是绝对磁极的方向!"

"没错。"妲堤亚娜点头,"具体的原因我们还未完全了解,但白岛似乎有透过云层吸电的作用。任何积电效应都会被导往那儿。这就是为什么人类永远无法再次启动旧世界的电力科技,因为它们所依赖的电流会瞬间被天空窃取。"

"原来……原来如此。"麦尔肯注视着夜空,难以置信。

琴也明白了。任何生成的电力都像看不见的流体,被逆向吸到天空。最终人们只能做出结论,在这个时代,电力是不存在的。

残酷的天候加上电能的消逝,这才是旧世界文明全数瘫痪的主因。狩的出现,相当于来收拾残局。

"封锁我们世界的那股邪物力量,非常有系统地达到了它的目的。"妲堤亚娜凝重地说,并回过头问麦尔肯:"你刚才说到了冰脊塔?"

"啊,是的,矗立于大地的垂直冰塔,非常明显。"

"我应该明白你指的是什么。我们在航程中留意到几次,但从不刻意接近,因为它的周边偶尔会出现狩群。"

"它很有可能就是狩群诞生的来源。同时也是……带回阳光的关键。"麦尔肯露出了学者的神情。

他们沿途做了粗略的讨论,直到妲堤亚娜领着他们来到一个冰窖内。门边有个牌子,以音轮语写着"旧世界采样",令琴隐隐感到好奇。

刚踏进去,琴就觉得里头的空气有些说不出的异样。这儿的冰墙内部没有银币,而是镶嵌了一整条细银线,像长绳一样环绕冰窖的四面墙。虹光毫不停歇地点亮整个地方,沿着银缎发出一圈上扬的光泡,给人整个房间在海底持续下沉的错觉。

冰窖里有好几个褐色的大木箱工整摆放,表面被细长的铁片给拴住。很明显,那木材是尚未白化的魂木。琴注意到这是他们第一次看到这文明使用魂木的地方。她感到奇怪,幻魔导士运用了大量的墨玺和银币,却似乎从未拿魂木做常态用途。

女幻魔导士打开其中一个厚重的盖子。箱子的内层非常厚,由一片片金属和薄木交叠压制而成,因此内部的摆放空间比想象中小很多。

琴好奇地向内窥望,以为会看见琳琅满目的书籍。然而箱内却被金属片切分为好几个格子,叠放着各种难以辨识的物品。

"这些是远古时期的人类所使用的东西。有工具,也有民生用品。"妲堤亚娜说,"电力完全失效后,这些东西都失去了作用。我们只采集一些零件，希望可以研究出当时的人们怎么制造出这些材料。"她合上盖子，走向一个更巨大的木箱。

这次，箱子里头装着好几片垂直的木制片板，大小不一，边框部分有褪了色的痕迹。妲堤亚娜抽出其中一个片板，翻转过来。琴倒吸了口气。

一条浅浅的溪流，两旁尽是树木。是树木吗……？琴不太确定，它们的叶子竟是艳丽的红色。丰沛，饱满的色彩，像碳心般的火红，掺杂着烛光般的橙黄。河流弯曲的弧度仿佛推动了树梢的摆动，无数叶片飘散风中，倒影已落在缓缓流动的河面上。仔细一瞧，岸边有只淡褐色的小动物，身上的花斑像是萤火虫光。

"这是'画'……"麦尔肯的表情比先前看见狩时还要吃惊。"这是'画'……"他又重复了一次。

琴眨了眨眼，退后几步。她想起先前与麦尔肯讨论过的"艺术"。她不太明白为何胸口有股恐慌，令她窒息。

妲堤亚娜给了她一个饶有兴致的眼神，"别怕，这不是鲜血。"

但那并不是琴脑里所想的。鲜血她见多了，但丰沛的红色叶子她从未见过。

她这才想起自己也在书上看过类似的图像，但多半小巧且褪了色。如此宏伟的画面陈列眼前，有那么一瞬间她甚至忘记自己站在冰窖中,忘记脚下浮空要塞的微震,以为自己正被火焰般烽红的叶林给包裹。

"有人说自古以来,只有人类这种生物能够以双手传递灵性。"妲堤亚娜淡淡地说,"双手持具,把形从无化有。世灵成结,借以封存时间。"

琴瞪大眼珠子,着迷似的盯着女幻魔导士。

"不过,多数远古时期的艺术品都在冰雪世纪被埋没了。我们试着挽救还能找到的东西,带回北境白城。"妲堤亚娜说。

麦尔肯望向她。"北境白城?"

"嗯,我们最北方的据点。那儿有最完善的旧世界文化收藏库。"

"我们……"琴禁不住说出口,"有机会去那儿吗?"

妲堤亚娜打量她片刻,"那是机密地带,我们从没带其他文明的人去过。"看见琴泄气般地沉下肩,女幻魔导士又说:"但……事情总有第一次。之后看看吧。"

麦尔肯咽了口唾沫,目光再次落回眼前的画。接连而来的信息超乎他们的脑容量能吸收的程度。琴抿着唇,大胆地凑近凝视。

当她与画相隔一掌之距,才发现以为是落叶的东西,事实上只是一抹抹粗陋的色料。她不确定为什么刚看见的一瞬间会有种被吞噬的幻觉,鲜明浓烈得难以置信。

"我们曾经在书里读过,却从来没有亲眼见证过'画'。"麦尔肯说,"奔灵者带不回这么大的远古遗物。"他在震惊中触摸这幅画的边框,"等等,这是魂木……"

"对的。我们发现一件奇特的事。多数远古时期的木制品,无论家具或建筑,不是腐朽就是白化。唯独画作和雕刻不太一样。"妲堤亚娜发出银铃般的笑声,"我们找到这些画时,它们都保持着相对良好的状态,仿佛真的冻结了时间,永不腐朽。"

琴和麦尔肯不约而同地望向她,神情茫然。

"那是随便说说的。保护措施还是要做的。呐,"妲堤亚娜指向冰窖各处。琴看见每个墙角都有好几个刻意凿出的洞。"想保存好远古时期的东西,不是一件简单的事。"

"所以这房间的设计和其他地方不一样,"麦尔肯似乎会意过来,"雪能的泡泡在这儿无时无刻都被释放出来。即使没人在此。"

"为了稳定温度,没错。这里和整座浮空要塞的动力槽是相连的。"妲堤亚娜指向围绕冰窖的细银线,"画作在温度骤降的地方会变得脆弱,因此需要这样的措施。但从动力槽直接导入热能到冰窖里会产生另一个无可避免的问题,那就是湿气。因此我们还得做出排风口,最终确保湿度和温度都处于恒定状态。"

"我们的奔灵者也有运用受缚雪灵调节体温的能力。"

麦尔肯若有所思地说,"雪灵化为黄色光幔,就代表升温作用。但这和你们把一切给系统化还是有差距。"

"奔灵者可以靠自己让雪灵升温?"妲堤亚娜扬起纤细的眉角,"不借助其他媒介?"

"据我所知,是的。"麦尔肯答。

"有趣。我们什么都得依靠墨玺和银器。"女幻魔导士似乎也对瓦伊特蒙产生了好奇。

琴在一旁插不上话,很是尴尬。暗灵连最基础的帮她暖身的功能都办不到。

有人打开冰窖的门,周围的空气微微降温。探头进来的是一位陌生的幻魔导士。"妲堤亚娜,原来你在这儿。我们看见远方有烽火。"

"好的,我立刻上来。"她边说边把画作放回箱子内,封住盖子,然后朝麦尔肯和琴露出妩媚的笑容说:"如果你们还不困,和我一起去塔顶吧。"

麦尔肯颔首的力道仿佛把下巴当槌子。而琴,出乎自己的意料,也和他一样拼命点头。

每座浮空要塞有两位幻魔导士的角色最为重要——那就是克瑞里厄斯所担任的"驱动师",负责内部航行动力的运转,以及妲堤亚娜所担任的"塑能师",负责要塞表面光能的操控,以及行进方向。一里一外。

当他们来到塔形要塞的最顶层,已有四名幻魔导士在圆形的平台上等待。中央有个祭坛似的冰雕,近看时才发现其实是个中空的井。四根巨大的银针从底下伸了出来,而在它们中央,凌空飘浮着一小团彩光泡沫。

琴向外远眺,果然看见远方的黑夜当中,有个微小的光点以不自然的频率在闪烁。

其中一名幻魔导士开口,告诉妲堤亚娜:"已经确认过了,是喀什地区的驻扎点。没有需要我们运载的东西,正在等待我方回应。"

女幻魔导士来到祭坛前。她解开披风,递给身旁的同伴。另一名幻魔导士把一张写了奇特字迹的纸片展开在她面前。妲堤亚娜点头,开始柔顺地摆动双臂。

数十秒过去,似乎什么都没发生。

正当琴报以疑虑,四道银针之间的光泡忽然燃烧似的亮度倍增,数以万计的虹光泡沫以惊人的速度喷出深井,在银针之间螺旋交绕为一抹难以直视的光。那景象既像沸腾的水液,又像摆动的火焰。琴和麦尔肯不自觉捂住双眼,其他幻魔导士则拉住兜帽遮挡。

光亮照射之下,琴清楚看见捆绑在妲堤亚娜身上的几束皮带,深锁她丰满的躯体。皮革表面的灵凛石似乎有虹光在旋动,琴不确定那是石子内部的还是反照。

在祭坛上方,虹光泡汇集成的光芒炽热而白亮,犹如十几道鸟儿的翅膀在头顶十米处飘动。琴想起在书中所见到过的天使羽翼。

忽然那白光剧弱,暗沉下来。片刻之后再次闪耀。然而再度暗沉,再度明亮,像有心跳的频率。琴意识到他们正在透过交错的光暗,传达某种讯息至远方。

"这是你们的沟通系统?"麦尔肯忍不住询问旁边一位年轻的幻魔导士。

对方点头道:"要塞的停泊和升空都得耗费过多的能量。若非必要,我们不会下降。另外我们也得查实各个驻扎点的状况,回去通报给亚法隆。"

那是种奇特的感觉。在绵延千里的苍凉夜幕里,有个微光在远方闪烁。

即使五百年来,人类文明一直是细小而无力的火苗,却在冰封的大地开始留下足迹。

在对方的解说下,他们才明白这套光暗信号系统是以五乘五的矩阵来纳入音轮语的构成要素。光波发亮和暗沉的频率、间歇,都有系统性的意义,其中也包含一些惯用的代码。

双方的沟通即将结束,两边的光波信号都暗淡下来。

"等等。"妲堤亚娜突然停止动作。她沉思片刻,然后对身旁的幻魔导士说,"写下这个——'探索本区域,留意异样的巨型冰塔'。"

她身旁的幻魔导士没有过问,立刻把词句译为光暗代码,写入纸片。妲堤亚娜给了麦尔肯一个微笑,问他:"如果真的发现了,只要摧毁它,就能让阳光重返这个区域,对吧?"

"应该没错……但是……"麦尔肯忽然犹豫起来,"其实我们还不确定该怎么做,才可以瓦解冰脊塔。"

"啊。"女幻魔导士斜视麦尔肯,腔调里满是自信,"差点忘了,还没给你们见识我们的兵器呢。"

潋 芒

在日痕山顶,冒着烟的火山口边,子藤等六名议会代表高举长刀,庄严矗立。他们全披着暗黑色的方形丧巾。尘埃染灰的雪片缓缓降临,在袖边轻卷。后方有一幢小巧的石屋,一旁站着几位平民,包括两名议会代表以及霞奈。

送别仪式已由刃皇亲自主持完毕。昏暗的昼色让眼前呈现一片忧郁的灰。几名舞刀使拎起素简的木棺,里头是他们曾经的同伴。霞奈抱着兄长的黑刀,蹒跚走上前,把一段花色缎带和一小罐蓝色结晶花朵放入木棺的开口。兄长的面孔被白布遮盖。她举袖掩面,轻闭泪流不止的双眸,捧着刀向后退了几步。

按照习俗,舞刀使的长刀应和他一起下葬。但这次可谓特例,他们让霞奈保留那柄黑刀。

"喀"的一声,舞刀使合上木棺,并在刃皇点头后,将它抛入浓烟之中。

日痕山的火山口持续散放着热力,乌黑的烟流从未停止。所有声音都被来自山口内部的，压抑的轰鸣声给盖过。

"霞奈，那东西。"因幡在这时转过身，朝她伸出手来。他的神情非常严肃。

她看着这位哥哥生前的同伴，同为议会代表的舞刀使。然后她点头，缓缓卷起袖子，取下黑晶色的手镯。她有点儿抵触，踌躇着想说什么，但泪水使自己哽咽。最后她只能沉默地把东西交出去。

因幡接过手的下一刻，毫不犹豫地将它甩出。黑色手镯没入火山口的浓烟之中。

刃皇侧目窥视霞奈数秒，隐隐叹了口气。然后在他下令后，人们开始离开火山口边。

"这是个错误。"下行时，因幡打破了肃穆的寂静，"我们不应该接收那群来路不明的人。炽信死得不明不白。"

高壮的舞刀使隆川背着霞奈，让她搂住自己的颈子。她把两把黑色长刀夹在怀中。"他们说，那个自称为'白岛'的魔物支配了那女人的身体，"隆川说："他们也是第一次见到这种事。"

"外来文明只会带来更多诅咒。这已不是第一次发生。"因幡的语气愠急，"三年前，欧洲大陆的使者亦然。那些邪恶的巫使，只会引来灾祸。所幸被我们及时驱离，否则，无法想象会发生何事。"他向前走了几步，来到他们的首领身旁。"刃皇,我们不该允诺奔灵者久留此地。给他们一些补给品,吩咐他们离开吧。"

刃皇走在前方,凝望远处。银纹从他的后颈向前盘绕,经过双颊向上蹿升,在太阳穴集结为细致的图像。划过半张脸的伤疤则像粗犷的挑战者,打破了银纹在颜面上谱成的完美画面。

"他们完全无视我们的规范,"因幡恼怒地继续说,"还斗胆动手,打伤了护卫,硬想闯入日痕山。简直忘恩负义。"

"他们为自己的长老担心,情有可原。"刃皇说。

"这是个非常不吉利的开端。"又一位议会代表开口,她是同样身为舞刀使的仑美,留着黑色发卷,嘴角的银纹旁有颗显痣。"那群人把雨寒长老差点丧命的过错归咎于被我们挡在陆桥上。接下来只要不接纳他们的任何索求,冲突就会越演越烈。况且……我们其实已获知瓦伊特蒙带来的所有讯息,他们再没有用处。是时候了。"

"否则我们得持续分享资源给他们。"因幡点头,看向刃皇。

刃皇看着铺开于山脚下的沿海居住带。人们的身影正有条不紊地挪动,开始了繁忙的一天。隔着一道内湾,对岸是狩群肆虐的昏暗遗迹。

"让我想想。"他回道。

霞奈的居处与温泉带紧邻，占了成排的矮房里的一个小隔间。这是当初兄长帮她安排的，便于随时外出泡脚，舒缓腿伤。炽信本人的居处却不在日痕山，而是位于外领地边缘，易于掌控他所肩负的境外狩猎职责。

来自世界南方的访客也一直被安置在外领地。从议会代表之前的谈话中，霞奈得知那群体共有四百五十人，其中三分之一是奔灵者。与本地已破万的人口相比，瓦伊特蒙生还者的数量微不足道，却明显已经造成麻烦，使决策议会转向越来越悲观的态度。从过往他们做决定的逻辑看来，霞奈相当确信最终这群不速之客会遭驱逐。

叩叩——

敲门声令她在床上坐了起来。她扶床挪动，开门时看见两个熟悉的身影。

"霞奈，披上衣服，我们带你去个地方。"子藤对她说。他已换回平常的装束，暗白衣袍外头披着防寒的毛皮垂肩。下身是微膨但工整的裤子，还有腿胫缠布，复合皮靴。他那张充满稚气的脸上，笼罩着沉沉的哀伤。

霞奈感到不解，但尚未来得及询问缘由，魁梧的隆川已来到前方，毫不费劲地把她给背了起来。子藤拎起她挂在墙上的外衣，以及墙角那柄曾属于炽信的长刀。

他们沉默地穿越人群，沿着一条蜿蜒小径，走向位于日痕山西南方的坡道。霞奈立刻明白他们的目的地。

"请问……我们为什么要回去那儿？"她感到胸口一阵绞痛。木桩之地已遭破坏，被那闯入的魔物彻底蹂躏。

"你说过，潋芒并没有消失，对吗？"子藤说，"炽信的雪地守护灵尚存。"

他们正一步步往山坡上爬。霞奈感觉到隆川稳健的步履，他那宽厚的背部传来规律的摇晃。

事实上，她无从确定自己当初所见是否为幻觉。在意外成了战场后，木桩之地尚未有人来打理。断木零散地斜躺于地，像是战败士兵的尸体；它们的表面有层薄薄的灰雪，系着肮脏的缎带被强风扯动。当他们接近时，霞奈看见远方站了五个人的身影。

"瓦伊特蒙的长老。"霞奈略显吃惊。

双方在山腰处碰面。简明地施礼之后，名为雨寒的女长老开口："谢谢你。我听说是你救了我。"

"啊……不，我感到很抱歉，你是为了营救我才受伤的……"霞奈腼腆地低下头，脑中却不自觉地想起就是他们带来了厄运。但她低声说："……该道谢的是我。谢谢你们。"

片刻的沉默让人们不知该说些什么。霞奈留意到两位站在女长老左右的男性，一位是身穿暗红披肩的陌生长者，而另一位，则是当初独自面对魔物的凡尔萨。最后雨寒告诉霞奈:"子藤拜托我们,希望教会你奔灵的技巧。"

霞奈不解地看向子藤,后者拘谨地点点头。

雨寒做出解释:"会有一连串的学习步骤,一些基础的包括侧身滑行,旋腰转向,如何运用双边平衡的武器等。但第一步是我们得唤醒雪灵,确保它和你的魂魄相系。"

子藤问道:"你先前说过这需要某种束灵仪式,对吗?"

"一直以来,我们都以为是如此。"雨寒回答,"但现在我反而不确定了。说不定有别的方法可以尝试。首先,还是得找到雪灵。"

"那么事不宜迟。霞奈,你能找到那根木桩吗?"在子藤催促下,霞奈让隆川背着巡视附近。那些散布的木桩似乎都移位了。山坡覆盖一层新雪,火山的烟尘持续飘落。

不出十多分钟,霞奈便找到一根断裂的木桩,相当确信是它。她抹开雪痕,看见表面尽是之前不存在的龟裂。她呼唤几次守护灵的名字,却未看见虹光的踪影。

难道是时间已过太久……她的心头一阵不安,以双手按住木头表面。"……潋芒。你在吗?"

子藤盯着半晌,沮丧地叹息。其他人也只能袖手旁观,看女孩徒劳地尝试。红毛披肩的长者来到她身旁蹲了下来。他的长发结为网状的发辫,双眸极具穿透力,眼角有道白色藤蔓刺青。他打量着长度比一个人还高的断桩,并用手压住它的旁侧。

"这确实是魂木没错。但有可能那雪灵已消逝了。"他斩钉截铁地说道,"就算它仍在里头,缺乏缚灵师的帮助,我们也难以驱动它。"

这句话道出霞奈心中的不安。雨寒长老,以及站在她后方的凡尔萨,同时露出诡异的神情。他们的眼底似乎蕴藏着某种情绪,两人之间有种非常不自然的气氛。

"但是费奇努兹,"雨寒反驳说,"若是曾经和某人魂魄相系的雪灵,必然已脱离原生状态。我们不一定要依照束灵仪式的步骤。对于奔灵者,缚灵师最主要的工作是'塑灵'和'定魂'。"她瞥了一眼子藤等人,"舞刀使文明直接越过了'塑灵'这道手续,他们的守护灵没有外观和功能上的差别。至于'定魂',子藤,你说舞刀使有替代的步骤?"

"是的。那是'绘银师'的职责,以液态银注入皮肤底下。"子藤一边思考,一边看着雪地里的断木,"或许可以试试看。霞奈当初只差一点就通过银封仪式,我们把这一步骤给完成,说不定她会有办法再次联系炽信的雪灵。"子藤隐隐地绷住脸,告诉霞奈:"但是你得做好心理准备,银封的过程会非常痛苦。"

霞奈抬起头,"三年前,我就准备好了。"

人们凝望她,眼神中原有的犹豫化为了肯定。"那么我们先带走这木头,把它雕成栖灵板。"雨寒说。

凡尔萨看着霞奈,轻声说:"话必须说在前,没有人能百分百确定就算把栖灵板给制作完成,炽信的守护灵会不会出现。更无法确定它会不会如我们所愿,化为可以乘载你的力量。"

"嗯,没关系。"只要有那么一丝机会能再次接触到兄长的守护灵,任何赌注都值得。霞奈暗暗在心中下定决心,她一定要唤醒潋芒。

名为费奇努兹的长者,此时对雨寒长老说了句奇怪的话:"不管怎么样,先尝试看看,心里就会有谱了。"他那阴沉的眼似乎在传达某种讯息。霞奈看见了,却无法辨识。

雨寒点头,吩咐两名提着工具箱、身穿普通居民大衣的男子上前。"他们是瓦伊特蒙最顶尖的灵板工匠和银匠,阿波诺、布闵。他俩一起,应该不出半天就可以做好。"

子藤扫视周围。浓烟犹如黑墨绘出的柱子,高升后与云层接壤,把白昼的天空染得暗沉。"那么在开始之前,我们还得换个地方。"他指向火山口,"你们先去山顶的石屋,免得被瞧见。我去找熟识的绘银师过来。"

那是今天早上才举行告别仪式的场所。霞奈才感到一阵惆怅,却忽然意识到子藤的话代表什么。她睁大眼,"你们……隐瞒刃皇和其他人,没把此事告诉他们?"

子藤和隆川相望片刻，尴尬地瞄了眼瓦伊特蒙的访客，然后对霞奈说："无伤大雅。我会挑对的时间汇报给刃皇，还有议会，所有人。但还是先把事给办成吧，说不定这些尝试根本不会有任何结果。"

"他们一定会责怪你的。"

"霞奈，今早你也在场，知道情况有些复杂……"很明显，子藤指的是因幡等人希望赶走瓦伊特蒙。她立刻明白了。"霞奈，我希望无论如何，都能让你像普通人一样，再次奔走于大地。"

"可是子藤，你冒的风险太大了。"霞奈急着说。

子藤沉下头，欲言又止。最后他只说："炽信他……应该也会如此希望。"

灵板工匠已拿出锯子，试图磨除木桩龟裂的外层，这会让他们抬动时减轻不必要的重量。隆川在一旁捧着亡者炽信的长刀，似乎在思量什么。

"你们奔灵者的'雪灵'，是否只能栖息在一样东西里头？"隆川开口问。

回答的是费奇努兹："没错。平常未召唤时，它必须隐藏于栖灵板之中。"

隆川露出不祥的神色，盯着长刀的握柄，久久没有说话。

刀柄的尖端刻满装饰用的符纹。隆川忽然把它给扭开，并撕开缠绕的皮革。这举动令子藤也诧异地凑身过来，不明白他想做什么。

但当隆川把解开的握柄呈现出来，一个浑然天成的图像出现在众人眼前——那是独一无二的雪花纹路。

它的模样就像交错的六柄长剑和六柄短刀，精致细腻。那是属于激芒的雪纹。属于炽信的雪纹。

"如果是这样，子藤，就算最后奇迹出现，让霞奈唤醒了这个守护灵……她还是得做一个决定。"隆川的目光从长刀的手柄，飘向工匠们正在切割的木桩，"守护灵真正的栖息地该是哪儿。"

霞奈这才领略这句话的真实意义。

片刻的寂静后，瓦伊特蒙的费奇努兹开口说："是吧。换言之，"他的语调有股令人不安的镇静，"你得选择，想成为舞刀使……还是奔灵者。"

宇　蚀

他跨越半融的雪丘和混乱的溪流，感觉世界正在下沉。

冰脊塔碎裂后的数天之间，这片白色大地慢慢溃散开来，仿佛支撑这片高原的脊梁正在崩解。在高原的边缘，千百道瀑布已然塌陷，淹没了东边的城市废墟。

过去几天，亚阁从冰脊塔最初的位置为起点寻找，看见干固的冰蓝色碎片散布了数里。雪地处处是凹陷的巨型坑洞，还有裂开的峡谷，漂浮的碎冰。倾斜度不一的峭壁组成迷阵一样的地貌，底下奔流的溪水时而交融，时而分岔。

数天以来他经过一个又一个湖泊，一次次潜入极度冰冷的水底。清澈的水下，残破的旧世界建筑和废弃物堆积成诡异的丘陵，仿佛是遭遗忘的墓园。

他透过禁忌之术来强化身体机能，这是他能不断潜入冻水里还存活下来的唯一原因。他看见头顶的蓝天，并在白昼时仓促地让暖阳洗涤自己的身躯,但他有种感觉,远方的厚重云层似乎已慢慢靠近过来。

他以意识支撑身子,与自己的雪灵抗衡。啃蚀它,吸收它,对抗它越渐沸腾的怒意。他知道自己的时间不多了,再这样下去,无法预料自己将何时崩溃。但他明白一个事实——她所剩的时间比自己更少。若不及时找到她,就算女孩没有在对抗冰脊塔时丧命,也将死于这片绝冻的荒原。

方寸不漏的搜索是不可能的,因为高原无时无刻都在缓缓变形,像把一个巨人的骨骼凭空抽离,看着皮肉萎陷。更糟的是,新生的溪流冲向各方,他无法确定该往哪个方向去寻找。

本能的,他先返回东边,顺着当初高原瀑布的方向。越向东,溪流变得越大越急,他在稀疏的雪块间滑行、跳跃。有时毫无路径,只能跃入急流之中。这比潜入湖底更严重,因为他得加强力道才能游回雪岸边。

因此他的衣服永远是湿透的,全靠禁忌之术保命。

他丢了几乎所有的远征装备,仅留腰间两柄长剑。先前被狩群围困时,"借"给了韩德的镀银长剑他已取回。

韩德幸运地活着回到众人的所在地,一同登上了浮空冰山。那是因为艾伊思塔即时解决掉冰脊塔,让阳光回归,韩德才可获救。事实上她也解救了亚阎。她解救了所有人。

她不可能就这样死去,亚阁很确信。她的性子无比顽强,为世界带回了两次阳光。不可能。绝不可能!

河流挟带各种曾被深雪埋藏的废弃古物朝东流去,淤积在之前作战的高楼群聚地。他找了两天,并未发现她的踪影。

于是他再次返回正在消亡的高原,朝其他方向去搜索。

几次,他抹了下鼻子,看见黑血。他吐出墨水般的唾液,毫不在意地继续寻找,同时逆向疏导雪灵之力到自己体内——

当肌肉痉挛,他啃蚀雪灵的灵迅力,强化敏捷度。

当身体虚弱,他啃蚀雪灵的基础灵力,强化力量。

当寒冷令他浑身抽搐,他啃蚀雪灵的抗缚力,强化体格。

当疲惫令他头疼昏厥,他啃蚀雪灵的复苏力,强化耐力。

而无时无刻,他都必须吸食着灵体分散力来增强自己的各种感知:听觉,视觉,甚至味道,渴求增加那么一点点的可能性,在一望无际的湿润平原中找到她的身影。

这便是"逆理奔灵"——反向运用雪灵的各种能力来强化宿主的身体。

当初它被瓦伊特蒙绝对禁止。这些能力也统一被称为"第七属性",是在雪灵能力的六大属性外的禁忌之术。

然而直到今天,亚阁也不知道把"物理影响力"反蚀后会发生什么事。他尝试好几次去聚焦宇蚀的物理影响力,逆向疏导给自己,结果身体并未起任何变化。亚阁猜测这或许是因为宇蚀对于物理世界的影响本就偏弱。

这问题他便一直没有答案。

但他已没有时间思考,只能依赖长久的战斗和生存本能,持续啃蚀自己的雪灵,持续寻找艾伊思塔。

在某个新生的裂谷中,他发现一个卡在溪流旁的金属片。整片雪白中它格外耀眼。亚阁盯着那东西,知道是什么——他和艾伊思塔在"方舟"找到的奇迹之物。

但握在他手里的却只是"恒光之剑"底座的一部分,连着绽裂的钢丝,上头还残留玻璃管破碎的根部。其余部分都不知在哪儿。

亚阁沉默地观察周围一阵子,然后把那东西抛入溪中,继续探寻。

她有可能在任何地方。可能在深雪中,也可能在溪谷底。亚阁跳跃在半融化的雪谷之间,窥视每一个洞窟,留意溪流拐弯之处。

每当夜色来临,他便找个仍未湿透的雪地,草率地搭起雪窟。他以栖灵板在地面挖开只够一人待着的空间，堆砌简陋的雪砖。这些雪砖必须叠成拱形的遮蔽体，以便在地下引力拉扯之下变得坚固。

雪窟从外头看来像个半圆筒状的棺材，侧面对着他所预测的风向。

他缩着身子钻进去，从里头以长剑戳开几条细长的通风口。最后他再挖一些小雪块封住入口，防止强风吹入，也防止里头的热量流失。

事实上，干雪本身便有良好的隔热作用，因此只要雪灵愿意配合，他能在一小时内把身子给弄干。但这本身就是难题。

睡眠更成了最大的问题。他昏昏沉沉地感受到自己的雪灵偶尔化为暖光，没有异变成为暗灵。他却时不时被大地下沉的扭曲声响给唤醒，一夜醒来数次，惧怕忽然改变的地貌把他给吞了。

身体剧痛，意识麻木，但他不给自己思考和惧怕的空间。

亚阁从未想过自己会是今天这般模样。当初他只想探索恒光之剑的踪迹。艾伊思塔窃取了方舟文献出走，刚好让不想再踏入研究院的亚阁逮到了机会跟踪她。

莫名地，他想起那次寻找恒光之剑的旅程。他总是调侃艾伊思塔。任何对话他都占上风，女孩从未辩过他。然而，看着她一次次蜕变，亚阎却也产生自己没预料到的变化。

他知道自己的身份必须隐藏，因此在大迁徙的过程中铆足全力先行一步，找到有利于居民大队的决策，通过艾伊思塔来落实。女孩从未令他失望，更以极快的速度成长。

为什么我会持续听她的话？他感到昏沉。那些艾伊思塔珍视的居民的生命，到了最后似乎也成了亚阎珍视的东西。

为什么？是因为想见证艾伊思塔究竟会成长到什么地步，还是……自己无来由地渴望她的认同？

随着迁徙所遇的一次次难关，亚阎成为艾伊思塔的脑，她则成为他的手与眼。或者其实……她早已取代他的心灵？

"你是个没有心的野兽。"

狭小的雪窟里，他似乎听见女孩的声音。她说的是对的。他以前什么也不在乎，什么也不畏惧。他成功战胜了暗灵，成功驯服了它。但事实上他从很久以前就明白，自己败掉了整个人生，只能远离瓦伊特蒙，与世隔绝。

艾伊思塔的出现改变了一切。他开始听得见胸口的心跳，也再次懂得什么叫恐惧。他害怕找不到她，害怕承认她已经……

不！只要继续寻找，不断寻找，一切都会没事。就这样吧。他将持续燃烧自己和宇蚀，直到倒下的那一刻，直到再也站不起来，直到自己永远无须面对……令他从心底深处疯狂的恐慌。

亚阁不确定独自在这片大地奔走了多久。但今天当白昼再度来临，他忽然意识到自己从未好好地凝视天空。云层之中的大片缺口，像是世界唯一的透气之窗；而彼端，无法直视的耀眼光球——"太阳"——正散放着几世纪以来无人见证过的热力。

它并不像瓦伊特蒙的阳光殿堂描绘成的纯黑色模样。正好相反，它白亮得像是天空心脏。

恒光之剑只是一道光。而现在他眼前，是万亿道光芒。他设法让目光穿透白光凝视太阳，直到双眼刺疼得发泪。

"你是个缺乏信仰的人。"

他听见艾伊思塔说过的话。或许，你说的并没错。

此刻他才意识到自己不断追着她脚步的原因。就算自己毫无信仰，他愿意相信她所相信的。

就算自己早已无法相信任何事，他却还有一条路可走——他可以选择去协助她所相信的世界。

亚阁低下头，用力眨眼。他的瞳孔疼得剧烈，双颊全湿了。他一直以为自己找到了救赎，她却永远消失了。

等待眼睛复原后,他打量周围,发现这一带的湿气没那么重,水流莫名地也少了很多。

亚阎解开每一层衣服的通风口袋,准备在滑行时令风灌注进来,确保不会因运动时积汗而遭冻伤。他取下耳朵上的骨片耳环和细链,如此一来宇蚀不需要多分配一点灵力提升皮肤的温度。就在此时,他瞥见一个奇怪的景象。

在他脚前几米,有道浅浅的小溪。对岸有几颗微小气泡般的虹光,沿着倾斜的雪地挪动,滑溜似的落入溪水中消失不见。

亚阎诧异地走向岸边。他可以清楚地看见水底下的残冰河床。忽然,更远处又有几颗虹光泡泡从雪地冒了出来,跃入溪里。

"什么跟什么……"他踏上栖灵板,沿着河岸朝下游挪动。溪水切过起起伏伏的矮丘,他得绕行雪坡之间。前方出现越渐明显的嗡鸣声,让他心跳加快。

他明白虹光泡泡这现象代表什么。然而他不允许自己多想,生怕万一找到了东西,却没看见女孩。那么一切线索都消失了。

亚阎看见越来越多的彩光泡泡,断断续续出现在岸边,接连落入水里。

最后当他滑下一道弯曲的斜坡,听觉被轰然巨响所覆盖。他刹住板子,绝望地盯着白沫飞腾的瀑布。水流坠入雪坡夹缝间的一个洞穴中,垂直没入万丈深渊。

那洞口并不大,却被黑暗给吞蚀。

亚阎深吸口气,止住跳进去的冲动,因为这完全违反雪地的生存逻辑。那道溪流有可能通往千尺底下的密封湖泊,或是跟着地底的巨河奔向海洋。无论如何,下去就是死亡。

而且这片大地正在下沉。

成为奔灵者二十几年来的本能警告他不能这么做。亚阎扫视周围,再没看见更多虹光泡泡的出现。

他盯着瀑布沉入洞穴的黑色交界线,突然想起当初在千流瀑布之城,自己打算杀出去袭击敌人弱点的那一幕。"不行!那太危险了!俊,阻止他这么做!"艾伊思塔恳求刚受任为总队长的俊来劝说他。

"但最后,你却独自前往冰脊塔……"亚阎感到不可思议,露出一抹迷茫的笑容。一切都是如此讽刺。他仿佛再次听见艾伊思塔对他的责难。

"亚阎,你不明白当人们绝望时,拼命想活下去的意志。"

他点头,然后扣紧双刀,绑紧披风,对着下坠的溪流说:"而你不明白,当一个人找到希望时,愿意赌上一切的念头。"

他蹬起栖灵板,跃了下去。

潋 芒

对于舞刀使文明,雪地守护灵是极为神圣的存在。是残酷的冰雪世纪中,世界给予人类的唯一恩赐。

刚毅的持刀者,使魂魄与之相系,借以获取对抗裂嘴白妖的能力。他们守护日痕山这片福地,并受众人的崇敬。成为舞刀使,曾经是霞奈一心一意的梦想;自小看着兄长背影,在心中默念的愿望。

"要掌握好奔灵的技巧,平衡感是最重要的。就算你的腿部情况没有好转,只要学会运用腰部的平衡力,在雪地疾驰不会有太大问题。"雨寒坐在霞奈身旁,向她解释一些基本的概念,"但如果你想同时持用兵器,你们那种与身高不成比例的长刀会严重妨碍奔灵。必须使用重量对等的双手兵器。"

霞奈点点头。心底深处她想继承兄长的黑色长刀,但若想不再受到残疾所苦,她得尝试成为奔灵者。两者取一,令她心里挣扎。

他们待在山顶的简陋石屋里,看着两名工匠利落的动作。灵板工匠阿波诺把木桩摆放在石桌上,将裂损和潮湿的部分先给切除,再依霞奈的身高测量出栖灵板的理想形态,将木头横向切割为四片等长等宽的薄木板。与此同时,站在对面的银匠布闵则在每一片木板上任意嵌入细小的银钉。

"啊,请问……这样子去把木桩切分开来,会不会伤到守护灵?"霞奈忍不住问道。

银匠以空白的神情回望她,然后笑出声来。"雪灵和我们的物理逻辑可不一样,它们没有空间的限制。"布闵说,"呐,你想想,它可以栖息在硕大的板子里,也可以在小巧的剑柄中。我就遇过奔灵者在战斗中把栖灵板给弄断了,但成功把雪灵移植到新的板子上。"他用槌子敲击银钉,然后用拇指在表面压了压,"只是,现在我们不确定它隐藏在哪儿。这些银钉就是信号,为了传达给它,'乖乖待在里头别乱跑'。"

霞奈似懂非懂地点点头。

"别担心。只要把意念集中心底,雪灵会听见你的呼唤。"雨寒告诉她,"我们都有此经历,应该没问题的。"

"啊……"霞奈再次点头,心里却感到茫然。不管结果如何,议会必然会因她接受了外来文明的技术而恼羞成怒,尤其是因幡。但她告诉自己,那是之后才该烦恼的问题。

"先别想太多。也有可能这一切都会以失败告终。"凡尔萨似乎看透了霞奈，镇静地说。她点头，忽然觉得这群人比想象中体贴。

她忽然想通一件事。若自己缺乏机动力，就算成为舞刀使，也不会受任何人器重。

她应该争取奔灵的能力。

霞奈看向放置于墙角的黑色长刀，心中有些不舍。但她慰藉自己说，成为奔灵者，就能与兄长的守护灵以命相系，即使不能再次使用他的黑刀。

工匠阿波诺以熟练的动作将四片薄板进一步地切制和细磨。布闵挖开之前放置的银钉。然后他俩一起把所有片板稳稳地黏住，再工整地层叠起来。他们手中拿着从外领地文明借来的树脂陶瓷。

阿波诺擦了下额头的汗，从工具箱里找出一捆金属薄片。它大约只有一片指甲那么宽，被卷成圆盘状。"从瓦伊特蒙带了这么重的东西出来，现在终于有机会用到它了。"他自娱自乐地笑了笑，然后拉出一条长长的金属线，用钢剪把它截断，开始进行栖灵板侧面的镶嵌。

布闵则跪在旁边操作一座迷你的燃火台，用易燃膏点起火焰，规律地把已削下的木屑添加进去，让火苗茁壮。他从口袋掏出几颗银源珠，放在锅子里熔化。

子藤尚未归来,隆川则在石屋外头巡视,以防有人接近。在这等待的时刻,费奇努兹低声询问霞奈:"请问,方才子藤说的复杂情况,是怎么回事?"

他披肩的颜色即使在奔灵者中也相当罕见,虽已褪为红棕色,许久前定是非常艳丽的鲜红。应当是某种稀有动物的毛皮,霞奈心想,或许这就是为什么他的同伴时而称他为红狐。她坐直身子,沉静数秒后说:"议会……在讨论是否应该持续收留你们。"

雨寒和凡尔萨都望了过来,露出警觉的神色。红狐则柔和地注视她。

"有许多不同的声音。但人们害怕厄运会接连发生。"霞奈有点儿尴尬地说。

"刚抵达时,我曾向刃皇汇报过,"雨寒长老就事论事地告诉她,"敌人的威胁只会越来越多。它们找到了突破各文明防线的方法。陀文莎的出现或许只是个开端。"她神情严肃。看来年纪轻轻的女孩儿,口吻中却有种不协调的成熟,甚至潜藏了一丝难以察觉的冷酷。霞奈难以想象她在率领众人迁徙的途中曾经经历过什么样的事。

凡尔萨说:"其实让我们留下,才是对你们最好的选择。"

"我的族人……对于外来文明有深刻的恐惧。但这不能责怪你们。"霞奈犹豫着该不该说下去。她看着眼前这群人，思量片刻。一旁，银匠布闵正专注地拿着尖锐的工具，把滚烫的银注入板子周边尚未密封之处。

"三年前，曾有另一个文明来访过。"

霞奈说完，瓦伊特蒙那几人已睁大眼。红狐也露出极端诧异的模样。"他们来自欧洲大陆，称自己为幻魔导士，"霞奈说，"那些人有种神秘的技术……"

"什么样的技术？"红狐问道。

"他们可以让整座冰山浮空移动。不仅那样，他们还能让钢铁飞翔，或是瞬间将水沸腾。他们掌控了很诡异的魔法。"

红狐和其他人交换了眼神。就连工匠们也缓下手上的工作，侧耳聆听。

"一开始接触时，人们非常激动。他们告诉我们在世界彼端的许多事。那文明分布在欧洲大陆四处，通过那些不可思议的交通工具彼此来往。更重要的是，他们一直试图探索这个冰封世界的各角落，希望找到其他的残存文明。"

"艾伊思塔……"雨寒似乎想起了什么，露出难以置信的神色，"艾伊思塔的父母就来自欧洲大陆北方。帆梦在世时，给我和亚煌看过相关资料。那群来访者最远抵达了所罗门群岛……"她愣了一下，望向凡尔萨。"原来他们也曾经造访过舞刀使文明！"

"你们当中也有同伴和那文明有关联?"霞奈也略感吃惊。

"继续说吧。你们有了交流,然后呢?"红狐催促。

"啊……刚开始一切似乎很顺利。知道世界的另一端还有人类文明,而且握有和我们完全不同的技术。我们都渴望从彼此身上学到更多。"霞奈停顿片刻,以矜持的姿态依墙而坐。"当时我已在等待银封之日的到来,做好了一切准备要成为舞刀使。同时,由于哥哥是议会首长,我时常陪同他与幻魔导士进行沟通,带着他们观摩我们的武术训练。我结识了几位很好的朋友。

"但是,当他们打算教导我们运用那奇特的魔法,情况改变了。"她盯着空气中的某处,仿佛再次看见当时的景象,"他们拿出一大袋名为'墨玺'的圣器,赠予我们以示友好,并做出示范……用它……用它引出雪地里的守护灵。这让我们非常吃惊,因为一直以来,只有舞刀使候选人踏入雪地诚心寻找,才有机会偶然看见守护灵的原生态。"

"和我们一样。"雨寒轻声说。

"他们竟然有工具可以诱导原生雪灵现身。"凡尔萨低声道,"有趣。"

霞奈不安地瞧了他一眼。"但人们的惊讶立刻转为错愕。因为我们意识到他们的所有工具,都是以守护灵的原生态作为'燃料'……"

他们沉默地凝望她。霞奈接着说:"就像是木头或者易燃膏,予以消耗,来达到他们所要的魔法效果。你们理解吗?对于我们而言,雪地守护灵是必须敬畏的神迹。守护灵透过……"她不自觉瞥了眼墙角的黑色长刀,"透过舞刀使的剑,与我们一起捍卫这块土地已经数百年。"

凡尔萨和雨寒同时点头。

"议会紧急讨论起该怎么面对这件事,但更糟的情况出现了。"霞奈放低声音,"有人发现停泊在鹿子岭雪地的冰山要塞……也就是幻魔导士乘坐而来的浮空载具,其实正无时无刻地吸取着守护灵。"

"鹿子岭……那就是在你们正门口。"凡尔萨露出讽刺的笑容,摇了摇头。

"对方的解释是他们必须为回程做补给。但群众早已陷入疯狂。"霞奈想起当时的场景,仿佛为了印证群众的恐惧,连大地都出现异样。"接连的地震,从鹿子岭到高隈山到外领地,大地开始咆哮。人们朝这些欧洲大陆的访客怒吼,咒骂他们是邪恶的使者,要他们立刻离开。幻魔导士在吃惊之余也不得不从。"她思索一会儿,决定给他们看。

于是,她在他们面前折起蓬松的裙子。

"听起来你们的交流相当温和。"凡尔萨发出冷笑,

"我们和所罗门的关系,那才叫惨烈——"

但当霞奈卷起右腿的裤管,他们的表情全僵了。凡尔萨松开胸前的双手,面无血色。

"事情发生的时候,我正在协助哥哥把一篓篓礼品扛到他们冰山里的储藏室。那代表钱别,是最基本的礼仪。"霞奈沉沉地说,"我们听见外头发生了争执,来到冰山要塞的边缘。直到现在,还是无人确定究竟是谁挥了那一刀。我只看见有道彩影击中了要塞侧面的银黑盾,就是用来吸取守护灵的巨大墨玺盾牌。攻击的力道过强,范围过深,不仅盾牌毁了,连冰山顶端的大片碎冰都遭剥离。我……刚好在那下方。"

雨寒长老别过头去,不忍再看。凡尔萨则深吸口气。

霞奈的右脚,从大腿到小腿都变了形,有种腐坏的颜色。那模样就像把某种多汁的水果用手指给狠狠掰开来,再硬生生捏回去,然后风干结块。人们甚至无法判断她膝盖的位置在哪儿。

她放下裤管,再次拉平裙摆,用手顺了顺。"其实透过墨玺唤出雪地里的自由神灵,还能产生另一种效用。"

"逆转伤势……"凡尔萨柔声说道。

"是的。经由银封仪式与人类魂魄相系的守护灵,就办不到了。"

"经由我们文明的束灵仪式做了'塑灵'的阶段以后,

有一小部分的奔灵者会获得某程度的治愈力，"凡尔萨瞥了眼女长老，"雨寒就是其一。"

"我的能力是抑制伤势和恢复体能，"雨寒说，"但这和用墨玺能直接做到伤势的逆转，依然有很大的差距。"她面露感激。"霞奈，谢谢你那时当机立断，以墨玺手镯救了我。"女长老轻触自己的腹部，那伤口已痊愈得差不多，"想必你在他们面前承受了很大的压力……"

"能帮助到您，是我的荣幸。"霞奈毕恭毕敬地说。

凡尔萨问霞奈："但我不太明白，你受伤后，难道幻魔导士没有主动运用墨玺帮你进行逆转伤势？"

"他们有提出要帮我治愈。我倒在自己的血泊中，被哥哥抱着。但周围的争吵声并未停止，反而更加激烈了。"霞奈的双肩再次下沉，深深吸气。"幻魔导士拿着墨玺围了过来，却被在场的舞刀使阻止了。他们不再允许任何亵渎神灵的邪恶动作。就连哥哥也无法作声，只能咬着牙，紧抱着我。"她露出淡淡的笑容。

"毫不意外。"红狐面无表情道。

"幻魔导士被赶走了，乘着浮空的冰山离去，再也没有归来。"霞奈说，"我们所有最优秀的化术师都来到我身边，尽了全力医治我的腿。我应该心怀感恩，至少现在我依然能够行走。"

凡尔萨无法置信地摇头。

"之后,哥哥很少再提当天的事。人们都很少提了。若说到那次的事件,只有对那邪恶法术的指责。你们的到来,唤醒这里所有人的敏感神经。"霞奈望向他们说,"所以,希望你们能够谅解……"

"我们了解。"雨寒点头,"我会试着再与刃皇沟通的。我们双方文明有更多的共通点。"

银匠开始煮蜡,把一块长条状的东西削成一片片丢到陶瓮里。灵板工匠则在板子两侧,接近右腿摆置的地方多压制一些金属条。很明显,届时她将以不便行动的右腿为梁,以左脚主控所有的机动性。

不久之后,子藤带着绘银师走进来,隆川跟在他们身后。

绘银师有着瘦长的身影,阴沉的神情和满脸皱纹。霞奈隐约记得他的绰号是"龙"。他观察石房子内正在进行的事,然后打量霞奈片刻。最后他看向子藤,允诺似的点头同意。

"谢谢。那么麻烦您了。"子藤恭敬地说。

绘银师在女孩的对面席地而坐时,其他人都好奇地望过来。

龙取出两个水滴状的透明瓶子,都是双层玻璃。外层含有某种半透明的液体,里头则是液态银。两个瓶子唯一的差别,就是液态银的颜色深浅不一。

瓦伊特蒙的访客静静地站在一旁观望。他们的工匠开始在板子表面上蜡，一层层地敷抹。霞奈盯着绘银师衣袍上弯弯曲曲的花纹，奢望它能催眠自己不要害怕。

两个文明最优秀的工匠，在不为人知的石屋里展开合作。

"做好准备。我们要开始了。"绘银师取出一个闪亮的东西——比手掌还长的尖锐细针。

霞奈柔顺的淡灰色长发向后梳弄，露出清秀白静的面容。

长针刺入皮肤底下，割出需要灌注的空间。她的双唇因剧痛而颤抖，但她维持不变的姿态，缩腰坐正。绘银师的右手反手握针，动作细腻而巧活，以深浅不一的频率挑动针尖；他的左手持着一个注射器，把液态银从针尾的中空槽细细注入。接着，右手拇指规律地挤压细针侧边的按钮，液态银会从针尖处的极小洞孔中流出，成为皮肤底下的烙印。

随着绘银师双手的挪动，霞奈的脸颊慢慢出现闪亮的银纹。

绘银的仪式数百年未变。这几乎是一种作画的过程，取决于每一位绘银师本人的审美，以及他对于绘银对象的了解。龙并不是三年前指定给霞奈的绘银师，但他时常出现在舞刀使的训练场,似乎对于霞奈有一定程度的记忆。

银纹被画成两条水龙,从她两边眼角顺着脸颊的弧度来到下巴,生动地扭转身子,甩出水泡。

颈部的过程是最痛苦的。她坚持着颜面上倾,不畏缩地把脖子挺出来,但细针刮弄柔嫩的颈子,在痛麻之上还有股更难受的窒息感。渐渐地,吹弹可破的颈部肌肤也烙上了蜿蜒的银流。

霞奈的眼底积满泪水,却仰着头不让其滴落。绘银师沉稳地放下器具,然后伸手解开她衣袍的腰绳。他慢慢拉开她的领口。紧包着的内衣上方,露出柔雪般白嫩的胸脯。

她急剧地呼吸,胸脯鼓动着。绘银师再度开始,在锁骨上刻画出水波状的银纹。接着,那图画有如液体般从锁骨朝着胸口下滑。

疼痛感一阵阵传来,泪水湿润了她的双眼。霞奈咬紧牙,把喉间的呜咽声转为沉重的鼻息。

"把泪擦了。否则泪水落下,会妨碍纹路在皮肤凝结的效果。"绘银师吩咐。

雨寒立刻来到女孩身旁,用袖子在她的眼眶周围沾了沾。绘银师刻画着霞奈的上胸,细针一次次戳入白皙的皮肤底下。

霞奈感觉到雨寒的手正不断拭着涌现的泪水,也感觉到胸口传来一阵阵有如挑动神经般的剧痛。她的身子没有任何动作,但眼珠瞥向墙角,眉间紧锁,双唇紧闭,在心里告诉自己,这是哥哥也曾经历过的事,这点疼不算什么。我是舞刀使的妹妹,这点疼算什么。

绘银师持续刺穿她的肌肤。她的目光却变得坚定而炽热,信念在瞳仁中化为黑色结晶。她盯着墙角的长刀。

我是舞刀使……我是舞刀使!

龙缓下了动作,凝视自己臻至无瑕的作品,然后满意地点头。最后的绘银处是手腕,疼痛并不亚于之前,速度却快上许多。

雨寒提着霞奈的手臂,让绘银师绕着她的手腕刻出银纹。她忍不住颤动,但雨寒握住她,令她些许安心。银纹一路盘绕到手背。最后,绘银师在她双手的掌心注入几个等距的银点,结束仪式。

"银封之词记得吗?"他放下绘银工具,将其推向一旁。

"我记得。"

绘银师维持跪着的姿态,但朝旁侧挪开身子。栖灵板出现她目光中,平静地摆放在石桌上。工匠们站在它的两旁等待。在场所有人都屏息等待她的动作。

霞奈瞥视墙角的长刀最后一眼,在心中做了决定。然后她起身,跛行走向栖灵板,并且开口说出祷文。

"踩着先祖的足迹，我在此地；飞雪中的神灵，听我之令。

划开劈天的空痕，划开裂地的残迹。

以剑洗净凡尘，轮封光印流星。

以未来弥补过去，我们永恒珍视远古的誓言……"

霞奈站定脚步，泪光在眼眶里闪动。然后她将双手摆放到栖灵板，深吸口气说："潋芒，你在吗？"

非常自然地，仿佛白昼驱逐黑夜般地平常，虹光从板面浮现。它的波动像一圈圈涟漪扩散开来，把木板染为七彩。几束光带上扬，覆盖住霞奈的手。

她露出笑容，泪水止不住地滑落。

一股温暖的意识沉入她的心底，柔和的情绪令她感到平静。方才所有疼痛都消失了，取而代之的，是皮肤表面的暖意。手背，手腕，胸膛，脖子，脸颊，眼角……银纹覆盖之处传来难以言喻的轻柔触感。她想起小时候被哥哥搂在怀里的时刻。

栖灵板的表面渐渐浮出醒目的纹路，仿佛那木头有了生命般。她认出那是潋芒的雪纹。

"霞奈……"子藤来到她身旁，神色惊慌地指向某处。

石屋角落的黑色长刀，正发出七彩的光芒。

"那是……怎么回事？"她犹豫着低头，看向自己的手掌，"发生了什么事？"

隆川把长刀递了过来。霞奈诧异地接过手，看着黑曜石所制的刀刃正闪耀着虹光。她凝视握柄末端的雪纹，那是和栖灵板一模一样的纹路。

并且，和栖灵板的雪纹一样，虹光以完全相同的频率在振动。

"这也是潋芒？"霞奈不可思议地盯着长刀。人们怀着惊讶的神情来到身旁。

"天呐。我一直知道雪灵是不受空间限制的……"银匠布闵直勾勾地看着两件乘载了雪灵的工具，"但能够同时存在于两个地方，历史上没有人见过。"他大眼圆睁地看向女孩，"你或许是第一个……同时成为舞刀使和奔灵者的人。"

女孩不知该说什么，她把长刀横放在栖灵板上。子藤和隆川站在她的左侧；雨寒长老、红狐和凡尔萨从她的右侧聚拢过来。

长剑的握柄，栖灵板表面——这两处的雪纹发出稳固震动的虹光波，时而闪耀，时而暗沉，谱出一模一样的韵律，像是共同的心跳声。

绚　痕

穿越内陆的航行中，空气一直有种压抑的干涩，天空落着粉状的干雪。巨大、柔和的雪丘霸占地表，像一层层的羽毛毯子。有很长一段时间，他们仿佛驶入温和的白色梦境，周边景色有如棉花之海，引诱人们以为它毫无危险。

然而穿越亚洲，进入欧洲大陆，空气便出现明显的改变。逐渐变强的湿气，频繁刮起的强风。紧接着地貌从柔和的雪丘转为锐利的景象。狭长的山脊，陡峭的坡壁。先是少量的冰冻湖泊，逐步转为淡蓝的大片冰川。

某天，当周围视野变得朦胧，妲堤亚娜告诉众人："亚法隆近了。"

浓雾抹去了远方山脊的锐角，也抹去底下地貌的轮廓。最后，即使浮空要塞处在高空也看不见前方。他们深陷灰蒙蒙的雾气当中。

虽然幻魔导士要人们放心，琴仍看见麦尔肯紧张地拿出双子针,喃喃自语说:"97.4度……"

雾气中飘着繁密的雪片。正前方什么都看不见,只有细碎的飞雪不断扫过琴的脸颊。浮空冰山不停震荡,以恒定的速度向前穿梭。要塞上的彩影就像一团团的幽灵,忽明忽暗地摇晃,令琴也紧张了起来。

"我们……是不是应该先进室内?"琴不安地问。

麦尔肯刚要开口,却突然没了声音,圆溜溜的双眼瞪视前方。

琴扭过头也看见了,却无法解释那是什么。浓雾中出现了一个庞大的色块,暗沉地朝左右两边延展。它仿佛位于远端,却又近在咫尺。

不出一阵子,扭曲视觉的雾气加速散去。她这才意识到眼前是一条弧状长河……不,那应当是个巨大的湖泊!更惊人的是,有个陆岛占据在湖中央。这让原本庞大的湖泊看上去就像是陆岛的护城河。

"亚法隆。"妲堤亚娜朝他们微笑,"我们文明的中枢。"

即使依然遥远,琴也看出它确实是座城市,有模糊的光点在它表面闪烁。

随着距离越来越近,朦胧的轮廓化为线条,一处处细节变得清晰。琴和麦尔肯都震惊得说不出话。瓦伊特蒙的子民聚集在围栏旁,此起彼落地发出惊叹。

那陆岛仿佛是从湖中央升起的台座,环形的峭壁有水雾滚落,却同时有淡淡的虹光气泡向上飘。雾气和彩影间,数不清的巨大石雕从峭壁伸展出来,像是亚法隆的守护神。

琴意识到顶端的城市本身就可能超过瓦伊特蒙的十倍大。建筑物星罗棋布,有尖塔,有拱门。天空中有些小巧的东西在挪动,她才刚想看清是什么,浮空要塞便开始下降。琴饥渴地盯着那城市,银色眼珠在薄雾中熠熠生光。

三座冰山逐渐拉开了距离,陆续降落在远离湖泊的深雪中。

居民列成数排纵队,穿着雪地的步行鞋,从要塞的边缘走下来。奔灵者则甩动长板落在雪地里。琴看见另一座冰山,有人抬出一个冰棺。

琴把栖灵板背在背上,套上幻魔导士给她的步行鞋,跟着麦尔肯走向奔灵者聚集的地方。他们围着总队长俊的遗体。

近乎透明的冰棺里,白发奔灵者的面孔看来仿佛无恙,胸口却多了一个巨大的伤口,直接贯穿到背后。幻魔导士说他们在航程中尝试各种方法,却都徒劳无功,就连要塞里的原生雪灵也救不了他。

会紧握最后一丝希望,是因为没有人看见俊的雪灵从栖灵板浮现后消亡。幻魔导士把俊的身体封在冰窖内,看看到亚法隆有没有最后的办法。

在幻魔导士的指引下,琴跟在移动的人群后方。她诧异地看见一旁的停泊场还有更多巨型坑洞,很可能是更多浮空要塞所留下。前方,亚法隆就像是一座突出的高地,奇怪的是笼罩整个世界的缥缈雾气却和它隔有一段距离,在城市后方化为一层灰色幕布。浓雾覆盖千里,却专门为了这座城市的存在而开了一个缺口。除了护城河,琴完全看不见城市以外的地貌是什么景色,因为一切都被迷雾淹没。

"我们不走大门,"接近护城河时,妲堤亚娜说道,"从这儿坐船登陆。"

好几艘细长的船只停泊于岸边,前端向上弯曲,雕着不同的样式。有人脸、鸟儿、巨剑,甚至幼魔导士。这一排船是琴目前见过最多的魂木。人们两两并肩而坐,数十艘船齐行渡河。即便如此,船只也得来回好几趟才运完两千多居民。

琴跟在麦尔肯身旁,是第二批登上亚法隆的人。接下来发生的事,即使思绪精明的琴,也觉得脑容量难以承载。

她随大队踏上紧邻峭壁的透明冰梯,蜿蜒地向上攀登。他们步入瀑布的后方,看着身旁的水幕在更外层光波的渲染下,折射出熠熠生辉的七彩水痕。有时瀑布之间出现空当，她吃惊地看见外头竟有人影隔空飘过；仔细一瞧，那些穿着长袍的人们踩着尾端散发虹光的金属片。

阶梯弯入一条密闭的廊道，依靠银线照明。居民好奇彷徨的交谈声此起彼落。当他们走了出来，才意识到自己已在城市里头。

各式各样的矮建筑铺开在视野前方，它们的共同点是每一座都有一扇拱门。尖塔散布在远处，每个方向都可见，各自发出清脆的钟声。街道上，人们形形色色；多数都穿着连身长袍，外面又披了一层长背心。他们露出诧异的神情，幻魔导士则不断请人们让路。

城市的人群依然围了过来，热情地和瓦伊特蒙的访客攀谈。双方用相当别扭的语言交流，很快地，忐忑的神情化为诧异的笑容。直到幻魔导士带开了居民大队，因交谈而落后的人们才陆续追上来。

周围的建筑物越来越多，表面都刻有细腻的浮雕。和瓦伊特蒙的洞窟相比，琴感觉自己正走在一座旧世界城池当中；但它是活的，栩栩如生。

经过城墙时，琴看见上方架着一些奇特的设备，有点像巨型弓似的打横的扇形，但上头穿插了非常粗的管状物。她一眼便认出那些均由魂木所制。

她还没来得及问，便被领着踏上一条宽广的长桥，错愕地望着底下的景象。他们脚下是极深的沟壑，仿佛在城市表面剥开一道深谷。琴好奇地探头往下看，峭壁表面有许多凹室，有点类似瓦伊特蒙的窟房，而且每个凹室里都有人在进行某种工作，也有人乘着铁片穿梭其间。沟壑最深处的黑影中有巨型齿轮缓缓转动，时而流泄出曲卷的虹光。

琴觉得自己走入某种传说之地，一时间无法理解所有映入眼帘的事物。

他们抵达长桥另一端，姐堤亚娜回过头来。"我的同伴会把人们安顿好，"女幻魔导士对麦尔肯说，"刚好目前有个圆桌会议正在进行，你带上你们的主要决策者，我们加入会议吧。"

时间就像无声的沙漏，静静下沉，在琴的意识中积聚知识的砂砾。

那是瓦伊特蒙研究院永远无法触及的领域。这三天，除了用膳和就寝，以及花了点时间游走城市各地，多半的时间她都待在亚法隆的"图书馆"里。

偶尔，琴在用餐时看见麦尔肯归来的身影。他与帕尔米斯、依可萝、愈师牧拉玛代表瓦伊特蒙参加圆桌会议。他们同时也带上韩德；虽然戴着金属口罩的奔灵者无法说话，却是所有人当中最资深的战士。他们五人时常动不动就消失，似乎得和亚法隆的不同团体持续开会。

琴望着麦尔肯如此繁忙的身影，便没有再找他。她一辈子习惯被人忽视，明白这并不是第一次，也不会是最后一次。因此这阵子她几乎没跟任何人说过一句话。

在第三天的傍晚时分，麦尔肯再次来到她身旁。

"琴，原来你在这儿。"年轻学者气喘吁吁地爬到图书馆顶端的塔楼，在露台上找到了她。"抱歉，这阵子有太多事得沟通了。他们有问不完的问题，当然我们也是。而且我发现，这文明的组织体系相当复杂，好几组人马都想拜会我们。"琴从他的口吻中听出了自豪。

"他们真的强大得令人难以想象。相较之下，我们这五百年来就像处于蛮荒时代。"麦尔肯揉了揉疲惫的双眼，接着说，"琴，我先告诉你一件比较重要的事。"

琴轻轻地把书放下。

"他们对于我们成功摧毁冰脊塔这件事感到很震惊。他们以前确实见过冰脊塔，却从未想过要摧毁它。或许因为这群人根本不需要这么做……浮空要塞让这文明避开了许多我们从前得面对的危险。欧洲大陆又是个相对和平的地方，几乎没受过大规模的狩群侵扰。

"但是呢，我们说服了他们，白岛的威胁范围正在逐渐扩大。"麦尔肯吸了口气说，"圆桌会议刚刚决定了……要派出七座浮空要塞，到欧洲大陆各地方寻找冰脊塔的所在地，并尝试展开逆袭！"

"逆袭?"琴的银色眼睛眨了眨。

"是啊!他们的一个兵器,可以抵十个奔灵者的能力。想想它能对冰脊塔造成什么样的伤害。"麦尔肯雀跃地说,"你相信吗?这将是冰雪世纪的历史上,人类第一次有机会在好几个地方同时打开天空的云层!"他的语气充满了兴奋和感动,不太像平常的样子。"瓦伊特蒙……我们整趟迁徙,帆梦的牺牲……不是没有意义的。我们领略了夺回阳光的方法,而他们拥有足够强大的工具去实现。我们会一起大举让阳光回归世间。"

琴静静地望着他,有点儿不知怎么反应。

"抱歉,这几天我一直没有告诉你事态的发展,可能听来很突然。"麦尔肯缓和了一下呼吸,腔调忽然变得紧张,"今天夜里就得出发了。我会和其中一座要塞同行。"

琴的大眸子没有眨动,心跳却停了一拍。"你会前往哪儿呢?"

"我的那座将会朝正西方去探索。除了我们五人以外,汤加诺亚、尤里西恩也会分别踏上一座要塞,提供瓦伊特蒙的经验。"

除了沉默之外,琴不知该如何反应。但在心底某处,一股不安的感觉涌现出来,像被乌云包覆的电光。

她尝试挤出一个问题:"为什么这么急?我们才来三天。"

"这是讨论的结果,大家一致认为这么做的风险是可控的,因为敌人在路面而我们在空中。"麦尔肯说,"若顺利,我们一周之内就会陆续回来。那么……我得去做准备了。"他给了琴最后一个难掩兴奋的眼神,正准备离去,却似乎想起了什么。"对了,我把从瓦伊特蒙带来的文献都寄存在图书馆里,那是研究院仅存的一切了。你想看的话可以随时去翻阅。我也把俊从所罗门带回来的多角石交给幻魔导士研究了。这段时间若有什么发现,他们可能会告知你。"他露出欣然的微笑,"现在起,你也算是研究院的学者了。"

琴的眉间微皱,看着麦尔肯走下旋梯。

然后她从露台望向整片亚法隆。点缀城市的尖塔相继亮起虹光,灿烂地闪动。然而她的目光穿越整片繁荣,直盯着逐渐昏暗的浓雾,银色眼珠跟着暗沉下来。

宇 蚀

亚阎醒来时，发现自己趴在一块巨冰上。

周围尽是黑暗，身后水流声是细碎的呢喃。浅流正冲刷着他的双脚。他试着挪动身子，却发现腿部已没了知觉，最后只得用手肘撑起身子爬开。"啊，真是狼狈……我昏迷多久了……"他隐约记得自己被河水淹没，流经不知多长的距离。所幸双刀和栖灵板都还在。

亚阎放出虹光的一刻，四周出现幽幻的反光。原来他正在一个狭窄的冰洞里头。所幸，全身虽已湿透，身体却无大恙。这只有一种解释，代表在他昏迷的过程中，宇蚀保护了他。亚阎露出饶有兴致的笑容翻过身来。"好样的。没想到你竟然知道怎么救自己的主人。我以为你只知道破坏——"

弧状冰墙的彼端，有个女孩躺在那儿。

亚阎愣了半晌，盯着无数光点在她周围的空气中盘绕。"艾伊——"他大梦初醒般想站起来，双脚却不听使唤。他立刻抛开栖灵板,解下双刀,激动地攀爬过去。

"艾伊思塔!"亚阎来到她身旁时,空气中的虹光泡泡迅速消散开来;有些没入冰墙中,有些回到溪流里。他喘着气,脱下手套,捧住女孩的心形脸蛋。

她的皮肤异常冰冷,几乎没了温度,双唇也失去血色,和面容一样苍白。

但她在呼吸。在沉睡着。

亚阎睁大眼,犹如失魂般地喘息。然后他从喉间呛出一口白烟,激动地抱住她。他发现自己正禁不住地颤抖,情绪令他眼角抽动。他又爬向栖灵板,把它带过来,唤出雪灵的暖光包覆两人。

近乎奇迹般地,艾伊思塔的身子连一处伤口都没有。

然而她的披风、栖灵板,全都没了。她胸前的灵凛石项链尚有微弱的彩光,但过一会儿便消失,留下漆黑的小圆石。

亚阎这才开始打量他们的所在地。这是一个不大的冰穴,扭曲的表面有诸多凹陷。他慢慢站起身,发现冰墙里竟然有金属架的影子。那必然是旧世界建筑的一部分,代表这儿的位置非常深。

溪水来到这里已化为浅流,但不能保证附近是否有更湍急的河水,随时会因地貌改变而淹没一切。隐隐约约地,他听见大地搅动的声响从上方传来。任何一刻,洞穴都有可能坍塌。

"艾伊思塔……"亚阁跪在她身旁。女孩看起来非常消瘦。他捧着她的头,轻轻唤醒她。

绿发女孩慢慢地睁开眼。在虹光照耀下,原本有如绿宝石般的眸子似乎有些不一样。

"艾伊思塔,是我。我来了。"不知多久以来,亚阁第一次流露出满怀激动的笑容。他的雪灵也受到影响,在身旁强烈闪烁。他得抑制住胸口的澎湃。

女孩回望着他的脸,却像什么也没看到。亚阁感到哪儿不对劲。她的眼睛一直没眨动。

"听得见……听得见我的声音吗?"亚阁急着问她,"看得见……我的脸吗?"他让雪灵的虹光缓缓加强。

艾伊思塔的瞳仁晃了一下,终于聚焦在亚阁的脸上。

他喘了口大气,然后扶起她。"我们得先离开这儿。我会带着你离开。"

"这儿是哪里?我在哪里?"

亚阁愣了片刻。艾伊思塔的声音出人异料的平静,像被剥夺了所有情绪,甚至透着一股不大像人的凉气。但亚阁对她微笑,"你成功了。你击碎了冰脊塔,拯救了所有人。所有居民,两千多人,他们都没事,全都没事了。"亚阁哽咽,泪水出乎意料地浮现在眼角。

"是吗……太好了……"非常缓慢地,艾伊思塔露出了淡淡的笑容。

亚阁终于意识到是什么改变了。艾伊思塔的声音和表情,那异样的熟悉感,异常冰冷的身躯,朦胧不明的五感——就和缚灵师一模一样。

周围再度传来重物扭曲的搅动声,这次冰墙出现龟裂,抖落了一小撮冰尘。

"我们必须动身。"亚阁命令雪灵回到栖灵板,刻意让整个洞穴回归黑暗。然后他毫不犹豫地再次把宇蚀倒流到体内,增强自己的肌体力量,即使他明白自己的肉体已远远超过极限。他把女孩和栖灵板一同抱起,在伸手不见五指的黑暗中等待。

数分钟后,如他所料,细小的虹光泡泡再次从视野边缘爬出来。它们有些从河中冒出,有些从冰穴的顶端飘入。

"这些原生雪灵是被你吸引而来的,它们会帮我们找到离开的路径。"

虹光点从几个不同的方向溜入冰穴。亚阁知道势必无法从当初进来的瀑布原路返回,因此带着艾伊思塔踏入浅溪,追随水道顶端的虹光点的来源,朝溪流下游走去。

他的赌注是对的。在漆黑通道行走一段后,溪水旁出现另一个冰穴。它更宽广,而且彼端有道狭缝,光泡就是从那儿飘入的。

亚阁抱着艾伊思塔,不顾麻木的双腿和双臂,走入狭缝里,开始向上攀爬。他把女孩背起来,将栖灵板打横在两人的腰部之间,并以人类不可能办到的力量朝上爬。他们时而经过能够行走的冰架,时而必须徒手攀登。亚阁没有一刻放下艾伊思塔,就这么背着她。

偶尔他必须持刀劈开积雪的路径,若有坚硬的残冰挡路,他便啃蚀暗灵,把力量注入长剑。一旦方向稍有不明,他会再次回归黑暗,等待被灵凛石吸引而来的虹光泡泡出现。就这样,他们一步步上行,终于隐约看见了白昼的光亮。

从一个天然通道钻出来时,艾伊思塔在他背后发出了点声音。

亚阁让她坐在栖灵板上。女孩张开口却没说话,面无表情地盯着天空。

空气中的暖意,此刻变得如此令人珍惜。亚阁喘着气,解开逆理奔灵的一刻便直接瘫倒在地。他的心脏像被人拉扯似的跳动着,仿佛要冲出胸口。同时他浑身颤抖,仿佛是细胞急速凋零带来的疼痛。仅剩的一丁点力气,他让自己翻过身来,面对碧蓝色的天空。

阳光像一双柔纱般的手,轻抚他的每一寸肌肤。就连暗灵也稍稍沉静下来。

他的喘息渐缓,昏厥过去。

时间的流逝仿如隔世,他猛然睁开眼,发现头顶的天空依旧明亮。他惊慌地坐起身。

还好,女孩仍在原地,抱腿坐在栖灵板上仰望着天际。亚阁深吸了口气,低下头来。

露出的天空已被云层遮挡住一大块,太阳也有一半被遮掩。分割天际的弧线在阳光照耀下变得明显,像是上了银边。乌云底下的大地恢复过往的暗沉。亚阁盯着这景象,一股莫名的愤怒油然而生。

"这已经是第二次,她帮助你回到这世界,让你见到所有向你祈愿的人们。"亚阁眯起眼,斜视半个艳阳。"我不在乎自己怎么样,也不在乎自己死后会去哪儿。但……"他停顿了片刻。

咽了口唾沫后他沉下头来,低声说:"但如果你听得见……请帮助我,安全带她回到人类的地方……"

艾伊思塔一点儿反应也没有,就静静坐在那儿。亚阁扶起她,一起站在栖灵板上。然后他把她搂入怀中,用披风裹住两人。

他望向西方。那是艾伊思塔的故乡,强大文明的所在地。但他们得横跨整片未知大陆,路程遥远得超乎想象。而且这一次,他们不再有恒光之剑的帮忙。

然后他望向东方。雨寒和统领阶级必然找到了他们所谓的理想。距离上可行许多,现在追赶上去或许还有机会。但他们得跨越结冰的海洋,还可能被视为仇人。

微风吹动他的灰发,亚阎抱着艾伊思塔眺望天际线,沉思着该怎么做。

最后他瞟向栖灵板的后端。"宇蚀……这辈子我没有恳求过你。"他沉重地说,"我不晓得自己还能撑多久。但假如我倒下了,保护这女孩就成了你的工作。这会是你的第一要职,就算得抛下我。明白吗?"

光波在他的板面闪烁片刻。

然后亚阎看着怀里的女孩。艾伊思塔把脸枕在他的胸膛,眼神却像失焦一般。

栖灵板开始挪动,在雪地刮出声响。湿冷的风迎面吹来,太阳缓缓消失在云层后方。

"别担心,我会带你去安全的地方,"他用披风挡住女孩侧脸,轻柔地将她的长发往后拨,"无论付出什么代价。"

离 焱

被安置在外领地的瓦伊特蒙生还者,近来总被一股阴郁的氛围笼罩。或许他们察觉到在附近徘徊和站岗的舞刀使虽然维持淡然的神色,先前的友善却已不在。

现在,在雨寒的房间外头,一排奔灵者护卫若无其事地席地而坐,栖灵板和兵器却不离身。他们严防任何人打扰在房间内召开的统领阶级会议。

红狐是这次紧急会议的主导者,另外还有三名原属远征队的队长——哈贺娜,冰眼额尔巴,以及全身包着绷带的飞以墨。曾被亚阎的暗灵伤及全身,现在飞以墨只剩一双恨意满满的眸子未被绷带遮掩。

另一位曾因暗灵爆走而受伤的是亚煌,他也在场。亚煌休息了好一阵子,恢复状况算佳,但身上全是伤痕。他的左手臂、左脸颊都受了重伤,火焰状的伤疤几乎抹去了眼角的白色藤蔓刺青。

还有一位绑着深灰色发束的女孩坐在亚煌的身旁。她是名为黎音的奔灵者。

此外,佩氏姐弟、愈师安雅儿也在房间里。凡尔萨则坐在雨寒的斜后方,观察所有人的反应。

"我们别无选择,必须从舞刀使手中夺取这个地方。"红狐说。

他的提议超乎所有人想象过的最糟情况,就算是其他统领阶级的奔灵者,也困惑得不知该如何应答。

"我们是寄人篱下的访客。他们选择收留我们,你怎会有这种想法?"雨寒没等其他人,直接说出口。她不再像以前对红狐言听计从,目光有股前所未有的锐利。

"费奇努兹……你疯了吧?"佩罗厄睁大双眼瞪视,他的姐姐佩塔妮也不可置信地摇头。"只不过是一些小争执罢了,与他们谈和便没事了。"

"那只是开端。必然的。"红狐说道,"我一辈子远征,看过太多人凄惨的下场。如果瓦伊特蒙文明想要活下来,你们得抛掉所有美好的想象。生存逻辑不容置疑。"

"但我们已经不是在远征了。"老将额尔巴与他对视,"如果想安稳地定居下来,需要另一种决策依据,不是吗?"

红狐看着手中的长弓,仿佛在思考什么。"我们得知舞刀使的决策议会有意驱逐我们。必须先做好最坏的打算,率先准备好下一步。"他的视线扫过雨寒和凡尔萨,声音不带一丝情绪,"你们得承认,离开这得天独厚的环境，我们不再有生存机会。这是凌驾一切之上的事实。"他那极具穿透力的目光，逐一凝视房间里的每一个人，"还是有人觉得，当舞刀使说'你们该走了'，我们就拍拍屁股，带着所有居民再次走回那片死亡的大地？"

所有人都沉默了，气氛变得凝重。奇特的是凡尔萨发现自己脑中没了任何想法，只是本能地打量着其他人。他瞥向雨寒，看着她的神情。

"迟早都会发生的，就由我们先动手吧。"飞以墨冷冷地说。

"开什么玩笑？"哈贺娜斜眼瞪视他，"我们在别人的地盘，况且舞刀使的人数比我们更多！"

红狐回道："现在，我们对这里的地理环境已有一定程度的了解。这阵子我做过精细的估量，舞刀使的总数不到五百人。"

"五百人？那可是我们的三倍多！"哈贺娜反驳。

"是的。但我们拥有他们所无法支配的机动力。绝对有胜算。"红狐摊开手掌压住栖灵板，"告诉我，是对抗舞刀使的生存概率大，还是回到雪地里和无限繁生的白岛细胞去厮杀，生存概率大？"

这句话起了相当大的作用。迁徙途中发生的所有事件，像梦魇一般再次笼罩每个人的脸庞。血色从人们的脸上流失。

只有亚煌淡然地说:"我们对抗的不单是舞刀使,而是在这儿居住五世纪的整个文明。这里的居民可有上万人。"自从伤势恢复之后,亚煌的神态变得反常地默然。他和雨寒一样,曾遭到整个统领阶级的背叛。

"红狐,我们不可能占领这地方的。"凡尔萨终于开口。

"白岛变得活跃……"雨寒若有所思地说,"他们需要更多力量来协防。他们会需要我们的。"

安雅儿也低声说:"抱歉,红狐,即使现在你是总队长,也不能推动大伙儿做出这种疯狂的决定。"

费奇努兹闭着眼,长叹口气。"太天真了。"他坐直身子,思量一会儿后蓦然睁眼,"那么不公然对抗吧。我们找一个可行的机会,绑架刃皇,逼迫他下令分享所有的资源,并且把日痕山让出一半给我们。"

众人凝视他,依旧感到不可思议。

"目前舞刀使半数都在外领地。"红狐说,"只要我们把那儿和日痕山之间的陆桥封锁住,他们将难以闯入。他们就是那样对待我们。"

"啊。"佩罗厄摸了摸下巴,似乎有点被这主意给掳获,"这么说起来,他们确实欠我们一笔。"

红狐严肃地凝望雨寒,"至少,这必须是我们接下来的应对方案之一。"

"再说吧。我先试试和他们的议会交涉。"雨寒以这句话结束了会议。

在雨寒的任命下,凡尔萨已从一百五十名奔灵者当中挑选出三十位,作为护卫和交涉使节。事实上他不确定这么做还有多大的意义,舞刀使早已打算立即驱离他们。

眼前的三十名战士,人人眼中都蕴藏着蓄势待发的活力,甚至是一股隐隐的杀气。只不过,现在他们把杀气瞄准凡尔萨。

许多人刻意不正眼瞧凡尔萨,而那些盯着他的人,很明显对这决定感到不公。

从一年半前开始踏上迁徙之途至今,不停发生的变数令奔灵者一直缺乏稳固的权力结构。如今,凡尔萨直接受命于长老,可对五分之一的奔灵者发号施令,等于变相拥有和总队长红狐匹敌的影响力。可想而知,这令红狐相当不愉快,更让这群被"选出来"的奔灵者心生愤怒。

凡尔萨心里想着,迁徙发生之前这些人属于各个远征小队,资历比他丰富,也明白当初和他在一起的同伴发生了什么事。

既然如此……

"在瓦伊特蒙,你们或许都听说过我的名字。"凡尔萨站在他们前方,把双刃巨剑依靠在胸前。

"当然了,'叛逃者'。"

凡尔萨的目光挪向说话的人，他记得是个名为杭特的弓箭手。

"我说错了吗？"杭特的目光有种明显的蔑视。他身旁几位奔灵者双臂抱胸，均沉默地瞪视凡尔萨。

凡尔萨沉思片刻，点点头，"是的。没有错。"

他们嗤之以鼻地叹口气，还有人毫不避讳地发出笑声。

凡尔萨在心底深处也想和他们一起笑。这感觉相当奇怪。他发现这一次，胸口竟然没有因为怒意而紧缩。为什么？

他并未让表情透露出思绪，但他想清楚了一些事。

是雨寒。他想起自己以为雨寒将死的一刻，内心最深处的那种撕裂般的难受。那是连自己都没意料到的，极端的哀伤。

许多事，以前的，现在的，和她比起来，都变得微不足道。

"所以别闹了，"杭特说，"叫长老换个人带领护卫队吧。"

凡尔萨沉默不语。长老……人们现在已经可以不假思索地叫她长老了。

人们在雨寒身上都看到了一些东西。她的母亲把长老职责依托给她，亚煌也选择接受，甚至是凡尔萨自己，一直以来也都明白。在那女孩瘦小的身躯里，存在着某种独特的力量。

但她还年轻,总是鲁莽,总是彷徨,压在身上的强大责任只会加剧这些现象。于是,一股本该是善意的力量便成了杀伤之力。她冒犯到了许多人,而更多人痛恨她。那种感觉,凡尔萨其实非常清楚。

雨寒的转变令他隐隐感到不安,因为他经历过类似的事,知道自己有可能成为什么样的恶人。雨寒正在慢慢变成他。更糟糕的是,她手握操控众人命运的权力。

"我憎恨过很多事……很多人。"凡尔萨盯着地面开口,"包括三长老,我自己的父亲加尔萨纳,还有许久前代表瓦伊特蒙出使任务的路凯。"

"然后呢?你想找我们忏悔吗?"杭特说,"还是你很想念路凯对待你的方式?"他还刻意举起拳头在空中挥舞,令身旁的同伴发出大笑。

但凡尔萨没有理会他们,自顾自地说:"如果不是因为路凯,我们不会站在这儿。我们会跟着瓦伊特蒙一同被消灭……"他又沉默了一会儿,才缓缓抬起头,面向所有人,"你们听到的都是事实。他和联合远征队的伙伴揍了我。"

杭特皱起眉头,或许没料到凡尔萨会如此干脆地说出这些过往。

"所以有很长的一段时间,我痛恨他们所有人。"一直到现在,那股深陷胸腔的恨意依旧存在,就像沉睡的神经随时可能爆发。"我明白什么叫憎恶。"凡尔萨明白自己是谁,也明白对于现况的无能为力,能把一个人折磨到什么地步。

眼前这三十个人,定和他一样,对于目前的处境都感到无能为力。

"所以,我给你们痛恨我的自由。"他沉静地凝视他们,"你们可以憎恨我,鄙视我。但这并不会改变我们的合作关系。"

杭特松了拳头,和身边几个人交换困惑的眼神。

"雨寒长老需要我们。瓦伊特蒙的三百位居民需要我们。这才是凌驾一切之上的事实。也是我们的使命。"凡尔萨说:"至于遇到什么事情该做些什么,每个人就随着当下的情况判断吧。"他感到一阵口干,忽然有点不自在,"有需要时我们会再集结。"

凡尔萨拎起巨剑离去,留下身后的奔灵者窃窃私语。

几个小时后,雨寒带着红狐和凡尔萨来到魂木搭建的红梁塔城,会见刃皇。

决策议会成员也在,包括子藤。他们仅剩八人,炽信的首长位置则暂由因幡代理。他们以充满礼节的庄重坐姿,静静聆听年轻女长老陈述双方应共弃前嫌,做好面对白岛攻击的准备。

当她说完,对方的神情却没有任何变化。

刃皇点头道:"雨寒长老,你所说的我们都明白。"他停顿片刻,告诉她:"我们经过慎重而漫长的讨论,最终认为,或许你们离开这儿,才是对我们双方文明最好的选择。"

凡尔萨并未感到吃惊,但他瞟了眼雨寒,发现她正露出茫然的神色。坐在刃皇身旁的子藤则一直没有抬头面对他们。

"刃皇,我们没有地方可去了。"雨寒有点急切地说。

"是的,我们理解。但你们可以引领成群的子民跨越如此遥远的距离,这可是非凡的成就。我相信,这更是因为你们的能力与众不同。"刃皇露出真切的笑容。"当然……我们这决定或许过于突然。因此基于双方已建立的良好友谊,接下来两周,你们依然可以居住在外领地。"

"两……两周?"

"是的,两周。"他的语气强硬,"这时间要做好往后的旅途规划想必是足够的。需要多少带得走的补给,请随时告知,我们一定不遗余力地帮忙。"刃皇的身子微微向后,双手轻放在膝。"但两周后,我们会拿回领地,送别你们。届时依然留在境内的人,将被视为是不友好的。我们也只能采取相应的行动了。"

雨寒盯着刃皇许久，似乎难以相信耳朵听见的。最后她看了费奇努兹一眼，微微低下头来。

凡尔萨出乎意料地沉静。他不在意接下来将发生何事，只凝望着雨寒的反应。

"瓦伊特蒙明白了。"最后开口结束这个短暂会议的，是红狐，"那么，请给我们两周的时间做好准备。"

PART II 世界剧变

潾　霜

　　世界像是滚动的白色漩涡，而他渺小的身影矗立中央。

　　绵延的雪丘如海浪般起伏，若隐若现的淡蓝色浮冰在当中翻滚。飞雪朝同方向飘动，夹带着足以冻结意识的极寒气息。

　　俊的白色长发被强风吹拂。他顺着螺旋流转的景象转身，看见一个人的背影。

　　对方的深色发辫在脑后交绕，结为十字。他穿着黑色复合披风，黑色手套，黑色长靴。但最引人注目的是包着他颈部的铅灰色围巾，一圈圈缠绕，尾端随风飘荡，逆着周围流转的世界图像。

　　"路凯……？"俊朝他走近一步。

　　回旋的雪丘正朝他俩收缩过来。俊以手臂遮掩狂风。他以为自己摆脱了路凯的记忆，以为自己成为众人所托付的领导者。那么为什么——

　　那人回过头来。他的双眸被防风镜遮蔽，口鼻埋藏在围巾底下。他凝望了俊数秒。强风卷起白雪加速飞绕,开始朦胧他的身影。

"路凯!"俊试图走向他。

风声化为语音,空洞洪亮,抑扬顿挫。"要记得,无论发生什么事,我们曾经共有的一切,丝毫不会改变。"

"路凯——!"俊开始不顾一切向他走去。然而对方一只手压住覆盖脸孔的灰色围巾,另一只手指向天际。

俊跟着抬头。周边旋动的景象成为巨大的龙卷,地平线的一切被飓风连根拔起,化为白色粉末朝天漫开。然而正上方什么也看不见。他只感到双眼一阵刺疼,激烈的白光覆盖视线——

"总队长!"数名奔灵者在身旁,扶起他的身子。

莉比丝站在他们中央。女弓箭手双手捂着嘴,难以置信地流泪。俊的目光逗留在她身上片刻,然后挪向周围的人们。"帕尔米斯呢……?敌人……包围我们的敌人呢?"他脑中仍在昏眩,仿佛自从闭起眼,时间已过数年。

周边景象陌生。金属架组成的半开放空间,外头是微薄的雾气,飘晃的雪片。几位身穿长袍的人凝重地站在周围。

"不用担心,我们在很安全的地方。"说话的是泰鸠尔,他满怀笑容地说:"总队长,你已经昏睡十几天。需要一些时间适应。"

"十几……"俊闭起眼,这才忆起自己在作战中跌入湖里,被数道管足击穿了身体。他躺在一个倾斜的台座,本能地触摸胸口时,指尖碰到某种奇特而冰凉的东西。

在他上身的薄衣袍中央,一个黑晶体般的圆盘嵌入了胸腔。它的周围有道厚实的银边,一丝丝奇特的彩影像气流般从外围流入中央晶体,化为龙卷般的虹光在里头旋动。

"只要微型银边墨玺继续作用,你就不会有生命危险。"一个留着八字胡的绿发男子告诉他。

奔灵者开始向他解释一切。从东亚遗迹穿越远古的丝绸之路,再到亚法隆这个魔幻的迷雾之都。

俊感到欣慰,他们真的接触到欧洲大陆的文明。然而实现这契机的艾伊思塔却因此阵亡了,没有机会看见她祖先的故乡……俊心生愧疚,是自己亲手把这个远西文明的资料交给她的……

身旁的人们持续诉说这阵子发生的事。虽然俊自己并未见证天空敞开,但所有目击者都印证艾伊思塔的假设:摧毁冰脊塔就能唤回阳光。这也进一步证明俊自己对于魔物相互串联的本质的推论。"那么,被派出的七座浮空要塞,有哪些已经归来?"

"还没。我们都在等待。"泰鸠尔告诉他有四座冰山朝西北象限分散行进,针对性地寻找冰脊塔的踪迹,同时通告分布在欧洲内陆的其他人类据点。汤加诺亚的浮空要塞朝东北方深入欧亚的交汇处,尤里西恩前往中东一带,帕尔米斯则朝西南方前往非洲大陆。

俊的脑中浮现许多复杂的想法,忽然感到一阵头疼。

"我们确实该花点时间去探索潜在大陆各处的冰脊塔。"克瑞里厄斯,也就是留着八字胡的幻魔导士,告诉他,"别担心太多。现在的情况和你们刚离开瓦伊特蒙时完全不同。只要乘载浮空要塞,你们不需要从地面与狩群厮杀。我们有绝对优势。"

确实,无论是什么形态的魔物,体内的"核"皆与雪地里延伸过来的冰脉相连;切断关键的冰脉,便能杀死无数的狩群。它们无法脱离地面与浮空要塞作战。"但假设……一座冰脊塔是一个区域的核心,敌人势必会想尽办法保护它。"白发奔灵者说道。

克瑞里厄斯点头,"我们等他们带回来的报告吧。看看敌人的反应。"他示意俊和其他人一起跟上来。"既然你是他们的总队长,我想亲自为你介绍亚法隆,我们的城市。"

俊活动了一下身子,离开倾斜的金属台座时,他和莉比丝四目相接。

女孩在他的印象中是位冷静的弓箭手,无论什么战况下都能以她那强大的破坏力驱散敌军。然而现在,莉比丝的眼眶泛红，很勉强才压住决堤的情绪。

"在浮空要塞那几天，她没有一刻离开装载着你的冰棺。"泰鸠尔用拇指指向女弓箭手，不怀好意地露齿发笑。"她觉都没怎么睡，就坐在那儿盯着你的栖灵板。我看如果你的雪灵当时飘出来，莉比丝会狠狠把它给塞回去。"

莉比丝怒瞪了泰鸠尔一眼，然后抹了抹眼睛，在俊的面前低下头来。"你是因为要救我才受了那么严重的伤。我害怕如果……万一……"

"谢谢你，我没事了。"俊触摸她的头。莉比丝捂着脸，眼泪无法克制地滑落。

这段时间，来自瓦伊特蒙的访客多半已熟悉了亚法隆的环境。幻魔导士允许他们随意自由行动。街道上积着薄雪，可以看见奔灵者驾着栖灵板四处游晃。在克瑞里厄斯向俊介绍这座城市时，有不少奔灵者看见了立即跟上来。很明显，他们想待在总队长的身边。

"抱歉……让你们担心了。"俊内疚地告诉围绕他的同伴们。

"总队长，是你让我们所有人找到欧洲大陆。"说话的是利昂，莉比丝的弟弟。

俊在街道上行走时，一直有瓦伊特蒙的人群加入。原本只针对他一人的环境介绍，不知不觉就成了大队。

"你所受的是典型的致命伤,打穿了整个身子,偏离心脏仅一寸。"克瑞里厄斯带着他们爬上一道通往城墙顶端的阶梯。"我们孤注一掷,回到城市立刻让手术医师剖开你的身子,"他指向俊胸前的盘状物,"然后把小型的银边墨玺和你的身体融合起来,才慢慢看到你胸口的肌理组织出现逆生,开始复原。"

"克瑞里厄斯,你也曾经是医师吗?"莉比丝问道,"我看见是你指导他们怎么做的。"

城墙上刮着阵阵微风,吹起幻魔导士的长发。他摸了摸八字胡说:"我确实做过一阵子的医师。身为驱动师的首要职责便是理解能源的循环体系,包括动力的转化、传动和平衡。人体也是一种透过循环体系支撑的载体。以前呢,我们经历过类似的手术,有一些个案可借鉴。"他看着俊说,"因此我们都明白这手术的成功概率是多么低,你却活下来了,你的命相当大。"

命相当大……

幻魔导士的声音在俊的脑中轻轻回荡。城墙顶上,可以看见护城河的另一头消失在浓雾之中。

而在他们脚下的墙道,便是这座人类据点高耸的边疆。众人沿墙而行,偶尔经过守城的哨兵。那些人亦穿着长袍,一眼便能看见身上配戴各种小型墨玺。

每隔一段距离,城墙上便出现一座奇特的设备,坐在里头的哨兵向他们打招呼。

"这些是魂木?"俊看着眼前的设备,那体积比瓦伊特蒙的角鹿还大。它的前半截像是巨型弓弩般的扇体,从城墙的边缘突出去,后半截则雕成流线式的载具。坐在里头的哨兵半身外露,半身被繁复雕刻的网状木片给包覆,双手握着设备里的握柄。

"是的。这是'极光炮',对那些魔物非常有效。我们发现把尚未白化的木头雕刻成某些系统性的纹路,它就可以把'雪能'——也就是雪地的能量——直接转换为对狩有杀伤力的波频。用你们的语言说,应该就和栖灵板的'雪灵'释放的能量有相似之处。不过这些都快成摆饰了。亚法隆已经不知多久没有见到狩的踪影。"

俊脑中浮现千百个问题。然而当他盯着护城河,却只感到不安。"普通居民能操控这些设备吗?"他询问。

"普通居民?"

"啊,我的意思是……是否得具备幻魔导士的能力,才能操控极光炮?"

"没错,你至少得先学会如何操控墨玺,才可以主导雪能。"克瑞里厄斯点头,"事实上,亚法隆整座城市的方方面面都是由雪能所驱动。"即使目前尚为白昼,依旧看得见细微的彩光在各式建筑物的顶端飘摇。然后克瑞里厄斯回过身,又指向城外的某处,"你看那儿,护城河的对岸。"

稀薄的迷雾间,俊看见的城外的雪地有几座和人一般高的小金字塔。虽然被白雪覆盖,依旧可以明显看出隆起的钝锥模样是人造物。"那些都由墨玺打造而成。"幻魔导士接着说,"我们从外头吸引雪能,再经由湖底的银制导管送进亚法隆里头,做各种转化运用。这也包括守城极光炮所需的能量。"

取之不尽,用之不竭,俊心想。然而他起了一个疑问。"如果整座城市的运转都需要所谓的'雪能',那么,你们有足够的幻魔导士来兼顾每个领域吗?"他想起瓦伊特蒙的三大支部,奔灵者的人数只是居民里的一小部分。

"只要学会操控墨玺,许多基础的应用都不难操作,比方光源、热水、交通医疗、器皿制作,方方面面。当然了,每个领域都有最专业的负责人。概括来说,十岁以上的市民几乎都有操控墨玺的能力,我们会安排他们到各个岗位轮流学习。"

整座城市都是幻魔导士?俊和身旁的奔灵者都露出吃惊的神色。

"但要学会操作墨玺,难道不需要经过什么仪式?"莉比丝也凑过来询问。

"仪式?"克瑞里厄斯摇头?"只要有人教会你便行了。这并不难。"他露出绑在手臂上的黑色水晶,"不过别误会了。能操控墨玺并不代表你就是幻魔导士。关键的门槛是一个人对雪能的把控度，是否纯熟到可以胜任浮空要塞的外出指派任务。在这之前，有一连串严格的试练得通过。"

俊思索着双方文明的差异。如果亚法隆的每一个市民都能在某种层面上支配来自雪地的能源，为自己的文明担任某些要职，这些市民与幻魔导士之间其实不会有太大的隔阂。这与瓦伊特蒙的居民和奔灵者相差甚远。

他们从一道回坡绕过了石砖砌成的守望塔，再踏上另一个方向的城墙。

俊一直打量着这座奇特的城市。在薄雾的笼罩下，渺小的人群身影穿梭在井然有序的建筑物之间。远方飘来空灵的钟声，混杂街道上人群的细语。亚法隆给人一种难以言喻的静谧，却又从隐蔽的角落流露出蓬勃的生机。站在这儿，确实感觉到人类酝酿了千万年的结晶，活生生在冰雪纪元保留了下来。这使他心中五味杂陈。

忽然俊停下脚步，凝望远方的灰色天幕。

"那些是——"俊的白色眸子瞪大，看见浓雾中有物体从天边接近。水气和虹光在它们的基座盘绕，形体逐渐清晰。

"是浮空要塞。"克瑞里厄斯雀跃地说。"看样子有两座回来了。"他朝身后的众人招手，"走吧，我们去迎接他们。看样子他们打算降落在北侧的停泊区……"他忽然踌踌了一下，神色犹豫。

人们在城墙上凝视着空中的冰山。即使第一次看到浮空要塞，俊立刻察觉事态不对劲。

"它们是怎么回事？那轨迹……"莉比丝睁大眼。

其中一座冰山开始倾斜。水雾像是失控的洪流，在它的一侧不规则地喷发，虹光断断续续，时有时无。

"糟了！"克瑞里厄斯沿着城墙向前跑。俊立刻跟上，此时，另一座冰山也开始出现异状，左右激烈地摇晃，崩开的碎冰落入城外的雪地里。

两座要塞接连下坠，像从空中急落的巨石。一阵子后，震耳欲聋的声响从远方传来，晃动整座城市。街道上的人们一阵骚动，不知发生何事。

俊等人赶到北面的城墙，倾身探望。他们看见在雾气之中，一座冰山已落在停泊区的边缘，另一座则坠毁在护城河里，撞上了城墙。亚法隆边缘的瀑布倾泻在它表面，冲刷着要塞腹部的巨大裂缝。

拂　羽

尘埃飘落的天空下,一整排平民挑着水桶,朝日痕山的山顶走去。雨寒和红狐两人站在一段距离外打量着他们,手中捧着佯装用的易燃膏。

这段日子,火山内部的熔岩似乎变得更加活跃,浓烟从日痕山口大量涌出,伴随着地面的低鸣与震荡。相较于他们刚抵达此地时所见的景象,现在,涌入空中的乌烟几乎是那时的好几倍,仿佛粗重而不断变形的柱子,把低垂的云层染得更加恶浊。

那些平民从山脚下取水,亲自抬到山顶倒入山口,一方面希望能压制火山的动态,另一方面提升山口周边的岩土可塑性。许多男性平民冒险拿着十字镐,敲落山口边缘的岩石让其滚落到山口里头,期望可以进一步把日痕山给稳定下来。

雨寒及红狐刚离开炼金厅堂不久,手持几种不同化合方式的易燃膏。他们请求舞刀使给他们这些样本拿回去研究，希望能在旅途中找到更多元的取暖方式，舞刀使自然同意了。然而，这些都只是幌子。

"常驻在红梁塔楼的不到十人，但都是悍将。可以排除决策议会里的六个舞刀使代表，他们平常不会出现在这一带。"红狐摸着下巴说，"那么，隔壁的炼金厅堂确实是最大的不确定因素。"

雨寒点头。目前他们已了解，许多化术师事实上都身兼舞刀使。然而当中到底有多少人会携带武器，在炼金厅堂打转一圈后，红狐依旧难以估量清楚。

"若能在他们毫无预警之下突入红梁塔楼，届时需要立即面对的敌人……应该不会超过二十个。"红狐思量片刻后说，"在塔楼那种狭窄的空间，他们的长刀难以发挥。找几个物理影响力较强的奔灵者同行，八个人左右吧，应该就可以拿下刃皇。"

雨寒有些不安地扫视周围。他们被允许可以随意行动，但总能瞧见某个舞刀使的身影尾随着他们，严密地盯着他们的去向。她感到一切都是如此恍惚，依旧不敢相信自己正在计划夺取另一批人类的家园。"……这个思路如此缜密的文明，对于核心要地却如此疏于防备。"

"这解释了很多事。"红狐沉静地说，"舞刀使把自己半数以上的人都分布在外领地和更外缘的防线。这就是他们一直以来看待外来威胁的思维——东边的雪地就是所有主要威胁的来源。"

"他们真的丝毫不担心北方和西方遗迹的狩群。隔着一片水域,距离如此之近。"

"数百年来整个日痕山都在温泉的保护下,魔物无法跨越。可以想象为什么他们的祖先能安心把核心区域建设在日痕山的西北角。"红狐看着铺开于山脚下的建筑物,里头包括支撑社会运转的各种设施。他们的目标则在接近山顶之处——刃皇所在的红梁塔楼。

"这里是他们真正脆弱的地方。"雨寒低声说,"希望能速战速决。依我们的状态,在文明地区进行消耗战会非常不利。只能直捣核心了。"

红狐打量着雨寒数秒,满意地点头。"已经有迹象,他们调派了更多舞刀使到外领地的奔灵者居处附近。八成担忧这两周内会有人在那儿闹事。这样正好。"费奇努兹和雨寒开始往反方向走,逆时针地沿着日痕山坡下行。"几天之后,我们会开始照着他们所臆想的去做,刻意营造一些冲突和不甘离去的情绪。这会把他们的注意力更加拉往东边。"

"可是,当天进行任务的人要怎么通过陆桥呢?"连接日痕山和外领地之间的窄地永远有舞刀使驻守,那儿将是关键的枢纽。

"飞以墨发现北方的雾岛遗迹周边有许多破旧的小

船,"红狐回答她,"只要让我们的工匠进行修缮,便能使用。"

雨寒愣了一下,"你派了飞以墨外出勘查?你没跟我说过。"

"这只是个微不足道的任务,我想有了结果再告诉你。"

雨寒的心情又暗沉下来,腹部再次敏感地发出绞疼。所以费奇努兹其实早已做好所有的盘算,或许也和其他统领阶级商讨过了。

这不就和以前一样吗?身为长老的她永远拿捏不准所有事。但她捧着腹部,压下心情,神情丝毫未变,红狐似乎也未察觉。

"接着,我们会挑出两支精英部队。一支乘船从另一侧去反向封锁陆桥。另一支则得绕得更远,在西北角登陆,趁乱直捣核心,绑架刃皇。"

雨寒聆听红狐的计策,忽然想起这就像狩群从瓦伊特蒙和所罗门的核心地带潜入,进而消灭了两个文明……她腹腔的疼痛减轻,取而代之的是莫名的罪恶感。

红狐自顾自地说着:"理想的状况是当对方开始察觉有异样,我们的人已在陆桥那儿挡下从外领地归返的舞刀使。但我们无法预测在日痕山这一侧的舞刀使会做出什么举动。或许支援陆桥,或许找刃皇报备。总之,机会的窗口很紧迫。只要挟持住刃皇,说服他下令放弃一切武力,就成了。"红狐瞥向年轻的女长老,以一贯的严峻口吻说,"但是雨寒,你得预先做好心理准备。这群人会不顾一切捍卫他们的家乡,我们则是为了生存,也无法退让一步。到时就算看见同伴伤亡,也绝不能动摇。"

雨寒咽了口唾沫。他们打算做的事,和入侵人类文明的狩群有哪儿不同?她盯着自己的手,害怕指甲会化为冰蓝色的利爪。

呆愣数秒后,她惊觉费奇努兹正拿着什么东西,轻轻擦拭她的脸颊。

"乌雪。"红狐的手中是条绣有花纹的丝巾,用以抹掉雨寒脸上的尘埃。雨寒隐约记得曾看见红狐拿着这条与他形象极不搭调的丝巾,用以擦磨弓身。

费奇努兹把丝巾折叠起来,露出罕见的笑容说道:"这是我女儿的遗物。"

"……女儿?"雨寒从不知道红狐曾有个女儿。"抱歉,我不晓得……我从来没听说过……"她突然结巴起来,不知该回些什么。

"很久以前的事了。不足提起。"红狐点头示意雨寒继续和他往前走,并把丝巾收入胸口的内袋。"我们所做的一切艰难决定,都是为了瓦伊特蒙。"这一刻,雨寒才发现红狐一向冷峻的目光里有股常人难以察觉的沧桑。"生存逻辑不容置疑,我定会让瓦伊特蒙活下来。"

年轻的女长老流露出复杂的神色,视线从红狐的背影挪向整片文明之地。

费奇努兹说的没错……只有这么一个方法能让舞刀使屈从。现在,许多奔灵者已跃跃欲试。他们不再愿意坐以待毙,被另一文明随意差遣。如果身为长老的自己都退缩了,人们永远不会再视她为领导者。

母亲在世时,也必须面对和所罗门之间的战争,承受瓦伊特蒙子民的死亡。为了延续文明,为了身为长老的尊严,有些事不得不为。

没错,我们都有失去的人。雨寒明白这不是停止前进的借口。

更何况……或许这正是证明自己的最佳时刻。等拿下了日痕山,过去所有不把她当回事的居民,所有曾经背叛她的统领阶级,全都将为之改观。度过最艰难的纷争之后,身为长老的她将建立起全新的瓦伊特蒙。

还有你——她望向费奇努兹。无论你把我当成什么人,我不会再让你把我当成孩子随意摆布。她让心里仅剩的柔软部分,化为坚硬的石壁。

"那么一周之后,谁来率领这两支特殊任务的部队?"雨寒开口询问。

"挟持刃皇的要务我得亲自主导。这是一切成败的关键。我会选几位意志力足够强的奔灵者同行。而镇守陆桥的工作……可以让额尔巴和凡尔萨共同率领。"

"凡尔萨……?"

"那小子像条脱缰的野兽难以驾驭,但他确实有足够的狠劲。到时候陆桥会是个惨烈的战场。"红狐道出了想法,"额尔巴的能力则能镇压全场,他也算经验十足的老将了,与凡尔萨合作会是不错的平衡。"

他们来到一个地方,刚好俯瞰陆桥之地。海水由两边包夹,把陆地收缩成一个细致的颈口。在那儿,几排粗重的木架子组成了象征性的廊道,有舞刀使在中间徘徊。

乌黑色的雪沫飘落在雨寒周围,她深沉地凝望前方,感觉视野一片污秽。

"雨寒,我们不一定要依照红狐所说的去做。"

凡尔萨和雨寒两人在外领地沿岸朝北走,观察这一带的环境。过去他语气中一贯的鄙夷似乎淡化了许多,即使他非常不赞同红狐的做法。

"费奇努兹很残酷。然而,那是只有他才可能陈述的远见。"雨寒阴沉地说,"他的经历让他看见许多我们难以体会的东西,而且有勇气去落实想法。"

"远见?那么当初他瞒着我们抛下那么多居民,也算是一种远见?"凡尔萨摇头,目光中却有种以往不曾有过的怜惜。"你看看自己。费奇努兹那家伙只管抛出想法,所有的后果却得由你来承担。"

"因为我是长老。"

凡尔萨盯着雨寒片刻,然后说:"绝对还有其他的方法,但我们需要时间琢磨出来。"他望向东边的雪地,"我们可以先依照舞刀使说的,搬离这里。不需要走远,寻找一个就近的临时落脚处就行了。"

雨寒轻叹口气,"然后呢?"

"然后我们得打造自己的立足点,开始和他们做交易。"凡尔萨严肃地说,"奔灵者具备远古游牧民族的各种能力。红狐至少说对了一件事,我们拥有舞刀使所没有的机动力。我们能够捕猎的范围更广,而且能探勘到的雪地情况是他们远所不及的。你仔细想想这些可能性。找到新品种的粮食,发掘特殊的情报,甚至建立起某种地域上的防线……如果我们是第一道对抗魔物的防线,舞刀使怎有理由拒绝?"他停顿数秒后说,"一开始势必艰辛,但我们可以慢慢累积筹码,和他们进行各种交易。他们会改观的。雨寒,你之前所言是对的,舞刀使文明需要奔灵者文明,只是他们尚未察觉。"

雨寒沉默了,她发现自己正仔细思考着凡尔萨的话。

"现在,所有舞刀使还沉浸在炽信死去的哀伤里。再过一阵子,等到人们回归理性,新的可能性才会慢慢打开。"凡尔萨说。

雨寒看了他一眼，意识到一些之前从未体悟的事。不知不觉之间……凡尔萨和红狐在她的两旁站到了对立面。

或许从迁徙之途开始他们便彼此不和，这情况在凡尔萨识破红狐的诡计时达到顶峰，甚至在恒光之剑被夺走时，凡尔萨曾对红狐动手。但在雨寒的左右，他们是互不相让的两种声音。

因此，他们应当畏惧彼此。这想法初次在雨寒的脑中生根——只有在统领阶级持续地彼此抗衡，维持某种巧妙的分裂，长老的角色才会起作用。

否则，当他们像之前有了共识，便会把长老隔绝在外。

或许凡尔萨提出的方案……有它的用处。

她必须让自己成为这些相互纷争者的黏着剂，以及仲裁人，而不是表象上的傀儡。她不应该再盲目地信任任何人。她不会再完完全全地听信红狐的话，也不会再依赖凡尔萨。

让他们都来寻求我的支持。让他们明白长老才是必须趋奉的对象。

扩散的黑烟搅动着头顶的云层，乌雪让他俩的面孔满是尘埃。凡尔萨伸出手，但雨寒撇过头躲开了。"让我考虑一下。"她抛下这句话，离开凡尔萨向前走。关于瓦伊特蒙的命运，她知道自己需要更多时间思考。

然而在那之前，雨寒明白自己必须在心中点燃一个想法。

她踩着松雪,试图回想那一夜的景象。纷飞的雪尘之中,凡尔萨大汗淋漓的背肌和紧绷的臀线。牙骨项链在他的颈部弹跳,他那死命地冲撞陀文莎的饥渴模样。雨寒感到胸口一阵绞疼,差点无法呼吸,但她咬住下唇强忍了下来。

"雨寒!"凡尔萨呼唤她,但她没有回过头。

雨寒甚至许久没发现自己咬出了血,直到尝到口中的铁锈味。她一次次去回想,把那影像烙印在灵魂最深处,直到对胸口的疼痛习以为常。

当天夜里,雨寒召集了统领阶级。他们围着年轻的女长老而坐,火光在周围跃动。

"七天之后,我们挟持刃皇。"

雨寒此言一出,众人出现骚动。安雅儿露出难以赞同的神情,佩罗厄却发出雀跃的笑声。然而,多数人随即进入状况,严肃地点头。雨寒猜测红狐已经私下说服了他们,无论她的决策为何。

凡尔萨盯着雨寒,没有说话。亚煌则坐在最后方,沉静地凝望过来。

"就按照费奇努兹说的计划。我们需要一个小队从日痕山的西北方登陆,另一个小队去占领陆桥枢纽。"雨寒看着众人说,"但这七天之间,我们得陆续派人朝东北方去,寻找一个暂居的落脚处。一方面是为了让舞刀使相信我们真的打算离去。这任务就交给飞以墨,还有凡尔萨,你们两人从明天起,带上一批人进行这项任务。"

飞以墨在绷带间的细长眼眸狐疑地闪动,和红狐交换了视线。凡尔萨则深吸口气,眉头紧皱说:"我拒绝。如果你真的打算对日痕山展开攻势,我属于护卫队队长,应该要待在这儿,在你身旁。"

"朝东搬迁不是你的提议吗?"雨寒设法让自己的口吻冰冷。

"那前提是我们没有要攻击舞刀使!"

"我的决定已做了。你的任务便是在这段时间引开敌人的注意,为我们找到一个真有可能暂居的地方。"

在这一刻,似乎有千百种情绪在凡尔萨的脸上沸腾。"舞刀使为数众多,不好对抗。之前对抗陀文莎时……我们差一点——"

"这是你长老的命令,不从吗?"她看见凡尔萨的表情转为绝望,便满意地挪开了目光,"让多数的奔灵者和瓦伊特蒙的居民待在一起,因为无人能确定事态一旦爆发,舞刀使会不会反过来挟持居民当筹码。七天后,占领陆桥的工作将由额尔巴来率领,哈贺娜、黎音协助统领。你们还有点时间研判局势,看各自需要带上多少奔灵者最为理想。"独眼的老将额尔巴点头，但哈贺娜露出不确定的神情。雨寒没再理会，望向坐在远处，昔日的总队长。"亚煌，如果你身体情况允许，也请加入他们的阵营。守住陆桥会是最大的关键。"

最后，雨寒面向红狐。

"费奇努兹，你出使红梁塔楼执行刃皇的挟持任务。佩罗厄、佩塔妮，你们也一同加入吧。"雨寒话音未落，佩罗厄已发出兴奋的呼声。红狐则神情尖锐地点头，仿佛眼底已有战火燃烧。"你们再挑上几位可胜任的奔灵者。此外，我也会和你们同行。"

她的这句话让红狐愣住了。费奇努兹露出严峻的神色。"不妥。那是敌方要地，太危险了。"

"我已做了决定，没有商谈的余地。"雨寒直视他，"我们任务的目的不是为了赶尽杀绝，而是为了逼迫他们妥协。那么，由瓦伊特蒙的长老亲自面对刃皇，是必要的礼数。"

绚　痕

琴踩着一个龟壳状的金属片，拖着螺旋彩光从几座长桥底下飘过。她沿着峭壁的弧度前进，手戴墨玺，以流畅的动作引导金属片承载她浮空前行。和难以驾驭的暗灵相比，这载具的操控要简单多了。

目前琴已归纳出"雪能"——也就是原生雪灵——至少具备三种能力：它有疗愈的功效；能够充当能源；还能使物体浮空游动。

冰山要塞由于体积过大，需要更加复杂的动力体系来驱使，但普通市民只需要这样一个尾端镶了银器的金属片，便能自由翱翔在亚法隆的空气中。她只需要把双掌向后摆，让掌中的墨玺位于某个细腻的角度，便能感觉到交互力的作用，看见雪能泡泡从金属片末端的银盒子溢出。

天然上浮力和逆向推力的交错，成为推动她前进的一股力量。

在视野边界，峭壁里一个个窟窿般的工作室从旁晃过。岩壁上充斥着许多雕塑，有人体，有动物，它们全朝着地底的深渊探望，姿态展现出古典般的力与美。

漆黑地底的巨型齿轮则以规律的节奏被虹光点亮，持续发出粗重的机械声响。

流顺的黑发在琴的身后飘扬，清莹的雪花掠过肩旁，她玩乐似的朝崖底落去，从巨大的齿轮上方滑行而过。在她胸口下方几米，一串棘轮嘈杂地滚动，它们仿佛亚法隆的心脏，从银制导管接入雪能，转化成动力后再透过一系列的传动与传导分支系统去驱动城市的方方面面。她轻盈地绕着一个巨大的金属轮轴翻筋斗，追着一座升降梯上扬，在载物轨道上方让身体画起螺旋，然后双掌一合抵消力量，又落回了谷底。

像这样无拘无束遨游，是琴一直热切渴望的。在这里，她感受到前所未有的自由。

栖灵板无法带给她的感受，她通过亚法隆里的工具找到了。琴不再需要拼命在意识里和暗灵打交道，不再需要心怀恐惧和怨愤地去央求暗灵依照自己的期许来行动。

她弯曲膝盖在空气中做出蹲坐的姿态，双手依旧水平地向后摆。金属片在前行的同时，开始缓缓上升。当她找到目的地的洞窟，琴站起身，把双掌提至胸前；脚边的虹光泡泡被向上吸引，下缓了金属片的上升速度。然后她以手掌朝着一侧画圈，把自己导向洞窟里头。

这里大概是她今天最后一站,因为从银器冒出的虹光泡泡感觉非常少了。接下来她得回到补给站补充雪能。

把原生雪灵当作能源消耗究竟会有什么后果,其实人类尚不完全明白。幻魔导士坚持文明的进步必须做出取舍,而且他们从未滥取。奔灵者有不少疑虑,却也被动接受了。毕竟异乡的原生雪灵和她们关系不大;那些真正明白雪灵羁绊的人,都已有了魂魄相系的雪灵,而无法成为奔灵者的人,则从未了解。

琴则是特例。她恨不得把缠结己身的暗灵当作能源给永远消耗掉。

她拍了拍兔毛围巾上的雪,并抖了抖褐色披风。听说浮空要塞已有五座返回,其中一些遭到了严重的袭击。她没有听到更多的情报,只知道麦尔肯乘坐的那个要塞尚未归来。

她把金属片挂在墙上,从洞窟走进一条长廊。周边摆满刻着音轮语的石板。

这阵子,琴已了解幻魔导士文明的许多事,见识到他们如何把不同的资源铸造成环环相扣的体系。然而学到的越多,脑中却总蹦出更多的疑问。亚法隆的每个角落似乎都隐藏着独特的魔法,她的渴求难以消化,只膨胀得越来越严重。

琴经过一连串的人工阶梯和廊道,来到一个岩穴中的开放空间。她的银色眼珠子打量着不规则的石顶和岩壁,意识到这是至今她在亚法隆见过的,唯一像是天然景观的地方。这儿和瓦伊特蒙竟有点儿相似,只不过在突出的岩架之间横跨着高高低低的金属桥梁。

许多幻魔导士在上头行走,而空气中有不同颜色的气体迷蒙地飘晃。药物的味道扑鼻,顶端传来风扇声响。

琴战战兢兢地走过一座单人桥,然后步下阶梯。几位幻魔导士瞧见了,朝她投来微笑,打量这名外来的访客。

在某个突出的大平台上,她找到了正在和几位同伴交谈的姐堤亚娜。他们四周都是圆形铁桌,杂乱地摆放着各种奇怪的器械,有金属的、木制的、玻璃的。里头有些冒着滚烫的烟。

"啊,你来了。"姐堤亚娜没有穿着外出时的披风,只套着一件单薄的紧身衣袍。以往捆绑在身上的带状皮革拆下来了,却更加呈现出她姣好的身材。姐堤亚娜那串长长的绿发绑成一束马尾悬于身后,对应着婀娜的背部弧线。

琴想象她的长发是染了绿光的河流,并且毫不避讳地,直勾勾地盯着她那成熟的躯体。

姐堤亚娜回望她,露出莞尔一笑。

"这东西,我们稍微有点儿眉目了。"姐堤亚娜举起星形的透明石子,放在琴的掌心里。琴感觉到对方纤细的手指的温度。"但我们依然不敢下定论,因为它可大大出乎我们的意料。"女幻魔导士问她:"麦尔肯说它是从'所罗门文明'带回来的?"

琴点点头。它有好几个不规则的外凸锐角。放在掌心,有种沁凉的感觉。

"除了这一点,他还说过什么吗?比方是谁制造它,在什么情况下制造出来的?"琴摇头后。妲堤亚娜又说:"我让你看个东西。"

她带着琴从平台边缘走下一道手扶梯,来到洞穴底部。这儿堆积着满地的白雪,许多幻魔导士在这拿着瓶瓶罐罐做实验。

女幻魔导士取过多角石,把它贴近额头。"若非亲眼见证,起初我也不大敢相信。"她深吸口气,然后屏息凝神。

刹那间,雪花在她面前卷动,螺旋翻飞。

琴吃了一惊。这里是石穴深处,一点儿风也没有。

"我们做了许多测试,有相当的理由认为它是……"妲堤亚娜似乎在思索该如何去描述,神情隐约透露出不安的模样,"它是由一种固化的结晶体提炼出来的。"

"固化结晶体?"

"我的猜测是狩刚死亡时,遗留在雪地的冰晶残屑。"女幻魔导士看见琴的眼珠子睁得老大,点头说,"这解释了为什么它违逆人类能够达到的物理逻辑。"

"它能够操控雪花……"

"它的作用还不仅那么简单。"妲堤亚娜说,"我们已分解出它的成分,能够用硼酸钡为基调,在某种程度上重制这石子。但依然无法百分百复制它的效用。也有可能我们的手法过于偏向特定逻辑,做不到像你们这种……经历过'灵启蒙'的文明能办到的……"

琴明白双方文明在最根本的信念上有极大的分歧,但她无法完全理解女幻魔导士的意思。

"这个你先收好吧,"妲堤亚娜把多角石交还给她,并带着琴往出口方向走去,"一直以来,欧洲大陆没有受到太严重的魔物威胁,因此几百年来我们有相当的空间去发展文明的科技核心,如同你在亚法隆所见到的一切。但这也导致我们的研究方向有些偏颇,过度着重在雪能,从没花心思在这世界真正的敌人——'狩'的身上。

"麦尔肯在圆桌会议上的发言,让我们开始做出反思。"她接着说,"他把你们对于狩的发现全都传达给我们,包括那些魔物的内核如何透过冰脉相连,并以冰脊塔为地域中枢。未解的谜团太多了。"

琴在这时小声说:"用另外的角度去诠释事实,挖掘出世界的另一种面貌。我们的优势应该是互补的。"

妲堤亚娜望了过来,饶有兴致地点头,"仔细想想,打从冰雪世纪降临后,覆盖整个世界的雪地其实就只充斥两样东西——泡泡状的雪能,还有狩。通常情况下,这两种东西互不相犯。它们共同诞生于白色大地,无法对彼此造成伤害。"

"不对,如果狩出现得过于频繁,那个地区的原生雪……雪能泡泡的动态还是会受到影响的。"琴说出她自己的理解,"狩群大量出现的地方,雪花将结晶为冰脉,从深处改变雪地的体质。这会驱逐原本蕴藏在雪花里的雪能泡泡。"

妲堤亚娜细眼打量着她。"你相当优秀。是的,一切都是关于平衡的。"她挑逗似的用指尖触碰琴的脸颊,"而且呢,倘若短时间内用墨玺在同样的雪地过度抽取雪能,大地亦会反抗。我们有过很糟糕的经验。"

她俩走过一个正在做实验的幻魔导士。虹光不知从哪儿冒出,急旋落入那人手中的木制杯具,发出细微的喷烟声,再挤出上扬的黄色雾气。

"总之,无论是雪能泡泡,或是生成狩的冰脉,都和雪地葆有各自的物理关系,原本毫不相干。"妲堤亚娜说,"只在一种情况下,雪能会对冰脉产生直接的冲击。那便是通过加工后的魂木转化。"

琴近距离看着妲堤亚娜的身躯,忽然感觉脸有些烫。"栖灵板和束灵仪式,是整个奔灵者文明的基础。"她挤出几句话来遮掩。

"是的。你们的栖灵板,我们的极光炮,都必须由魂木制作方可生效。"妲堤亚娜的口吻严肃起来,"'白岛'势必明白这件事,因此降临后的第一步,便设法让全世界的植物白化。"

琴吃惊地看向她,有些恍然大悟。

"后来当人们发现这件事的重要性,已经太迟了。我们在北境白城的资料库里,葆有许多当时人们的记录。"

"是旧世界沦陷的记录?"琴好奇地问。

"是的。那是个无人知晓该如何对抗狩群的年代。"女幻魔导士说,"从没人想过最有利的武器就是身边的植物。等到先祖们察觉如何运用魂木,世界已经分崩离析,人类完全输掉了这场战争。

"所有木制转化器,包括架设在城墙上的那些极光炮,都是经过上百年的研究和尝试才做成的。"妲堤亚娜在这时停下脚步,注视过来,"琴,我得去北境白城一趟。你想一起来吗?"

"北境白城……"琴想起对方说过,许多旧世界的画作都收藏在那儿。她感觉到胸口突来的雀跃。"但你说过,从没有让外人去过。"

"我也说过事情总有第一次,对吧?"妲堤亚娜露出笑容,丰厚而湿润的嘴唇化为一道弧线。"那儿有许多当初探访所罗门文明的使节团所记录的文献。既然多角结晶石是从所罗门来的，我的直觉说该去一趟，说不定可以找到更多资料。"

琴正想一口答应，却忽然犹豫。她面无表情，但一股许久未曾感到的悲凉，正从她亮银色的眼底浮现。上一次她有这样的感觉，是一年多前老园长汤比去世的时候。

妲堤亚娜凝望着一直没作声的琴，轻声问道："你在担心麦尔肯，对吗？"

琴踌躇片刻，不知该怎么回答。

从经过的人群谈话之中，琴至少得知了几件模糊的事。归来的五艘浮空要塞，多数都有探查到冰脊塔的所在地。然而在他们进行攻击的当下便遭遇反击，最后只有两座冰脊塔被成功破坏掉。

而尚未归来的人包括麦尔肯和汤加诺亚。这其间，幻魔导士和奔灵者持续展开各种会议和讨论，但这些都不关她事了。他们从未邀请琴，许多人甚至可能不晓得她也是个奔灵者。

琴住在一幢外观有蛇纹雕刻的屋子里，里头被切割成十几个房间。她从不和其他住客打交道。除了偶尔在外头探索城市，她便把自己锁在房里研读借来的书籍。

就在今晚，这房间里发现了一件怪事。

琴只套着一件薄上衣，坐在墙边，黑色长发落在白皙的大腿肌肤上。她正专心地阅读一本书。然而和往常一样,即使不去触碰栖灵板,暗灵也时常蠢蠢欲动地冒出来。琴无法像亚阎一样把暗灵压制成普通的彩光状态,但所幸她也有所成长,已学会如何禁止暗灵释放出杀伤力。

但是稀薄的黑雾一直朝她飘晃过来,烦躁之下,她把栖灵板踢得远远的。绚痕总是不经意地提醒琴,她自己其实就和暗灵一样,从不被这世界需要。他们的存在只会为社会添加麻烦,完全多余。

手中书籍的边角被黑烟啃蚀,萎缩起来,琴这才抬起头,意识到朦胧而漆黑的游丝已爬满自己的周围。

暗灵像蠕动的触须在寻找什么,从她的腰部绕向胸前。"绚痕……?"她迟疑了一下,从胸口的衣袋掏出透明的多角石。

果不其然,暗灵尖细的触手瞬间聚了过来,像是好几根摆晃的柔针,在透明石子的表面飘晃。隐隐约约有一个奇特的声音在她脑中响起。那仿佛是杂乱的心跳声,她不明白是哪儿来的——

突然间,暗灵被吸入多角石里头。

那石子打开了某种力量。扯住暗灵到晶体内部的瞬间,石子已然化为黑色,里头有紫蓝色的光痕在耀动。

"绚痕!出来!"琴用意识驱动暗灵,毫无用处。

惊慌之下,琴跑到栖灵板旁,用手紧贴它的表面,设法钳制住暗灵。然后她施尽全力把石子抛向墙角。

抽离多角石的暗灵分散为朦胧的黑雾,缓缓缩回栖灵板中。琴则赤裸着双腿,就这么站在床前好一阵子,盯着静静躺在角落,慢慢恢复透明的石子。

宇　蚀

有的时候你希望改变一个人。

起初，这只是意识角落里的一丝渴望，难以察觉。刻意不去在意，是因为惧怕它变得贪婪。但渐渐它随着心跳脉搏持续增强，像无法忽视的呢喃，像续发的波动震荡着脑门。它以极快的速度生长，摇身一变成为强烈的执念，引导着你的一举一动。

你开始热切地希望那人注视你，希望那人聆听你的每一句话，希望那人按照你预想的轨迹前进，好舒坦你胸口起伏的鼓动与难受。

最终发现一个事实。你真正想改变的只是对方眼中，自己的模样。

亚阎隐约记得，这么久以来能令自己有如此执念的，唯独他的大哥亚煌一人。后来再没有人唤起自己这种本能。直到现在……

干燥的细雪在身旁飘落。孤寂而无光的夜空下，他沿着一道雪坡搭建了半球形的雪壁,挡住北方吹来的寒风,保护好不容易点燃的营火。

他已丢弃所有工具和装备,仅留下镀银用的轻器具,毕竟确保修补双刀上的银纹是奔灵者的第一生存条件。这些器具在他机敏的操作下也成了生火的工具。

打从远古时期,这一带便是荒芜的地理环境,魂木极端稀少。但亚阎凭借自己的能力,还是找到了,将其拿来作为燃料。

他还捕捉到一种以前没见过的白毛动物,既像老鼠又像兔子。亚阎把去了毛皮的生肉放在火焰上烘烤,不出一阵子,浓烈的气味伴随烟丝上扬。烤肉的香味让亚阎的肚子翻腾,坐在他对面的艾伊思塔却无动于衷。

女孩无神地盯着飘晃的火焰,橘光在碧绿眸子里闪动。以往瞧见火光时千篇一律的惊喜模样,在她的神情中不复存在。

亚阎撕下一块肉,把它吹凉。"尝尝看。"他递到艾伊思塔面前,怀抱着一点坏心眼儿的期待。脑中的某处,他看见艾伊思塔破口大骂的模样。

女孩就像一座雪雕,盯着火焰,没有动作。最后亚阎得伸手把肉片喂入她的口中,她才缓缓咀嚼,仿佛在吃着无味的东西。

亚阎深吸口气,缓解胸口的难受。他发出轻微的笑声,再次撕下一块肉,吹凉后放到她唇前。就这样,一片接着一片,他喂着艾伊思塔,希望她身子获取足够的能量。

"啊,这位可爱的淑女——"他尝试开口。

薄薄的雪花堆积在艾伊思塔的头顶和肩上,她的刘海在眼睛上方蒙了一层淡淡的阴影,时而被火光推晃。

亚阁沉默了。他转头盯着营火,没再说话。然后他拿起肉串默默啃食。

之后,他带着艾伊思塔钻入足够两人就寝的雪窟,用披风盖着栖灵板垫在身子的下方。他抱着艾伊思塔躺下时,黑色水晶项链从她的衣领滑落出来。

亚阁伸手想取下项链,女孩没吭一声。只有当链子扫过那张心形脸蛋时,她的眼睛轻轻眨动。

他凭借雪灵释放出来的暖光,观察着灵凛石。黑镜似的晶体内不再有彩光出现。它曾救了女孩一命,却未唤回她的心智。亚阁叹了口气,摸索披风内层的口袋,把项链塞了进去。他打算在接下来的旅途中,尝试了解这石子的作用,或许如此一来,会有一丝机会让艾伊思塔恢复过往的模样。无论那机会多么渺茫。

他抱紧女孩冰冷的身体,发现她似乎已睡去。

他们跨越了千万里的距离,情况却越来越不乐观。要把暗灵维持在稳定状态本非易事，长时间对身体和精神的耗损更加剧了坚持的难度。同时，他还得顾及艾伊思塔。

在雪地移动时，他常态性地分配一部分雪灵之力为她保持温暖，不在意她的身体其实早已冰冷异常。

唯一令人欣慰的是食材的捕获相当稳定。相较于反复无常的冰缝川地貌，这趟旅程尽是干雪，动物出现的数量繁多。

有一次他们撞见一整群巨大的生物，起码上百头。亚阎从没见过这么大一群陆地生物。

他把它们的样貌在脑中翻转，很确信那是远古时期的麋鹿的变种。但他没想到在偏离北方的地带也能见到它们的身影，似乎是在迁徙的途中。他袭击一头落单的麋鹿，却惊动了整个群体。它们奔离时，紧绷的肌理滑过飞雪，战鼓般的步伐撼动大地。

当天夜里他饱餐一顿，但艾伊思塔依旧只吃很少量的食物。亚阎切下一大块肝脏带在身上。对于远征的奔灵者来说，肝脏永远是最优良的食材，营养充足、携带便利，就算是冰冻状态也好食用。

即便如此，冰雪大地对人体的折磨还是慢慢显现了。亚阎的鼻头、耳缘、下巴都开始出现冻疮。

暴风雪的降临也早有迹象，从北方强压而来的飓风遇上回旋的干冷空气，形成一股覆盖数千万里的气压锋面，像是无形的长河,不断扭曲拉扯,野蛮地曲卷在高空涌动的云海,化为囚锢大地的灰幕。风况渐强,落雪渐大,但亚阎知道不能回头。他得想办法挨过这阵暴风。

他抱紧艾伊思塔滑行,设法穿越一道迎风面的雪波。雪灵包覆着他俩,散放着深黄色的光波,尾迹却时而出现墨水般的游丝。"再忍一下!到了雪脊的另一面我就找落脚的地方!"亚阎在女孩耳边说道,即使他知道对方不会回应。

周围有些破碎的建筑残迹,在风雪中若隐若现。

终于亚阎滑到雪脊的顶端,穿越飞雪来到背风面,放眼寻找能庇护之地。能见度极差,再加上前方地势趋缓,毫无障碍。亚阎感到一阵绝望。

"别慌……"他告诉艾伊思塔,脑中却想不到办法。

他摆动栖灵板,朝着下一道雪脊滑去。这代表他将再次拖着疲惫的身躯进入迎风面。

暴风中,远方的雪脊仿佛一道飘动的白色帘幕。有一刹那间,它的顶端似乎冒出光亮。

亚阎愣了一会,凝视那方向。本能告诉他应该马上加速过去,但长年的经验警告他那可能代表危险。最后他选择煞住栖灵板,窝身在雪地里某片破碎的墙面下。

他立刻解下披风,裹住艾伊思塔,并把栖灵板垂直插在她身旁。

"宇蚀,维持她的温暖。"在亚阁的吩咐下,雪灵像是缥缈的橙色缎带,从板面渗出包覆女孩。"懂吗?现在起,她就是你的主人,是你竭力保护的对象。"亚阁盯着虹光体片刻,然后把一柄镀银长剑放在艾伊思塔怀里,凝望她那绿宝石般的眼眸。

"如果我出了事,你要……保护好自己。"

亚阁知道自己必须做出赌注。他站起身,准备走向那道雪脊。

"你要……去哪儿?……"女孩的声音从后方传来。

有那么几秒,亚阁没有回过身。

当他终于回望艾伊思塔,他试着摆出过往轻率的笑容,希望盖过眼底的哀伤。"别担心。我很快就回来。"他露出真诚的微笑。

风雪之中,女孩空洞地盯着亚阁。或许对她而言,一切已毫无差别。

没有披风和雪灵的保护,亚阁只身朝着上坡而去。肆虐大地的暴雪拍打着渺小无助的人类躯体。他压住腰间仅剩的长剑,不顾狂风夹着雪片刮削脸颊。踩入雪里的每一步都冰寒刺疼。没有逆理奔灵的帮助,他感觉自己的身体仿佛已苍老而无力。

随着他一步步接近,雪脊顶端出现朦胧的人影,背后遭某种虹光点亮。亚阁兴奋地加快速度。

忽然他发现,不知是否狂风所为,那些虹光正朝着天际而去,样貌也不像是奔灵者的雪灵。

他几乎就要来到雪脊的顶端,却被迫停下脚步。那群人明显站在比他更高的位置。而在他们之间,隔着一道将近十米的裂口。

亚阁考虑着是否该返回去取栖灵板。他抹掉脸上的雪霜,放声呼喊:"嘿——请帮助我们!"

声音遭暴风雪吞噬,就连他自己也听不见。那群人完全没注意到他的存在。"啧……"亚阁举起长刀,在强风中挥舞。"你们……请帮助我们!"他就站在裂缝前面,声嘶力竭地喊道,"——请帮助我们!"

潋 芒

　　栖灵板划开一道优雅的弧线，扬起飞散的雪花。木板和雪地摩擦出细碎声响，随着速度时快时慢，与耳际的风声共鸣。

　　霞奈不敢相信自己竟有这样的感受。她觉得自己化为了风中的鸟儿，刮起的雪浪是她的羽翼，振翅推动她疾驰的身影。

　　胸口的鼓动像是某种节拍，某种语言，与哥哥的雪灵来回唱颂。她停不下来，越驰越快，听着潋芒传来的一阵阵如诗般的鸣响，透过她的身子化为奔灵的动作。

　　她从一个矮坡下沉，升上一个陡坡，在丘陵留下柔美的轨迹。日痕山就在正前方，越来越近。黑烟扩散的范围似乎比想象中更大，覆盖住山顶的天空。霞奈盯着前方，缓下速度，感觉体内的悸动渐渐消散。

　　雨寒刮开一小片白雾，停在她身旁。"你领悟得好快，比我当初厉害多了！"年轻女长老喘着气，三道细长的发辫从侧边落下,悬在冒汗的额眉上。

她们正在外领地南方的雪地进行训练。通过日复一日的努力,霞奈已能掌握运用奔灵的基础。雨寒似乎比往常更繁忙,但每天都会抽空教她新技巧。偶尔凡尔萨也来给予指导,但他今天不见了人影。

"谢谢你。让你们费心了。"霞奈喘息着回答。她的右腿隐隐地抽搐,但那并非疼痛,她已许久感觉不到痛。那是大腿上端在运动后的反应,是一种她喜欢的感受。

"我欠你一条命,"雨寒露出浅浅的笑容,"当初为了救我,你得冒多大的风险在其他人面前拿出墨玺手镯。我一直想表达最深切的感激。"

"啊,不……很欣慰你的伤势都已痊愈。"霞奈有点羞怯地低下头,片刻后,再次看向雨寒。"抱歉……议会还是决定让你们离开……"

这一刻,雨寒虽然保持微笑,眼神却如深雪一般冰冷。她眨了眨眼,笑容加深了一个度,然后捧住霞奈的脸说:"我们都是这片白色大地的子民。"

基于某种不明确的理由,霞奈感到些许不自在。她只能点头。

"是四天后吗?"

"是的。"雨寒叹了口气,挺直身体。她以好奇的口吻问道:"你学会了奔灵到现在,舞刀使还是没有人反对?"

"应该是默许了。"霞奈回道,"毕竟,奔灵者对于雪地守护灵,和我们一样怀抱着崇敬。"她还是决定隐瞒一些事。

事实上,包括因幡在内的许多人,明显都对这件事有极大的不满,脑中的责难成了刻在沉默面孔上的印痕。但他们压抑下来,从未发出谴责,也未阻止霞奈每日的训练。她隐约有种感觉,同胞们的目光有种前所未有的敏感。或许他们希望在瓦伊特蒙离开之前,不再触发不必要的纷争。

就连子藤,最近也疏于和她交流。

"霞奈——时间到了!"有人从远方朝她招手。她仔细瞧,是隆川高大的身影。他肩背自己的长刀矗立雪地,手上则捧着另一柄长刀。

"长老,谢谢你,今天我得提早走了。"霞奈对雨寒说,"下午是我第一次去遗迹做修行。所以之后几天……有可能不会再见到。"

"遗迹?"雨寒有点儿诧异。

"是的。鹿儿岛遗迹。那里一直被裂嘴白妖占据,舞刀使都在那儿做战斗的修行。"

"这……你的情况,会不会过于危险?"雨寒陪她一同往日痕山的方向滑去。神情有些许担忧。

"啊,我算新人,多半只会待在沿岸。而且有几位资深的舞刀使同行,很安全的,请放心。这是我们一贯的做法。"

"四天后我们……将和刃皇道别。"雨寒试探似的问道,"届时你会在日痕山吗?"

"如果修行任务顺利,应该会持续待在鹿儿岛遗迹里。"霞奈语毕,雨寒的神情似乎放松下来。霞奈不知为什么,但她不舍地说:"所以还是先在这儿和你正式告别了。请帮我……把谢意转达给凡尔萨,费奇努兹,还有布闵和阿波诺。真的非常感谢你们的到来,谢谢你。"

雨寒也露出难过的神情,她让移动中的板子靠近霞奈,微笑着揉了揉她的肩。

来到隆川身边时,高壮的舞刀使把长刀递给霞奈,并朝雨寒点头施礼。

刀身的重量打扰了平衡感,但霞奈稳住身子,回首和雨寒行了深深的礼,做了最终道别。然后她用意识呼唤雪灵载着她,缓慢地前行。

如果可以,她愿意用自己的另一条腿换回哥哥的生命。但或许命运总会以出乎意料的方式去补偿一个人的不幸。现在,曾与哥哥魂魄相系的雪灵也与她的魂魄交融了。霞奈抱紧长刀,明白她拥有多么稀罕的双重身份。

她对此心怀感恩,无比珍视人生能被重新定义。舞刀使,奔灵者。

在她身后，隆川在雪地踩着沉重的步伐，放声喊道："这下子，我不再需要背你了吧！"他的嗓音充满欣慰，"而且，你动起来，速度可比我快多了。"

四艘小船跨越狭窄的内湾，航向西岸的遗迹。在船身周围，热泉和冷空气激起一层缥缈的雾气。霞奈听着木桨划过水面激起的轻细声响，凝望前方渐渐明晰的朦胧影像。

崩塌的旧世界建筑物堆砌在岸边，它们的下半截掩埋在厚冰里，仿佛沉入了半透明的泥沼中。岸边已有好几群舞刀使聚在那儿，应该是这阵子相继来到鹿儿岛遗迹出任务的团队。霞奈从船上观望那些身影，有些人彼此交谈，有些人搭了临时的卧铺，架起各种材料遮挡风雪。

每个任务团队的人数、资历、甚至目的都不相同，在遗迹所待的时长也自然不一样。然而，他们都必须经过这个岸边聚集地。小组之间会先交换情报，归来者告诉刚抵达的人遗迹的内部情况。因为一旦走入遗迹内，里头就像个谜阵。

他们的船缓缓靠岸。隆川跃下船，拉住绑船的绳索。其他两位舞刀使也陆续起身。此时，他们都已察觉到异状。

集聚岸边的舞刀使小组，几乎所有人都身负重伤。他们的手臂、躯干捆着染血的绷带，彼此低声谈话。这种情况以往从未听说过。眼前的气氛异常，再加上从水面飘来的雾气，整个地方有股说不出的阴郁。

"子藤警告过我们，但没想到那么严重。"隆川把霞奈从船上抱了下来，扫视沿岸。

她捧着自己的长刀和栖灵板，踩着蹒跚步伐，谨慎地跟在隆川等人身后。他们穿越席地四处的人们，听见他们交谈的话语。

"他倒下了，我们花了一整天才回到这儿……"

"我见过那个小组，难道他们还在里头？"

"后来，竟然有几只白妖从楼顶出现，避开我们的阵法……"

"记住了，城市正中央裂开一条冰泉，得避开那儿。有人被吞进去后……"

霞奈想起了一些事。子藤说过这阵子无论北边的雾岛遗迹或西边的鹿儿岛遗迹，都有传言裂嘴白妖非常活跃。以往简单的采寻工作变得极端危险，甚至已有人在遗迹内发现舞刀使的尸体。议会得知此事，再一次把结果归咎于奔灵者。或许当初"陀文莎"那头魔物的出现，牵动了居住在遗迹里的白妖的感知。

因此霞奈不断争取，才获得这次出行遗迹做特训的机会。她忽然不再确定自己能否胜任，神经紧绷，心跳加速。

身后的内海湾逐渐暗沉,隆川等人开始搭起过夜用的篷子。他们得在今晚花点时间了解情况,隔天开始正式锻炼。霞奈捆紧了绑腿,站在岸边准备运行自己的长刀。以黑曜石所制的长刀,若从刀锋的前端凝望整个刀身,它就像一片薄薄的三棱镜。霞奈以手指触碰平滑的刀背,感受它的沁冷。

现在的她,和以往不同了。腿部的伤让她在过去三年沦为一个毫无用处的人,但现在这一切都将改变。

她以柔和的动作让刀身晃过自己左右两旁,回转再回转,感受着守护灵从握柄处灌注长刀的表面,以一种有异于栖灵板的敏捷度在空气中掀起阵阵回波。如果栖灵板是她脚步的载具,黑剑便是她双臂的延伸。她让隆川去和别人交谈,自己专注于雕刻动作。她相当确信这一次,自己不需要跟着深入遗迹。

当天夜里,远方传来的巨响让他们从梦中惊醒。

沿岸的整排古老建筑物发出震荡,仿佛被冲击波给扫到。所有人都明白骚动的来源是遗迹深处:某些舞刀使小组,正在夜里对抗白妖。

"霞奈——!"隆川把长刀打斜,朝她大喊。

在一圈矮建筑的中央,隆川和另外两位舞刀使已站定位置,包围住几只白妖。它们的身上有裂口,蓝光隐隐闪动，疯狂地朝舞刀使挥动冰爪。隆川等人敏捷地挡开，以佯攻将它们赶往中央，并未赶尽杀绝。他们正在等待霞奈的动作。

女孩紧张地摆动肩膀，希望让身体带出多层虹光。然而雪灵似乎一直失衡，在她周围若隐若现，无法呈现预想的效果。

白妖发出嘶吼声，猛然一抓，刮过其中一名舞刀使的脸颊。

霞奈坚持住腿部的力量，听着脑中雪灵的呼唤，跟随它的韵律甩动肩部。她以身子加速画圈，终于促使彩光绽放。雪灵成为一道道环圈在她身上舞摆，然后她借以旋转的力道，让螺旋彩光通过持刀的双手，冲向刀身。

霞奈孤注一掷地旋腰，把彩光向前抛。光波在冰雪交织的地面刮出一道粗劣的彩纹，冲往隆川的方向，却偏离一个角度。

隆川立刻挪动身子，他的两名同伴也在瞬间有了动作，沉着地相互补位。彩光抵达前一刻，隆川拎起已绽放虹光的长刀，回旋劈斩空气。霞奈射出的彩光被卷入他的范围中，数层光波交绕，变得极其耀眼。

下一秒，彩光波从隆川的刀尖射出。其他舞刀使承接之后反射，再反射，形成激光闪烁的三角阵。阵里光芒弥漫，白妖发出尖锐的嘶吼，迅速气化消失。

霞奈瞪大的眸子终于松懈下来，急喘几口气。

他们在一个相对高的位置，从矮房之间看去，海岸线有低垂的白雾在水面缓缓挪动，更远方是不断喷放浓烟的日痕山。但霞奈其实才进入遗迹不到百米，因为隆川等人原本就决定不宜带着她深入。然而，整个早晨他们已经遇到三波攻击，里头甚至出现了多核妖兽。

"这有点儿异常。"隆川擦着汗，和同伴走了过来，"他们说白妖已从核心地带朝许多方向溢出，没想到离沿岸那么近的地方都来了。"

"而且凶狠得有点儿诡异。出任务那么多次，没见过它们这模样。"另一名舞刀使森宫边说边以袖子压住受伤的颜面。

"抱歉……"霞奈愧疚地低下头。是她拖延太久才令同伴受伤。她迎上前想帮森宫擦拭，对方却摇头，似乎刻意不正视她。

地面再次出现微震，远方有什么东西倒塌了。上冲的尘埃把前方朦胧的空气瞬间染深了色泽。

"我先回去包扎一下。"森宫淡然说道，并独自朝岸边的阵地走去。

霞奈也走向放置在不远处的栖灵板。遗迹更深的地方，几幢白雪覆盖的矮房之间似乎有几名舞刀使的渺小身影。他们似乎也在战斗。

隆川出现在面前,朝她伸出手,"需要帮忙吗?"

霞奈摇摇头,自己抱起刀具和长板,跂着脚跟在其他人身后,走向岸边阵地。她再次凝望隔了一条窄湾的对岸,突然又多了一种异样的感觉;在浮动的乌烟底下,日痕山的表面尽是阴沉的色泽,以往的静谧庄严不复存在。

"那是什么声音?"走在最前面的森宫回过头来。

隆川也发现了,再次单手压住挂在肩上的长刀,缓缓回身。

那声响听起来像是风声或是浪潮声,伴随着碎冰似的低鸣,从遗迹深处传来。然而废弃的矮建筑就像一整排灰壁,挡住了众人的视线。

冷风拂来,无尽的雪片正飘向他们这群人。

出现几声呐喊,然后是撕裂的虹光。远方,数名舞刀使从深雪绵延的巷弄间闯了出来,紧张地想逃离什么。霞奈愣了下,看见无数的迷蒙白影打破眼前的画面——裂嘴白妖不断浮现,灌注到各个巷道之间、建筑物之上。

白妖像是滚动的巨浪,直接把一名舞刀使给埋没。其中一部分人选择挥刀迎战,然而数量过于悬殊,零星的彩光无法对抗剧增的敌军。

"我们得去帮他们!"隆川正要举刀上前,看见霞奈时却犹豫了。

"隆川……"霞奈吃惊地望着地面,"你的脚下……"

他们所站之处是一大片结冻的冰，隆川的脚边突然出现龟裂。地面赫然隆起，周围建筑物碎裂倒塌。霞奈发出尖叫，单手勾住身边的铁架。

地面在摇晃片刻后，静了下来。此时，白妖大军已充斥整片遗迹，作战声响从四处爆发。隆川所站的地方就像个突然鼓起的丘陵，周围更出现十几头白妖，它们展开冰色的利爪，将他围困起来。

"森宫！保护好霞奈！"隆川拉起彩光，舞剑劈斩敌人。

霞奈立刻意识到这完全违反常理，遗迹的修行不该是这样。她本能地踩住栖灵板，试图稳住身子并握紧长刀。森宫来到她身旁时，他们看见更多不知从哪儿冒出的白妖包夹过来。

驻扎岸边的舞刀使察觉了，好几组人朝着他们奔来。然而战斗才刚开始，更加骇人的景象就发生了——

地面向上翻掀，像是一幅正在拉起的幕帘。这股波动席卷到霞奈的脚下，顷刻间，她就像置身在摆动的浪潮顶端。

地壳绽裂，建筑物和白雪重重翻动。倾斜破碎的巷弄之间，散布的舞刀使正被大群妖兽围剿。霞奈惊愕地看见森宫的下半身被岩块压住，他发出哀号，被从地面涌现的白妖包围。它们的爪子沉入森宫身体，拉开一条条喷溅的湿红。霞奈依靠着崩裂的墙檐,不知所措。她看不见隆川在哪儿。

冰晶般的结构物从她眼前浮现,挤开了破碎的地表朝上剧升。分散四处的舞刀使,吃惊之余依然和涌现的敌军作战。霞奈却吓得说不出话。那东西像个巨型触手,朝海边蠕动。它的末端分叉开来,成为外翻的大口,它的表皮则冒出一团团瘤泡。不出一阵子,原本冰晶似的表皮纹理已被无数肿瘤给取代。

颤动的地面持续升高,霞奈才意识到自己或许正位于这巨物躯体的某处。但它的体积怎可能如此之大?就在她错愕的同时,它贯穿了地面好几截,末梢的大口悬于岸边。忽然它吐了好几个球状瘤,打散水面的雾气。那些瘤泡在热泉浸泡下遭到溶解,化成扁平的冰晶。在它们缓缓消失前,巨物吐了更多的瘤泡覆盖上去。才几分钟的时间,那一层层堆积起来的厚冰已让海岸朝外扩张了一整圈。巨物蠕动着,伸展满是瘤泡的身子,压了上去,而且现在不仅从大口中吐出瘤泡,身躯移动时抖落了更多暗白色的肿瘤,在水面凝结成冰。

它在……它在水面建立了一条道路!霞奈在惊愕中明白了。

而且它的目标是日痕山。

巨物的表面就像正在沸腾的液体,不断冒出一层层瘤泡。有些细小的瘤泡尚未被抖落,便在它的表皮上直接爆裂,生成口吐幽光的裂嘴白妖。此时它的背上已是数不清的蓝光斑,是妖兽的大军,乘着巨型触手迈向舞刀使的领地。

拂　羽

　　骚动的预感在日痕山扩散，挟带灰雪的空气令人窒息。高升的浓烟不断变形，仿佛和云层相互推挤，抹去了火山口。

　　外领地的舞刀使全都抛下岗位，朝西边的陆桥方向奔去。

　　"发生了什么事？"雨寒看着一波波肩扛长刀的身影从眼前晃过，他们在雪地留下仓促的足迹。红狐、安雅儿等人也聚集到她身边。

　　从外领地的位置什么也看不见，但很明显，无论骚动的根源为何，定是在日痕山的另一侧。雨寒等人只能凝望着山顶不停冒出的滚滚黑烟。一阵热风吹来，仿佛火山正在苏醒，想肆无忌惮地散放体内的热气。

　　"等等——！"雨寒拦住一位舞刀使问，"你们赶去哪儿？日痕山怎么了？"

　　"是敌袭！"对方只抛下一句话，便急促离去。

雨寒吃惊地和红狐互望。费奇努兹深吸口气,目光穿透飞雪和烟尘,落往西方。数十秒过去,他单手压着长弓,没说任何话。

然后,仿佛从脑中松开了什么,费奇努兹看向雨寒,斩钉截铁地说:"我们的机会来了。"

雨寒在诧异之中会意过来。这不是他们计划的时间,但或许才是良机。她思考片刻,依然做不出决定。"我们得先去看看情况。"她扫视身后的同胞。"佩罗厄和佩塔妮在哪?"

"没时间等他们了。"红狐就近挑出十几名奔灵者,"你们几个,拿好武器,跟上来。"

雨寒命令所有留下的奔灵者保护好居民,便和红狐带队离开。

十几人组成了严密的队伍,战战兢兢朝西滑行。所有人当中只有雨寒的双手未拿任何兵器。母亲留下的弦月剑过于笨重,影响机动力。而且它会令自己想起许久艾伊思塔为了居民朝她射出锁链,就是捆绑她手中的弦月剑。

连接日痕山的陆桥出现在眼前。那儿只剩零星几位舞刀使驻守着魂木廊道。

当对方看见急速逼近的奔灵者,立刻抽刀喊他们停下。

红狐扬起长弓正要采取动作,雨寒却抢先一步上前。

"让我们过去！有可能是我们遇到过的魔物！"她急刹在舞刀使面前解释，"如果证明我们能够帮助你们，再让所有外领地的奔灵者带械来助阵。"

那几位舞刀使犹豫了。远方持续传来诡异的低鸣，像是冰河碎裂的震荡声。雨寒没等对方回答，便挥了挥手，带着奔灵者越过陆桥，他们没被阻止。

奔灵者从左侧的山坡绕行，逆着地势拼命往上滑。他们不断经过逃亡的平民，有人独自奔跑，有人携家带眷。到了这儿，乌烟已让前方所有景象变得暗沉一片。

最终当他们越过一道山脊线，眺望正西边的山脚，所有人都怔住了。

雨寒看见一道不可思议的彩光之墙。

视野因为烟尘时而朦胧时而清晰，但很明显，西边温泉区有一束束垂直的虹光自岸边升起。整排舞刀使阵守在那儿，有些身影伫立，有些单膝跪地，他们全把刀刃笔直地插入结冻之地，唤出直升天际的彩光线。

而在他们对面的海面，一个无比巨大的触手正在设法入侵。它比雨寒见过的所有魔物都要庞大，几乎把对岸的遗迹搅翻了，现在穿越水面缥缈的白烟，转向日痕山。它从表面不断生成脓包似的白瘤，由两边甩落结冻的海面。海水仿佛已变得滚烫，激起阵阵烟雾，和魔物的结冻力相互消耗。水面的浮冰既有剧增又有溶解，尚不确定哪股力量将会胜利。

魔物猛然甩动口部,喷发一整摊的白瘤出来。那些球状的瘤击中了虹光丝线组成的幕帘,就像击中无数锐利的细刃,瞬间遭到切割,在半空中直接气化。

雨寒看见还有更多自由行动的舞刀使在前线,与从结冰之地冒出来的狩群作战,守护身后召唤虹光线的同伴。密密麻麻的平民正从居处撤出,惊慌溃逃。

那是非常诡异的光景。温泉和浮冰,蓝光和彩影,以极端不自然的方式激烈交织。而在雨寒斜后方,日痕山口隐没在浓烟之中,蠢蠢欲动,地面的颤动仿佛是它在震怒。

"你们看那儿!"安雅儿的声音传来,雨寒这才吃惊地发现首席愈师也尾随他们而来。众人的注意力即刻被北方的景象吸引过去。

又一个表皮尽是溃烂白瘤的巨型触手从北方出现了。它已冻结了从雾岛遗迹延伸过来的一大片海面,跨越数里,即将到达。

那将是第二个战场。

然而舞刀使也已做了准备,在北方海岸线围起阵式,升起虹光线幕。

"我们……是不是该协助他们?"安雅儿的声音充满恐惧。

"这里没有我们能做的，他们的阵形相当严谨。"红狐告诉众奔灵者，"看来他们动用了所有的战斗力。那正好，我们现在就去红梁塔楼。"

雨寒回望他，忽然感到不确定。"其他同伴仍以为我们的计划是三天之后。"

"不会有比现在更好的时机了。"红狐凝重地说，"之后日痕山的戒备会比现在森严数倍。"

雨寒明白红狐所言为实。然而，只有完好的日痕山才值得夺取。"如果舞刀使防卫失败了，这里也将成为废墟。我们去刃皇面前，让我说服他。"

红狐沉重地吸了口气，点头道："他没有多少选择了。"

他们立刻往山顶滑行，朝着刃皇所在的红梁塔楼而去。

雨寒带着十几位奔灵者抵达时，塔楼的门口只剩一名舞刀使驻守。魔物嘹亮的声响从山下传来，微微晃动地表。雨寒把栖灵板夹在腋下，走向入口。

"请止步——！"那名舞刀使错误地看着整群手持兵器的奔灵者，正想举刀威胁，红狐已上前架开对方手臂，重击喉头。随之而来的掌击令他昏厥。

他们进入塔楼内部，看见熟悉的垂直木梁和空旷的厅堂，一道方正的旋梯通往楼上，但昔日在里头游走的人群皆已不在。一楼冒出两位身穿暗袍的人，可能是化术师，也可能是平民，他们放声咒骂，有奔灵者立即唤出灵兽压倒他们。

他们痛苦地叫嚷,但雨寒没有理会,神情坚定地跑上楼梯。忽然她的眼角瞥见彩光——三楼的围栏旁出现一名舞刀使的身影。对方急于摆动双臂,以刀刃卷起虹光。红狐二话不说扬起长弓。

弓弦发出有力的嗡鸣。下一刻,箭矢已埋入那人的肩膀。对方哀叫一声跌了下来,笔直朝底层坠落。在底下的奔灵者唤出雪灵的物理能力为缓冲,制服住他。

雨寒在顶楼的瞭望台找到了刃皇,他正远眺着日痕山边缘的战场。子藤、仑美也在他身旁,见到来势汹汹的奔灵者,立即抽出黑色长刀。

"退下!"仑美双手握剑,酿出彩光在手腕处。她和子藤一起护在刃皇面前,小心翼翼朝入侵者挪动。

雨寒让自己忽略子藤那充满困惑的神情,站定脚步。其他奔灵者经过她的身旁,扇状散开。

仑美呵斥一声,甩出一道剧烈的虹光波,但安雅儿已在前方唤出巨型蜘蛛,互冲的虹光消散开来。其他奔灵者开始和两位舞刀使进行肉搏。

子藤敏捷地躲过众人的扫击,在零点几秒之间的空隙挥刀划破空气。黑刀的剑围比所有奔灵者的兵器略胜一筹,撕开一道阴沉的闪光,切开人们的肌理。哀号声接连响起,奔灵者一个个倒下。

雨寒一怒之下,让虹光从手中的栖灵板乍现,橘红色光波化为数只鸽子的模样扑向两位舞刀使的颜面。炽热的彩光鸽子只是股暖流,并未具备物理影响,然而它们侵入对方的视线,给了同伴反击的间隙。

他们砍伤子藤的手臂,并重击他后脑,令其倒下。仑美的腹部挨了拳头,也被压倒在地。雨寒跨过他们两人的身子,朝刃皇走去。

刃皇的神情没有任何改变,只沉静地看着瓦伊特蒙的女长老。"……你们得感到庆幸,长刀'空绝'现在不在我身旁。"他缓缓开口。

一片尘雾当中,山脚下与魔物的攻防战仍在持续。垂直光丝若隐若现,巨型触手的朦胧身影正在贪婪地接近。"我们能协助你。"雨寒指向刃皇身后,"现在跨海而来的魔物,我们面对过。我们有击败它的能力。"

"条件是让你们留下,待在外领地?"

"不,"雨寒直视他,不带任何犹豫,"条件是半个日痕山。"

刃皇的神情出现细腻的变化,但仅止一刻,便恢复从容。"这个要求,恐怕难以办到。"

站在一段距离外的红狐,抽箭拉开长弓,对准了刃皇的心脏。

"那么你会慢慢看着你的子民死去。"雨寒的口吻平静而冰冷,"他们尚不明白敌人的弱点,也难以逃开敌军的攻歼。然后,等到一切结束,我们的战士依旧毫发无伤。"她停顿片刻,最后说:"若你认为现在做不出这决定,便等待吧,看看之后的结果会不会让你的决定变得简单一些。"

子藤忍着伤口的疼痛,抬头看向雨寒。所有在她身后的奔灵者,包括费奇努兹,都望向年轻女长老的背影。那娇小的身躯看来不再文弱,而是刚强地面对刃皇高大的身影。

浓烟在天际滚动,塔楼的木梁发出微震。不久后,刃皇倾颜说:"山的东半边,或许可以开发成为你们的居处。但那儿有几片木桩之地,依照传统不得触碰。另外,霞奈学会的奔灵方法,你们得一五一十传授给我们。"

雨寒露出冰冷的笑,点头。然后她告诉身后的同伴:"安雅儿,帮他们疗伤。费奇努兹——"

"长老!"在瞭望台边缘,有奔灵者朝着正北方大喊。

雨寒和刃皇同时望了过去。北方的防线看似毫无异样,虹光丝已组成一道稳固的垂直光墙。更远处的海面,巨型触手的轮廓依稀可见,它的动作变得迟缓。

这便是最奇怪的地方。相较于光影交错、激斗四起的西边战场,北边的海岸线却显得过于平静。

但这假象很快便打破了。震荡声从远方传来,雨寒发觉整个塔楼都在摇晃。然后他们看见北方的雾气中,有某样东西出现在冰桥上。在它的触碰下,巨型触手仿佛遭到驯服一般,沉沉地微摆。

"阳光啊……"安雅儿的声音破碎。连红狐也发出惊叹。

雨寒亦不敢相信自己的眼睛。她想挺直身子,却感觉双肩沉了下来,仿佛再次变回那个饱受惊吓的女孩。在冰雪大地曾经遭遇的所有恐惧,都在那一瞬间被唤醒。

离　焱

　　空气中弥漫着不祥的预兆,夹带着时而冰寒、时而温热的雪尘。凡尔萨仰头嗅了嗅,感觉连风都出了异样。

　　"这三段峡地挺合适的。彼此相连,总体上容纳上千人没问题。"亚煌扫视周围的雪墙,表示赞同,"地质状态也相当良好,不需担心风雪会带来坍方。"

　　"而且,前后只有两处地方能够进来这儿。我们可以轻易设立防守的关卡,以防舞刀使有任何动作。"飞以墨缓缓滑行过来,绷带在他的手腕、腰间各处悠悠摆荡。

　　他们在鹿子岭北方一段路程找到了可供暂居之地。它是在一片深雪覆盖地中央的裂口,由于地势变化而出现。这三个相连的峡地因长年顺着刮风的方向,周边雪块扎实稳固,附近还有条浅溪流过。

　　目前有将近九十名奔灵者,也就是超过半数的瓦伊特蒙战力聚集在此地,进行区域优化的劳力。同时,相同数量的居民也已抵达,成为帮手。雨寒告诉过凡尔萨,他们只有三天的时间做好所有准备,届时能否拿下日痕山,这儿都会是重要的战略基地。

"凡尔萨,怎么了?"亚煌看了过来。他的腰间挂着两柄长剑,披风底下的手臂同样绑着陈旧的绷带。

"我不确定……"凡尔萨看着延伸开来的雪壁,前方某处有细微的尘埃掉落。"有什么事不太对。"

有奔灵者听见了,凝望过来,当中不乏凡尔萨率领的护卫队成员。飞以墨眯起眼,发出鼻息时,他的面部绷带随之起落。"又怎么了?别说你又察觉到什么狩群的踪迹——"

刺耳的刮雪声打断了他们。一名奔灵者闯入峡地,以狼狈的姿态急行。他越过围观的众人来到凡尔萨、亚煌等人的面前,身上尽是乌尘。

"狩!狩朝日痕山发动攻击了!"他双手压膝,拼命喘息。

飞以墨瞪大眼,"从哪个方向出现的?"

"据说是日痕山的另一侧,但没有人能确定……"

"日痕山的周围全是温泉。"飞以墨狐疑地说。

"雨寒长老呢?"凡尔萨立即问。

"我不……我们不确定。事情发生时,我才刚回到外领地。根本一团乱,舞刀使全撤走了!外领地的奔灵者还接到了命令,得待在原地保护留下的居民。他们叫我回来通知……"

凡尔萨立刻扫视雪墙上方。亚煌也注意到了,指向一条蜿蜒的上坡道说:"那儿。"

众奔灵者立刻驾着栖灵板前往,绕过几个曲折的弯道,把峡地抛在脚下。凡尔萨不时望向西边,也就是舞刀使领地的方位。地形却复杂地完全挡住了视线。

几十名战士陆续登上坡顶,终于抵达了一个足以眺望远处的制高点。

然而,西边的景象却令所有人更加困惑——远方的烟尘如此浓烈,仿佛天空的灰云都被硬生生拉扯下来。而在迷蒙的远景当中,隐约可见垂立的彩光直刺天际,若隐若现;那景象有如一整排的恒光之剑,只不过颜色是七彩而非金黄。

凡尔萨急了,连绵起伏的雪坡依然遮蔽了一大半视野,除非在更高处,否则看不见日痕山真正的情况。

"战斗开始了。"他有种非常不好的预感,把双刃巨剑扛到肩上,"我们得回去支援。"

"什么?你想帮助要驱离我们的人,保护他们的家乡?"飞以墨直接反驳他:"我从不晓得你的心这么善良。得了吧,我们的任务是尽快搞定这块居住地。"

他们身后的奔灵者面面相觑,注视着凡尔萨和飞以墨,等着他们的决定。

"凡尔萨,到我的雪灵上。"亚煌呼唤一声,然后站定身子,放出巨大的虹光之鹰。光丝变换着颜色,羽翼柔顺拍打。

凡尔萨会意,他立刻蹬起栖灵板,跳到巨鹰的身体上。一阵空压袭来,强风和落雪刷过凡尔萨的身旁。不出一会儿,阻隔视野的雪坡消失了,地面逐渐远离,三道相连的峡地像是雪地的渺小伤口。

眼前的空气变得更加稀薄,却有股浓烈的粉尘味。他的目光穿越阻隔,终于看见整座日痕山的模样。他第一个注意到的,便是来自北方遗迹的巨型触手,它在眼前横跨整片海洋。水面似乎在它腹部底下结冻,垫着触手缓缓爬行的身躯。

然而最奇怪的是在触手尖端附近,冰地上有一头前所未见的魔物。

"那是什么鬼东西……"凡尔萨瞪大了眼。从这么远的距离眺望,它的体积明显比多数的狩要大上许多,几乎可以塞满瓦伊特蒙的黑底斯洞。而且它似乎拥有数条腿,背上凸出某种骨架般的东西,甩动着长长的尾巴。

龙……?

凡尔萨不确定自己看见了什么,但在那排虹光墙底下,密密麻麻的蓝光点已登陆日痕山,和陆面上的彩光点交锋。然后,他看见那头奇异的巨型魔物也登陆了,轻易地撞开舞刀使的防守线。垂直的虹光一丝丝消失,迅速瓦解。

承载他的巨鹰开始下沉,战场再次被雪丘和烟尘遮蔽。

"战况怎么样?"奔灵者全围了过来。

"热泉失效,敌人来自对岸的遗迹,大举从海面入侵日痕山。"凡尔萨说,"敌军一如既往,有数量庞大的狩群,能增生它们的触手,还有……还有一头魔物,我不知道那是什么。"凡尔萨看向飞以墨说,"我们得立刻动身。"

"这并不是我们的战斗。"飞以墨依旧不愿妥协,"让舞刀使自己去面对,让他们体会我们的遭遇。刚刚好,这会耗损掉他们的人力。"

凡尔萨沉默了片刻。"和舞刀使无关,"他说出了最糟糕的想法,"红狐可能会提早采取行动。"

人们会意过来他的意思,开始窃窃私语。飞以墨以荒谬的口吻驳斥他:"还有三天,一切都未准备好……他应该不会这么愚蠢。"

"愚蠢?"凡尔萨直视对方,"我以为你比任何人都了解红狐。"

这一次,飞以墨无法回话,绷带下的双眼望向雪地,陷入思索。

"而且雨寒会坚持跟他走。他们应该是依照原定计划只带了一小群人潜入日痕山,这就是为什么还在外领地的奔灵者会接获命令,按兵在居民身旁。"凡尔萨无法再等待了,即使只有自己一人,他也得赶过去。

当他转头备好,却看见护卫队已聚集在身后。"我们跟你走。到长老的身边去。"杭特点头说道。他手上的长弓已做好准备,其他近三十名护卫队员逐一附议。

凡尔萨看着他们,心中有股细微的、难以解释的悸动。此时,亚煌来到他们身旁说:"你们赶紧去吧。我挑几名奔灵者先安抚好这儿的居民,随后和你们碰面。"

昔日的总队长似乎明白自己身体的情况,把事情托付给护卫队。

凡尔萨深吸口气,带着巨剑,和护卫队成员一起直奔战场。

拂　羽

数不尽的狩群从北方海岸线登陆日痕山,在浓雾之中浮现密密麻麻的冰蓝光点,给人恐怖的压迫感。

雨寒和刃皇站在红梁塔楼的瞭望台上凝望。在他俩的共同吩咐下,除了红狐和安雅儿仍在场,其他奔灵者和舞刀使都已离去,投入山脚下的战场。

风中灰烬带着绝望飘落,底下的魔军绽放着死亡的幽光,在日痕山的边缘扩散开来。一切变得混沌而慌乱,有舞刀使朝彼此投射剑波,组成虹光阵夹杀在他们之间的狩群;也有舞刀使被扑杀于魔物浪潮之间,虹光阵形立即失效。

北方的防线已被冲破,狩群一波波闯入住宅区。虽然武士们已争取到足够的时间让多数居民撤离,但依照目前情况,狩群持续朝向西边溢出,不久之后便会使西方的防线也腹背受敌。有舞刀使跟着进入巷弄间进行游击战,但这对他们极为不利,因为紧密的建筑不仅妨碍虹光阵的组成，更便于魔物四处攀爬，围困目标。

刃皇已从塔楼的某个房间内拿回了自己的长刀，凝重地观察战况。雨寒则轻声向阳光祈祷。她已叫人去外领地寻求支援。

大地正在激烈摇晃。忽然浓烟之中，一个巨大的身影浮现出来，冲散了交战的双方，踏上山坡。

雨寒呆愣在原地，面无血色。那巨型魔物的身形非常奇特：它有五只脚，前两只却像是扭曲而粗重的手臂，张开如长刀般的蓝光利爪，行动时刮弄着地面。它的后方三条腿则像爬虫类的脚，弯曲而紧绷，并随着巨大尾巴的甩动，把臃肿的身躯向前推进。

蟒蛇般的粗颈子向后弯曲，低垂的头部狭长而平滑，双眼散放着沸腾的蓝光，口部尽是利齿，开口时给人一种正在微笑的错觉。一排冰鳍从后颈延伸到背部，再到尾巴末端。它的背上凸出两簇巨大而细长的冰色骨架，仿佛是没有翼膜的翅膀，在它挪动身子时上下摆动。它就这样一步步攀上日痕山的坡道，仿佛朝着红梁塔楼而来。

雨寒看见巨兽的表皮并不像其他魔物是凝雪般的质地。它的皮肤充满蓝色的纹路，像是一片片翻起的冰屑，又像布满全身的鳞片。整个身子看上去些许透明，跑动的幽蓝光线穿透鳞片底下的肌理，像是粗厚的血管，又像是充满力量的符印，并随着它的每一步动作，在身体的不同部位闪烁。

雨寒想起曾在书籍中看见过的图像,人们曾经称为"龙"的远古生物。但这魔物无比巨大,形象极为骇人。

它朝山顶发出震耳欲聋的嘶吼,踩过一群在它跟前奔跑的平民和狩。地面的震荡越渐激烈。有舞刀使在底下朝它发动虹光波,却在利爪扫过之后,成了散裂雪地的血和肉。

"奔灵者!他们到了!"安雅儿雀跃地喊道。

原本驻扎于外领地的奔灵者,依循山脚下的路径分批抵达。雨寒隐约看见老将额尔巴、哈贺娜的身影。他们从山底迂回地切入北岸,在混乱的战场上绽放着彩光冲入敌阵。另外还有一批奔灵者朝左侧去,支援正在坚守的西边防线。

"费奇努兹,我们得下去和他们会合。"看见自己的子民加入作战,雨寒的心情稳定了些。

"我们得先解决那魔物。"刃皇说道。那头巨大的"龙狩"完全脱离了主战场,已达半山腰,仍朝着山顶而来。

红狐盯着龙狩,异常凝重地说:"单靠我们四人不大行,必须从战场上求援——"

轰——隆——

一阵石破天惊般的巨响,令雨寒等人抓紧塔楼的栏杆。紧接着,大地传来一波波激烈的震荡。脚下的楼层摆晃起来。

他们不确定发生什么事,注视龙狩,以为它发出了某种攻势。然而巨兽仍趴在山坡上嘶吼,它脚下的雪块正逐渐崩裂。

炸裂声响彻云霄,空中的云层出现激烈的光影。刃皇露出了极度惊恐的神情,雨寒也愣住,随他的视线向后望。

火焰直冲天际,像是代表终结的旗帜,拉起数倍乌烟——日痕山爆发了。

"怎么可能……"刃皇双眼圆睁,无法动弹。橘红色的液体在山顶喷发,一部分流入先人开凿的沟渠,然而很快,所有人都明白那些疏导用的流道全然不够。炎流越来越丰厚,从四处溢出。日痕山的山口就像一个止不住的伤口,覆盖在一圈光焰之中。

"我们得离开这儿!"红狐拉住雨寒。

他们赶紧奔下红梁塔楼。每经过一层楼,雨寒都瞥见横窗之外不断有球状的火焰从云中下坠。那些火球落入山脚的战场,砸在密密麻麻的人类和狩群身上。更远处还有火球落入海面,砸碎冻结的冰地,掀起阵阵白烟。

他们刚从塔楼闯了出来,便发现一抹巨大的黑影笼罩过来。

"闪开——"红狐大吼一声,推倒雨寒之后扑向刃皇。

龙狩的巨爪刮过头顶，挖开红梁塔楼一侧。破碎的木梁接连崩塌。红狐立刻在地面翻身抽箭，拉弓时酝酿起刺眼的彩光。

下一秒，箭矢刺入满是蓝鳞的巨掌，绽放出网状虹光，把龙狩的手掌黏在残破的塔楼上。

它倏地甩动颈子，头部扫过地面——衔住了安雅儿。

"愈师！"雨寒想追过去，却已来不及了。龙狩高高地抬首，扯开掌上的箭矢光网。安雅儿的上半身被叼在它口中，只有左腿和断裂的栖灵板从整排利齿之间露出，像在激烈抖动的小签子。她疯狂地踢腿，哀号声中没入狩口之中。血液从它的齿间涌现。

龙狩轻易地咬死了安雅儿，她那鲜红的断腿落下之际，无数道彩光划破空气击中它的胸膛。龙狩发出嘶吼，尾巴回甩毁掉了整座塔楼。

凡尔萨以巨剑掩护在雨寒面前，挡下纷飞的木屑。他以单手扶起雨寒。

护卫队的成员陆续来到他们周围，释放出雪灵攻击龙狩，逼退那庞大的身躯。

"这里保不住，我们必须放弃日痕山了！得让所有奔灵者从陆桥撤离！"红狐当机立断地喊道。

"请……请帮助我们的子民脱逃！"刃皇急切地看着雨寒。

雨寒踌躇片刻,吩咐身边所有奔灵者:"传达给战场上所有人,全数撤退。能够搭载舞刀使的人,尽力帮助他们!"

一道道火雨落在远方,残酷地袭击所有生命。奔灵者冒着危险朝主战场滑去,扇形般地散开。此时,眼前的龙狩再次朝雨寒等人走来。

"快上来!"雨寒催促刃皇,让手持长刀的舞刀使首领站在栖灵板后方,单臂扣住她的肩。火球降临在他们周围,炸出轰然巨响,其中一道直接击中了龙狩的腹部。它发出愤怒的喉音,一部分的身躯化为火红的熔体。

雨寒和凡尔萨、红狐刮起白雪,将龙狩抛开于身后。

然而不知何时,他们的周围已是一道道红烫的岩浆,像无数分叉的赤红溪流朝下滚动。雪地里烧起阵阵白烟。山脚下的人们依旧逃窜,或许已意识到他们正与时间赛跑:一旦山坡表面全遭炎流覆盖,所有生路都将截断。

西边惨淡的虹光线幕已解除,但战士与狩交锋的身影依旧漫山遍野。奔灵者窜动在山脚下传讯,带着舞刀使纷纷撤退。雨寒瞧见飞以墨的身影也在人群当中,对抗排山倒海而来的狩群。

炽热的炎流比人们预期的扩散得更快。雨寒回首,看见它流入山腰一侧,扫过一大批狩群。即使只是稀薄的炎流,也足以粉碎整群魔物;火焰覆盖狩的腿部,让它们瞬间爆裂为粉尘。雪地里错综复杂的冰脉也敌不过大自然的力量。

雨寒载着刃皇逆着人群而行。凡尔萨护住她的左侧，巨剑劈斩敌人，两只虹光猎犬在周围跃动；红狐在她的右侧，以虹光箭矢精准地一次次击杀狩。不断有火球从天而降，在雪地炸出燃烧的坑洞。

"撤退！所有人！"刃皇朝经过的所有舞刀使呐喊，"全部撤离日痕山！"

部分奔灵者已运送一批舞刀使到陆桥，并折返回来营救更多人。远方有些舞刀使被围困在焰流之间，遭到淹埋的一刻浑身着火。日痕山口持续喷射火焰，从山坡流下的岩浆漆黑漆黑的，夹着深红碳心滚动。风中弥漫着热气，令人窒息。

"我们也得走了！"凡尔萨对雨寒说。

他们看见还有许多舞刀使被困在远处。那些人在死亡面前却不失沉着，挥扫最后的虹光波吓止奔逃的狩群，直到岩浆盖过所有生命。雨寒旋腰扯动栖灵板，往返程的方向滑，感觉到刃皇在背后禁不住地发抖。

日痕山像是某种畸形的沙漏，随着时间流逝，白色部分持续消失，火红的部分则覆盖下来，急速扩大。现在，大批炎流已侵入西北山脚的居住地。就连海水也沸腾了，巨型触手千辛万苦凝结的冰地全面崩开。从鹿儿岛遗迹而来的触手落入水里，掀起激烈的白烟，又爆裂为四散的冰晶。连同它一起消散的，是占据了山脚各处的狩军。

雨寒等人划开弧状轨迹，逆时针绕过日痕山的南方急速奔离。山坡上，乌黑的岩浆溢出更多，伴随血管状的红光滚滚滑动。强风卷动尘埃，视线忽明忽暗。但雨寒确信陆桥就在前方。

就是此时，她忽然瞥见了骇人的景象——龙狩的身影！它似乎也朝着陆桥的方向行进！

炎流像个细密的网子，交叉向下倾泻，在残留的雪地上烧出一丝丝白烟。龙狩却仿佛不以为意，巨大的身体踩踏过它们，五只腿满是伤痕，身子也尽是焦黑的创伤，里头的蓝色光流暴露出来，激烈闪动着。就连背上仿如翼骨的冰架也燃起了火，低垂摆动，时而扫过身旁的岩浆。

最恐怖的是它的面孔。半侧焦黑，边缘一圈燃烧的橘光，两排冰蓝色的利齿像是呲牙咧嘴的骷髅。

凡尔萨缓下速度。"不太对劲……"他不可思议地注视着巨兽，"难道它不受火焰的影响？"

雨寒看着龙狩踏过整摊火红的焰流，再回望远方已被岩浆扑灭的战场。"它会受伤。但它的身体并没有和冰脉相连！"

"这怎么可能……"凡尔萨错愕地说。

"我们得阻止它。"刃皇恳求众人，"现在我们凭借日痕山的炎流，或许还有机会消灭它。如果让它踏上外领地……难料接下来会发生的事。"

红狐也看向雨寒，"事实上，他说的没错。"

"雨寒，你带着刃皇先走，这交给我和费奇努兹。"凡尔萨催促她。

然而刃皇拒绝了，他凝视着龙狩说："这是私仇。"

"走吧，分秒必争。"雨寒压下心中的恐惧，拉开奔灵的轨迹朝上斜的坡道而去。途中他们遇上一些零星的战士，红狐立刻唤他们也跟上。

龙狩加速了挪动的速度，领先岩浆一大段距离，仿佛急于前往仍被冰雪覆盖的外领地。然而它似乎察觉了什么，庞大的身躯缓了下来，打量出现在面前，由雨寒和刃皇带领的二十几名奔灵者和舞刀使。

空气灰蒙一片，在场的战士完全看不见自己身后的陆桥，但他们明白那是必须守住的地方。巨兽不能跨越到外领地。两个文明的居民都在那儿。

火山发出轰隆巨响，湿润的雪坡激烈晃动。日痕山最终的战斗在绚丽的流光之中展开。

"退回去——！"奔灵者嘲龙狩呐喊，接连释放出虹光攻势；舞刀使则朝两旁散开，准备围阵。庞大的龙狩是烈焰和融冰的扭曲物，它甩动着火的尾巴，扫开一排人。它摆动背部的冰架，半熔的脸孔发出一阵嘶吼，在湿地上吹出一波波涟漪。

有两位奔灵者发动形灵，虹光化为猛兽的形体冲击龙狩的胸膛。它的右掌以迅雷不及掩耳的速度落下，把其中一人的脑袋压进了身体中。红狐趁此射出一箭嵌入它的掌心，绽放的光网朝雪地洒放，锁住龙狩的爪子数秒。凡尔萨趁这一刻滑入它的防线之中，挥动巨剑劈向它的脚。然而龙狩的冰鳞展现了绝佳的韧性，刀锋只造成浅浅的伤口。

它低垂的首部随着凡尔萨的轨迹摆动，在他远离之前，甩动颈子朝他咬去——数十道彩光之翼接连击中龙狩。雨寒咬紧牙，持续让虹光鸽子腾空，并让它们紧追巨狩的头部，坠向深蓝色的眼眶里。它朝天发出不耐的吼声。

雨寒的眼角捕捉到动态时，已经太迟了——焰痕和冰刺交错的尾巴，从一个斜面落下，朝她砸来。

千钧一发之际有人扑倒她，避开了炸裂的雪浪。她甩了甩头，看见子藤再次握住剑柄，盯住巨兽的方向缓缓起身。在他俩前方一段距离，刃皇已开始舞动"空绝"，那黑刃的表面有亮红色的符纹，虹光像是两道急旋的迷你龙卷，绕着刃皇的手腕逐渐增大。

子藤朝左侧奔去，加入其他舞刀使正在形成的术阵。奔灵者则在龙狩的四周回绕，从各角度展开集群攻击。巨狩踩住一个不幸的奔灵者，但此刻，垂悬的翼骨遭到彩光轰击，炸裂开来。冰骨上沾着先前的岩浆，砸落地面时爆开一摊橘红。有奔灵者被击中，身体被黏稠的岩浆覆盖而亡。

雨寒设法找掩护，想以治愈之力支援受伤的同伴。然而她并没有多少机会，因为被龙狩逮到的人，几乎全都一击毙命。它露出利齿左右撕咬着包围它的人类。

"死……"

她看见刃皇蹲低身子，回身一圈，长刀几乎水平贴着雪地划出闪光——

发动的剑势扬起雪浪，拉开闪亮的尾迹，犹如一名速度如光的奔灵者。那道爬动的电光穿越战士之间，朝龙狩的脚部而去。它刚好蹬起巨大的前爪，剑光扫过巨兽的三只后腿，从底下穿出，并削下尾巴的末端。

伤口透出激绽的蓝光，其中一只脚则完全断裂。

紧接着，舞刀使串联起强烈的彩光阵，把龙狩困在一片仿如有极光舞摆的湖泊当中。它的表皮崩裂，冰鳞脱落，前肢上的爪子也出现龟裂，脸部亦开始粉化。

大地沸腾的声响从上坡处传来。浓雾中，岩浆夹杂赤红的光晕出现，挤压、膨胀，犹如滚烫的热浪，以骇人的速度朝着底下铺盖过来。

龙狩冷不防地一个扫击，两名舞刀使落入岩浆里。彩光阵立即终止。战士们被迫往下坡退去，看着热滚滚的岩浆淹过龙狩已负伤的下肢。它震怒了,以残疾的身躯朝他们冲来。

不行——!雨寒滑入它的前方,竭立放出数十道彩光羽翼冲撞巨兽。

她的灵力完全不够,几乎未减缓龙狩一丝速度。然而凡尔萨和红狐出现在她前方,彩光猎犬和箭矢分别埋入巨狩的身躯。他们边打边退,但炎流的速度越来越快,像是交叉的手指从各个方位覆盖过来。放眼四周,山坡像被无数条火痕切割的网格。

"我们必须离开这儿!"凡尔萨朝雨寒喊道。多数奔灵者已往下坡撤,接走了尚存的舞刀使。

雨寒勉强点头,回过头。"费奇——"她的话卡在喉间,愣住了。

在她和红狐之间隔着一道奔流的熔岩。费奇努兹被困在一片隔绝的雪地。

他盯着和雨寒间的炎流,打量着什么。若竭力下赌注,或许有渺茫的概率能够跃过它,但栖灵板大概不保。

"凡尔萨,带她走吧。"红狐低声说道。凡尔萨睁眼回望,说不出话。

"你在说什么?我们试……"雨寒急于抓住凡尔萨的袖子。"凡尔萨把雪灵的物理能力全开,说不定可以当垫脚石,费奇努兹你尝试跳过来!"

红狐凝望雨寒的眼神,是毫无保留的怀柔与不舍。但那仅数秒钟,他便恢复刚强。"不……"他的目光转为箭锋般锐利,望向正在奔来的巨兽。"想来,现在也只有我的能力有机会阻止它。"最后,他回望雨寒一眼,"看来……我只能陪你到这儿了。"

"不行!你不能这么做!"雨寒呐喊着,她向前挪身,若非凡尔萨拉住她的手,栖灵板几乎要触碰到逐渐扩大的炎流。"我不允许!我命令你过来!"

红狐的嘴角出现一丝淡淡的笑容,像是傲慢,又像哀伤。然后他直视凡尔萨,从眼神传达了最终的决心。

"费奇努兹!我命令你——"雨寒撕心裂肺地吼叫,但红狐已转身滑开。凡尔萨紧紧抓住她。乌黑的岩浆,炽热的焰流,覆盖了整片视野,凡尔萨载起刃皇,带着雨寒向下逃。灰蒙蒙的天空中时有火雨落下,整个场域光怪陆离。

雨寒频频回头,看着费奇努兹孤单的身影正急速滑向一个隆起的石墩。他攀上顶端,岩浆缓缓淹过石墩周围时,仿佛有种时间变慢的错觉。

红狐解下了箭筒,矗立在橘色海洋的孤岛上。

然后他拉开长弓,射出极具穿透力的一箭。虹光箭刺入龙狩颈部已半熔的伤口,令它发出震耳欲聋的怒吼。它以臃肿的姿态,踩着喷溅的岩浆笔直朝红狐冲来。

费奇努兹再次利落地架箭扬弓,让卷动的彩光汇聚于箭身。雨寒眼中满是泪水,盯着他渺小的身影面对开口嘶吼的庞大巨兽。

火光照耀下,飘动的披风是他背后的一抹赤红。他拉弓的动作没有一丝紊乱。

虹光箭矢越过沸腾的大地,击中龙狩的后腿。光网炸裂,扯住它的身子,赫然终止它的冲力。巨兽被钉在原地,愤怒地想挪动,但炎流像是拍打在岩岸的浪潮,带着腐蚀的力量持续冲刷它的侧面,激起阵阵白烟和飞散的冰尘。龙狩的腹部露出了冰蓝色的骨骸。

它甩着脖子怒吼,用力挣脱光网。然而才挪动几步,又有两支箭击中它,这次是尾巴和前爪,将之狠狠锁死。岩浆固化在龙狩的身体各处,火焰燃烧狩体,蓝光成为脉搏,吃力地跃动。它就像个诡异的变形体,趴在火池中喘息。

"你们无处可逃。灭亡是你们的宿命。"

雨寒仿佛听见龙狩颤动的声音。它再度向前挪动,后面几条腿在燃烧中断裂,洒开液体般的蓝光流。

"我从不和敌人交涉——"红狐的声音从风中传来。他又放出一箭,锁住巨兽低垂的长颈。激荡的炎流侵蚀着它的颈部和脸颊,令其痛苦地甩头。热气漫天,火雨坠落。费奇努兹解开了红色披风,把它抛开。披风落入炎流中，化为片刻的微小火焰。

"我们已锁定此地！将杀绝你们所有重灵！"龙狩张开口，露出熔化的锐齿，仿佛癫狂地笑。它的后腿已全数残缺，只以前爪愤怒地向前攀动，拉近与红狐之间的距离。雨寒不顾凡尔萨和刃皇的劝阻，在远方刹住身子，凝视这一幕。

红狐脚下石墩的面积渐渐缩小，滚烫的橘色洪流包围过来。他却没有一刻低头，专注地射出光箭，锁住巨兽的一只前爪。

龙狩挣脱开来，泼溅着焰流向前爬。

红狐再射一箭。

龙狩暴怒往前跃，虹光网已困不住它。

最后，当龙狩的身躯笼罩上方，红狐举弓上抬，瞄准它的下颚。但他没有机会发出那一箭，龙狩那冰火参半的爪子高速落下，狠狠砸中了他，连石墩都遭粉碎。赤红色的岩浆在它面前炸开。

龙狩发出胜利的吼声，但它的前臂瓦解了，落在炎流里，胸口也出现一个燃烧的大坑。它被炎流啃蚀着，鳞片化为液状，颈子也溶成丝带般的残痕。它企图做最后挣扎，却难以对抗滚动的红光热浪。龙狩的头部无力地悬摆片刻，颈子缓缓断开。龙首落入岩浆里，留下半边骷髅般的面孔持续遭到焰流冲刷。

这次战役在日痕山全面遭到岩浆覆盖之下结束了。最终，无论人类或狩军都未能占据它。

舞刀使的牺牲为多数平民争取到足够的撤离时间。而在奔灵者的协助下，许多舞刀使亦能顺利逃脱劫难。然而，舞刀使的阵亡人数超过了三分之一，这在该文明的历史属于前所未闻，对其带来极大的震撼和悲痛。

熔岩止于海岸，把日痕山的外围面积添加了一圈。火山口不再吐出烈焰，但上升的乌烟持续数日。海水变得比以往更加滚烫，目击者说源于西北两边遗迹的巨型触手都遭瓦解，带着无数的狩军化为粉尘。

前往两座遗迹的舞刀使几乎全军覆没，他们是战役的第一波牺牲者。唯一归来的是踩着栖灵板的霞奈。她抬着身受重伤的隆川，从北方绕了远路安然归来。

日痕山无法居住之后，两方人类文明的居民都挤在外领地。舞刀使设立了严格的边防，奔灵者则朝更远处巡逻。

雨寒不断在心中告诉自己，她是瓦伊特蒙的长老，必须振作起来。然而她却无法克制住自己，每到夜里，她恸哭得声嘶力竭，像个无助的小女孩。

她不明白为什么，但身体和情绪已完全不受自己控制。唯一能做的，只有命令所有人，不许接近她。

潾　霜

"有几个我们再也无法回避的考量点。第一，我们的空袭优势不再。第二，敌人可能具备了跨越大陆与海洋的感知能力。"

说话的梅西林诺斯是亚法隆最具影响力的大魔导士之一。他的淡绿色胡须像细长的流水，长袍底下是金属制的片甲，并显示出与年龄毫不相符的体魄。那些片甲犹如形状各异的钢环扣在身体各处，表面镶着小型墨玺。

当会议进入深夜，墙面的彩光在现场近百名与会者的脸庞洒下跃动的阴影。俊站在人群中聆听。

"如果确定直布罗陀湾出现了冰脊塔，这代表最糟糕的可能性，"梅西林诺斯盯着地面的巨型地图，以及散布在上头的圆锥状的蓝色砖块，"海洋是白岛的地盘。敌人已从西边侵入地中海。那么我们在南欧地带的城镇再也没有一处安全，包括这里。"语毕，他抬头望向麦尔肯。

周遭的与会者正忧虑地交头接耳。不久前才返回亚法隆的年轻学者浑身是伤,费力地步入众人视野。

"是的……我们的浮空要塞尝试接近它。"麦尔肯站在地图上标示子辐线96.0度之处——介于旧世界西班牙和北非之间的狭窄湾口,直布罗陀曾是地中海、大西洋唯一接壤的地方,现在已化为拥塞的碎冰带。"但事情和我们料想的不一样。冰脊塔周边的戒备出乎意料的森严。"

"什么样的森严法?"梅西林诺斯问道。

这时一位与麦尔肯同行的女幻魔导士走上前,俊记得她叫费雪琳娜。"我们抵达时才发现,敌人已扬起了高达数里的冰脉网。浮空要塞根本难以通过。"她衣袍的左袖子松塌轻飘,在这次任务中失去了左臂。"而且……我们还遇到了……"

在人们炽热的目光下,费雪琳娜忽然畏缩起来,仿佛因为那段记忆而颤抖。麦尔肯对她说了几句安慰的话,接过解说的担子。

"我们遇见了'飞龙'。"

"……龙?"梅西林诺斯不可思议地瞪大眼,"这怎么可能?"现场也一片哗然,嘈杂声令大魔导士举手示意安静。俊凝重地盯着麦尔肯。

"我没有更好的名词来解释那东西。"麦尔肯眉头紧皱,"那是一种庞大的生物,半透明的肌理有蓝光在里头流动。它在雪地爬行,却能立即腾空。身躯臃肿,带着野蛮的杀意攻击我们。"

"那真的是龙，"费雪琳娜以颤抖的声音说，"就和图书里看到过的一样。但恐怖几百倍。它的敏捷度和体积不相符，太恐怖了。"

俊在此时开口，声音穿透会议厅："麦尔肯，它腾空的时候是否有和陆面的冰脉相连？"

年轻学者苍白地摇摇头。"没有。我还特别留意了。这是第一个离奇的地方。"他低头凝望脚下的地图，"第二个奇怪之处，就是敌人似乎已做好万全的准备在等待我们，我们刚瞥见冰脊塔不久就遭到了攻击。和以往的情况很不一样。"

"因为直布罗陀在最偏远的西边，可能已经知晓其他的冰脊塔遭到了攻击。"梅西林诺斯重申他先前的推论。他扫视站在前排的与会者，也就是负责所有出击任务的人，"不得不怀疑敌阵之间存在某种感应能力。若此事属实，敌人有绝对优势，因为我们缺乏远程联系的工具，无法有效协调和应对变化。"

"这样子仗根本没法打……"群众里有人脱口而出。

与会者全陷入沉默。不祥的气氛笼罩着圆桌会议。

这儿是个圆顶的殿堂，像一座小型的古代竞技场内部。然而所谓的圆桌会议，事实上并不存在任何圆形的桌子。空旷的大厅内连椅子也没有，中央是片开放的空间

——巨大的地图绘制在地面,画面是整个欧洲、北非以及中东。陆地白色,冰域深灰,海洋漆黑。标注数字的子辐线从东边放射开来。地图各角落都有多次涂抹的痕迹,是幻魔导士日积月累获取新资讯时做出的更动。

这阵子陆续归来的七座浮空要塞,并非每个任务组都有找到冰脊塔的踪迹。但有确凿发现的,则在地图上以圆锥蓝砖标示出他们判定的位置。共计七处。

让俊无比欣慰的是随行的奔灵者都已安然归来。他有股强烈的罪恶感,这一切都是在他昏迷的时候发生。

他看向那些同伴。弓箭手帕尔米斯一贯地神色自若,淡淡的胡茬儿覆盖下巴;弓箭手依可萝的身上受了点伤,她刻意拉低酒红色的大绵帽遮住眼睛;愈师牧拉玛的颈上挂着防风镜,脸上也多了一道伤疤,从额眉处斜切下来;弓箭手韩德依然戴着内层缝有厚布的钢铁口罩,呼吸粗沉;汤加诺亚、尤里西恩也在场,庄严伫立。

麦尔肯是唯一的学者代表,他所属的浮空要塞是七艘之中最后返回的。他们走得最远,直达旧世界伊比利半岛南端的直布罗陀峡湾。果不其然有了重大发现。

除了他们以外,俊和莉比丝也参与了圆桌会议,因此瓦伊特蒙的出席者共九名。幻魔导士则来自任务组,以及亚法隆的各个城市单位,包括几位驻城的大魔导士,梅西林诺斯就是其一。

大魔导士是幻魔导士的最高阶级，是实质主导欧洲文明的人。他们掌管城市建设，交通防御，沟通与法典，还有文化遗物的挖掘与保存。然而一旦进入圆桌会议，大魔导士反而扮演起协调者的角色，多半时候仅站在一旁聆听。这与瓦伊特蒙的长老模式有些许不同。

自从瓦伊特蒙到来，圆桌会议事实上成了一种毫不间断的活动——它不再是固定时段、固定参与者的会议，变成资讯市集一般的场所。日复一日，任何人都能在任何时刻参与讨论。这个社会的人们很快便领略了一件事：能否做好万全的预警和准备，关乎他们整个文明的生存。

然而今天的会议有两个反常的地方。第一是几乎所有关键人物都出席了，近百位与会者把这地方挤得水泄不通。第二便是出席的大魔导士开始积极参与总结，收缩讨论的边界，寻找解决方案。会议持续进入深夜。

"我们的祖先在欧洲大陆建立起新的城市要塞，其中最重要的原则便是尽量依靠资源繁盛的海岸线。"梅西林诺斯神情凝重，"但依照当前的情况，海洋其实比内陆更加危险。"

地图的七处圆锥蓝砖分别代表已知冰脊塔的位置，几乎都在沿岸地带。

旧世界的耶路撒冷，北非沿岸的锡德拉湾南侧，位于最西方的直布罗陀巨岩，远古威尼斯城一带，远古瑞士的因特拉肯一带，远古丹麦的奥登斯，以及旧世界的雅典——最后这一个，是目前所知离亚法隆最近的一座冰脊塔。

这当中只有两块蓝砖的周围被画了一圈金黄色的颜料：远古威尼斯城，以及北非的锡德拉湾。

"沿岸的冻原都是敌方可以轻易渗透的地带。"麦尔肯说，"我们在迁徙过程被巨型冰晶触手袭击好几次，其实它们就是变相的移动要塞，从海底凝冰而成，在陆地释放狩军。它们才是真正的地理支配者。"

"我想它们便是白岛意图的延伸。在地中海沿岸设立诸多冰脊塔，定是为大规模行动做准备。"梅西林诺斯的手掌扫过巨型地图，"图谋侵略，毋庸置疑。"

"等等，这结论下得有点早。"某位幻魔导士语气恭敬，却是明显的反驳，"我们无从得知这些冰脊塔存在的目的是不是为了制造狩军来发动侵略。有可能仅是为了封闭该地区的云层。"

一位名为阿米里亚斯的大魔导士附和说："有些冰脊塔在几年前我们也见到过，例如距离最近的雅典和耶路撒冷这两座，不是吗？我们从未受到侵犯，之前经过雅典一带也没人看到过魔物的出现。"他的卷发修得相当保守，和曲卷的胡须连成一圈，工整地包覆颜面的轮廓。"以假想的威胁来当决策依据，一直是人类历史最大的危险。"

"我们不是在和人类打交道。"失去左臂的费雪琳娜说,"你的说法毫无助益。从派出七座浮空要塞出击的那一刻,我们就等同于向狩军宣战了。"

俊打量着这些人。迄今为止,圆桌会议分为赞成出击与反对出击的两派。虽然大魔导士们试图保持中立,最后仍无可避免地成为意见标杆。而由梅西林诺斯为代表的出击派,多半会压倒以阿米里亚斯为代表的反对派。

"我们总是过于仓促地做决定,"阿米里亚斯开始沿着地图踱步,"有一件很重要的事大家别忘了。"他用步伐试图把众人的焦点带离地中海沿岸,拉往阿尔卑斯山脉,"这次发现的冰脊塔当中,就有这么一座,离最近的碎冰带至少隔了三百多公里。"他停下,以脚尖轻触"因特拉肯"上的圆锥蓝砖,"这儿已是内陆。"

"你想说明什么?"梅西林诺斯问道。

"有没有思考过上一次的攻势太躁进了?或许该花更多的时间做探索,再来拟定策略。我们还没有巨细靡遗地考察欧洲大陆的每一里雪地。"

"我们已花了了多少日子争论?"梅西林诺斯站在地图的对角线,拂袖指向北方、东北方,以及北西北的任务轨迹,"这三趟航程穿越了大片陆地,都没在内陆看见任何冰脊塔。北非亦然,只在沿岸有发现。难道结论还不够明显?"他的目光从依可萝跳到帕尔米斯,后者点头。

阿米里亚斯沉稳地回望，提出了疑问："那么，你要如何解释在内陆的云层五百年来从未散去？"

梅西林诺斯顿时语塞。人们低声密语，却没人有答案。

阿米里亚斯接着说："必然有某种力量也挟持了内陆的云层。我的提议是，既然明白敌人有超乎想象的防御能力，不会安静地挨打，我们就该想好如何分配战略资源。全数投入临海地区掀起战役是莽撞的举动。"

"正是因为敌人已起了防心，"回应他的是麦尔肯，"若我们想搜遍内陆每个角落，不仅会失去攻击的良机，还给了敌人时间准备反击。"

"如果敌人率先在海岸线设点这个假说成立……"某位年迈的幻魔导士说，"那么不仅奔灵者说的太平洋火环带，现在连大西洋底下都可能充斥着冰晶。这太不可思议了。白岛的影响范围可以覆盖整个地球。"

"有什么改变？打从五百年前阳光消失，白岛的影响力便已覆盖全世界。"阿米里亚斯阴沉地回她。

"不是全世界。"帕尔米斯此时走上前，指着被金黄颜料标注的两个地方——位于北非沿岸的冰脊塔，已被帕尔米斯的要塞摧毁；还有意大利威尼斯一带的冰脊塔，由愈师牧拉玛的冰山击灭。

这两个任务组的事迹已传遍全城。市民听说天空破开一圈广大的缺口,阳光像是灼热的暖流扫遍大地。对于亲眼见证过的幻魔导士,那是这辈子最大的震撼。

"唤回阳光是唯一的关键,幸运的是我们已经可以重复证明这一点。"帕尔米斯重申任务最重要的成果,"我们能做的只有突击,破坏更多的冰脊塔据点来夺回沿海地区的主导权。否则魔物会逐渐吃进内陆。这无可避免会是一场消耗战。"

俊站在他们身旁,一直沉思着。身后的群众窃窃私语。

"说得很对,但我们可不能忽视消耗战的代价。有两个任务组应该最明白这一点。"阿米里亚斯先后瞥了牧拉玛、依可萝一眼,对他们说,"这次集会有许多人还没听过你们的经历,烦请两位再阐述一次当时发生的事。特别是……'雅典'那儿的情况。"

人们投来殷切的目光,似乎已听说在七条任务航道里,牧拉玛和依可萝的经历最为曲折。尤其愈师牧拉玛,他所在的要塞竟然遇见三座冰脊塔!

牧拉玛获得同行的幻魔导士同意之后,便代表任务组走向厅堂的中央。"啊……"他轻触脸上的伤疤,清了清喉咙说,"我没料到从亚法隆出发朝西北方航行不久,就在雅典碰到冰脊塔。同行的伙伴说它早已在那儿好几年,暂时不足以构成威胁。所以大伙儿做了个决定:暂且不管它,航向远方勘查。"

圆桌会议的人们议论纷纷。

"但接下来,在旧世界的威尼斯附近又出现了一座,这让我们有些错愕。这一次大伙儿决定尝试攻击。"牧拉玛简明地说,"我们等待隔天的正午才开火,想说如果阳光真的降临,会消灭掉区域里的所有敌军。结果……"他歪起了嘴角,"情况顺利得让我怀疑自己的眼睛。当然,是你们的极光炮太强了,相当于十几名奔灵者同时火力全开。来个几发就毁灭了冰脊塔,有点儿吓着我。天空果真开启了大洞。呐,城里已经传遍各种天空景象的版本,所以我就不赘述,想知道的随口问问路边的市民吧。"牧拉玛挥了挥手,语气一贯地慵懒。"后来我们商量,决定还是继续往内陆驶去,在阿尔卑斯山脉一带做探查。大伙儿抱有各种心理预期,但是……没想到竟然会在那么近的距离内,又发现一座冰脊塔,还是在海拔那么高的地方。"他拉高音量压过人群的杂音,"这就相当诡异了。它就窝在一个山谷内,仿佛有悄然生成大军的意图。"

"你们有试着摧毁它?"群众里有人急切地问。

"那是当然的。但这次我们失败了。"牧拉玛的语气沉了下来,"主要是地形对浮空要塞很不利。环绕的山丘成了最严密的防御,雪坡上冰脉横生。一接近,立刻有大片网状的冰脉射来。就像麦尔肯说的,这一次敌人有了万全准备。要塞受到重创，只能撤走。我们还得迫降在雪地停留几天修复它。

"当时大伙儿的判断是，活着带回情报才是最重要的。"牧拉玛接着说，"于是我们打算原线返程，却万万没有料到……我们再次经过雅典时，看见战斗已经开始了。"

人们睁大眼，全专注地盯着牧拉玛。"什么战斗？"有人大声问。

牧拉玛阴郁地朝身材娇小的女弓箭手挥了挥手，"依可萝他们的要塞就在雅典和冰脊塔火拼。这边由她来说明吧。"

女孩的手指卷着头顶绵帽的边缘，走到地图中央，她背后的长弓摇摆。"嗯……我们最初只是单纯地朝北西北穿越内陆，沿途没有发现任何冰脊塔。"她在地图上指出那条平静的航程。在众人面前发言，似乎令她有些紧张。"一路上什么都没有，就是无尽的白雪。最后抵达波罗的海的碎冰带，才在那儿察觉大批狩群的踪影。我们直觉不对劲，决定在那一带多花几天巡逻。"她的手指在地图上方绕圈，"数天的努力有了回报，我们终于在一座陆屿上……也就是旧世界丹麦的奥登斯遗迹附近……发现一座冰脊塔的存在。"

依可萝的面孔出现变化，仿佛难以挥去脑中的惊恐。她勉强地说："在那儿，我们也遇到了'飞龙'的袭击。"

人们发出呢喃和惊叹。

俊听着,心中有千万种不解。那些没有与陆面冰脉相连的飞龙不仅出现在西边的直布罗陀,也出现在北方的奥登斯遗迹,这等于推翻了当初他们对白岛和狩军的理解。

"依可萝的勇敢救了我们许多人。"和女弓箭手同行的幻魔导士同伴来到她身旁说:"无论极光炮多么强大,它们的设置主要是为了对付航迹水平线底下的威胁。我们从来没有遇过空袭,所有人都吓傻了。若不是她独自在要塞顶端放箭吓止飞龙,争取到逃脱的时间,很可能现在我们不会站在这儿。"

依可萝尴尬地再次拉低酒红色棉帽。"应该说我们非常幸运……只遇见一头飞龙。要塞的驱动师做出明智的决定,扭转航向。我们被迫放弃奥登斯的冰脊塔,逃命要紧……后来我们确定了亚法隆的方位,便立刻踏上归途。"女孩继续说着她的故事,"问题是,后来的航道自然与来程不同,没人料想到我们会经过雅典一带。在那儿,首先抓住我们注意力的是大量的狩军。遍地都是,从雅典遗迹延伸过来……"

"和牧拉玛他们最初所见的不同。"梅西林诺斯听出了蹊跷。

"是的,牧拉玛他们经过时,雪地里半个魔物也没瞧见。"依可萝说,"但在我们眼前的却是严阵以待的狩群。"

她深深吸了口气，又缓缓吐出，"更奇怪的是，我们看见雅典周围的碎冰带全被冰晶纹理给覆盖。像蓝色藤蔓一样穿插在碎冰之间。数不清有多少。"

会议厅堂突然变得异常安静。即使已听过事件报告的大魔导士也面色凝重。

俊想起了迁徙时他们见过那的景象，冰脊塔底下蔓延出来的纹理。就是在当时，缚灵师径自走向那巨大而诡异的高塔，雨寒和凡尔萨都来不及阻止她伸手触碰冰塔表面。

诡异的是在那事件之后，迁徙大队便遽然改变行进方向，转往正北。现在从幻魔导士那儿得知"舞刀使文明"的存在，俊判断大概率那便是陀文莎触碰冰脊塔时感应到的"理想乡"。

依可萝打破宁静说："那种又长又粗的冰脉，我们在迁徙途中见到时它们只沉睡在冰层底下，这一次却全数活化过来了，像蟒蛇一样在活动，从高空俯瞰，像是绵延好几公里的巨网。"她的口吻透着恐惧，有点不能自己。

"然后呢？"梅西林诺斯敦促她，"你们主动发起雅典的战斗？"

依可萝摇头，"我们仍在犹豫时，敌军率先发难。那些巨网朝天空扬起，垂直阻拦我们的飞航路径。更糟糕的是，空中出现了更多的飞龙。"

"你们看见多少只？"人们急于询问。

"从空中攻击我们的就有四只。碎冰带上还有两三只在攀爬。"依可萝不自觉地握紧胸前的弓弦，手指微颤，仿佛回到了战场中央，"有了上一次经验，我们已明白飞龙和所有的狩都不同，攻击能力完全是另一个级别……我们知道逃不了了，所以只能孤注一掷去破坏冰脊塔，期盼可以唤回阳光。但现在回想起来，那是办不到的。浮空要塞难以冲破冰网的阻拦。"

"后来……后来怎么办？"有幻魔导士问。

"我们真的以为死定了。但另一座浮空要塞即时出现，解救了我们。"她回望牧拉玛和他的同伴们。

高壮的愈师摸了摸额头的伤疤。"于是我们两座浮空要塞进行了联防作战。"牧拉玛说，"牺牲了一些人……而且根本没机会接近雅典的冰脊塔。但我们奇迹似的逃脱了。"

在他身旁的幻魔导士同伴也补充道："能够飞回亚法隆算是不幸中的大幸。两座浮空要塞都受到重创，后来彻底报废了。"

那便是俊刚醒来不久，绕城时看见的两座坠落的要塞。

在场的人此时全盯着地图上的雅典，神色不安。有数只飞龙在那儿盘旋，大批狩群齐聚——而那正是离亚法隆最近的一座冰脊塔。

于是，关于下一步决定，人们分为几派阵营。和之前一样，大魔导士梅西林诺斯汇集了一票希望继续出击的声音，帕尔米斯、麦尔肯都赞同这样的决定。而阿米里亚斯一派则认为应该先暂缓脚步，沉着观察一阵子，这观点获得牧拉玛、侬可萝的支持。与先前不同的是，这次会议多了第三种声音，而且它代表瓦伊特蒙多数居民的观点。

"如果你们在内陆还有其他的据点，"开口的是弓箭手莉比丝，"必须做好动员所有市民迁徙的准备。这应该是第一要事。"她就站在俊的身旁，灰发遮住她的半边脸，显得苛刻。

"然后呢？抛下亚法隆？"有人反驳道。

"最糟糕的情况下，是的。"莉比丝回道，"没有人希望这事情发生。但该做的准备还是得做。"

人们不可置信地呢喃，当中有许多人拼命摇头。这光景和当初瓦伊特蒙遇难之前如出一辙。没有人愿意主动离开自己的家乡。

"目前看来，欧洲内陆确实相对安全。"阿米里亚斯若有所思地说，"但是，要抛下亚法隆这件事……不应该列入后续讨论的议程里，太过激了。"他朝莉比丝投了个非难的眼神，"人们总会拿自己的境遇，取代概率下定义。"

"你在暗示什么？"莉比丝瞪大眼，但俊伸手拉住她，以眼神要她冷静。

"别误会，我们非常重视你们的经历，但任何鲁莽的决定——"

"其实她说的并没有错。"梅西林诺斯打断对方，"敌人的威胁非常迫切。我们得依循最糟糕的情况来做准备。这也说明了主动出击才是最好的防御。"与他同伙的那派人发出嘹亮的声音附议。

圆桌会议各方阵营开始相互嚷嚷，吵成一团。不同人与不同人展开激辩，把大会切分成好几个论区。他们践踏在巨型地图上，声音在圆顶殿堂内此起彼落地回荡。俊挪身到角落，并未加入人们的争论。

身为瓦伊特蒙的总队长，他知道其他居民的心愿；待在沿案区域总会令人不安，想好应急方案是必要的。然而，由于自己陷入昏迷而错过了反击任务，令他心底不乏愧疚。他应该要在那儿见证突袭冰脊塔的过程。

就算撇开这些都不谈，他的心底有更深层的担忧：人类似乎再一次无法掌握狩军的意图。

他一直在记录狩群的种类。光是当初袭击瓦伊特蒙的敌军便有好几个兵种。有的魔物体内多核，必须全数摧毁才能将其击毙；有的魔物体内完全无核，却与某个主体相连，必须杀死主体来连带消灭。但无论敌军种类如何错综复杂，不变的共通性就是它们的命脉是雪地里的冰脉，连结到该区域的冰脊塔。

但飞龙的出现打乱了整个逻辑。难道它们不是白岛衍生的细胞体，没有冰脉的联结亦能存活？而且与之作战过的幻魔导士都说，他们甚至无法明确判断飞龙的体内是否有核。没人知道该怎么有效对付那些空中的魔物。

"认清事实吧！浮空要塞的视野并非万能，所有航线都有局限性。不能排除还有更多近在咫尺的冰脊塔尚未被发现——"

"敌人已严重侵蚀我们的制空权——"

"听着，折中方案就是静观其变。我们再做出更全面的探索——"

"静观其变？在距离亚法隆数小时的地方，敌人集中了那样的军力！难道意图还不够明显！？"

争执延续不知多久，站在欧洲大陆地图上的这群人你来我往地彼此说服。最后，声音慢慢朝着一个方向凝聚起来。

众人至少同意有几件事情得同时进行：强化亚法隆城的边防，探索邻近冰域的情况，还有向市民沟通遇袭时的应对方案。

"那么我们收缩反击的范围，"梅西林诺斯最终作出妥协，"聚焦在雅典吧！那是再明确不过的威胁。"

"各位，"弓箭手帕尔米斯告诉众人，"从距离上考量，若运气好,说不定当雅典的冰脊塔毁灭,亚法隆也会被阳光笼罩。"

这句话给在场的人们打了针强心剂,就连阿米里亚斯也犹豫了。

俊也在此时提出一个补充观点:"就算阳光没覆盖到这儿,至少在极端情况下……若有大市民必须离开亚法隆,那地区就是可以直接迁徙过去的光域。"

人们相继附和,圆桌会议掀起澎湃的希望之声——集中火力摧毁最近的雅典冰脊塔,是值得倾尽全力的赌注。

"最后,和之前一样,我们还是需要瓦伊特蒙指派一些奔灵者同行。你们面对狩军的判断起到很大的帮助。"梅西林诺斯说完,帕尔米斯、牧拉玛等人立刻点头。

事实上,在场所有人都明白,在幻魔导士文明的空战科技面前,多数奔灵者早已插不上手。这文明的作战兵器拥有可承载数百人的体量,数十倍的攻击力。与之相比,只能在雪地奔驰的栖灵板像是原始而落后的工具。邀请奔灵者纯属预备方案,以防类似依可萝的事件再次发生。

俊抬起头,环视众人:"也请让我和你们同行,前往雅典。"

帕尔米斯看向他:"俊,不太妥当吧……你的身子仍在复原。"

曾协助手术的克瑞里厄斯此时推开人群,走到俊的面前,用手指敲敲他的胸口:"银边墨玺和人体的融合需要时间来适应。保守估计,至少几个月内你都不应该有激烈动作,遑论参与作战。"

"我是瓦伊特蒙的总队长,如果你们执意要发动逆袭,我必须跟去。"俊的口吻透露出少见的刚硬,"大家放心吧,我恢复的状态相当好,没什么问题。"

"俊——"帕尔米斯还想说什么,但俊的眼神让他止住了口。

没有奔灵者愿意当众反对他们的总队长,于是话题转了个方向,人们开始谈论出征的事宜。一旦讨论进入细节,圆桌会议再次充满辩论声。俊松了口气,虽没人赞同他,所幸也无人反对。

忽然他瞥见莉比丝投来的目光。女弓箭手正阴沉地望着他。

清晨,俊独自回到城墙。微风吹拂着他的白发,把湿气留在他的脸颊。漆黑的天色刚刚开始消退,隐约可以看见周围流动的浓雾。

几名幻魔导士从他的身旁走过,应该是刚完成"极光散放"的操作。俊经过其中一座炮塔,触摸它精细的木制操作舱。每一天两次,亚法隆得从城墙朝外放射出一圈暖光,催化它和冻原的水平对流,把邻近区域的温度维持在露点，才可生成更多的雾气。这是幻魔导士长年研究这一带环境的成果，只需投注最少的能源便能抓到平衡的公式，有效推动雾气的对流生成。

简而言之，这种自然的平流式雾气并不受风的影响，可使亚法隆永远隐藏在迷雾之中。

俊的手在披风口袋里捞到一块陈旧的木片。不需拿出来看，他也知道上头的银纹是一头嘶吼的狮子。

一阵稍强的风卷起他的披风末端，让他停下脚步。

俊想起艾伊思塔曾经说过，旧世界遗迹也总是吹着不寻常的风。但在那些地方，强风驱逐雪雾，让大批狩群的身影显而易见。他不确定这之间是否有任何关联。冰雪世纪有太多人类无法理解的现象，或许人类永远得不到答案。

脚步声逐渐靠近。俊回过头，瞧见女弓箭手的身影。

"你为什么要这么做？"莉比丝沿着城墙走来。俊看不清她被灰发遮掩的眸子，只觉得对方口气不寻常地阴郁。

"我做了什么？"俊不解地问。

"自愿前往雅典。你的身体情况根本不允许。"

俊轻轻吸口气，整个身子面向她："我错过一次了，不能再让伙伴们自己去冒险。你们视我为总队长——"

"我们视你为总队长，不是要你平白无故去送死！"

他为女弓箭手的语气感到吃惊："怎么会是送死？我

们已经不在瓦伊特蒙了，幻魔导士的科技高强，还打算动员更多的要塞。"

"俊，其他人或许没有感觉，但我完全明白你的举动。"微风带着薄雾在莉比丝身旁缭绕，轻轻掀起灰发，露出她紧绷的细眉，"你总是不要命地往前线冲，好像自己的命一点儿也不重要。"

俊讶异地回望她："不是你说的那样。"

莉比丝愤怒了："难道不是吗？你当我看不出来？"

"你知道人类面临的危险。"俊设法冷静地告诉她，"我们没有一刻安全，无论身在哪儿。亚洲、欧洲、瓦伊特蒙、亚法隆，都一样。我们有雪灵的作战能力，是文明的最后一道防线。"

"最后一道防线？"莉比丝不可置信地摇头，"你自己刚才说了，幻魔导士握有强大的科技，根本不缺你一人的参与！"

"那么你希望我怎么做？像个懦夫，像个叛逃者，抛下同伴让他们自己上前线？"

"我没有要求你抛下战友！你永远不可能那么做。我也办不到！"女弓箭手呐喊，"我只是要你至少珍惜自己那条命！"

俊的眼眸和浓雾一般浑浊，不知该如何回应。天空正以非常缓慢的速度明亮。城墙上的雾气波浪似的飘晃，犹如被掀开的时间之流。

莉比丝也似乎在压抑着某种情绪,欲言又止。最后当她开口,声音有股浓郁的哀痛,"就算你不停自责,也无法逆转已经发生的事……"她直视着俊说,"人死了,就是死了。路凯已经死了快两年了。"

俊瞪大了眼。"你……"白色眸子仿佛眼底结了冰,他的语气有股阴凉的愠火,"你最好注意自己接下来说的话。"

女孩被俊的口气吓着了,犹豫地回望。

打从离开瓦伊特蒙踏上了迁徙之途,莉比丝就是俊最亲密的伙伴之一。遭到统领阶级背叛后,由帕尔米斯、依可萝等人组成的年轻弓箭队一直是俊身旁最得力的伙伴。战场上,莉比丝总待在俊的身后不远处,以强大的远程攻击掩护闯入敌阵的他。

然而,再好的同伴都没有资格闯入他心中那道圣洁的堡垒。或许他成为总队长之后已鲜少回忆路凯的事,但这不代表他已遗忘。

但现在,莉比丝这个渺小的身影,投射了一道朦胧的黑影在白净的高墙上。

"我得回去休息了。"俊不打算和她争辩。他明白身体状况不如以往,但就算得付出牺牲,自己必须前往雅典。

俊想绕过她,女弓箭手却挪身挡住他。

"你的本能就是盯着路凯的背影,拼命想学习他,对吧？你以为身为总队长就该像那样，拼命想去送死！"

莉比丝仿佛踩在即将碎裂的薄冰。白发奔灵者握紧拳头，勉强抑制要爆发的怒意："别再说了。你根本不晓得当初发生什么事。"

然而她不甘示弱地喊道："你如果理性地去想想，就会知道这整件事多么愚蠢！"

"他为了整个瓦伊特蒙牺牲了自己！"俊忍不住甩头嘶吼。

"牺牲自己就是好的领导者吗！？别忘记你现在是瓦伊特蒙的总队长！路凯……路凯充其量，不过就是个身负任务的小队领袖罢了！"

俊咬紧牙关："要是你敢再提一次他的名字——"

"路凯从来不是个负责任的战友！"莉比丝的叫声传遍城墙顶端，"他让自己一死了之，却让同伴背负所有罪恶！"

极端的怒意洗劫了俊的面容，他狰狞地朝莉比丝开口。

"独自回到瓦伊特蒙的是你——是你！"女弓箭手没有给他反驳的机会，她的话像一支燃烧的箭，直直刺入俊的心头，"有多少人能够独身一人从所罗门穿越冰域回来！？只有你完成使命。你带回的文献救了所有人！今天还活着的每一个人！"

"但你总觉得自己永远、永远不如路凯，就因为他选择了牺牲!"眼泪从莉比丝的灰色眸子流下。

俊握着拳,直勾勾地回望着女弓箭手。

微风吹拂着他们两人,卷起清晰流转的雾气。晨雾之中,亚法隆的城中一片宁静,只有外头传来瀑布的声响,以及莉比丝的啜泣声。

"他已经回到阳光身边了……"她用手腕擦拭自己的脸,却停止不了呜咽,"剩下的,只有我们这些被世界遗弃的人,还挣扎着不肯放弃……"

俊咽了口唾沫,没有作声。

"不管你装得多好,到现在你还是相信一切都是自己的错。"莉比丝流着泪说,"一个战友离开就剥夺了你的生存意义……难道你也要那样对待我们……要那样对待我?"

说完她用手臂压着眼眸,转身快步离开,从墙沿走下回梯口。俊的目光停在她消失的地方。逐渐明亮的白昼带出了绵延的墙道,以及整座巨城的轮廓。

他感到一阵昏眩,仿佛理性和情绪同时被瓦解。他不知该如何思考。

白色高墙出现一道裂缝,以惊人的速度拓宽,再也无法成为屏障。封锁在白净城墙里的那道模糊的光影,那道在他心底最深处,本能地视为永恒信念的地方,驱动他人生一切的光,正从胸口迸裂的墙缝中央,滚滚流泻出来。

绚　痕

　　长年的落雪让树林成了一片苍白而崎岖的区域。白雪结满树皮，遮掩住已枯萎的枝干。深藏在这样一片密林中央的便是北境白城。

　　它建立在旧世界的芬兰，位于赫尔辛基遗迹正西边约五十公里处。双子针的坐标显示为108.7度。

　　事实上在旧世界，"北境白城"这一称号正是属于赫尔辛基遗迹，源于远古时期人们就近开采的一种白色花岗岩，打造城市建筑用的。但到了这时代，当前这座位于密林中的新城不仅夺取了邻近遗迹的称号，也沿用了当时的传统，搬运白岩过来强化城墙。

　　因此，北境白城虽然只有亚法隆的六分之一大，却拥有异常坚韧的守备系统。冰雪世纪的人们在这儿搭建起新堡垒，仿照过去的建筑风格筑起星形的厚墙。墙边突出的尖角架立极光炮，确保这些数量有限的兵器可拥有最宽广的射幅。

在仍幸存的人类据点中，这儿是最北方的城镇，许多补给品都得由其他城市运送过来。天候极端冰冷，能见度有限，因为天空几乎从未停止降雪。而每年有五十多天的时间白昼将彻底消失，整座城市会被笼罩在无尽的黑夜之中。

目前并非那样的季节，但昼夜之分对琴而言毫无差别，因为这些天来她和妲堤亚娜几乎都待在地底两百多米的地方。

在这犹如巨兽肠道的地底隧道里，女幻魔导士不知疲倦地检视各种古文献，琴则在虹光气泡的照明下参观旧世界的画作。

她发现自己正处于一种狂喜的状态，这些所谓的"艺术品"令她心潮澎湃，简直欲罢不能。她怀疑自己若永远不回地面也无妨。

仿佛无尽延伸的隧道和地窖之间都摆满了物品：大大小小的画作、雕塑品、工艺品，以及厚重的书籍。简直是个宝库。她看见天使被金光渲染的轮廓，躺在舒适毛毯上的裸体女人，带着微笑暧昧相拥的男女，骑着珍奇异兽的俊美战士。每观察一件全新的古代作品，都刺激她脑海里的想象。

有些巨大的画作甚至塞满一整面摆设墙。在一个房间里，她看见一幅画描绘两个人以指尖相碰。画的右半边是名身穿白衣的长者，在他背后有一群仿佛增生出来的孩子。画的左半边则出现龟裂，一名裸体男人的脸被抹除了。

她无法理解那些时代的人们怀抱什么样的心态，能够如此精心创造出一系列琳琅满目的宝物。在冰雪世纪，想做出一件艺术品都得付出高昂的代价。"这些还只是从各大遗迹挖掘到的尚可保存的部分。"妲堤亚娜之前告诉过她，"我们相信在某些时代，人类文明曾经大量地产出艺术品，比方一千年前的文艺复兴时期，还有在五百年前，冰雪世纪准备降临前的那个时代。"

即便如此，琴明白若想细细看尽这些艺术品，待在北境白城一整年都不够。在这个地底数百米深的地方，存放旧世界收藏品的房间就有上百个，点缀隧道系统前端超过一公里。

坚固的地底隧道系统，正是为何除了北境白城以外没有任何地方更适合收藏古物。就连亚法隆也办不到。

打从远古时期这儿的洞穴系统便已存在，明显经过了精心的设计，而且与家乡瓦伊特蒙的天然岩穴呈现很大的对比。妲堤亚娜告诉她这儿的地窖与一座旧世界的矿场相连。那是拥有千年历史的老旧矿区，从邻近的荒废小镇洛赫亚开始，延伸到星罗棋布的千百个天然湖泊的下方，据说绵延了好几十公里，最深处可达地底四百多米。到了这时代，幻魔导士截取了矿场的一部分改良为收藏地窖，它的入口就在北境白城正中央一个设有升降梯的圆形空井。

琴在亚法隆已见识过形形色色的升降梯，多半用线绳、滑轮结合砝码来平衡重量。但北境白城中央的圆形空井有些很奇特的差异：它的升降系统设有液压管线，据说里头灌满了沉积岩油和鲸鱼油，而且圆形的升降平台被三道垂直的输送带夹在空井中央。一切都是为了确保升降系统在起速和停摆时的稳定，为了保护他们运输的收藏物。

一直有幻魔导士上上下下，来往城市与地窖之间。而在那座空井旁，三座女神像以典雅的姿态凝望北方。她们代表过去、现在，与未来，是远古的北欧神话掌握时间的神灵。而在空井另一侧，石板地上刻着一行音轮语——

"索取时间的真义，把科学与艺术折叠为双翼，定义世界模样。"

在空井下方大约三米处，井壁朝内凹陷进去，里头设有一批球体状的储能槽，表面仿如银镜。纯银制的线丝从里头牵引出来，随空井落入地窖，仿佛银色的水痕，然后这些银线又沿着地窖的天花板通往各个房间。任何想搭乘升降梯下来的幻魔导士，都得先从储能槽引出一簇雪能泡泡；随着升降梯逐渐下降，彩光会冒着气泡顺着银线与他们一同移动。换言之，每一位来此的幻魔导士都得自己携带光晕以供照明。琴也入境随俗，运用手上的墨玺拉动属于自己的光源。

某天,妲堤亚娜叫琴和她走一趟。当时琴正在仔细打量一座断了手臂的女体雕像,用手指轻触冰冷的大理石乳房。女幻魔导士从背后呼喊琴时,吓了她一大跳。

她们经过一条地底廊道,看见一群人从前方经过。他们正小心翼翼地推着一台运输车,上头叠着厚布包裹的物品。

"似乎有要塞从遗迹归来。看样子他们又找到一些值得收藏的人类遗物。"妲堤亚娜说。

琴静静地跟她来到一间阅读室,墙面几乎铺满了镜片,让原本就已堆满四处的文献书籍仿佛无限增生。妲堤亚娜舞动手腕上的墨玺,更多地底的储备雪能从外头溜进房间。天花板上,一波波虹光气泡像水波般荡漾,大大提升了明亮度。

"我把所有关于所罗门文明的记录都搬到这儿来。"女幻魔导士说,"从二十五年前第一次与他们接触开始,前往该地的使节团队的报告。"她摊开一些旧文献,旁边有几张她自己做的笔记,上面是复杂而潦草的笔迹。"这一段是关键。所罗门的奔灵者曾经非常关注一个同样位于南太平洋的岛屿,'斐济岛'。"

"斐济岛……?"这名字似乎听来有点儿熟悉。琴来到她身旁,银色眼珠盯着那些文献。妲堤亚娜散发着一股淡淡的香味。

"远古时期一个几乎与世隔绝的地方。各种史记曾说旧世界的诸多势力都争相在那儿推动军事研究。俄罗斯、美利坚、澳大利亚,一些在当时握有强大影响力的阵营。"

琴看着书中某张地图,忽然想起来了。她确实从亲戚那儿听过这地名。它坐落在子辐线31度,地理上刚好在瓦伊特蒙和所罗门群岛之间,因此两个文明都想夺取它的探索权,间接成了双方冲突的引爆点。

"在那儿,所罗门似乎找到了几个废弃的研究处,据说藏有在冰雪世纪降临初期,人类针对狩所做的科学研究。"妲堤亚娜翻开另一页,上头画着魔物的剪影,旁边是各种注解,包括对于核的分析,"看这儿,这是当时的幻魔导士所抄下的誊本。"

"所罗门从斐济岛找到旧世界的实验记录,幻魔导士又把它抄了过来。"

"是的。"

琴扫视妲堤亚娜所指的地方,发现是在冰雪世纪初期,万念俱灰的人类所记录的话语。

……电力消失后,唯一能够击溃狩的变频镭射,已越来越稀缺。

……刚崩解的狩晶体,若成功保存下来,有相当的研究价值。我们发现它与硼酸钡的成分相似，但多了一些目前尚无法解读的元素。或许并不存在于地球。

……我们成功完成拟狩态的水晶。它竟能操控雪的结晶化，非常惊人。

"这应该和我之前展现给你看的雪花操控能力差不多意思。但目前还没有人能驾轻就熟，遑论要把雪片结晶化了。"女幻魔导士拿起文献，翻到另一页，"而这里，有可能是关键的线索。"

……我们竟完成了纠缠态，真是个意外的收获。不幸的是能供电的地方越来越少，偏振器的滤波作用很难稳定。科学家们再次搬运镭射设备，换了实验室的地点。这里周围全结冻了，我们该离开这岛屿吗？

……再也没有运输机出现了，也没人可以离开这岛屿。电力全然失效。我会把记录下来的频率公式和步骤都收藏起来。没人能确定这对于未来的子民有什么帮助，这道题只能由他们自己解开了……

等待琴阅毕，女幻魔导士打量她几秒钟，然后取出下一份资料："这一叠，是所罗门的人类针对那些远古科学文献的解读。里头有进一步的诠释，但也有很多冲突的地方。我想让你看的是最后这一段……"

琴不太确定为何妲堤亚娜在此时露出了微妙的神情。但当她开始阅读,便立刻明白了。

> 旧世界人类所说的公式,我们还欠缺最关键的一部分。我们缺乏那些测量频率的精密技术。每次结果都是无效,线索依旧不足。
>
> 但我们运用狩魔的残骸造出晶石,发现只要能掌控三颗心脏就得以操控。最大问题是多数奔灵者都办不到。只有极少数人透过稀有的黑色雪灵,能有效操控晶石。族长们考虑把他们安置在关键位置,但又……

琴眨了眨银色的眸子。

"远道前来北境白城,却发现原来答案就在我身边。"妲堤亚娜露出微笑。和琴相处的这段时间,她已明白暗灵的情况,"他们还归纳出许多假设性的意识操控准则,足足几十页的厚度。我把重点都画出来了。"她推了一叠东西给琴。

这或许在某方面解释了当初绚痕和多角石的互动现象。琴花了点时间阅读资讯中的指示。"所罗门说欠缺的关键'公式'……是做什么的呢?"她的手指扫过一整页的数学和化学符号。

"应该是拟狩态水晶,也就是多角石的某一种特殊用途。似乎只有旧世界的科学家能理解。"

琴忽然想起了什么,抬起头,"麦尔肯交给我一些文献,也画有类似的公式。他把它们都留在亚法隆的图书馆里。"她不知道年轻学者是否已无恙归来。

"是吗?之后可以去看看。"女幻魔导士再抽出一个多出来的夹页,是由不同的音轮语字迹撰文,"最后这一页,是当时与所罗门交流的幻魔导士所做的记录。"

> 几年来,所罗门的"奔灵者"似乎掌控了那些狩晶体的使用方法。它们有种神奇的效力,能够造成雪崩,或是扬起雪浪。什么原理我们还是不太明白。现在他们似乎仍未满足,希望借助我们的浮空要塞再次前往斐济岛。问题是他们对我们这群人不报以信任,明显有太多事情隐瞒了。就连区域地图,他们也不愿意分享。或许交给下一批使节处理更妥当,过几天我们就得返回欧洲大陆了。来这儿已经够久了……

琴稍微思索了一下。

旧世界的科学家、所罗门的奔灵者,还有数年前的幻魔导士,三个群体以文字留下相互交织的想法。她花了点时间厘清紊乱的思绪,然后问妲堤亚娜:"现在该怎么办呢?"

"去地面亲手尝试看看吧。"女幻魔导士敲了敲桌面上的透明多角石。

升降梯的铁链发出规律的刺耳响声,她们逐渐接近地面。当铁链声终止,琴立刻察觉外头人们的骚动。妲堤亚娜拉开金属大门,让两人踏出空井。

有一群人聚集在广场边缘的水池旁。

"发生了什么事?"妲堤亚娜询问从身旁走过的人。

"冰山载来了两个人,据说是在亚洲大陆的前哨站遇见的。"

她们诧异地朝那方向走去。女幻魔导士忽然拉住琴的手,钻入人群中。她那惯于施法舞动的纤细手指与琴相扣,手掌传来成熟女人的温暖,令琴有些不知所措。所幸人群遮掩了琴脸上的爆红。她俩从群众当中挤身出来,看见正在与驻城大魔导士交谈的身影。

"亚阁——!"琴吃惊地看着拥有淡灰发色的男子。更令她惊讶的是站在他身后的长发女子。艾伊思塔并没有死。

"啊,琴,好久不见。"亚阁走了过来,露出大刺刺的笑容,"还好我们穿越亚细亚大陆,活着回来了。"

他的身上不再是陈旧的羊驼皮。亚阁和艾伊思塔都已换上了黑色绒毛披风,看上去较薄但更坚韧,边缘绣着高贵的亮银色花纹。那应该是幻魔导士提供的衣物。同时，亚阁虽然脸上有些冻伤，精神看来却十分饱满，这代表无论这段时间他经历了什么，都已在旅途中恢复了状态。琴松了口气。

周围的幻魔导士向妲堤亚娜解释一切，包括艾伊思塔的身份。"她就是他们称为'引光使'的人，在东亚沿海遗迹第一次击碎冰脊塔的，就是她本人。"

市民满脸崇敬，妲堤亚娜的眼底则闪现明显的好奇。琴看见了，心底不由自主地升起一丝淡淡的厌恶。她为自己有这种反应感到羞耻，毕竟引光使曾经拯救了所有人。

绿发女孩一声不吭，眼神蒙眬地望着城市某处，神情似乎与以往不同。

幻魔导士小声地告诉她俩艾伊思塔的情况，琴这才明白。而且，连亚阁也无能为力。

人们应该找个旅店让那两位访客歇一歇，但情况似乎并不允许。传言已散布开来，说在沿海某些地方可能有狩群的集结，以往宁静的波罗的海也不例外，尤其西边的旧世界丹麦一带。

人们最后一次获得来自亚法隆的情报，已是将近一周之前。

"现在我们所知道的是，亚法隆派出的冰山要塞还未全数返回。圆桌会议持续好一阵子，也下不了结论采取什么举措。"

"或许……我们该派人前去亚法隆确认。现在各种情报太混乱了。"

"顺便要求他们派些人来支援吧。亚法隆那票人,总把我们当成可以忽略的边境……"

下着雪的广场上,幻魔导士和市民口中冒出阵阵白烟,说出来的想法尽是悲观与焦虑。人们尝试由破碎的面相去拼凑出威胁的全貌,却更暴露出无力感。缺乏足够的资讯,人们甚至无法进行有意义的争辩。

出乎琴的意料,就某方面而言,亚阁似乎成了这个小城里稀有的情报来源;他在结冻的水池旁开口,市民们则安静地聆听,仿佛在这位于世界边缘的荒凉地带,陌生的传说都可以取代真理。

驻城的大魔导士葛莱妮亚是一位优雅的年长女性。听完亚阁阐述魔物的本质后,她忧心忡忡地说:"看来我们真得派人去一趟亚法隆了,不能期望他们会自己传送情报过来。亚法隆的决策将影响整片欧洲大陆。"

"其实不然。"妲堤亚娜告诉众人,"亚法隆的情况非常混乱,这也是为什么我们想来这儿找别的方法。"

"但时间紧迫,我们别无选择。"葛莱妮亚凝重地说,"狩群在那么短的时间从世界各地冒出来,这非比寻常。听来像是某种协力攻势的开端。敌人必然在密谋什么。"

琴很早便发现一座城市有几名大魔导士驻守，直接反映出该城市在欧洲人类文明的政治影响力。亚法隆有二十位，北境白城只有葛莱妮亚。

某位幻魔导士哀丧地说："假设亚法隆没有答案，我们又看不清事情的全貌，那还能怎么办？"

亚阎叹了口气，露出歪斜的笑容。"这几年来，狩群首先挑了太平洋火环带周边的文明开刀。一旦它们决定发动攻击，目标地区会落陷只是时间问题。"他以就事论事的腔调说，"就如瓦伊特蒙，挡下一次大军的袭击，却阻止不了第二次的入侵。现在看来，它们正式把目标放眼整个欧洲。"

"那该怎么办？总不能什么事都不做吧？"

小巧的广场上，众人面面相觑。雪花落在这一群孤寂的人们肩上。

"其实有一个……可以尝试的方法……"琴开口。她不明白为什么，但脑海深处却想起了妲堤亚娜的某句话——世灵成结，借以封存时间。

亚阎、妲堤亚娜随着众人一起凝望过来，只有艾伊思塔依旧盯着远方。

"我们在迁徙途中，缚灵师曾经亲手去触碰冰脊塔。"琴维持毫无情绪的表情，轻声说，"无论后来怎么样，在那一刻她确实感知到了非常重要的事。所以当时雨寒长老告知我们,缚灵师因而获知'我们的理想乡,就在北方'。"

这是非常大胆的想法,然而或许只有奔灵者能够理解。北境白城的市民咀嚼着她的话,没完全听懂。只有亚阁,已露出尖锐的目光打量着琴。

姐堤亚娜开口说:"琴,就算如此,要做到这件事还需要你们的缚灵师来协助。但你们说过瓦伊特蒙已经没有……"她止住口,会意过来,目光从怒目圆睁的亚阁挪向人群边缘的绿发女孩。

艾伊思塔正闭着眼睛,微微仰头,仿佛在感受无声落下的白雪。

深雪覆盖的森林像是形状扭曲的迷境。琴站在高耸的树木之间,感觉自己置身在灰白钟乳石阵里。她踩着栖灵板,平衡身子,感受正被隐隐压制的暗灵的脉动。她微微回过头来。

姐堤亚娜就站在身后不远,朝她颔首。更远处,亚阁双臂交抱胸前,依身在一棵树下,凝视着她。

琴闭起眼,召唤出绚痕——暗灵从她的胸膛浮现,整团黑色烟雾。它飘晃片刻,汇聚起来,缠绕琴手握的多角石。这一次,她顺从暗灵的意向,用意念把黑烟的尖端压入透明石子里。

与此同时,更多浓烈的黑烟从她脚边溢出,那模样像是浮动的触须从栖灵板增生出来。琴仿佛骑在巨大的黑色八爪鱼上,周围雪地迅速融为墨汁般的浓稠液体。女幻魔导士向后退了几步。

琴的长发随着扬起的乌烟缓缓飘晃,银珠般的眸子凝望树林深处。她仿佛被一个环形风阵给包围,身旁的雪花不规则地卷动。这一刻,她依循所罗门文献阐述的方法,去感受被石子框限住的那一部分暗灵。她忽然听见脉搏的声响,像是第二个心跳;那是一种深刻的错觉,自己的手心仿佛正握着暗灵的心脏。然后,她以意识驱动手中的脉搏,让它落入与自己心跳相同的频率。

不久后……她听见了第三个心跳声。

来自大地的心跳。没入雪地的广大黑烟仿佛在地底掀起了一股看不见的激流,化为漩涡荡开一阵阵嗡鸣。只有她一人才听得见的大地鼓动,简直像把地震的震波给塞入她的脑门。这是最困难的一步,然而琴毫不犹豫地调节雪灵与自己的两层心跳,去迎合脚下大地的心跳频率。然后她倾尽意念——去想象凝雪。

前方树林起了变化。地面传来微薄的轰隆声,树干震下一大波雪块。忽然地面迸出几处隆起,树木一排接一排倒下。刹那间,好几道冰晶从地面交叉刺出,仿佛由地底升起的镰刀。

"砰啪——"脆裂的声响中它们持续出现,覆盖了好一段距离,像某种巨兽的肋骨。风中的雪沫被吸引到表面凝固,化为不规则的白霜表皮。

最后当琴松懈了意念,止住动态,固化在他们眼前的景象犹如从地底硬生生拉起的残破隧道。诡异而令人生畏。

妲堤亚娜好一阵子说不出话来。就连亚阁也露出吃惊的神色。

"这……真是令人诧异。"女幻魔导士双眼圆睁,单手捂着胸前,"所罗门文明一直拥有这样的能力?"

"不。琴的掌控力比所罗门那票人要好太多了。"亚阁走了上来,两柄剑鞘在黑绒披风里哐啷作响,"如果他们当初有足够的战士能办到,怎还会灭亡?"

琴也被自己给吓着了,她没想到初次尝试便有这样的结果。她望向手中的多角石,它已不再透明,里头有紫蓝色的光痕旋动。

妲堤亚娜和亚阁私下交谈一阵后,便回到地窖去做进一步的比对和记录,留下琴和亚阁两位曾经的师徒在树林里。

栖身在有如巨兽骸骨的冰晶结构的边缘,他俩肩并着肩,背靠一片镰刀状的透明冰面,并坐在被它斩断的木干上。落雪已在周围铺上薄薄的一层白纱,模糊了暗灵在森林留下的黑斑。树林某处传来一声轻细的鸟叫,凄凉而孤寂。

"看来你和姐堤亚娜相处得还不错。这里环境挺适合你的。"亚阎对她说,"不过,亏你提出点子。我以为我们才刚从险境归来,没想到又得动身了。"他露出讽刺的笑容,瞥了琴一眼。

"他们决定了吗?"琴问道。

"嗯,三天后,北境白城会派一艘浮空要塞去亚法隆。但他们打算先经过雅典,去试试你的提议。那儿有一座冰脊塔离亚法隆还算近。"

"你也得跟着去?会危险吗?"琴看着亚阎,忽然有些后悔自己的提议。

"幻魔导士说没什么问题。几年前就有人发现那地区有冰脊塔的存在,但它就像个孤立无害的化石,从没造成威胁。"亚阎坦然说,"其实我是反对这么做的。艾伊思塔的情况令我很担心。但载我们过来的那票人似乎急切地想找到答案。没办法,我们欠了他们一笔债。"

琴低下头,有点想说抱歉,但她只盯着自己的栖灵板,没有作声。

"算了。你的想法并没有错。"亚阎摸了摸她的头,"目前,这可是代价最低的探寻方式。"他忽然对着自己讪笑道,"啊,我或许得向阳光祈祷,让她碰了冰脊塔后立刻恢复原样。"

琴晓得妲堤亚娜应该会跟着冰山返回亚法隆,毕竟她还有许多实验得做。琴得考虑自己是否该一起回去那个充斥着瓦伊特蒙居民,令人厌恶的地方。或者选择待在北境白城。

亚阁伸了伸懒腰,伸手触摸身后的透明冰面,口中发出赞叹:"你的潜力果然惊人。我没看走眼。"

"但是我……还没有办法把暗灵转为虹光。"亚阁尝试教过她,可惜的是琴无论尝试多少次都失败。"只要它一出现就是乌烟的形态。除了我自己,周围环境都会受到伤害。"

"这需要时间,急不来。"亚阁把目光挪向黑液斑斑的白色树林,仿佛它下过一场局部的墨雨。他盯了好一阵子,迟疑地说,"有件事我总没想明白。暗灵只要被释放出来就会对物理环境产生破坏,那威力甚至比任何正常雪灵的'物理影响力'都要强大。"

琴点头,看着亚阁沉思的模样。

"奇怪的是在进行'逆理奔灵'时,这反而成了唯一一种无效的力量。"亚阁说,"我试过好几次。吸收它以后,对我的身体起不了任何强化作用。"

"你希望我也尝试看看吗?"她不确定亚阁是否想暗示这件事。

他却扭过头来,扬起一边眉毛说:"哦,不,我很庆幸没有教会你逆理奔灵。否则你可能会像我一样,得无时无刻和暗灵对抗。"亚阁露出鼓励的笑容。"这段时间,你已把暗灵驯服得相当温顺,这样是最好的。往后只要把那颗透明石子当作媒介,你便能做到我望尘莫及的事。"他喷了下鼻息,"别傻到像我一样去啃蚀自己的雪灵,它只会越来越叛逆。"

琴再次点头,然后她呵出一口长长的白气,拉紧褐色披风,感受肩部的兔毛在脸上的暖意。

亚阁就这么挂着浅浅的笑容,眼神诡异地打量琴一阵。

"今天看到你处理暗灵的情况,我知道自己没什么东西可以教你了。"亚阁舒展身子,悠然地说,"但最后我得说一件事。琴,体内拥有暗灵的我们,的确和其他人有所不同。打从一开始,我们就别无选择。"他把目光投向远方,"有段时间我一直不明白,雪地里有亿万个原生雪灵,为什么就我们会碰到这档鬼事?"他语调平淡地说:"后来想想,说不定暗灵就是专门挑上我们这样子的人。"

琴愣了一下,看向导师的侧脸。她不明白他的意思。

"这辈子你有非常讨厌的人吗?"亚阁突然问。

"我不喜欢像艾伊思塔那样的人。"她的回答毫不避讳。亚阁和艾伊思塔的关系她知道,但这是两码子事,"但我也明白她很伟大，为了拯救我们，愿意牺牲自己……"

亚阁略显吃惊地"哦"了一声，旋即恢复了笑容。"其实我了解。"他抱住单膝，慵懒地背靠弧状冰面，"到现在我还是看不惯自己的大哥亚煌，虽然我知道他的所有决定都是为了众人着想。"

琴凝望他。

"人遇到自己厌恶的事物时，最本能的反应是回避它。就像其他人对待我们这些暗灵使者。"亚阁有些无奈地说，"一旦发现自己无法回避，又会想方设法去锁住它。就像我们对待自己的暗灵。"

琴怏然地沉下头。她想起来，若非必要，自己总不愿意触碰栖灵板。或许她真正痛恨的不是任何人，而是那块决定了自己命运又摆脱不了的木板子。

"不是回避就是封锁……这是人的天性。"亚阁说，"但万一，有第三种的方法呢？"他盯着琴数秒，嘴角忽然发笑："我其实是个非常不称职的导师。要一位天天想和暗灵搏斗的人去教导另一个与暗灵系命的人，根本是笑话。"

琴摇摇头，她明白亚阁教给她多少东西。

亚阁收起嘲讽的笑容，接着说："我因为无法驾驭自己的能力，曾经伤害过很多人。无论是以奔灵者的身份，或是研究院学者的身份。"他的态度有股反常的凝重，"强大的罪恶感让我想远离一切。所以不知多少年我都是自己一人度过的。我相信只要一个人把自己壮大起来,只要变成比所有人都强大,这些问题都会得到解决。我也只能如此去相信,唯有这样我才能找到真正的归属。

"但最终当我意识到自己的归属地在哪儿……似乎有点儿迟了。"淡淡的雾气从亚阁嘴边飘出。"琴,对我而言,这些都太迟了。所走过的路,所做过的决定。能犯的错全犯了。"他瞥向黑发女孩,"但是你还年轻。暗灵与你的魂魄相系,才不过一年多前的事。

"有暗灵的我们是与众不同的,这我坚信。但最后我们仍得面对的课题,就是找到在整幅画面里,自己究竟处于哪个位置。"他的目光在琴的脸上搜索,似乎想知道她有没有听明白。"最终我找到了一丝希望的光。但在尚未触及之前,它就从我身边被剥夺。"亚阁轻闭起眼,"或许有的时候,命运推动缠结的时刻,其实才是生命真正的开端。只不过我们当下的反应……都只懂得回避。"

这是第一次,琴看见亚阁露出落寞的神情。他的嘴角依旧挂着微笑,但感觉苍老了许多。两人许久没再说话。最后亚阁站起身,单手扣住双刀剑柄,泰然自若地顺了顺黑绒披风。他离开仍坐在断木上的女孩,朝城镇的方向走去。

"……别像我一样。"在宁静的落雪和远离的脚步声中,琴似乎听见他说。

离　焱

　　数不清多少次,凡尔萨曾怒目直视黑暗。在一丝光芒也不存在的黑暗怀抱中,感觉像置身在漆黑海底,畅饮冰水来抑制熊熊焚烧在胸口的烈焰。直到内心稍微平静。

　　这是他习以为然的感觉。黑暗是他的圣堂。

　　今晚他却坐立难安。

　　凡尔萨的帐篷位于鹿子岭北边,接近雾岛遗迹的一座丘陵上,周围可能数里之内都没有同伴。原本驻守此地的理由,应是要时时刻刻提防狩群的动静。但现在他已躺在营帐里大半天,一步没踏出去。

　　他直视着黑暗,仿佛看到了加尔萨纳的面孔。父亲总是一脸严峻,黑潭般的眼珠回望着他。就像雨寒的乌黑眼眸。

　　他独自远离瓦伊特蒙营地的理由之一,就是无法承受每个夜晚都得看着雨寒情绪失控。她把自己封闭起来,不接见任何人。

"够了……"一整晚,凡尔萨在回想起迄今发生的一切——成为奔灵者,对"疾驰焰痕"加尔萨纳充满崇敬,逐渐成长;通过顶撞父亲来找到自己的位置,并与同僚紧密联结;知道父亲死亡;知道父亲死亡的理由;成了"叛逃者";受到整个瓦伊特蒙唾弃;日复一日面对人们的眼神与挑衅;独自一人和同僚干起架;与父亲的鬼魂搏斗……

一直以来,凡尔萨相信自己就是命运的受害者。

然而到现在他领悟一件事。雨寒……甚至连把自己当成受害者的机会都没有。

凡尔萨和父亲之间的关系,拥抱的部分、抗拒的部分,都结合起来造就他今天的模样。反之雨寒对于父亲的认知一辈子都处于真空状态。她说过自己从未见过生父;关于寒诺亚所发生的事,母亲黑允只在迁徙的途中提及了一次。

而随着时间推移,瓦伊特蒙的一切——包括她母亲和其他长老之间的斗争,居民和奔灵者的斗争,甚至两个文明的冲突——却像不停加速的飓风落在雨寒一个人的头顶上。所有的压力灌注到女孩的体内,她却从未学会如何呐喊。

她无法像凡尔萨那样去挨挨拳头,或者随意咆哮。

她不知道如何对抗这个极端不公平的世界,被送上一条别无选择的道路,被人们像刀锋一样锐利的目光包围。

黑暗才是人心最好的保护所;过度耀眼的光亮会逼得人无法睁眼,无法喘息。而围绕在雨寒身边的一圈圈的人,都是手持火把的祭祀者,硬生生把光照入她的瞳孔,逼迫她不许闭上眼。居民,长老,奔灵者,舞刀使,引光使艾伊思塔,甚至凡尔萨他自己……他们狰狞地围绕着她,点亮她的一举一动。

只有一个人持着最强烈的火把,披着血与烈焰般的红色披风,走在雨寒前方。

或许自始至终,费奇努兹都明白女孩缺乏的是什么。在把雨寒残酷地推入洪流的同时,他也成为她最坚固的脊梁。

红狐帮雨寒扛起许多必须面对的责任,帮助她承担许多在这年纪根本无法承受的事。他就是她的黑暗海洋,让所有沉入水底的东西都变轻了重量。

就算对于费奇努兹的价值观难以苟同,凡尔萨必须承认他在女孩的长老生涯中起到了决定性的作用。

费奇努兹之死,对雨寒有多大的冲击或许连她自己都无法搞明白。人们听见她独自在树林里哀号,哭到嗓子仿佛遭利刃砍伤。但在她嘶吼的命令下无人敢接近。

即使在黑允去世时,雨寒也没这样。

凡尔萨想不通为何命运要这样对待一个人。发生的一切如此残酷,而且找不到任何意义……

在外领地,舞刀使切出一个比例的住宅供瓦伊特蒙的居民使用,即使房子的数量已匮乏。从日痕山逃出的平民数以千计,全挤入这些住宅里,他们的工匠得十万火急地用任何可取得的资源搭建居住。奔灵者则自愿全面撤出住宅区,使用迁徙时的帐篷。而原本打算当作瓦伊特蒙新居的三连峡地,现在成了双方战士共同驻守的前哨站。

现在,统领阶级聚集在峡地的边缘。垂直的岩壁在他们身后像是高耸的殿堂之门。

绑着墨绿色发辫的哈贺娜,以及老将"冰眼"额尔巴,盘腿坐在雨寒长老的正对面。

即便无须再一次踏上迁徙之途,所有人都知道眼前的决定必须异常慎重。经由各方面考量,同属原远征队队长的哈贺娜和额尔巴最适合成为下一任的总队长。

"已经拖延了一段时间……我想,我们得现在做出决定。"雨寒开口。她的神情看来并无大恙,语调也出人意料的平稳。但这只是她在白天面对众人的一贯状态。深黑色的眼袋,血丝满满的眸子,都是她每天夜里情绪崩溃留下的证据。

"但我考虑了很久……"雨寒的目光落在坐在后排的亚煌身上,"如果,亚煌,你的身体情况尚能承受,是否能请你回归总队长一职？"其他人也都看向亚煌。雨寒接着说，"毕竟，当初你是被迫放弃这职位的。"

她的神情如此淡然，语气像是一道轻风；没有责备，甚至没看当初几位密谋者一眼。这反而令两位远征队队长和佩氏姐弟突然紧绷起来，尴尬地沉下头。只有飞以墨仍紧盯着雨寒。

亚煌看着盘腿前方的栖灵板，沉思着。

"长老，"坐在另一侧的凡尔萨引来众人的注意，他沉默片刻，试着开口几次，最后当他成功地发出声音，他尽力让语气充满诚恳，"如果亚煌也同意……是否……能让我担任这个职位？"

人们逐一露出不解的神色，很是诧异。哈贺娜等人明显想做出反驳，但他们瞥了雨寒一眼，发现年轻的女长老正深沉地打量凡尔萨，便咽回口中的话。附近尽是人群的脚步声，以及铁锹凿在岩石上的声响。峡壁底端的会议，许久无人说话。

"事实上，这提议不错。"亚煌露出微笑，对女长老说，"凡尔萨会是个称职的总队长。"

雨寒和凡尔萨四目相望许久，她的眉间微皱，显然有疑虑。

就算你……凡尔萨在心里想着，就算发生在你身上的所有事，我们都找不到意义去解释，就像当初发生在我父亲身上的事一样……但我还是会持续战斗,我会帮你分担命运的恶意。

如此一来,他会和她的命运绑得更紧密,他会协助她定义所有事情的意涵。

"嗯……"雨寒轻叹口气,收起原本想说的话。

在悬壁之下,统领阶级面前,女长老轻颔了首。

宇　蚀

最先沦陷的，是邻近的城镇。

逃难的人民全涌进首都。军队也在首都的边缘设立防线。但没想到，自此开始才是真正的噩梦……

洛杉矶、旧金山、纽约、波士顿，甚至北方的温哥华，沿海大城几乎同一时间沦陷。没人知道敌人究竟怎么彼此联系，协同作战。军方几乎把所有电磁波频段都检视过，丝毫找不到痕迹。大至国家，小至城镇，在每个地方的战场，敌人都展现出不可思议的协调性。仿佛他们什么都看得见，什么都听得见……

东京、首尔、新加坡、吉隆坡、台北，亚洲各大城市的电力陆续消失。所幸近几十年建立的分散智能电网还可支撑零散的据点。人们散落到各个小镇，在巷弄间重新展开战斗。有人说天空出现冰的羽翼……

伦敦、巴黎、柏林、马德里、罗马……全完了。我们得出的结论是敌人必然惧怕人类，所以专挑人口多的大城市下手。但是为什么，我们不得而知。活下来的人们迁移到其他地方，持续抵抗。天空的云层似乎越来越厚，气温剧降的速度令人哑然。这一切都非常怪异……

在印度，人们聚集在泰姬陵。南美洲，拥挤的人流汇聚在里约热内卢的基督雕像底下。无人能确定敌人何时会盯上这些人口集中点，他们只能祈祷……

落雪仍没有停止的迹象。据说非洲的草原，撒哈拉沙漠和埃及的金字塔，都被白雪覆盖。我想，世界末日不远了……

冰窖里的木板墙发出嘎吱声，浮空要塞时而剧烈抖动。房间里，亚阁面前是张简陋的桌子，摆放一叠关于旧世界沦陷的历史记录。幻魔导士允许他从北境白城的地窖借出这些资料，带去亚法隆；这是亚阁愿意接受他们计划的小小条件。

航程中花了大半时间研读，再结合自己所知的一切，亚阁发现了一个奇怪的疑点。

普遍的认知是冰雪世纪初期，人类集聚的城市便迅速遭到毁灭。这些城市分布在各大洲，位于全球各角落。然而依据研究院之前的了解，白岛突破太平洋火环带是近几年才发生的事……

这儿有些事件资讯的不对称。假使五百年前它便有能力横跨全球,击溃所有人类文明,为何白岛还要等到近代才突破火环带的包围,大举进攻所罗门和瓦伊特蒙?就连远在世界彼端的欧洲大陆,传闻也是近期才开始感受到真正的威胁。

这五百年来,白岛在等待什么?

艾伊思塔把头枕在亚阁大腿上,裹着毯子,安然沉睡着。

亚阁抚摸她柔顺的绿发,看着她那心形的脸蛋和淡色的睫毛,胸口有股陌生的感受。酸楚,疼痛,混杂着怜惜和遗憾。他从不晓得这样看着一个人,情绪涌现的方式竟是生理上的痛觉。

一切都如此的不合理……

北境白城应是艾伊思塔父母出生的城市,然而不仅那儿无人认得出她,就连艾伊思塔本人也对城市没有任何反应。过去两天,亚阁带她走遍城市的巷道、广阔的地窖,还有邻近的树林,期盼当她回到父母亲的故乡意识将有所恢复。然而这希望迅速落空了。他甚至从幻魔导士那儿要到所罗门文明的锁链兵器,希望能唤回她身为奔灵者的记忆,却依旧是徒劳。

既然没什么好留念,他们只能踏上任务航程。

浮空要塞笔直南下,穿越内陆,正在迅速接近雅典。很快,他必须亲自带着艾伊思塔,让她亲手去触碰冰脊塔。幻魔导士不断提出安全保证，但亚阎担心的并非冰脊塔本身有什么样的防御机制，而是接触之后，对艾伊思塔的心智会造成什么危害。

陀文莎后来发生了什么事？她是否真的感应到了什么？她恢复正常了吗？亚阎真希望两群人没有分开，让他能亲眼见证缚灵师的情况——

刺眼的光波在面前乍现，亚阎抬起头。

冰窖表面，彩光以规律但急促的速度闪动，令狭窄的房间忽明忽暗。那是某种警示。

"艾伊思塔……"亚阎轻轻地摇着她的肩膀，然后扶起睡眼惺忪的女孩，"出事了。我们得去外头看看。"他捞过黑绒披风，帮艾伊思塔绑上。

亚阎迅速把桌上的文献收入一个皮制袋子，塞进冰窖角落的木箱里。然后他拎起自己的栖灵板，牵着艾伊思塔往外走。

他们从要塞侧边一个廊道探出头来，强劲的风压让亚阎遮住脸。四处都是闪动的虹光气泡，像是不祥的警笛催促着人们行动。幻魔导士四处奔走，钻入各自的岗位。亚阎看见姐堤亚娜的身影；女幻魔导士正矗立在要塞顶层，激动地舞摆双臂。是她扬起的紧急信号。亚阎立刻拉着艾伊思塔，爬过两层阶梯来到姐堤亚娜身旁。

无须他人解释，映入眼帘的景象说明了一切。

亚阎聚精会神地凝视远方。身后几位刚爬上来的幻魔导士,无不发出惊愕的喘息。

即使尚有一段距离,地平线上的冰脊塔显而易见,像棵枯竭巨木的剪影。它矗立在雪丘包夹的峡湾里,而环绕它的大片雪地上,蓝光点有如上万只荧光虫子散布开来。放眼望去,狩军几乎占据了所有陆地。

一团团的虹光在它们当中炸裂,接连击溃一滩滩狩群。

这正是令人最吃惊的地方——已有好几艘浮空要塞悬浮于它们上方,正对着狩群发动攻势!

亚阎身旁的人们看着白热化的战况,接连发出惊叹。他也顶着强风扫视地平线上。空中的要塞竟超过十座,在密密麻麻的蓝光点上方游动,并释放威力强大的极光炮扫荡无力反击的地面狩军。魔物之中炸出一潭又一潭彩光,那威力之大,立即穿透深雪在冰域留下窟窿。

然而却没有一座浮空要塞接近得了真正的目标。数圈冰晶色的藤蔓从巨塔周围的碎冰带窜动而上,像有生命的弧形钢网,把浮空冰山阻挡在至少一里之外。

亚阎还瞧见空中有某些巨物在飞翔,穿梭于浮空冰山之间与之交战。

"看那儿!"琴不知何时已来到他们身旁,指向某处。

一座被冰网缠困的要塞已坠落于雪地,遭到数不清的蓝光点包围。不断有极光炮绽放出来，却难以阻止狩群排山倒海袭来。不出一阵，冒着白烟的冰山要塞表面已爬满魔物，无法得知里头人类的情况。

"那座要塞完了。"妲堤亚娜说，"其他要塞也救不了它，若飞太低都有可能被拖下去。"

亚阁打量局势，立刻作出判断："我们尚未被卷入战场，还有机会转向。换个地方，寻找其他没有严密防卫的冰脊塔吧。"

"没有那样的地方了。"女幻魔导士面色苍白，正朝祭坛上的四根垂直长针摆弄双手，"他们说欧洲大陆的几座冰脊塔周围都聚集了大量的白色魔物。"长针之间的彩光如脉搏一般跃动，交互传输信息给远方的友军。"我已和其他要塞做过交流。他们打算倾全力破坏这座冰脊塔。"

"呃。你打算怎么做？"亚阁问。

妲堤亚娜思索不出几秒便回答道："至少在这儿，有其他要塞做掩护。我们必须尝试突入。"

真他妈要命。亚阁露出歪斜的笑容，凝视远方。此时，脚下的冰面微微倾斜，他们正朝着冰网守备较弱的东方绕行。

"只要让艾伊思塔有办法触碰到冰脊塔的表面，便行了，对吗？"妲堤亚娜急切地问。

"啊，照道理讲应该是。"亚阁把绿发女孩紧紧搂在怀里,"但凭良心讲,这真是个特烂的主意。你准备让我们停泊在冰塔下方,叫那些狩群让让吗?"

姐堤亚娜指向要塞边缘的金属护栏,许多幻魔导士已准备好长绳绑在上头。"我们绕着冰脊塔飞一圈,让艾伊思塔悬在绳索底端,抓住机会去做触摸。"

亚阎差点发出大笑。他瞪大眼,难以置信地说:"你这主意更烂。"

"你有好点子吗?"女幻魔导士不悦地回道,"我们正与时间赛跑。必须赶在其他要塞把冰脊塔破坏之前完成这件事。"

"我懂了。所以过快过慢都不行。"亚阎发出沮丧的叹息,觉得这主意出奇地疯狂,"我们得比其他所有要塞更敏捷、更成功地深入敌阵。看来你对北境白城的浮空冰山抱有相当的信心。"

姐堤亚娜没有理会亚阎的嘲讽,换了手臂的舞动姿态。上方的彩光开始闪动,传讯告诉周围的要塞他们即将突入,寻求掩护。

风中飘来一阵阵淡蓝色的雾气,那是被消灭的狩所释放出的残晶。他们飞过雅典遗迹的上空,看见远古的石柱和塔楼,全覆盖着白雪。巨型触手在遗迹当中蠕动,不间断地生成冰蓝光点,朝外溢出。

前方,有艘浮空要塞以混乱的频率发射极光波。一双冰蓝翅膀敏捷地闪躲,带着庞大的兽身落在要塞上头。

"他们在和什么样的敌人作战?"亚阎觉得事情非常不妙。

"那是会飞的龙狩。"

又有冰山要塞被突发的网子给缠住,飞行轨迹遽然下滑。各种彩光在其表面闪动,死命挣扎。战斗正激烈进行,其他的浮空要塞确实分散了敌军的注意力,让亚阎他们找到一条突入的航道,划开迂回的航迹前进。他们掠过一片碎冰带,看见无数亮蓝色的触手从水底穿插到浮冰之上。冰脊塔就在前方几里处。

有人发出吼叫,亚阎转过头刚好看见骇人的狩脸直扑而来。有头龙狩笔直撞上要塞的侧边,以利爪钳住冰山表面,并用形状诡异的狩角撬掉了一整排的银轮墨玺,也就是要塞的动力槽。

喷溅的水雾朦胧众人的视线。他们只看见模糊而庞大的龙首张开口发出嘶吼。要塞严重倾斜了。亚阎单手抓住银针,把艾伊思塔挡在怀里,另一只手拉住琴的手臂。

浮空要塞开始失重,朝底下加速。

"它会把我们全拖下去!我们得攻击它!"他朝妲堤亚娜喊道。

要塞的边缘绽放出两道极光,每束都是比手臂还粗的能量流。它们穿透水雾,夹击龙狩。亚阎不禁对那炮击的力度感到吃惊。

巨狩躲开了攻击,却也放开了钳制。要塞剧烈摇晃一阵,才刚刚恢复平衡,又听见前方的幻魔导士发出叫声。

冰色藤蔓似的网子已全面阻拦视线,像个多指的手掌飘浮于半空,阻断了所有路径。来不及转弯的浮空冰山笔直栽入它的掌心里。

"截断它!"妲堤亚娜朝其他人呐喊。接连有极光炮火闪现。

然而,在冰网的缠结下,极光炮能起到的作用非常有限。有幻魔导士拿出小型的木筒炮,塞入银币后释放光流,费力地尝试清除阻碍。

与此同时,要塞发狂似的向前推进,把巨大的冰网扯得异常倾斜。亚阎抱着艾伊思塔,躲入要塞的背面。他仰头看见在上方飘动的蓝色网子,仿佛位于深海底看见了巨大海草。琴则攀在银针附近,眺望着远处。

"不行,我们得向后退!告诉所有驱动槽里的人,转向!转向!"妲堤亚娜拼命喊道。

亚阎回头看见冰脊塔的倩影就在阵阵白雾里。艾伊思塔在他的怀中毫无反应。

琴爬了下来,告诉亚阎:"我们过不去的。敌人做了万全的准备来阻拦所有浮空要塞。"

"完全同意。这么硬闯真的不是普通的蠢。"

"所以让我带上艾伊思塔,从地面过去。"琴说。

有那么几秒,亚阎不确定他是否听错了。要塞剧烈摇晃,他们赶紧抓住身旁的扶手稳住身子。此时,浮空冰山开始扭转动力的方向,尝试脱离冰网的纠缠。"那是自杀。"亚阎摇头。

琴举起手,让他看手心中的透明多角石。"我可以保护好我们,狩不会察觉的。"

"别开玩笑了!"亚阎发现琴是认真的,立刻要她打消念头,"你才刚学会怎么使用就想送死?没有任何证据说狩会以为你和它们是一伙儿的。"

"只要不泄漏雪灵的虹光,概率很高。"琴面不改色地说,"瓦伊特蒙的战场上也曾有过各种派别的狩群,它们互不干扰。只要我能凝雪聚冰,它们无法判断是敌是友。"

亚阎怔着表情,依旧摇头:"不行。"

"这是我提出来的点子,我可以实现它。"琴伸手抓住艾伊思塔就想走。

"站住!"亚阎狰狞地说,"你自己发了疯,别带她一起——"

"你自己告诉我的,要找到归属的位置!"琴罕见地焦急起来,"这就是我的位置。除了我,没有人可以办到!"

亚阎紧紧抱着艾伊思塔,心中的彷徨剧增。因为他知道琴有可能是对的。

"你知道的！你知道我可以！"琴抓住亚阁的手臂，银色眼珠直视他，"没时间犹豫了！你们得立刻离开！你得确保要塞不被击落，我们达成任务后还得想办法回来。"

基于某种无法解释的原因，艾伊思塔脱离了亚阁的怀抱，站到和她差不多高的黑发女孩身后。琴也有些诧异，却立刻让脚下的栖灵板就绪。

绿宝石般的双眸凝望过来，艾伊思塔轻轻点头，对亚阁露出了微笑。

亚阁忽然觉得眼角灼热，整个人丧失了判断力。他无力地回望两个少女，绝望地明白只有琴能打开一丝希望。然而他还没准备好再次和艾伊思塔告别。

要塞再次晃动，一波水气洒了下来。战斗声从某处传来。这一刻，亚阁的心脏疯狂跳动，脑中万千思绪都在排斥这疯狂的主意，却在艾伊思塔的凝望下无法作声。

"去吧。"在一旁的妲堤亚娜放声说，"我会立刻传讯给其他要塞，发动全面攻击，拖住敌军的注意力。"

琴点头，然后望向她的导师："你放心，我知道她对你而言有多么重要。不会再让你失去她。"语毕，她拉住艾伊思塔的双手，让其环抱住自己的腰部，然后径自朝要塞与冰网的接壤处滑去。

"等等——！"亚阁立刻跟了上去。他猛地抬头，忽然发现方才那只龙狩又降临在要塞的一侧，巨大透明的翅膀遮蔽了整片天。它几乎有整个要塞的四分之一大，口中叼着几名幻魔导士的尸首。人们呐喊着与之作战。亚阁本能地抽出双刀，唤出虹光。

"他妈的……"他的目光徘徊一阵后，滑向冰山边缘，寻找女孩的身影。

琴已顺着倾斜的冰网表面，沿着仅一道手掌宽的冰蔓朝下方数百米的地面直冲而去。艾伊思塔的翠绿色长发飘扬在后。

底下的陆面充斥着密密麻麻的狩影，难以想象她们该如何突围。亚阁发出咒骂声，蹬起栖灵板，也准备向下滑。

然而最终他止住了动作，盯着剑身上明显的虹光。

他的脑中出现各种混乱的声音，却直觉地意识到这是非比寻常的一刻。他的决定将冲击一切。亚阁紧握住双刀，逼迫双腿不动，没有理会周围愈演愈烈的战斗声以及哀号声，只满脸挣扎地盯着她们渺小的身影远去。

他想起在千流瀑布之城，琴曾经独自一人解决掉一条巨型触手。"妈的，她比我还疯狂……"

他必须赋予另一个暗灵使者信任，他自己从未被世界赋予过的信任。更重要的是，他必须信任艾伊思塔，无论她已变成了什么样。

我没办法自己打赢这场仗。亚阁深吸口气，逼迫自己去承受心中的万千不安,这是全面信任的代价。相信她们,他引以为傲的学生,以及他所爱的女人。

亚阁几乎咬破了唇,双眼丝毫不眨,直到看见琴抵达陆面的一刹那在雪地掀起弯曲的冰刃,把周围的雪块凝结起来。地面不断冒出肋骨状的冰晶护卫在她俩身旁。"孩子,要是艾伊思塔出了什么事,我定会拿你开刀。"亚阁盯着远方的身影说道。

不可思议的是,周边的狩群并未追赶她们。两人消失在凝雪通道里,朝着冰脊塔的方向而去。

亚阁大口喘息,握紧剑柄。这一切都违逆了他的本能。

然后他转身朝幻魔导士呐喊:"算准时间,我们必须破坏掉那座冰塔!这是唯一救回她们的方法!"他让双剑在手中打转,跃起栖灵板奔向要塞顶端。他眼底怒意燃烧,锁定正在肆虐的龙狩。

绚　痕

数百道镰刀状的冰片交叉在她们上头，表面随着琴滑行的方向迅速结满雪霜。琴加快栖灵板的速度，感觉她们正穿梭在某种冰雪魔物的骨骸里。外头偶尔飘过狩群的吼声，但琴的意识被另一种更加明显的声波所占据。

鼓动的心跳声——来自她手中多角石里的暗灵，呼应着她自己的心跳，以及随着路径蜿蜒而延伸的波动。她知道在看不见的前方，这通道的尽头正持续扩张，直通冰脊塔。

艾伊思塔搂紧她的腰，一声不吭。她的脸颊枕在琴的肩上，柔顺的绿发紧贴琴的颈子。琴仰头窥视上方。

交叉的片状冰迅速朝后飞逝，她能隐约看见空中的战斗愈渐惨烈。浮空要塞不断朝擎天的冰网放射出极光炮，虽然无法打开有效的突破口，接连的轰炸着实起到诱敌效果。魔物大军不顾雪地炸烈的虹光，密密麻麻地都往冰网根部而去，开始向上攀爬，想触及被网子缠住的冰山。远处，龙狩冰蓝色的翅膀掠过视线。琴看见它朝一艘要塞吐出激烈的寒冰，里头混杂着锐剑般的刺，好几名幻魔导士被击中，从空中掉落。另一只异常巨大的龙狩甩首放出了长矛般的冰锥；一艘要塞被数根大冰矛给贯穿，坠落之前已在半空解体。

"专心，在前方……"艾伊思塔轻声说。

她们已深入敌阵的核心地带。弯曲的路径转为笔直，琴能瞧见道路彼端的诡异纹理；冰脊塔就像一面通天的巨墙，表面尽是扭曲、缠结的纹路。通道持续生成，一分一秒地朝目标靠近。

呼啪！！——前方的冰架爆裂开了，一头大型狩嘶吼着踏了进来。琴倒吸口气，和艾伊思塔一起低下头，以极为惊险的角度躲过了袭来的冰爪。她没回首，持续加速。

又有几头魔物拆解了冰架闯入视线，琴笃定她们已被发现。魔物完全挡住了前方的路径，但琴并未缓下栖灵板，她以感知释放开重叠的三份心跳声——暗灵从掌中的石头脱离，像是突然苏醒的某种意识，在栖灵板周围化为膨胀的黑烟。

琴遽然回身，甩出一道浓烈的黑痕侵袭前方的狩体。它们被暗火燃烧，身躯蓝光弥漫，熔为黑墨。琴反向回旋，再次放出暗灵攻势。她得同时分出心力确保飘晃的黑雾不会波及艾伊思塔。待整群狩的中央被烧出一个大洞，琴蹬起板子跃了过去。

她看见未完成的通道竟在前方中止了,还有起码一百米的路径全然曝光于敌阵。她本能地没有选择再次压制暗灵施展凝雪术,只不断加速冲刺。

琴载着艾伊思塔,冲出冰架组成的残破廊道。

视野之内,不同体积的魔物散布四处。她划开路径穿梭在它们之间。

更多魔物意识有两位入侵者,胸腔绽裂出冰蓝利齿,朝她们集中过来。琴拉开一道黑色的轨迹,不断回身掀起腐蚀性的乌烟。她跃了起来,压倒一头巨狩,在它胸口烧出一个满是碎冰的大洞。然后她握住艾伊思塔的手臂,闪过数道攻击,冲向近在咫尺的扭曲巨墙。

"到了——!"琴倾斜着板子,刹住了冲力,停在冰脊塔的根部。她这才发现冰墙的表面铺满了无数道隆起的管状物,正以恶心的频率脉动着。但她顾不了那么多,拉起艾伊思塔的手,使其平贴冰面。

琴没有时间观看这么做是否真起了什么效果。后方传来魔物的嘶吼,它们早已群聚过来。她握紧多角石,转过身再次把暗灵的状态化为一股幽暗的波动。十几头狩甩开锐利的爪子划破空气,但千钧一发之际数道冰刃从雪地岔出、缩拢,形成一个半球状的防护体,把琴和艾伊思塔包覆在里头。

幽暗的空间内，只有冰脊塔表面的管状物缓缓发出蓝光，在它身后仿佛是无声涌动的血管。艾伊思塔动也不动，两只手都平贴着墙面。狩群不断撞击护罩，敲出一阵阵冰屑。不久后，琴吃惊地看见绿发女孩垂下颜面，将额头靠向冰面。

接下来该怎么办？琴紧张地四处张望。她的护罩表面已出现好几道裂口，不祥的冰色残光透了进来。

怎么想都只剩一个办法。她的内心有股强烈的冲动要独自逃离这地方，却以意念拉起又一道蛋壳状的冰罩，只从身后包覆着艾伊思塔。

琴不确定为什么会有突来的悲观想法，但她在当下做了决定，无论自己出什么事，一定要保护绿发女孩……因为艾伊思塔曾为人类文明引来光明。不像琴自己，一直是身边人的负担、是黑暗。

透明的冰壳内，绿发女孩的身影像水波一样扭曲。她静静矗立在原地，对周边发生的一切视而不见。

琴盯着她，坚定了自己最后的想法。无论艾伊思塔是什么样的人，这儿就是琴的位置。就像保护那些古典画作的木框，或许这才是她存在的目的。

银灰色的眼珠轻转，琴以手擦拭眼睛。她有点遗憾自己还未看完北境白城里的所有画作，但她其实一直明白，只有当艾伊思塔找到方法保护文明，那些古典的心血结晶才能被永久保存下来。那么让艾伊思塔活下去，就是她的使命。

一阵龟裂声响，狩爪重重地破开了外层护罩的某一处。此时琴已做好准备，朝它甩出一阵乌烟，那头狩被黑液侵蚀半晌，猛然炸开为粉尘。琴狠下决心冲了出去，开始在周边掀起浩劫。

她完全释放出暗灵的毁灭力量——在狩群之间，一道道乌黑的轨迹啃蚀着硬雪身躯，犹如燃起黑暗火焰。她空着双手，腾空翻转，从一个狩体蹬向另一个，疯狂地宰杀魔物。

然而有几只狩在消亡之前，利爪刮过琴的眼前。当她逐渐意识到疼痛，身上已有不知多少绽开的血痕。大腿上有道很深的伤口，血液染红了褴褛的裤管。但她没有停下动作，反而更强悍地释放暗灵的攻势直到周边敌人消耗殆尽，仅剩一头高大的巨狩。它的口部裂开一道仿如嘲讽的蓝光。

"啊啊啊——！"琴抹开嘴角的鲜血，咆哮着奔向它。最后一刻她跃了起来，板底燃烧着黑雾压向巨狩——震荡冲击她的腰间，琴忽然发现自己被狩爪给钳住。几道冰蓝色的尖刺打穿了她的肩部。

巨狩没有给她任何反应的机会，胸膛翻掀出数层利齿。

它把女孩整个身子塞入口中。

剧烈的刺痛感从四面八方传来,她的四肢和身体正被绞动的利齿磨碎。血液模糊了视线,她尝到口中大量涌出的鲜血。琴咬牙,愤怒地大喝一声,暗灵像迸发的雾气一瞬间扩散开来,炸开了巨狩的躯体。

她掉落在沾满黑液和血浆的雪地上,意识逐渐模糊。突然她睁大眼,呆愣片刻……仍黏在靴子底端的栖灵板,已断为两截。

琴虚弱地环视周围,看着所有浮空要塞仍被挡在冰网阵的外围,无法突破。同时,下一波魔物已朝琴的方向走来。她付出的一切都徒劳了。

她含着血,身体因恐惧而麻木。她本能地用手臂撑起身子,朝破碎的球形护罩爬了过去。艾伊思塔倒在透明的内壳里头,不知为何已昏迷。

"我们……失败了吗……"琴趴着仰望天际。厚重的云层封锁了整片天空,但她晓得阳光就在那后头。她见过的。

"求求你,救救我们……"她从未预料到有一天自己会说出这样的话。

琴勉强坐了起来,忽然感受到暗灵仍在破碎板子的某处游动。她赶紧握住多角石,闭起眼,最后一次结合他们的心跳声。地底存在各种难以捉摸的涡流,混杂各种纠缠的狩脉。暗灵就像漂游在海草之间的海鳗，不断寻找。最终她发现了在寻找的目标，开始凝雪为冰晶，把意识化为蛮力，猛然一扯。

高达千米的冰网遽然飘晃，仿佛被无形的大手给慢慢扳开，中央破开一个巨洞。守备出现空隙，不久之后一艘浮空冰山便驶了进来，朝着冰脊塔放射粗重的极光波。

琴躲进已破碎的冰罩内，再度于周围掀起数层厚冰刃，组成更加密不透风的实体护罩。

她激烈地喘息，抱住自己的双腿坐在艾伊思塔的冰壳旁。冰脊塔的蓝光在此刻显得暗淡，她不确定是否因为视线已慢慢模糊，只觉得黑暗吞蚀了整个空间。

外头传来炸裂的声响，还有无数狩军的嘶鸣。轰炸声愈演愈烈，她慢慢看不见了，只感觉整片大地都在摇晃。

琴听见身旁的冰壳被震裂了。她立刻伸手拨开它，捞过绿发女孩冰冷的身子。

她把昏厥的艾伊思塔搂在怀里，周围大地像要崩裂似的晃动。震耳欲聋的声响是加倍冲击的海浪，掀起一波又一波震荡。她就这么紧紧抱住艾伊思塔，知道她们已无法逃离。

琴缓慢地睁开眼，不确定自己失去意识多久。周围一片宁静，但远方似乎有人在呼喊。

艾伊思塔依旧在她怀里，昏迷不醒。琴诧异地盯着她的绿色长发。一丝细薄的金光，就落在女孩的身上。琴扫视四周，逐渐明白了情况。

她掀起的厚冰罩已被压碎，像个崩裂的玻璃碗。更上方，大块的破碎残冰相互交叠，让她们犹如身处坍方的冰穴中，被蒙蔽在某种冰寒异境的深处。

然而，一道金黄色的光芒从顶上渗了进来，在角度各异的冰面投射出淡淡的光晕。空气中多了一丝不寻常的暖意。琴的意识依旧朦胧，不自觉地想象她就在一个巨大的玻璃烛碗里。顶端，光芒透入的地方出现了人影。呼喊声渐渐明晰。

那些穿着袍子的人小心翼翼攀爬下来，但某个身影灵敏而急切地走在前方。

她看见亚阎的身影、白发的总队长俊，还有神色吃惊的愈师牧拉玛。后方还有更多人，他们正奋力搬开碎冰。她隐约记得亚阎来了，轻轻搂住她和艾伊思塔，他的身体不停颤抖。然后俊背起了她，爬向光的来源。她的脸颊靠在他的白发上。

当他们从碎冰残骸中走出来，琴迷蒙地瞥视曾经的战场。整片冰雪大地，从阻塞的碎冰带到远方的遗迹，再没有一头狩的踪影。海风卷动白雪，扬起闪烁的冰尘。一座座浮空要塞停泊在远方陆面，或是山丘的雪坡上。雅典的古老建筑物仿佛多了一层晶莹的光。

琴隐约瞥见亚阁放下艾伊思塔摆动的身子。她似乎醒了。她感应到敌人的意图了吗?找到对抗敌人的方法了吗?

但这些都不重要了,琴感觉身体的疼痛与疲惫正在夺取她的意识。最后,她在白发奔灵者的背上微微侧过头,看了一眼闪亮的雪白大地和熠熠生辉的碎冰带。

她闭起眼,在昏迷之前有种感觉……世界的颜色变得更加鲜艳了,就像她所见过的那些画。

拂　羽

"他们接受迁徙的可能性了。"亚煌说道。

他和雨寒面对面坐在一张木桌前,滑润的桌面摆着舞刀使文明的清茶。当日痕山不复存在,舞刀使将仅有的冲泡原料分了些给奔灵者。他俩当前所在的小屋子是临时搭建在深谷的,位于两片峡地接壤之处。墙架上的易燃膏驱逐了所有寒冷。

"至少,他们愿意讨论这方案。"亚煌说,"舞刀使议会也承认这一带已属于高危地区,需要借鉴我们的经验。"

"太好了。"雨寒淡淡地回道,"谢谢你,亚煌。"

昔日的总队长倾颜致意。他端起茶杯,慢慢地啜饮一口。"别给自己太大的压力。"一如既往,他的口吻有股令人安心的力量,"虽然你是长老,但人人都有极限。其他人也有各自的意志,都得对自己的命运负责。"

亚煌的话旨在消除雨寒对自己的疑虑。然而她听了,却低下头来;不知何时开始,淤积了好一阵子的自怜与罪恶占据心头一大半。她总是想起那些逝去的人。

"雨寒,我可以理解你的感受。我在担任总队长的那段时间,面对各种无法掌控的结果,自责的心理取代理性已成了一种习惯。但事实上,那才是致命的。"他怅然轻叹,"心态调整过后,我渐渐发现有许多担忧都是不必要的,因为有太多年轻一辈的奔灵者都比我们那一代更加优秀。无论是路凯、俊、黎音、奥丁……还有你。或许在这样的时代,最好的方式,就是每人各自面对自己的宿命。"雨寒意识到亚煌的体贴,他甚至刻意不去提及艾伊思塔的名字。

亚煌不疾不徐地补了一句:"这些事,即使是现在专心致志的凡尔萨,也会慢慢明白的。"

她愣了一下,然后点点头。

仅数天之间,凡尔萨所扛起的重担超乎所有人意料。对外和舞刀使的交涉,对内和统领阶级每个人的持续斡旋。需要出力的地方他从不缺席。哈贺娜等人依旧对他有疑虑,尤其凡尔萨那写在脸上的天然狠劲,想甩也甩不掉。然而越来越多人能看明白他超出极限在独挑大梁,原本的护卫队员也开始积极协助,成为凡尔萨最好的后盾。

有时雨寒在远方望着他,竟看得出神。感觉从接任总队长的那一刻起,凡尔萨变得和以前完全不一样了。雨寒说不明白他蜕变的原因,但每每看着他……看着他努力的模样、看着他争辩的模样、看着他沉思的模样……雨寒自己的心情会莫名平静下来。

她见过凡尔萨路经正在搬运东西的居民身旁,二话不说便捞过重物,仿佛和他抡起巨剑一般容易。他所帮助的对象不仅是瓦伊特蒙的居民,还包括舞刀使文明的百姓。渐渐的,护卫队员成为他的分身,也投身协助所有事务。凡尔萨依然挂着那不可一世的神情,但雨寒注意到经过的人们,开始对他报以微笑。

有些事情改变了,但雨寒说不清。忖量过后,她猜想或许凡尔萨想证明给所有人他会是称职的总队长。只有这个理由了。

"亚煌……我们抛下的那些居民……"雨寒禁不住问起,"你认为他们会痛恨我吗?"她的胸口轻微绞疼。

"那并非你一人的疏失。我得负起一半责任。"亚煌淡然的目光中有一丝悔恨,"但记得,恒光之剑被我胞弟亚阎夺走了。有他在,那群人的生存概率会高很多。说不定他们已在哪儿找到了栖身之处。"

这些话并未使雨寒感到好过,因为她明白了一件事。当舞刀使想驱逐他们离开,奔灵者只能拔刀反抗;那么当初雨寒所做的诸多决定,必然激起居民的反抗。在他们眼里她必然和刃皇如出一辙。她终于明白有幸掌握权势的人们,无论是本能或是刻意,都会说服自己来杜绝他人的权利，即使在冰雪天空下的所有人都应该是命运共同体才对。

这些新生的想法令她迷惘，因为它们与母亲、红狐眼中的坚强全都背道而驰；如果不是为了做出多数人没胆量做出的决定，领导者存在的意义何在？

一旁的易燃膏已用尽，房间冷了起来。雨寒伸手握住茶杯，陶醉在瓷面的温暖里。有许多事，她仍没有答案。雨寒的拇指指甲边缘有个难以愈合的伤口，是她自己反复刮弄所致。"如果某一天……还能见到艾伊思塔，我想跟她说……"雨寒不自觉地咽了口唾沫，想起绿发女孩抛出铁链，缠住她手中弦月剑的画面，"我想跟她说，或许……或许她并没有错。"

她只是想逼自己说出这句话，让某个人听见。亚煌深沉地回望她。

心中的酸楚说明了她挥之不去的困惑。雨寒希望有机会再次面对艾伊思塔；这一次，她希望能找到心底的答案。

然而那样的机会大概永久消失了。

亚煌开口，声音柔和："艾伊思塔是在平民之中长大的，而你是跟随在黑允身旁，看着统领阶级一举一动长大的。你们只是依循自己所理解的世界，去信任自己的每一个决定。这些都不是你们所能选择的。"

"不……自己的内心该相信什么，是每个人都必须面对的抉择。"雨寒突然说出这句话，连自己也略显诧异。

亚煌沉默片刻，没有回答，但他露出了浅浅的，欣慰的笑容。他也端起杯子，再次抿了一口茶，然后转了个话题："你知道刚才那一句，是培利安洁最常说的话？"

"初代首席学者？"好久以前，雨寒时常听见母亲和一些远征队队长说过那句话，却不知道它源于更久远的先祖，"我知道培利安洁最出名的行为就是雕刻出火球浮雕，后来人们把那地方改建为阳光殿堂。"

"是的。迄今人们依然不明白她为什么把代表'太阳'的浮雕涂成一片漆黑。这引发后世许多讨论。不过严格说起来，培利安洁不算是名学者。她属于研究院诞生前的那个时代。"亚煌轻轻放下杯子，向她解释，"培利安洁热衷一位旧世界牧师的著作。据说她研读了约翰纽曼的所有书籍，并以自己的信念做诠释，深刻影响了早期定居在瓦伊特蒙的先人。从她留下的自传看来，培利安洁个人的标志性话语有两句，其一就是'自己该相信什么，是每个人都必须面对的抉择。'"

雨寒点头。"另一句呢？"

"所谓的信任，从不是毫无理由。而是千百种理由。"

"啊……"雨寒不经意地触碰下唇。这些她还是头一次听到。她不确定在那样的时代，什么事情会驱使培利安洁有那样的想法。

"你可能不晓得,这也是后世决定成立研究院的一个关键原因。"亚煌说,"培利安洁让人们意识到,即使生存再艰难,人们还是会选择追寻许多看不见、摸不着的东西。也是那样的精神终将引领文明前进。"他顿了一下后说:"至少,他们所留下的文献是这么解释的。"

"我以为……研究院的成立纯粹是因为想解读远古时期的知识。"

"那是我们普遍的理解没错。"亚煌凝望她,"但是,装载知识的古籍不会凭空而来。解读之后,又是为了什么呢?"

空气逐渐变得寒冷,身旁的温度就和亚煌带来的短暂宁静一样,正在缓缓地流逝。

亚煌以平缓的口吻说:"别忘记,在这儿仍活着的每一个人,都是你的同伴。"

这阵子以来,每当她无法承受突来的情绪,就强迫自己离开众人的视线。

忧郁和烦躁是两股螺旋的邪恶力量,是穿梭在每一丝神经里的火焰和飓风,燃烧、撕裂着她的理智和意志。情绪肆虐时痛不欲生,但在那之后才是真正的地狱:胸口仅留下一股极端的悲怆,血淋淋得深不见底,像穿透灵魂深处的黑洞,吸干她体内仅存的所有光源。

她说不准这样的黑暗情绪何时会浮现。或许自己已病了,连她也无法确定。

雨寒只知道在那样的时刻,身旁任何人说了一句恼怒她的话,她就会像受困的猛兽一样恶狠狠盯着对方,脑中不停想象怎么击溃对方。逼迫自己远离人们是唯一的方法。她不希望再犯一次因为自己的命令而害死他人的错误。

脚下的栖灵板缓缓滑动,在黑暗中径自避开了结满雪霜的树干。这一晚她走得特别远,进入一个积雪甚深的地带。寂静的森林里没有一丝动静,她已不确定自己离开驻扎地有多远。她想暂时避开一切,却忽略了安全范围。

远方的蓝光闪动两次,雨寒才猛然停下动作。

她的心跳飞快,聚精会神地凝视,却发现眼前又是全然的黑暗。雨寒立刻意识到她的视线被树干给遮蔽了,有什么东西隐藏在树林的深处。聪明之举是立刻返回奔灵者阵营。

犹豫片刻后,雨寒吞咽了口唾沫,令栖灵板继续往前移动。

她再次看见渺小的蓝光点,一小簇似的栖身远方。它们犹如余烬之中的炭心,幽深地闪烁,在黑暗中异常耀眼。她忽然感到蹊跷,小心翼翼地唤出了雪灵,摊开手掌送出一只虹光鸽子。

它拍打着羽翼,在深雪树林中拉开一丝彩影,飘向那簇蓝光。

雨寒眯起眼,欲看清楚敌人的动态。然而那蓝光点却毫无反应,只悠悠地闪动着。她屏住气,再次往前滑动几尺,终于意识到那是什么……

因此她又放胆送出两只彩光鸽子,让它们在蓝光点周围盘旋。缥缈的虹光照亮森林中央,雨寒怀抱着惊奇,来到那微微隆起的柔软雪腹,看清楚散布在上头的蓝色花朵。它们有着半透明的结晶花瓣,易碎而纤弱。

她慢慢接近,盯着那仿佛沉睡般的闪动频率。最后,当她刚弯下腰来想触碰……才忽然听见雪地传来声响。

她反射性地回过头,差点失去平衡,单手撑着身子时压碎了一朵冰晶花。凡尔萨诧异地看着她,双刃巨剑紧贴背部。

"啊……"雨寒坐在雪地里,因没了栖灵板的支撑而半身深陷。凡尔萨滑来她身旁,他释放的虹光点亮雪地犹如墨迹般的血渍。

他赶紧拎起雨寒的手掌,细细检视。"你为什么会跑来这么远的地方?太危险了。"他抽出一条质地粗糙的布巾,帮她包扎。

"我……我想自己一个人……"雨寒不知该如何回答,然而她猜测凡尔萨知道为什么。皮肤伤口的刺疼感被厚实双手的温暖给缓解。

"这些冰晶花朵……"凡尔萨告诉她,"霞奈说过是从狩的残骸,或者遭截断的地底冰脉长出来的。总之,它们代表这一带曾经是战场。保险起见,最好避开。"

虹光鸽子在周围盘绕,点亮凡尔萨的半边脸,以及暗蓝色羽织披风底下的开领衬衣。雨寒盯着他胸前的牙骨项链数秒钟。"你先回去吧……我就在附近,不会再走远。我想独处一阵子。"她感觉到两手的指尖微麻,仿佛神经正要沸腾。

凡尔萨凝望着她,两眼像漆黑的深潭。

最后他点头,把雨寒搀扶起来,确定她在栖灵板上站稳了才松手。凡尔萨似乎想说什么,却憋住了。他在转身前只说:"你就随心所欲做你想做的……但别……"他停顿了一下,"别太强求自己了。"

虹光鸽子消失了,凡尔萨板子上的彩光也暗淡下来。他把巨剑扛上肩头,朝林中滑去,头也没回。雨寒盯着那背影,焦躁却像长满细刺的藤蔓,绞弄她的心脏。

"别再装了……其实你也瞧不起我,对吗?"雨寒听见自己的声音穿越森林。母亲的声音。

凡尔萨停下来。森林中只有两人的栖灵板发出浅浅的微光,却足以让雨寒看见他回首时的困惑神色。

"我从来没有那么想。"

"这不就是你想当总队长的目的吗?你认为我不够资格,要把所有事情从我手中夺走……"她知道自己说的全是谎话。

然而胸口一股令人窒息的毒火,必须释放出来;她无法克制自己,也不明白为什么,但她需要攻击某个人。某个她所……

"我只是希望能帮你一起扛些东西,"凡尔萨不可思议地回望她,"我只是觉得你过度要求自己了,并没有……"他反常地结巴。雨寒看见他露出一丝受创的神情。凡尔萨摇头说:"我知道你很努力,所有人都知道。而且我们都希望能帮上忙——"

"别骗我了!我就是恶人!"雨寒压抑着音量,却感觉毒藤正从喉腔钻出来,令声音变得尖锐。"在你们所有人眼中我一直都是恶人!"她知道自己的内心在腐烂,却没人救得了她。

凡尔萨似乎察觉了什么,眼神也变了。他沉默地凝望雨寒,目光有如锋刃。

是的,没错,就是那种眼神。攻击我,残害我。都是我应得的。雨寒心跳飞快,痛楚和兴奋同时绞杀她。

"我害死了很多人!那些抛下的居民,战死的奔灵者!"雨寒想呼口气,却发出破碎的笑声,里头夹杂着啜音。"安雅儿是愈师,她就是本能地想救人才会跟着我去,结果遭杀害了……费奇努兹也是,是我不假思索地想去阻止龙狩……好多人……好多……"

她捂起嘴巴,两行泪流下,积在手指皮肤上。

雨寒紧闭起双眼,喉间抽搐。"就是因为我是长老,他们才会死去。就是因为我是长老,瓦伊特蒙才会——"

"那就别当长老了!"凡尔萨喊。

雨寒松开了手,感到不可置信。她皱起眉头回望他。

"有谁说过长老非你不可?"凡尔萨恼怒了,"把位置让给哈贺娜,让给亚煌,让给奥丁,他妈的,给谁都可以。没有人说过长老一定得是你!"

"你在说什么?这是责任。他们对我有期待——"

"你对自己的期待又是什么!?"

雨寒露出空白的神情。他在说什么……?

"你想当个名留千古的长老吗?瓦伊特蒙有史以来最伟大的长老!?"凡尔萨狠狠把巨剑插入雪地,"告诉你,瓦伊特蒙早不存在了!"他的每字每句都是愤怒。"还是你想变成艾伊思塔,受到所有人的爱戴?"他近乎苛刻地盯着黑发女孩。"说啊?——你究竟想要什么?"

雨寒愣了好几秒。"我不……我不知道……"她没有捂住颜面,泪水却像突来的洪泉般涌现。

我从不知道……她的双颊满是泪痕,抑制不住决堤。从小她就没有想过自己有一天必须接任长老,她甚至没有想过要成为奔灵者。有印象以来，她只是母亲身旁的一抹薄薄的影子。雨寒的内心，不存在任何信念。

她跪了下来，双膝深陷雪地，她能做的只有把泪水泛滥的面容隐藏在双手里。长期的本能瓦解了，雨寒压抑的哭泣声成了森林里的唯一声音。

情绪成了狂风暴雨，攻击她，蹂躏她。雨寒仿佛独自落入结冻的湖底，顶上是封闭的冰层，禁止她浮出水面呼吸。正当她觉得自己虚弱得再无法承受，披风围住她的身子。然后，结实的手臂柔和地搂住她。

凡尔萨跪在面前，环抱着雨寒。

"那么我告诉你实话吧。"凡尔萨咬紧牙，沉寂好一阵子才低声说，"不是只有你，大多数人都和你一样。"

冰层的厚度剧减，渐渐成为薄冰。在她的脑海里，她仿佛浮在水中仰望着凡尔萨在薄冰另一端的。他对着她说话的同时，冰层化开为液体。

"很少有人知道自己想要什么。在这样的时代，面对命运时，我们都是被动的。"他告诉她。

当薄冰中央融出一个大洞，雨寒微微探出头来，凡尔萨的声音变得清晰而坚定："既然每个人都一样，那么，谁有资格要求你引导他们去找到希望？见鬼，叫那些人去寻找属于自己的人生。"

雨寒缓缓抬起头。某些惯性的思维依然捆绑她的神经,令她以笨拙的口吻说:"我们面对的是生死存亡的挑战,他们需要一个领导者——"

"没有人该指望长老就该是所有人的救赎。没有人,包括你自己。"凡尔萨不给她辩解的机会。

雨寒在凡尔萨的怀抱里静了下来。她这才感觉到他正轻柔摸着自己的后脑。

"我也从不知道自己想要什么。"凡尔萨说,"别无选择的命运让我痛恨瓦伊特蒙,却又促使人们把我误认成他们的英雄。如果我去告诉所有人,我曾经发誓过要杀死三长老,他们才会真正了解我是什么样的恶人。"雨寒吃惊地仰头看向他,凡尔萨接着说:"但我却完全办不到。我充其量只是个懦夫,就是大家口中的叛逃者。而且第一次尝试逃跑就出了意外,被你和茉朗救了回来。"

他深吸口气,接着说:"我的人生就是个混乱的悲剧。那是因为好几年来,我从来不懂自己真正渴望的是什么,直到我……"

隐隐的虹光飘晃在两人眼底。凡尔萨咬住自己的嘴唇。

他想说什么?雨寒的眼睛眨也没眨,直盯着黑发男子。他依然轻搂着她,缓缓靠了过来。加速的心跳麻木了思绪,她不知该怎么反应。

凡尔萨的拥抱变得更紧,双手抓住雨寒的衣裳。两人嘴唇紧贴时，触感像是柔雪。

令人昏眩的数秒过去了，凡尔萨向后倾，吸了口大气。雨寒两腮红肿得像要爆发的日痕山。她的脑子全空了，只剩一个呆板的思绪回荡着：凡尔萨的嘴唇，比她无数次的想象中更加温暖。

"抱歉我……"凡尔萨清了清喉咙，准备起身，"这……这里曾有狩的出没，我们不该久留。"

雨寒仿佛惊醒般，摇摇头。她拉住他的披风，想要他靠近。

宁静的森林深处，蓝色冰晶花朵散布周围。他们把披风铺开在并列的栖灵板上，雪灵从底下窜了出来，缓缓变换形体和色泽，像是透明的薄纱笼罩下来。

雨寒完全不知道该怎么做，她连呼吸都难以持续。但在这一刻，她让自己信任凡尔萨，让他吻着自己的颈子，一层层褪去自己的衣裳。当她的上半身一丝不挂，凡尔萨露出了吃惊的表情。雨寒顶着红通通的双颊，遮羞一般地赶紧搂住他。

雪灵变得艳红，带着暖意轻抚着两人的肌肤。她感到腿部传来微痒，不确定那是拂羽还是凡尔萨的雪灵。他们再次接吻，这一次，深得像要融到对方身体里。他的舌头急躁地滑动，像在寻找什么。凡尔萨正隐隐流露出野蛮。

但雨寒并不在意。她想学会那样的野蛮。真心的。这是她想要的。她所渴望的。

当凡尔萨顶开了她的双腿,雨寒忽然想退缩,身体不自觉蠕动,却发现她已被锁在凡尔萨健壮的胴体下。

他单手枕着雨寒的后脑,嘴唇深锁,另一只手慢慢推开她的左大腿。她觉得自己像被绳索给捆绑,除了透过鼻子激烈喘息,其他什么也做不了。凡尔萨的手臂从她的背后滑入,身子压了下来。

她吃惊地抽了口气,眉间缠结。那疼痛是前所未有的。她从嘴角发出喘息,无法再和凡尔萨对等较量贪婪。渐渐的,那股酸疼仿佛变得遥远,开始有另一种感知流入。某种意外的,从心底浮现的愉悦。凡尔萨的身体将她压迫得更紧、更密;她听见两人之间有淡淡的黏液声响,伴随松雪摩擦的声音。

她颤抖着抱住他,接受他正在释放的野性。

灼烧的痛感刺穿身体,但雨寒闭紧眼,强忍着。这是她一直想要的。

脑中不自觉有光影划过。那是刚认识凡尔萨时的画面……当时他还是个愤世嫉俗的青年,她则是个什么都不懂的孩子。她时常抬头仰望他,说了什么话都会莫名引起他的愤怒。然而在战场上,他会拎着巨剑出现身旁,不顾一切保护她。她都知道。他们的命运早在初见的那一刻,就已缠结。

雨寒紧紧地搂住她所爱的男子。

深雪森林的某一处,两潭雪灵化为一体,笼罩着它们的主人。而在周围闪烁的冰晶花朵,成了唯一的见证者。

潾　霜

最后一次圆桌会议在艾伊思塔踏入亚法隆的一刻便已展开。

浮空要塞陆续归来，像是一个个从天而降的彩光水晶，停泊在迷雾之城亚法隆的周边雪地。雾气在越靠近城市的地方越是稀薄，船只从中出现，载着归来的人们跨越护城河。此时，会议厅早已挤满了面怀恐慌和期待的人群；口耳相传引爆了好奇心，人人都想一睹意外归来的引光使。

艾伊思塔有了某种剧然的变化。俊想起在返程途中，她竟能精确说出路途前方的狩群动态，让最有疑心的幻魔导士也不得不相信她确实有某种难以解释的能耐。如今，这股奇迹般的能力正在圆桌会议重演。

"……意识到人类对冰脊塔展开攻势了。人类进攻得越勇猛，它们会越快采取对应的措施，生成狩群。"艾伊思塔的嗓音有股空灵与超然，眼神空荡地盯着某处，"如今狩群的数量指不胜屈,即将对欧洲大陆进行全面封锁。"

绿发女孩披着两层黑丝绒披风,低头站在巨型地图的一处,被哗然躁动的人群包围着。数百人彼此推挤,整个场子弥漫着人体散发的热气。城里的二十名大魔导士全员出席了。艾伊思塔的脚下是旧世界法国的地理轮廓,而在她身后,俊和亚阎两人静默地伫立,护住她周边以防人群挤压。

艾伊思塔的眼神真的与缚灵师一模一样,俊心想。她不会针对人们的每一个问题去回应,也不针对细节回答,只给出朦胧的答案,这一点也与缚灵师相同。

"或许这一次我们真的必须考量迁徙的选项……"一向保守的大魔导士阿米里亚斯说,"现在只剩南美洲的情况还不明朗,或许值得探勘,作为选项之一。"

众人开始抛出他们的观点。"跨越整片大西洋?疯了吗?浮空要塞需要雪地来做能源的补给——"

"你们竟然认真考虑逃离欧洲大陆,这才是真正的疯狂!就因为一个女孩说出无人能证明的事?"

"理性一点吧。单用手去触碰冰脊塔就可知晓一切,根本毫无科学依据。"更有人发出严重质疑,"这荒谬得连孩子都不会相信。"

"诸位,不是我们想怀疑引光使。"一位年轻的女幻魔导士,马格莉斯,对瓦伊特蒙的代表们说,"光凭她的一席话，究竟对我们有多大的帮助？这整件事让人难以信服。"

另一端也有幻魔导士附议："现在只有一件事是肯定的——狩群会专挑人口多的地方去攻击。但这恰恰是一种铁证，狩群害怕我们集中起来，因为人类一直是它们的最大威胁。"

"是的，只要我们团结起来就没问题！"有群众高喊，"亚法隆所在的地基，是世上最伟大的城市，继承了远古时期的精神，无数次的入侵也从没有人能征服这座堡垒！"

"没错。让狩群畏惧我们，让它们徒劳地想方设法。"有人的声音穿透嘈杂，"只要不断加强防御能力，亚法隆从未被攻克过！"

"错了。它们并不畏惧人类。只不过它们可强烈感知到人口集中之地，易遭牵引而去。这乃为本能。"艾伊思塔以淡然的口吻在众人头上浇了桶冷水。人们发现自己得静下来，竖起耳才听得见她的声音。"……从白岛降世，直到现在，狩仅跟随此一本能来行动，没有思绪。所有文明都依此遭到肃清。"没来由地，她空洞地盯着厅堂顶端的一圈彩色玻璃。

人们面面相觑，也有人依旧狐疑地瞪视她。此时亚阎朝俊撇过头来，说道："原来如此，我懂了。"他的面色异常凝重。"照她那样说，这根本是天然的人类屠杀机制。"

"是的……"俊也意识到了。借由散放冰脊塔控制地理，人类只有依靠群居才可能生存下来，因为零星分散的人群缺乏对抗冰雪环境的社会力量，会迅速灭亡。然而一旦人口集中起来，接下来，狩群就会出现。

这是主宰地球的闭环，五百年来几乎将人类文明抹杀殆尽。

"不过这依然没有解释几百年来的空窗期。"亚阁若有所思地对俊说，"按道理说，假使狩群真想消灭全人类，几百年前就可以把我们赶尽杀绝，对吧？"

"真是荒谬绝伦。"有位大魔导士终于按捺不住，朝群众说，"引光使如何明确知道全欧洲已遭封锁？难道她可以感应敌军潜藏的每一处？"人们纷纷点头，掀起浪潮般的附议声。"要是她真有那种奇迹能力，那更好，我们进行偷袭，逐点消灭它们不就得了？"

艾伊思塔抬起头，迷蒙地望了对方一眼。然后她仿佛无意识地窥向厅堂的某个角落，沉静了数秒。当她动身走过去，人们让出了路。

墙边挂着几支与人一般高的木棍，底端是拳头大的笔刷。她挑了其中一柄，开始游走在人群之间。亚阁本想追去，但俊伸手轻触他的肩膀。他们看见艾伊思塔扭转木棍，让里头的深蓝色颜料慢慢渗入毛刷。

她提着长棍笔，有时双手捧举，有时单手挑拎，有时挟于腋下……让毛刷不经意地划过地板。人们发出困惑的絮语。艾伊思塔的目光似乎落在不存在于房间的某样东西上。她甚至不在意周边的群众，恣意地在厅堂游走。人群发出呼声，闪避着挤向边缘。她的动作随性而毫无逻辑，甚至从未凝望过地面一次。然而，渐渐，开始有人意识到她正在做什么——

引光使在巨型地图的诸多地方，留下了蓝色颜料。

人们指着那些颜料议论纷纷，并持续闪躲绿发女孩那诡异的动作。最终，当艾伊思塔停下手，欧洲大陆的图像已被大大小小的深蓝笔触点缀。俊粗浅地估算，超过了五十几处。

骚动声淹没了圆桌会议。

"这些……全是冰脊塔吗？不可能吧？"几位大魔导士全望向她。

这一次艾伊思塔没有回避，深深地点头。亚阎从她手中接过了长棍笔。

"在欧洲大陆有五十六座冰脊塔？我们付出那么多努力，却只找到七处？"在场无人敢相信。这几乎覆盖了整个欧洲大陆。

会议的气氛迅速改变。俊立即嗅到了危险，和亚阎交换眼神。群众正从原本的期盼和惊愕，化作愤怒。他们宁可选择相信整个亚法隆都被眼前这名疯狂的女子给欺骗了。

"这不能证明任何事。要我们相信她随手在地板的涂鸦?"马格莉斯摊手说。

"搞什么?你们从雅典带回的这个人,根本是个疯子!"后方有人咆哮,"会议结束了!她没有任何证据!"人们开始向前挪动,声浪仿佛暴动的前奏。

俊和亚阎、汤加诺亚、尤里西恩等十几名奔灵者立刻集中在绿发女孩身旁。在这片艾伊思塔祖先的故土,来自远方的瓦伊特蒙战士做好了准备,将不择手段保护她。

然而遏止众人的却是梅西林诺斯。

年长的大魔导士脸色铁青,推开众人走向地图中央。"你们通通给我看仔细……"他伸出微颤的手臂,以木杖陆续指向四处蓝色颜料——耶路撒冷、因特拉肯、奥登斯、直布罗陀峡湾。"这几个,是当初浮空要塞任务组发现有冰脊塔的地方。"他止住话语,扫视众人,仿佛这已解释一切。

"然后呢?这八成是巧合——"马格莉斯说了一半便住口了,她扫视地图时双眼微睁,似乎也察觉了。

梅西林诺斯凝重地点头,木杖指向其他三处。

此时人们才第一次发现,已顺利消灭了冰脊塔的威尼斯、锡德拉湾,以及雅典,引光使没有在那些地方画上颜料。若说巧合,概率极低。

死寂般的数秒钟过去，人们开始发出低沉的噪音。圆桌会议仿佛被一股惊愕的气氛所笼罩。无论相不相信，群众的恐惧已展露无遗。

"欧洲大陆的冰脊塔，有许多刚生成不久……尚未有狩群聚集，体积也易被忽略。但此景仅限此刻，一切都在迅速改变。"艾伊思塔步履轻盈地退到一旁，"人类越是积极行动，冰脊塔将会越快生成。"

听了这句话，群众全怔住了。确实，欧洲大陆开始风云变色，就始于七座要塞的逆袭任务。

换言之，这将是个无解的方程式。任何一方有动作，都会加速冲突的螺旋。

会议的情绪沸腾了。人们高音争论，指着地图上有如画中繁星的颜料。他们看见地图上几乎所有的新人类据点都有好几座冰脊塔在周围，仿佛敌军想确保阳光永远无法落在他们头上。欧洲文明被缠入复杂而庞大的蓝斑蜘蛛网中。

群众陷入前所未有的惊慌。有少数人提出该派要塞再去确认，也有人彻底拒绝相信。更多群众急着询问接下来该采取什么行动，是否人类已走向末日。

"——我们攻击白岛。"俊开口。

他的声音并不响亮，但每个字都穿透了圆桌会议。讨论的声音戛然而止。他那白霜般的眸子就像两片明镜，反射群众脸上的错愕。

除了反击之外别无他法,这是在返程中,他和亚阁得出的共识。"彻底摧毁白岛,唤回阳光。"俊说。

亚阁向前走,双刀在腰间发出声响。他对着圆桌会议放声说:"你们文明握有的一切技术,让直接进击白岛成了可能的选项。如果它们聚焦欧洲大陆,我们就攻击狩军的大本营。所有海底冰脉的最源头。"俊也朝他点头。实际上,亚阁有自己的目的:他把打倒白岛当成唤回艾伊思塔的最后一丝希望。

但无论人们有多少不同的目的,人类文明的生存选择已聚合成一个轴线。这是最后的转折点。

大魔导士们凝重地看向两位瓦伊特蒙的奔灵者。"引光使已感知到毁灭白岛的方法了?"

俊和亚阁转向女孩,看着她闭起了眼。"白岛周围有三座核心冰脊,它们控制绵延白岛正上方的千里云,并在海底透过冰脉缠结,相互支持生命。"

"意思便是,"亚阁对众人说,"只有在同一时间解决掉那三座,它们才不会持续复原。就和体内拥有多核的巨狩一样。"

"只要能够击溃那一批核心冰脊阵,便能让阳光降临在白岛上头。"俊最后说。

这段话带着无比的重量,令所有人禁了声。引光使道出的关键线索——或许是有史以来第一次——让人类亲手掌握了反击白岛的希望。

但圆桌会议的人群依旧满脸惊悸。这契机所出现的时间，正是人类文明将被歼灭的序曲，在场人们所做的决定，将会第一次，也是最后一次定夺世界最终的样貌。

"核心冰脊之间的距离有多远？"梅西林诺斯以干涩的声音问道。

艾伊思塔沉默了许久，宝石般的绿色眼睛缓缓睁开。"从这儿到黑海彼端。"

"这有六七百公里的距离。"大魔导士阿米里亚斯瞪大了眼，他那一向工整的发线底下似乎冒出了汗。群众一片哗然。

梅西林诺斯说："看来浮空要塞必须兵分三路。"

阿米里亚斯惘然地凝望他，反驳道："把三批人分开数百公里去袭击！？怎能确保可以在同一个时段内摧毁它们？"

"这问题或许已有解决的方法——"某人的声音来自厅堂正门口。

人们纷纷望了过去，瞧见麦尔肯和妲堤亚娜的身影。俊这才发现今天的圆桌会议，麦尔肯到现在才现身。

年轻学者合紧身后的大门，阻隔了外头的骚动声。他与女幻魔导士朝厅堂中央走去，经过梅西林诺斯身旁时，交给他一颗透明的石子。

即便那东西体积不大，俊立刻认出那是什么——所罗门的多角石。但它和琴带上战场的那颗相比，似乎形态更复杂了一点。

梅西林诺斯身旁的人们聚拢过来，打量他双掌里的透明石头。此时，麦尔肯已走到厅堂另一端，站在一段距离外窥视他们。无人知道他想做什么，亚阎和俊都面露迷惑。就连艾伊思塔也投以好奇的眼神，望向年轻的学者。

麦尔肯明显难掩脸上的雀跃。此时，妲堤亚娜从袍子里取出又一个多角石。然后她把石子抬到嘴唇前，像要把风吹到它里头似的。

"这些进入纠缠态的结晶石……能让我们获知彼此的情况。"

大魔导士身旁的人们怔住，当中有人跳了起来，有人惊叹。就连梅西林诺斯本人也吓了一大跳，差点抛开手中的东西。妲堤亚娜的声音是从那石子里响起的，但她本人却面带微笑站在远处。

几位大魔导士争相拿过石子观看。"能够跨越空间的通讯。这根本……这根本是旧世界的科技啊……"

"不，它远远超过旧世界人类的技术几个层级。"女幻魔导士的声音依旧从梅西林诺斯的手中传出。人们诡异地聆听她扬起的阵阵回音。"我们无须运用'电'能源来达到效果，也不需要任何介质。"

"理论上，"麦尔肯在厅堂另一端解释道，"握着这两颗石子的人无论距离多远，无论处在什么样的地理位置，都能在瞬间进行沟通。"

"你们何时做出这样的东西？"梅西林诺斯的眸子紧眯，像是满脸皱纹里的一道细线。

"就在刚才。"妲堤亚娜放下手中的石子，"我们结合了大批的公式，有些来自前人从所罗门抄来的誊本，还有一部分是数年前瓦伊特蒙在斐济岛的遗迹找到的。它们彼此吻合。虽然还有片面的缺失，但足以达成两个多角石的纠缠态，也就是跨越空间的联系。"她露出迷人的笑容，"其实只要对公式有明确的掌握，制作出这样的石子是相对简单的事。"

俊感觉相当不可思议。在恍如隔世的记忆中，最初的多角石是由所罗门的玛洛娃交给路凯……而路凯阵亡前，亲手把它交给了俊。俊在迁徙途中给了麦尔肯，麦尔肯在亚法隆又交给幻魔导士文明去研究。

它仿佛是从一个覆灭的文明传递给另一文明的火炬，最后绕了一大圈，落在琴的手中，回到瓦伊特蒙的子民手里。

人类破解了狩的结晶，以敌人的能力强化自己。不单琴有控制凝雪的能力，现在幻魔导士也找到了复制远程同步系统的契机。

嘈杂的人群里有个人拂袖走出来。他是和女幻魔导士同属一个浮空要塞的克瑞里厄斯。他的亮绿色长发飘逸身后，八字胡悬于嘴边，以尔雅的口吻说："这工具能让我们远程协调作战，可是，那也只解决了一部分的问题。还有个很关键的事尚未弄清楚——那些翱翔在天上的怪物。"他把话题导往另一处，"当雅典上空的阳光回归，那些飞龙逃了。但没人能确定阳光是否会对它们产生伤害。"

"它们才是白岛真正的居民……对于阳光，具有某程度的抗性。"艾伊思塔再度开口，神情莫名黯淡下来，"五世纪前的降临时刻，它们随之而来，在白岛的触须尚未遍布世界海洋每一处，便由它们散布冰脊塔的种子，加速云层封锁，杜绝阳光，以保护白岛……"

她以呢喃般的口吻持续道出这些不为人知的事。俊和所有人一样，很是吃惊。这解释了许多一直在他脑中徘徊的疑问，包括旧世界是如何沦陷的。

"总而言之，当代这些狩群，都是由白岛衍生而出的细胞，唯独龙狩不是。"克瑞里厄斯阴沉地说。

"艾伊思塔，那么这几百年期间，那些龙狩都在做什么？"亚阎询问她，"在这之前，就连欧洲大陆的人们也从未见过它们。"

"这……我不确定……"艾伊思塔忽然止住口。

"你刚才所说的只是历史。我们想知道现在世上究竟还有多少龙狩？"克瑞里厄斯接着问，"它们的战力非同小可。我们得知道自己要面对多少那样的东西。"

艾伊思塔没有回答了。她压住自己的额头，表情有些痛苦。亚阎立刻扶住她，对幻魔导士摇头。

未与白岛相连的个体生命，并不在她的感知范围内……俊心里想着。

"时间并不站在我们这一边。"身后的愈师牧拉玛说，"若真的想对白岛进行全面反击，得确保一次出征便能击溃它。"

梅西林诺斯听完身旁人们对他交头接耳的话，抚摸自己的长须，谨慎地思考着。"关于敌军的情报我们知道得太少了。"他说道，"白岛位于太平洋的正中央，那儿的环境现在什么样，没人晓得。该如何补充雪能？要塞该停泊在哪儿？这些全都是问题。跨海的战斗有太多不确定，遑论浮空要塞只适合作空战，万一出现难以预期的情况，我们将没有任何退路……"

"所以，理所当然的，我们奔灵者也将随行。"代表弓箭队的帕尔米斯望了总队长俊一眼，告诉众人，"我们可以弥补浮空要塞的作战模式。"

"但你们毕竟只有四十几人。"梅西林诺斯面露挂虑。

此时，一贯与梅西林诺斯站在对立面的阿米里亚斯抬手，引来众人的目光。他提出了一个想法："或许我们可以寻求……舞刀使的协助。"

众人咀嚼着这句话,发出各种复杂的见解。瓦伊特蒙的现场代表无人吭声,但显然他们是感到最不自在的。几位奔灵者的目光已化为锐刃。有相当大的概率,雨寒一行人当初抛下他们,便是为了前去舞刀使文明。

"上次探访舞刀使已是三年前,我们的交流以悲剧告终。"梅西林诺斯看着阿米里亚斯,出奇地点头同意,"但是确实,若有他们加入,对整个战役有极大的助益。他们所在的日痕山就在太平洋边缘,可以作为反击白岛的据点。你们认为呢?"大魔导士望向瓦伊特蒙的战士们。在现场的所有人都已听说过瓦伊特蒙分裂的缘由。

俊身旁的奔灵者明显紧绷起来。同伴们全望了过来,看向他们的总队长。亚阎也回头望向白发奔灵者。

俊沉默时,大厅跟着沉寂。他轻闭双眼,思考着。

若双方再次碰面,说不定还等不到面对白岛就会彼此杀得血流成河。在俊的身旁有不知多少人对雨寒和统领阶级怀恨在心。

我们面对未来的每个决定,都被他人过往的行为定义了。俊想起,若非莉比丝的提点,他自己也对抗不了这种本能的驱力。

"我们同意。"俊开口说,"如果雨寒他们都在那儿,我会说服他们加入战役。消灭白岛,唤回阳光,这是我们唯一的目标。然后所有人，再各自回到自己归属的地方。"假如总队长的身份必须和他人有所不同，那便是他得成为帮助众人对抗本能的一股力量。

俊扫视身旁的伙伴，却没看见莉比丝的身影。

"而我们会和舞刀使谈判，尽释前嫌。"大魔导士阿米里亚斯点头，"我们还是有一定的筹码。"

"提升大伙儿都能平安归来的概率，"俊说，"这需要所有人的力量。"

圆桌会议在人们杂陈百味的心态中宣告结束。当他们推开大门，积压已久的热气朝外散放，换来一阵凉风。随之而来的却是喧闹的声浪。外头已聚满难以计量的人群。俊想往外走，却发现人们像潮水般涌了过来，在骚动中呐喊着什么。

亚阎在艾伊思塔身旁手握长剑，立即护住她。俊也凑身到他俩的身边，不确定有什么突发状况。

"引光使大人！"首先钻过人群的是费氏兄弟，他们怀着错愕的神情来到艾伊思塔面前。女孩踏着冰冷轻柔的步伐，人潮随之挪动。

"引光使大人——！"胖子葡慕从另一侧推开人群。更多居民争先恐后地涌了上来，有抱着孩子的母亲，以及满身伤疤的壮汉。幻魔导士满脸困惑，招架不住地被推挤往边缘。在圆顶殿堂前方的这片空地，瓦伊特蒙的两千多居民全出现了。

"太好了，你真的回来了，我们以为……我们以为……"费兹罗伊搓弄鼻子，低下头像在对自己说话。在他身后的费蓝克则用袖子拼命抹眼。艾伊思塔停下脚步，面无表情地回望着他们。

在她空洞的目光前，居民渐渐安静下来。有个小女孩脱离母亲的手，咯咯笑着抱住引光使的腿。艾伊思塔垂首看向她，神情依旧迷茫。

俊和亚阁交换了眼神。几位奔灵者慢慢让开了位置，给人们机会聚拢过来。关于艾伊思塔所出现的变化，想必人们已有所闻。居民们却没多说什么，就这样安静地围绕在她身旁，这景象仿如人们当年聚集在恒光之剑底下的模样……只不过现在他们欲言又止，多了一层浓烈的忧伤。

人群中，几个身影钻了出来。"艾伊思塔……"贝琪歪着头仔细端详，满脸的不舍。然后她抹开眼泪，踏上前去紧紧抱住绿发女孩。人群当中有人禁不住哭泣，也有人默念阳光的祷文。幻魔导士看得不知所措。

当贝琪松开手，几位居民轮流上来，或重或轻地抱住他们的引光使。

然而艾伊思塔就像一座石雕，浑浊的瞳仁凝视远方。

一位年长的女性盯着她数秒后，难过的神情转为坚决,抱住她很长一段时间。亚阁叹了口长气,汤加诺亚则别过头去。

那居民挪开身,换成葡慕站在女孩的面前。

"你知道吗,这里是你的故乡……"葡慕闭紧眼,一滴泪从眼角挤了出来,"谢谢你……带我们所有人来这儿……"

葡慕并没有再上前一步,苍皇地转身退开。然后出现的是蓝恩大妈。

这时,艾伊思塔慢慢低下头,看见大妈牵着两个很小的小孩。

皮诺和可可学会了笨拙的步伐,跟着大妈向前走了几步。他们认不出艾伊思塔是谁,只睁着圆滚滚的小眼睛,呆滞地和她对望。

蓝恩大妈的笑容惘然若失,把那两个孩子抱起来,凑近绿发女孩。双胞胎侬偎着大妈,似乎因陌生而感到害怕。但皮诺先伸出了小巧的手,拉了下艾伊思塔的头发。

亚阁摇头嗤笑,似乎看不下去这荒唐透顶的画面,打算先行离开人群。

"亚阁。"俊唤回他的目光。

仿佛融化于残冰表面的水迹,艾伊思塔的双颊出现两行泪。她睁着蒙眬的双眼,眉间抽动。"我不……"她的神情满是迷惘,"我不明白……"

"引光使大人。"居民再次挤了过来,呼喊起她的名字。艾伊思塔眼神闪动，仿佛第一次看见眼前这些人。她压住自己的太阳穴，惊恐似的挣扎。"为什么……"当眼角的堤防被撬开，泪水再止不住。

亚阎侧着身子说不出话，呆愣原地，凝望这一幕。俊把手轻搭在他的肩上。

蓝恩大妈把两个小孩交给其他居民后，大呼口气，将艾伊思塔搂进怀里。这时绿发女孩已不住地啜泣。"我不明白……不明白……"她一直重复这句话，泪如泉涌的眸子却未眨动，只有身子在抽搐。

"没关系，不明白没关系。我们没有人明白。都不重要了。"蓝恩大妈紧抱着艾伊思塔，抚顺着她的背，"你回来我们身边了，真好。"

在亚法隆市区一间宽广的"剧院"里头，市民摆设了长桌，摆满宴席。

好几种半生的鱼肉，玉米粉做成的糕点，香草烤饼，果酱饺子，白甜菜沙拉。还有好几缸黏稠的灰色粥汤，以及温热的芝士火锅。另外还有烘焙过的肉排——有麋肉，鹿肉，以及数种家禽。搭配香料酒、芦苇啤酒、水晶葡萄甜酒。

瓦伊特蒙的居民也拿出仅剩的调味料，让战士们最后一次品尝家乡的味道。

这是为了庆祝雅典的胜利,也是为了几天后的饯行。人们挤成一小伙一小伙,在食物和酒精的催化下促膝谈心,沉浸在浓烈的情绪里。

俊想起自己得去一趟锻造场,便拿了几块烤饼,穿过拥挤的人群。他不经意地瞥见一桌弓箭手边喝酒边嚷嚷,莉比丝坐在她胞弟利昂的身旁。从雅典战役归来后他还没和女弓箭手说过话。但看她满脸酒气的模样,或许不是找她的最好时刻。

俊正想快步离开,莉比丝却突然望了过来。

两人的目光穿过游动的人群相锁,莉比丝红透了脸,却明显沉静下来。俊犹豫片刻,朝她点了下头,便快步离去。

锻造场位于亚法隆内部悬壁的某处,隐藏在凸出的石梯的阴影底下。一整排洞窟都是炼冶厅,彼此间的通道隔着厚重的门。当俊找到琴所在的那一间,他身上的雪沫已化为薄薄一层水珠。

热气之中,房间一侧的熔铁炉橙光摇曳,另一侧的冽水潭则清黑如镜。而在它们之间,"大块头"正以双手压着栖灵板,让"独臂槌子手"骆可菲尔一次次敲响钢钉,清脆的金属声回荡耳缘。在两位工匠面前,黑发女孩坐在石凳子上,双肘贴膝,捧着下巴专注地盯着这过程。

俊把烤饼放在台座上,示意是给他们的。"可以修复吗?"俊看着栖灵板问。

"当然了,小事一桩。"灵板工匠放下槌子,用手背抹了下汗。"所幸断面很干净,我用左手就绰绰有余了。圆桌会议结束了?"

"是的。而且他们在剧院举办宴会。"俊说,"你们可以歇会儿,上去和大伙儿聚聚。"

"很快。再三十分钟左右就告一段落了。"骆可菲尔看了眼石墙上跑着齿轮的钟。

此时,俊瞥见架子上有女孩的一双靴子,好像发现了什么,好奇地拎了起来。靴底的银片已焕然一新,而朝着靴子侧边回折的地方,竟刻着绕藤似的纹路,仿佛某种工艺雕塑。看得出来雕工不算精细,却有种粗犷的美感。

"大块头弄的,"骆可菲尔告诉俊,"我跟他说了,搞那些装饰根本浪费时间。"

"引……引光说……"大块头结结巴巴地开口。

"对对对,她相信你,说你是个好银匠。"骆可菲尔摇摇头,"这下可好。等琴的板子修好,大块头还想在镀银时注入他的'独特风格'。总队长,你可得劝劝他!"

俊浅浅一笑。他瞥了眼女孩,发现琴坐直了身子。

"其实我也想……看看栖灵板加上银雕是什么样子。"黑发女孩轻声说。

骆可菲尔扬起一边眉毛,耸耸肩:"主人说了算。"

俊来到她身旁:"琴,一直没机会向你道谢。"

女孩抬起头。她的脸上有好几道伤疤,银色眼珠与俊的白眸子对望。

"你的果断逆转了整场战役……亚阎也很吃惊。我感觉他非常以你为傲。"琴没有回话,低着头抿起下唇。俊接着说:"我也得感谢你,阻止敌军把我们拖入混战。否则依我的状况要被拖下去打肉搏战,八成会凶多吉少。"俊敲了敲自己胸口的银轮墨玺。

琴迟疑了数秒,似乎有点儿不自在。她只点点头,以近乎听不清的声音说:"……谢谢你背我……还有牧拉玛……"

"当然了。"俊说,"你是我们的同伴。是很优秀的奔灵者。"

黑发女孩看着他,银色眼珠似乎闪动了一下。

"我过来是要告诉你们一个消息。"奔灵者总队长说,"时间还是过于紧迫,过几天又得再次出征了。亚法隆会动员大多数的浮空要塞。槌子手,大块头,这次你们恐怕也得同行。如果出了状况,奔灵者会需要你们。"

骆可菲尔露出无辜的模样,深吸口气。"猜到了。这次目的地是哪儿?"

"很远的地方。"俊说,"人类从未去过的地方。"

PART III 前进黑暗

拂　羽

人们抬着两名舞刀使的尸体经过雨寒面前,在雪地留下沉重的足迹。他们的躯体皮开肉绽,触目惊心,以不规则的间隙滴着暗红的血痕。

"敌人已经慢慢充斥在我们周围。"子藤站在她身旁,长刀倒扣于肩。"感觉越来越明显了。它们正朝着这区域收缩过来。或许必须建议刃皇……我们得抛下日痕山一带的阵地。"

"但抛下这儿,能去哪儿呢?"雨寒说。

"我不知道。你们应该比我们更清楚。"

所有的遗迹探勘工作都宣告暂停,两方文明的战士们组成了非常狭隘的防线,几乎每一天,昼与夜,都必须面对狩群疏疏密密的突袭。居民已长期处在悚惧不安的氛围里。现在就连奔灵者也不敢深入树林远离阵地。不祥的气息影响着每个人的神经。

雨寒心想或许他们真得彻底离开太平洋火环带,朝内陆去。朝欧洲大陆去寻找幻魔导士文明。

在没有战事的暗夜,夜深人静时,她会前往峡地边缘的一幢木屋。它是当初为了峡地建筑工程而打造的临时储物间,现已荒废。木屋里叠满白化的木头,无用的碎石板,质地出问题的易燃膏,以及零散的工具。还有一张由魂木片编织而成的板床,上头铺了几层毛毯。这儿是属于她和凡尔萨的地方。

他们几乎每夜缠绵。为了避免他人察觉,他们把栖灵板放置在远处的墙角,以防情绪涌动时偶然触发了雪灵的光。然而事实上,雨寒已不在意有没有人晓得。谁也不知道哪一天狩群就会大举入侵,宰杀所有人。

当冷冽的冰雪世界带着恶意朝人类塌缩过来,与凡尔萨拥抱的时刻是生命的唯一期待。他们的每一次相聚都像用尽了力去诀别,仿佛想用体温融化冰封的命运。

今日,外头下着浓浓的雪。在人们入眠后,雨寒轻声踏入木屋,让雪灵放出暖光驱逐寒意。不久后凡尔萨也从巡逻任务归来。他还没把身上的积雪抖干净,雨寒便踏上前,踮起脚尖吻他。

在天明之前,他们和彼此缠绵。歇息的时刻,雨寒缩在凡尔萨怀里,静静地看着他。平时的凡尔萨总会不自觉露出不屑的神情,但当他凝望雨寒时,神情却出乎意料地温和。他们聊了许多关于自己的事,也问了彼此各种问题。但几乎不约而同总是避开了瓦伊特蒙命运的话题。接下来该怎么办,没人有答案。

两人裸露的躯体相贴,雨寒尝试带起那话题。"我在想……是不是应该开始着手下一次迁徙的准备?"

凡尔萨触摸她波浪般的黑发,亲吻她的额头,"居民里没有几位学者扛得起地理分析的工作。乌理修斯那家伙靠不住。"

"嗯,所以我们得想好怎么在没有特定目标的情况下,一边移动……"雨寒看着凡尔萨坐起身,视线跟着挪动。很明显他并没有仔细聆听她的话。

"回到迁徙状态会有太多不定因素,"凡尔萨吸口气。"那些压力会全部转嫁到你身上。"

他在担心我。雨寒忽感心头一阵欣慰,似乎讨论任何事情,凡尔萨的第一考量都是她。也只有凡尔萨一人会如此。但身为长老,她没有畏惧的权利。"我不怕。而且不管发生什么事,都有你在我身旁。"

凡尔萨的目光却凝重起来。"我怕某天如果……我也和红狐一样出事了……"他沉下头,"你该怎么办?"

雨寒用手肘撑起裸露的身子,"不可能的,我不会让你出事的。拂羽的能力又成长了。就算要让整片海洋沸腾,我也一定会救起你。"她很严肃地说。

"拂羽再怎么强大，也办不到让海洋沸腾吧？"凡尔萨朝着她的反方向躺下，双手握住雨寒的小腿。"啊……"她抿起唇，愣了半晌，也开始回应他的动作。

他们把头深深地埋入彼此，脸颊感受到对方身体传来的温热。她抱住凡尔萨，享受奔灵者强健肌理的触感。

凡尔萨总能让她脑中的思绪像被野火燃烧殆尽，蒸发最后一滴理智的细雨。雨寒觉得自己快失去意识了，但她仍隐隐地不想势弱。她有些惊慌，凡尔萨总能引领自己做出不敢想象的事。

雪灵放出艳红暖光朝他们包围而来，她已分辨不出那是拂羽还是离焱。女长老释放出尖细的嘶声。渐渐地，双方缓解下来，凡尔萨把雨寒搂入怀里。

她忽然向后脱离他的怀抱，用手指挑动他胸肌上的牙骨项链，此时她想起了陀文莎。

凡尔萨眉间微皱，似乎看懂了雨寒的思绪，也看到了她眼底的细微泪光。他深深地吻了她，他捧着雨寒的脸让两人额头相贴。雨寒感觉到凡尔萨轻叹时呼出的热气。

接下来一段时间发生的事超出了雨寒对自己的想象。凡尔萨仿佛狠狠地下了某种决心，他使用的力道仿佛在说：忘记陀文莎吧，我现在只有你。雨寒对接下来发生的事并不熟悉，她心生畏惧，但凡尔萨和她十指紧扣，他锁住她的力道令人无法挣脱。

雨寒察觉自己的心脏正狂跳着要撞出胸口。疼痛与快慰像是螺旋交绕的洪流，和红色的雪灵共振。雨寒的脑子忽然清晰起来，开始变得毫不示弱；陀文莎不在了，她要用自己的方式占有凡尔萨。什么都可以。我要占有他。我要占有他——雨寒咬住嘴唇告诉自己。她盯着自己拇指上的伤口片刻，然后闭起双眼。

凡尔萨像被解开了枷锁的猎犬，报复似地毫不怜惜。雨寒用自己的方法回应他，激励他，让他控制不住自己般地像在惩罚一个敌人，凶狠、恶毒，失控般的疯狂。而雨寒却情不自禁地露出笑容。

她没见过凡尔萨这种模样，他完全失控了。雨寒鼓励着，给予他蹂躏她的权力。她要他知道自己可以对她这么做，她要凡尔萨依赖她，要他释放所有积压至今的情绪与邪念。一旦一个人在你面前流露埋藏最深的恶，那么你就可以完完全全掌控他。

"在鹿子岭东边，森林的边缘——"外头有人们呼喊的声音，伴随雪地中疾走的脚步。

雨寒和凡尔萨从床上爬起，套上衣裳。他们已抱着熟睡一阵，现在瞥向木屋墙缘的缝隙，发现外头已是清晨。

凡尔萨率先走出去。雨寒系紧自己的披风后也踏出去，看见远方无论是舞刀使或奔灵者，都朝某个方向跑。

灰蒙蒙的落雪中,人们似乎并未察觉从木屋走出的两人,直到佩罗厄经过他俩身旁。

"长老!"他的双手已握着三叉戟,急切地说:"他们说东边的天空出现不寻常的东西。"

雨寒和凡尔萨跟着众人离开峡地,朝东边滑去。就在他们接近一片灰白树林时,眼前的景象逐渐清晰。有那么一秒,雨寒以为彻夜不眠的温存令她的意识错乱。

雪片纷飞的灰色苍穹下,十几座冰山停滞在树林上方的半空中。它们有近有远,围成一个半圆,像是肃穆的神祇一般俯瞰大地。

雨寒不可思议地仰头望,脑中隐约知道这些是什么,现在亲眼所见却呆愕着无法反应。点点虹光在冰山表面浮动,旁侧的水雾则被一阵阵的来风吹摆。

"雨寒。"凡尔萨以巨剑指向跟前。她这才看见白茫茫的树林中,有交错的阴影在晃动。

在她身旁,舞刀使和奔灵者已聚集,手中兵器就绪。几名舞刀使甚至把黑色长刀高抬于额前,随时准备扬起攻击。亚煌也出现在她身旁,双刀悬挂腰间。

有群人影从树林深处出现。渐渐,人们看清他们是乘着栖灵板缓缓驶来。

"奔灵者?"某个舞刀使怵然说道。

"是的。"雨寒轻声回应。她盯着最前方领头的三个人。虽然他们的衣装有变化——代表传统的发辫不再,身披精工细织的披风,神情亦多了一份沧桑——但她依旧认得出来是联合远征队的生还者俊、亚煌的胞弟亚阎,以及弓箭手帕尔米斯。

是她所抛下的那些人。

舞刀使似乎有些不知所措,但雨寒采取了行动。她朝身旁的凡尔萨及亚煌轻轻点头,三人便迎向来者。

舞刀使在树林搭起了临时的聚会地。他们以缎绳捆绑在树干之间,拉起遮雪的篷子,在雪地上放置人们适坐的雪蹬,也在周边架起金属锅,往里头倒入易燃膏。

在这片简陋的地方,四方阵营的主要代表齐聚。

刃皇的身旁是因幡、仓美等八名议会成员。

雨寒的身旁则是原来的统领阶级,包括冰眼额尔巴、飞以墨和哈贺娜、佩氏姐弟、亚煌、凡尔萨,以及新加入的护卫队队长杭特。

对方奔灵者阵营除了俊、亚阎及帕尔米斯,还有……碧绿长发的引光使。雨寒望见她时,心中起了阵阵波澜。她情不自禁地窥视艾伊思塔,对方却从未望过来。很快,雨寒便察觉她的异样。

最后,幻魔导士也来了五个人,包括一个看似妖艳的女人,以及名为阿米里亚斯的大魔导士。

其他陆续出现的奔灵者和舞刀使自发性地站在外围雪地,和遮篷保持一段距离。雨寒瞥见了子藤、霞奈和隆川的身影。人们沉寂了好一段时间,静静地凝望彼此;在这片树林集会地周围,雪花落下的速度如此缓慢,仿佛时间遭到冲淡。

舞刀使和幻魔导士之间有种尴尬的气氛。两个阵营的奔灵者则明显敌视彼此。

"我们是瓦伊特蒙的子民。"俊开口道,"在迁徙的过程中分开——"

"事实上,你们欠了我们一个解释。"帕尔米斯径自说道,怒不可遏地盯着雨寒。

哈贺娜和佩氏姐弟等原事件的主谋,均露出了不安的神色,似乎惧怕身旁的舞刀使听到什么。"听着,"老将额尔巴先开口,以深沉的口吻说,"当时事发突然,我们以为你们失去了踪迹。"

"放屁!"帕尔米斯恼羞成怒,"事态那么刚好,把居民都给抛下?你们晓得我们和家人都经历过什么!?"

"你们又晓得我们经历了什么?"哈贺娜也怒了,放声道,"别毫无根据地指责别人,天晓得是不是你们想脱离我们?"

"别装了!"帕尔米斯差点站起身,"所有的迹象都显示——"

"是我下令的。"雨寒轻声说。

不仅对方阵营的人看向她,连她身旁的统领阶级也都木然地凝望过来。"当初是我下令的。"雨寒告诉对方,"我们做了误判,那是我非常,非常后悔的决定。请原谅我们。"

帕尔米斯怒目圆睁好一段时间,最后他深吸口气,忽然不知该说什么。亚阁则微微一笑,饶有兴致地打量着她。

"请告诉我们,你们来此的目的。"刃皇开口。

白发的奔灵者点头,回归正题:"我们前来寻求你们的帮助。"

宇　蚀

　　这场终将改变人类命运的集会，在森林中持续了数小时。没有炫丽的仪式，没有华丽的辞藻，他们就在这粗陋的环境下，逐一陈述曾经发生的事。

　　遮雪篷外，一整圈听众撑着布伞，和落雪一样安静地聆听这段对话。更远处，舞刀使已派人在森林设立哨兵，观察林中动静。

　　人们交流了对抗龙狩的经验，还有针对白岛弱点的臆测。亚阎等人对陀文莎的死亡感到震惊，雨寒等人则因恒光之剑的崩坏而险些绝望。在他们分道扬镳后，瓦伊特蒙的两个分支都没有守护好最重要的东西。然而，俊欣然传达了冰脊塔的毁灭能唤回阳光，并说出引光使在这当中扮演的角色以及变化。

　　整个过程里，亚阎都盯着坐在对面的兄长。亚煌沉静地坐在雨寒身旁，不发一语；他的披风内隐约可见厚沉的绷带，遮掩当初暗灵失控时造成的伤势。亚阎隐隐感到罪恶，但维持脸上一贯的讪笑。

在森林上方，所有的浮空要塞依旧静止于半空，等待这次会议的决定。

幻魔导士并不打算把冰山降落在舞刀使管辖的雪地，以防历史的冲突再起。然而时至今日，似乎是舞刀使文明对于浮空要塞有更迫切的需求；不仅日痕山已被熔岩覆盖，连外领地也可能随时失陷。

这代表原本希望以日痕山为反攻白岛的据点之事，明显不再可行。

"我们愿意加入战斗，但希望你们的浮空要塞，能带着这儿的平民百姓到安全的地方。"这是刃皇开出的条件。

"这世上已经没有安全的地方了，"妲堤亚娜沉重地回应，"只有击垮白岛一途，人类才有生存的机会。"

"有一个问题。"凡尔萨犹疑地说，"艾伊思塔感知到必须同时破坏三座核心冰脊，方能唤回白岛上空的阳光。但我们无法确定这是否就代表白岛将被歼灭。据你们所言，连龙狩都有承受阳光的能力。"这是一针见血的问题，无人有答案。

亚阁打量着凡尔萨。他没想到这个昔日的胆小鬼竟会扛起总队长的职责，还是在那么一群野心勃勃的统领阶级包围下，这相当耐人寻味。

"而且，"凡尔萨把深黑眸子投向引光使，"我们与白岛的化身打过交道。它等于完全控制了陀文莎。"他的话音悬在空气中,言外之意就像冰锥一样锋利。

"小子,你想暗示什么?"亚阁露出尖锐的笑容。

回答凡尔萨疑虑的是另一位总队长。"艾伊思塔指出所有潜藏在欧洲大陆的冰脊塔。若她受到控制,没理由释放这些情报。"俊冰冷的白色眸子直视凡尔萨,说出他们和幻魔导士文明彼此的承诺,"倘若我们对白岛作战失败,亚法隆的生还者会依据艾伊思塔给出线索突破欧洲的包围网,迁徙到美洲大陆去。"

会议比亚阁想象中更快抵达结论。外领地的时日不多,欧洲大陆也命悬一线。白岛正在策划把人类赶尽杀绝,这是不争的事实。三大文明只能下赌注,联手反攻,但现在有个最关键的问题:如何在反击与逃逸之间分配战力。

幻魔导士决定在本地留下四艘浮空要塞,必要时可以载离一部分的平民逃亡。这代表全面反攻白岛的要塞剩下十二艘,且须兵分三路。亚阁对此感到非常不安;当初围攻雅典的就有十来艘,若非琴的协助,没有一座要塞可以突破敌军的防线。遑论当时目标仅一座,更非核心冰脊。

然而,若不做出这样的承诺,舞刀使便拒绝参战。

我们留了六座浮空要塞在欧洲大陆,四座在日痕山……应该要投入更多战力确保白岛能一次被歼灭。亚阁在心里叹息。

此外，目前留在欧洲大陆的奔灵者有二十名，交由年纪较长的比克洛陶宛来领导，协助亚法隆的防御。雨寒等人也依照这数字，留下二十名奔灵者于日痕山，由奥丁与冰眼额尔巴共同负责。如果反攻白岛的战士一去不返，那些人将会是奔灵文明残留的后裔。

算下来，在两边的战力合并后，将近一百五十名奔灵者将前往白岛。而与这数目对等的舞刀使也将同行踏上征途。亚阁在心中讥笑，刃皇打的算盘就是把自己的战力完全均分，留下同等数量——也就是一百五十名舞刀使在日痕山的守备工作。

这是相当不公平的协议。奔灵者投入了多数兵力，舞刀使却只派出一半的人数。然而鉴于机动力的差别，雨寒说服了众人这是可以接受的条件。她道出舞刀使在日痕山战役骇人的阵亡比例，此举令对方面露愠色。同时雨寒认为，留下的军力也是为了保护瓦伊特蒙的居民。

"所以我们用了四艘浮空要塞换来一百五十名无法在雪地奔驰的人类。"会议结束后，亚阁在俊的身旁发出冷笑，"希望他们真有这样的价值。"

"如果敌人在核心冰脊的周围拉起严密的防线，那么四艘或五艘要塞不会有太大的差别。"俊道出他的逻辑，"关键是要找到突破口。面对未知情况，配置混搭的战力并非坏事。"

"舞刀使做定点攻击有他们的优势,"凡尔萨出现在他身旁说,"放心,我亲眼见识过。"周围的人群逐渐疏散。共同的决议是,他们必须分秒必争,在冰山要塞准备好之后便踏上征途。

"好久不见,你看来气色相当好,感觉活得不错。"亚阁调侃凡尔萨。

"把你们抛下的那个决定……并不是雨寒做的。"凡尔萨脱口而出。

"嗯,明白。"亚阁毫不在意地笑了笑,目光扫向人群。"红狐呢?怎没看到他老人家?"

"阵亡了。日痕山爆发时,他消灭了一头龙狩。"

"哦。"亚阁扬起一边眉毛,然后打量着凡尔萨的衣装,"你竟然穿着舞刀使的布衣。"

"而你穿着幻魔导士的华丽装束。"凡尔萨冷眼看着亚阁身上花纹繁密的黑绒毛披风,"我的披风在路途上丢了。"

那件披风凡尔萨从不离身,因此亚阁知道事有蹊跷,但他没过问。"我的羊驼披风给你吧。反正我喜欢这件黑袍子。"他扯了扯自己的披风,"我放在要塞里,等会儿拿给你。你实在跟那身布衣不搭。"亚阁笑着离开。

他看见浮空冰山陆续降临雪地,即将抽取原生态雪灵以补给雪能。众舞刀使面露不安,但相较于狩军入侵将必然搅乱雪地灵气,眼前这事儿还算可以承受。

取了白色披风回来给凡尔萨的时候,亚阁恰巧看见人们正在讨论如何分配三批进击的要塞队伍。亚阁凑了过去说他不在意自己被分到哪儿,但必须在艾伊思塔身旁。

后续数小时,舞刀使繁忙地做出征准备。雨寒等人也开始和居民告别。这是属于他们的时间。

亚阁独自走过林中的几个营帐,看见银匠布冈在帮俊和其他奔灵者做武器强化。忽然他愣了片刻,瞧见森林深处的某个身影。

兄长亚煌独自坐在扁平的岩块上,以锉刀顺着自己的长剑轻磨。他肩上的白色毛皮围住黑发,遮住了表情。

思量片刻后,亚阁索性走向兄长。他刻意想要自然地坐在他身旁,却发现剑鞘顶住了岩块,发出哐啷声响。亚阁在口中无声咒骂。

他调整了下姿势,坐了下来。"看来人们不需要你这位总队长了。"

亚煌瞥了他一眼,说道:"凡尔萨和俊,都能担当起领军者。"

顶上的枯枝结为密网,积雪让它们看来承受着不对等的重量。偶有细微的雪屑下飘,兄弟两人许久未言,林中只有锉刀的细音挂在耳缘,以及远处人们的鼓噪。

"我听说了,"亚煌开口,"那个魂魄与暗灵相系的女孩能够影响敌人的防御系统。是你教导的。"

"那是琴的资质匪浅,我只做了些片面的引导。"亚阁笑了笑,"将来她会是比我更优秀的奔灵者。"

亚煌看了过来,似乎有些诧异听见亚阁说出这样的话。他打量自己的胞弟一阵,似乎有什么话想继续说,最后却沉下头,专注地凝望着长剑。

"别以为自己什么都能做到,偶尔也必须信赖别人,对吧?"亚阁说出了亚煌很久以前说过,但直到现在他才真正领略的话。想了想,兄长带给自己的一切,多半是值得感激的。亚阁想如此告诉他,却难以启齿,最终也选择了沉默。

亚煌收起了锉刀,从腰间袋里取出一块磨刀石放在腿上,然后将长剑以三十度角划过它,刮出一阵利响。他的动作带有高度纪律,一次次的揉磨后,钝弱的金属表皮慢慢褪去,露出了细长闪亮的锋刃。

"大哥,你多长时间没有独自远征了?"亚阁看着他那动作,忍不住开口。

他知道兄长也是资深的用剑老手,懂得专注在磨辟金属面,而非像刚开始练剑的新人总把磨刀石直接刮向锋刃。然而长久以来依靠自己的亚阁也有另一套逻辑。"如果我也像你那样搞,去一趟方舟就得耗损半支剑。呐,给你看个方法。"他捞过亚煌身旁的另一柄剑鞘,并取出自己的磨刀石。

亚阎把剑鞘底部扣在所坐的岩块上，成为支点，然后拔出剑身几寸，以大约四十度的锐角对准磨刀石。他再以手固定住鞘，以一气呵成的流畅动作拔剑。他确保接触面是刃部而非剑身，作用只在于校直锋刃，没有耗损金属的表面。他只做了两次，便把剑还给了兄长。"看，又快又准。"

亚煌接过长剑，以赞赏的眼光打量着。但他缓缓说道："你晓得与狩作战时，它们喷溅出的冰沫有多少是肉眼看不见的？不定期打理剑身表面，会大大影响银匠在镀银时的效力。"

"是吗？"亚阎睁大眼。原来大哥依然略胜一筹，不知为何，这让他隐隐微笑。亚阎总是自己镀银，总感觉要费相当大的劲才能使雪灵之力覆盖在武器上，他一直以为是暗灵的不顺从使然。"啊，或许我该多和银匠打打交道。"

亚煌也露出了笑容。亚阎耸耸肩，取出自己的长剑，尝试以传统的方法揉磨剑身。

无论身在明处暗处，两名双剑奔灵者曾以自己的方式影响了瓦伊特蒙的命运。现在兄弟俩并肩而坐，听着磨剑扬起的旋律，在雪林中度过出征前的时光。

十二座冰山在水雾中腾空，绽放彩影，沿着子辐线

103.1度朝向太平洋的中心而去。他们将在两天之后分散开来，面对各自的命运。而现在，亚阁和艾伊思塔站在领头的要塞边缘，凝视着曼延到世界尽头的灰云及底下破碎的冰层和翻滚的巨浪。

没人知道前方有什么在等待。他们将是首批面对白岛的人类。

浮空要塞队伍

第一梯队

艾伊思塔	引光使	来自亚法隆
亚阎	奔灵者	来自亚法隆
侬可萝	奔灵者	来自亚法隆
尤里西恩	奔灵者	来自亚法隆
哈贺娜	奔灵者	来自日痕山
飞以墨	奔灵者	来自日痕山
隆川	舞刀使	
刃皇	舞刀使	
霞奈	舞刀使	
朗果	奔灵者	来自日痕山
海渥克	奔灵者	来自日痕山
辛特列	奔灵者	来自日痕山

第二梯队

雨寒	瓦伊特蒙女长老
凡尔萨	奔灵者 来自日痕山
佩塔妮	奔灵者 来自日痕山
韩德	奔灵者 来自亚法隆
泰鸠尔	奔灵者 来自亚法隆
因幡	舞刀使
妲堤亚娜	幻魔导士
克瑞里厄斯	幻魔导士

帕尔米斯	奔灵者 来自亚法隆
马格莉斯	幻魔导士

牧拉玛	奔灵者 来自亚法隆
杭特	奔灵者 来自日痕山

第三梯队

俊	奔灵者 来自亚法隆
琴	奔灵者 来自亚法隆
莉比丝	奔灵者 来自亚法隆
汤加诺亚	奔灵者 来自亚法隆

佩罗厄　　　奔灵者 来自日痕山
子藤　　　　舞刀使
仑美　　　　舞刀使

亚煌　　　　奔灵者 来自日痕山
黎音　　　　奔灵者 来自日痕山
普拉托尼尼　奔灵者 来自日痕山
阿米里亚斯　幻魔导士

引光使

海洋在她眼底下翻激，幽暗深远；云层也仿佛有了生命，呼应似的腾卷。

十二艘浮空要塞在一片阴灰的天地之间显得异常渺小，仿佛正在驶向某种巨兽的咽喉，天空与海洋就是它密合的口，舌头与唾液不停涌动。以往地平线可见的朦胧明亮，在太平洋似乎被全面抹消；越是远方，越是晦暗，地平线是一道细腻的通往地狱的深黑裂口。

眼前的辽阔画面有两处诡异的光源。首先空中电光毫不间歇，在云层里杂乱地向前奔窜，隐没于远方黑暗。其次视野下方的灰色海洋则时不时出现点缀似的幽魂般的蓝光，那些是从海面突出的晶钻，像畸形怪诞的冰山。

战士们面色煞白，沉默地看着浪潮间若隐若现的蓝色晶钻从底下晃过。对他们而言，这景象极不真实。他们有限的目光只能触及水面，却已满脸恐惧，无人吭声。

艾伊思塔的视线却射穿了更远，更深的地方——她看见在汹涌的波澜底下有无数层蓝光散射的巨大冰脉。它们盘根错节,古老悠远,像壮观的神经网路已占据整片海洋,直达最深的海沟。

狂风让战士们拉紧披风,他们唇齿俱寒地颤抖,但艾伊思塔一点儿感觉也没有,任由强风扯动她的绿色长发。亚阁等人的身影就在她的身旁,像魅影般模糊的印象。

她感觉世界正在反复滚动:云层,巨浪,移动的人们,都像是残影般不断重复。只有当她稍微集中心神,分岔的时间才会收缩下来,顺利向前推移,让眼前的影像暂且清晰。

"能做联络的几对晶石都已确认过了。"哈贺娜来到亚阁身后,"队伍会依照引光使说的,在这儿分开。"

在她身旁的飞以墨也开口,语气怅然:"最好祈祷各个主要塞之间别断了联系,否则任务直接告吹。你们当初应该在亚法隆多待上一阵子,先制造出更多晶石。"

亚阁耸了耸肩。

依可萝转过头,暗沉天色下,她的酒红棉帽像个漆黑的钢盔。"欧洲大陆的状况岌岌可危,没办法再等。况且没人晓得在日痕山的交涉会持续多久。"她的眼神冷漠,"总之……但愿我们已做出最好的配置。"

激荡的浪尖上方,三队浮空要塞的航迹逐渐分离。

俊和亚煌所在的队伍转往北方;凡尔萨和雨寒的队伍

转往南方。

而艾伊斯塔的队伍则未转向,四座冰山笔直朝着东方前行。

在她身边的亚阎等人回过头,看着紧邻的另一座冰山要塞的顶层,霞奈等舞刀使的身影矗立在刃皇的身旁。此时刃皇朝空中发出一道垂直的虹光,在其他三座同队要塞上的舞刀使也响应了,发出虹光与之交汇,成了海天之间一个闪亮的光锥。

远飘的两个队伍也依次效仿。那是舞刀使与彼此告别的仪式。

"几个小时后,海面将浮现更多冰晶体,届时众人得提升高度,别离得过近了。"艾伊思塔说完,哈贺娜开始协助她传递讯息。幻魔导士通过要塞本身的闪光信号告知尾随身后的冰山,并以晶石传达给远方的要塞群。

深黑的地平线感觉仍在远方,附近天色却遽然阴了下来。海面开始出现大量突出的冰晶物,内部锁着不祥的蓝光。光波以极缓的速度在晶体内飘晃,与大海和雷电组成了光怪陆离的反差。

在这战前的最后一夜,人们各怀隐忧回到寝间。

这队伍的四座冰山散放着细微的虹光水雾,成为划过漆黑世界的一道彩斑。艾伊思塔独自待在狭小的房间内,呆滞地盯着冰墙上一枚冒出虹光泡泡的银币。

她的目光穿透了冰山要塞,扫过聚集在一起喝着凉酒的一桌桌人们,也扫过在平台上锻炼刀术人们的身影,穿过彩光般的尾迹,穿过激放的海浪,黑色卷发般的海浪。大海隆隆作响,释放高升的浪潮。她听见一个女孩愉悦和紧绷的喘息,那是个曾经令她在意的人,在远方……

光影闪动的地面散放着褪去的衣物和羊驼披风。凡尔萨正搂着那女孩,激烈地撞击她,两人浓烈的神情纠结交绕。他们幽暗的房间被彩斑点亮,身子赤裸,汗水淋漓。

艾伊思塔压着头,感到昏眩。她似乎忆起关于亚阆的什么,隐隐约约,稍纵即逝。他曾是生命的表征,燃起存在的意义。浪迹翻腾着,化为飘扬的雪花落入她的视线。

"……这是最后了。我们所有人都要活着回来。"白发奔灵者的声音随着飘落的雪片传来。雪花轻轻落在他的睫毛上,在两人之间迅速融化,成为水滴,沾染到莉比丝的泪痕。水痕有了波动,震开两人的披风,露出裸露而相拥的肌肤。

白发像缎带般甩出,在艾伊思塔的意识里延长,曲卷成绷带,捆住飞以墨坐在床角的身子。哈贺娜跪在他的前方,墨绿色的发辫随动作摆荡。她忽然向后仰,仿佛从海面探头似的大口呼吸的模样化为姐堤亚娜的面孔。女幻魔导士一丝不挂,像水蛇一般骑在韩德的身上。他俩有种无言的默契,姐堤亚娜露出邪魅的笑容弯下身,一边亲吻一边帮他脱下钢铁口罩，露出酒红色一片。

那酒红的棉帽被一只手摘下。依可萝在一位幻魔导士面前反手捞起上衣，露出圆润丰满的双胸。艾伊思塔忽然起了淡淡的好奇，想看清楚那名幻魔导士的脸，画面却旋转倒置，凝结成舞刀使因幡的眼睛。

因幡帮一位带着三叉戟的女人褪去衣裳。她光着上身，回首过来，卸下腰间的皮带。因幡把佩塔妮推向墙角，捞起一条白皙的腿，两人犹豫片刻，然后拥吻。他们相拥的身影糅合再糅合，扭曲成了亚煌和黎音，他们正坐在床上说些什么……跃动的片段同时并存，肉体融为相似的色彩、搏动的线条，随着呼吸起伏而交融，淋漓尽致地彼此救赎。

那是生命的气息，净化情绪的仪式。更多人的身影揉了进来，仿佛湿润的肉色丘陵，重叠的雪灵则交错成艳丽的深红。画面占据了艾伊思塔的整片脑海，轻轻点燃她腹部结冻的血液。她忽然眉间紧缩，在众人的脸谱中挑出了亚煌的脸庞，仔细端详。他的发色转淡、变短，飘扬在轻率的眼眸前。

"答案很明显吧？"戴着头巾的亚阎面孔朦胧，露出了歪斜的笑容。"——我能让你活下去。"

他的眼珠成了银币，大片肉体的影像被拉平为冰墙上的反光。艾伊思塔睁着眼，意识回归房间。已沉睡的亚阎和她躺在床上，静静搂着她，手臂传来微微的暖意。

她动也没动，从未睡去，也未感觉时间流逝，直到某一刻，发现亚阁不见了。

当他再次出现，捧着她的脸说了些难以辨识的话，并领着她前往要塞的顶端。

在狭窄的冰道里前行，她已望见在下方的下方，是绵延到地平线的繁复晶体。它们是属于海底的邻岸，是白岛的外缘。

而在更前方，人类眼睛无法看见的黑暗深处，艾伊思塔清楚见到了白岛的轮廓。它比地中海的所有岛屿都要巨大，模样像个扁平的心脏，栖身在海中央。它仅冒出白瘤般的上半部在海面，并以人类无法察觉的速度鼓动，激起周围的冰晶的搅扰，激发着奔腾的浪。

"那就是核心冰脊吗？"人们指向左侧海面上一个明显的物体。

激浪中央突出一个倾斜的尖锐物，体积大得吓人。那模样像是翘起的船首，直指天际，整体看来它就像一艘搁浅的巨舰。它的表面是暗紫色的冰晶，某些地方却以浮动的绿光交织成纹路。那些纹路不同于人类的壁画或浮雕，更像是立体的几何图形无限增生后再频繁交绕，组成一种普通人无论肉眼或意识都难以理解的多胞形态。

人们震惊得说不出话。这根本与普通的冰脊塔不是一个体量的,更像是从海面冒出来的如山峰般巨大的结构物。然而幻魔导士迅速做出反应,在要塞顶端放出讯息光波——四艘冰山变换阵式,引光使和刃皇所在的两座要塞打头阵,后方两艘则朝左右扩散。他们放缓了接近速度,必须等待看不见的远方两个要塞群也进入作战位置。

各梯队透过晶石告知彼此情况。凡尔萨所在的队伍已准备就绪。根据描述,他们眼前的核心冰脊模样雷同。然而,俊的团队却迟迟未做确认。

细碎的声音从俊的队伍传来。那是莉比丝的声音:"——我们遭到攻击了——无法接近——"

亚阁身旁的人们盯着晶石,面色苍皇。他们赶紧试了备用石,却于事无补。问了凡尔萨方面,也没人清楚俊的梯队出了什么事。

"——无法接近核心冰脊!我们遇到——"晶石里的嗓音中断,仿佛被风声给吞蚀,片刻后不再响起。

幻魔导士立即以闪光信号与刃皇所搭乘的邻近要塞做确认。引光使这一队,只有他们两座要塞握有与其他队伍联络的通讯晶石。结果依然相同。俊那一边已彻底失讯。

"怎么会这样……"哈贺娜面色惨白地说,"只要一个队伍失联,就无法对齐袭击时间。"

"我们也有麻烦了。"依可萝解下肩上的长弓。他们没有机会思考,因为眼前暗沉的天空出现了变化。

冰蓝的翅膀从云中的电光剥离出来。十几头龙狩正朝他们飞来。

离 焱

"他们两边可能都遭到攻击了!"妲堤亚娜和几名幻魔导士围着台座,急迫地轮流尝试晶石。"而且完全联络不上俊他们!"

凡尔萨眺望远方的核心冰脊。暗沉天色下,它像一座斑斓错杂的晶钻,表面隐隐闪烁着绿色光痕。在滔天巨浪和滚动云层之间,它是个稳固的存在。奇怪的是周围并没有任何敌人的迹象。

"进攻吗?"凡尔萨看向雨寒。强风吹拂着女长老的黑色发辫,她正凝视着目标沉思。

因幡说出反对意见:"如果不与他们做好协调,同时对核心冰脊发动攻击,没有用的。"他抱着黑色长刀,神态严肃。"况且敌人尚未发现我们的存在。若现在进攻有可能会触发它们的防御机制。"

"敌军的守备系统已被触发了。"雨寒说,"它们全是相连的。"

佩塔妮忐忑地问:"难道不在雪地上,白岛也有办法探知人类的到来?"

韩德、泰鸠尔等人聚集过来凡尔萨和幻魔导士的身旁。联系亚阎和引光使那梯队的通讯晶石不断传来呼喊声。有人正在嘶吼、尖叫。时有响亮的杂音刺穿,仿佛风中的悲鸣。

无论奔灵者、舞刀使、幻魔导士,都魂不附体似的凝望着晶石。

"我们必须展开进攻。现在。"雨寒的话拉回众人的注意力。

妲堤亚娜领首,开始舞动手臂扬起闪光信号,调配整个要塞阵的阵势。人们陆续进入作战岗位;只要行动起来,似乎空气中便少了点窒息感。

凡尔萨看着雨寒的脸,在心中赞扬她的命令。趁敌方的守军尚未出现,夺取时机去了解核心冰脊是否真的那么容易摧毁。有太多不确定因素了,既然其他两队遇袭,这工作便落在他们身上。

奔灵者和舞刀使散开在要塞各处,克瑞里厄斯等幻魔导士开始驱动浮空要塞向前加速。

因幡经过凡尔萨和其他奔灵者身旁时,告诉他们:"看来短时间内不会有近身战,你们先找地方躲好吧。"除了极光炮为主要火力,舞刀使的集群虹光波也会起到辅助作用。但奔灵者能发挥的相当有限。因幡解下黑色长刀，瞥了佩塔妮一眼，目光留有一丝眷恋。然后他朝身旁的舞刀使点头，便坚定地从阶梯下行，朝要塞前端走去。

"我们还能躲去哪儿？"佩塔妮笑了笑，三叉戟在手中打转，望着因幡所率领的众舞刀使背影。"嘿，你们自己得注意——"

一根硕大的石锥从天而降，直接打穿了要塞。凡尔萨在阶梯滚落，浮空要塞剧烈摇晃，冰裂声和呼喊声四起。

那石锥的厚度竟比一个人还高，以歪斜的锐角撞入要塞里，就像是刺穿肉球的长签。撞击的速度之快，令佩塔妮毫无反应的机会。她和栖灵板相连的下半身瘫软在外头，上身已被捣碎，埋入龟裂的冰山内部。石锥表面全是炸开的鲜血。

因幡和其他人半蹲在一旁，全吓傻了。

"还没完！大家找掩护！"凡尔萨呐喊的一刻，更多石锥已从云层破出，朝着浮空要塞笔直飞来。他拉着雨寒扑向冰山的一侧。几道石锥掠过上空，划出沉重的呼啸声。邻近的一座要塞接连被两道、再两道石锥给砸中，直接在半空中崩解了。

"阳光啊……"雨寒在凡尔萨怀里，惊悸地拉着他。

那座冰山分裂为好几块，水雾之中看得见人影坠落海中。云中不断有巨大的石柱朝他们的要塞队伍射来。

"妲堤亚娜!"凡尔萨当机立断喊道,"告诉所有要塞,全队全速前进!"

女幻魔导士惊愕地点头,硬生生把目光抽离已落海的碎冰。她在摇晃的平台上攀着栏杆起身,来到塔顶的空井前开始施展紧急信号。

潾　霜

在白岛的东北方向，俊这一梯队的四座浮空要塞都被高达天际的冰网给缠住。它们倾斜于半空，像是无力从蜘蛛网脱逃的昆虫。每座要塞上的战士拼命挥动彩光兵器试图切断一条条冰藤，但它们粗如手臂，而且一直有更多网子从四处增生，层层覆盖住要塞的表面，砍也砍不完。

更令人闻之丧胆的是覆盖要塞的冰网迅速衍生出蓝色的藤蔓，缠结成骨架，化为人形魔物。它们弹出利爪，仿佛就是缺了雪块肌理的狩骨，以那怪诞的模样开始袭击人类。

更多蠕动的冰藤钻入要塞内部，从里头造出更多的冰狩。顷刻间，浮空要塞的每个平台，每道阶梯，甚至冰窖内，都有战士与魔物对抗的身影。

俊舞动长枪，接连击爆几头冰狩。少了雪块凝结于表面，它们"核"的位置显而易见，就像长在活动骨架上的瘤。俊施放彩光燕，让它划出刀刃般的轨迹，切断一整排魔物与冰藤相连的根部。

"我们得脱离这个网子!"子藤双手紧握黑晶长刀,和俊背靠背,扫击眼前的敌人。冰狞的数量正永无止境地增加。

俊伸手遮挡冰尘,眺望远方,发现核心冰脊就在眼前大约一公里外。而在他们的身后,穿越飞雪的远方海面有几座岛屿的轮廓,或许是可供避难之地。

要撤退吗?他看着那些岛屿,满是犹豫。

"琴!"俊一边劈砍魔物,朝着下一层平台喊道。黑发女孩正和一群舞刀使对抗包夹过来的冰狞。她似乎一直在压制自己的能力,惧怕暗灵之力波及脚下的冰山。然而白发奔灵者做出决定,无论如何,他们必须先解决冰网的纠缠。"动用你的力量吧!想办法让我们逃离!"

女孩望向要塞边缘,冰山与厚重冰网接壤的地方。那半面要塞几乎全被曲卷的蓝藤给覆盖,仿佛长出一整座冰晶森林。她紧张地点头,开始挪动栖灵板。

"仑美!我们保护她!"子藤跃下倾斜的坡道,朝同一方向奔跑,仑美则紧跟在黑发女孩身后。两名舞刀使旋转长刀,劈出强烈的彩光波,在拥挤的冰狞群中清出一条道路。佩罗厄、汤加诺亚等奔灵者也陆续聚集到琴的身旁。

俊镇守在原地,他必须守住身后的动力室。幻魔导士都在里头,设法操控要塞脱离冰网。然而他不时望向琴等人突入敌阵的背影，心里生忧。他本来想避免在面对核心冰脊之前动用琴的力量，因为暗灵有可能是对抗敌军最强大的秘密武器。但现在除了让琴去冒险别无他法，否则这样下去，所有人都会阵亡。

一道强烈的虹光从他身旁呼啸而过，逼他眯起了眼。周围的冰蔓和敌军瞬间被消灭一半。

"集中精神！"莉比丝站在要塞顶端朝他喊，同时又抽出一箭。

白发奔灵者看着各层甲板再度出现增生的蔓痕，仿佛蓝色的幽魂朝他爬来。

情况已越来越急迫。当初这支队伍在浓烈的雪雾中被突来的冰网剿困，持有晶石的幻魔导士不是落海就是被冰藤绞杀，仿佛敌人有意识地狙击那些通信石。他们四座浮空要塞再也联系不到其他两个梯队的同伴。

而现在，核心冰脊方圆一公里内的海面全是巨大触手，一圈圈地搅动海水，缠结成凹凸不平的固体冰域，而且正以骇人的速度诞生出骸骨般的冰狩。

我们无法前进，无法后退。若是坠落，也是死路一条。俊凝视着正在海面扩散的蓝光点。

仿佛奇迹的钟声，雪雾中传来一阵阵碎裂声响。阻隔去路的冰网之墙，现在表面出现了变化：冰藤缠住其他三座冰山的地方像被烧焦的发丝曲卷起来，缓缓裂开了个大洞。那几座要塞立即喷放出彩雾，朝反方向逃逸。一旦它们成功脱离巨型冰网的缠结，残留在要塞表面的冰藤和冰狩全在瞬间化为粉尘。

又一阵炸裂声从右侧传来，俊看见覆盖这座要塞的冰晶森林迅速粉碎。

琴成功了——！一层层平台上的冰狩群跟着爆裂。浑身是伤的战士们高举武器欢呼起来。

然而脚下的冰地非但没有回归平稳，反而遽然倾斜，摇摇欲坠。人们赶紧抓住邻近的护栏。

"发生什么事？"塔顶的莉比丝呼喊，"幻魔导士呢？为什么不快点驶离这儿！？"

俊怔住了，回头看着通往动力室的通道，突来的不祥预感让他脊梁僵硬。这艘要塞已完全失去了动力。

"总队长！"汤加诺亚等人的呐喊从要塞另一端传来。黑发女孩蹲在他们中央。

俊立刻蹬起栖灵板，朝琴的方向滑去。沿路的塔层上，阶梯上，都挂着死者的尸体，以及满地尘埃似的冰屑。

佩罗厄大喊："我们的动力槽被破坏了！"他和汤加诺亚把琴搀扶起来。黑发女孩琴抬头时，鼻孔和嘴角流出黑色的血液。

"之前钻入要塞里头的冰藤发现了……有些冰窖和动力室是相通的……"琴的声音极度虚弱，"它们穿透了我们的要塞。里头的幻魔导士全死了。"

俊震惊地扫视要塞表面几个漆黑的入口。确实从战斗开始就没瞧见任何幻魔导士逃出来。不会吧……我们这艘要塞已经没有幻魔导士?

"你们有人会操控这东西吗?"子藤愕然问道。奔灵者全都摇头。

"小心!"佩罗厄大喊,数道巨型冰蔓从空中落下。它们的边缘如刀锋般锐利,闪着蓝光下劈——

汤加诺亚展开虹光盾挡下来一条,让其他人有时间逃开。然而其他几条冰蔓有如巨刃一般削入要塞,深埋冰山里头。

有道冰蔓倏地变换角度,从旁侧甩来,把汤加诺亚连同光盾一起撞开。他们看着他从要塞边缘坠落。

冰蔓野蛮地扭动,抽向半空,再次落下。这次,它们几乎削开了整座浮空要塞。

俊在动荡中扶住琴,眼睁睁看着要塞顶部的塔楼从一个斜角被划开,发出尖锐的声响,逐渐滑落。"莉比丝!"他朝着站在塔顶的女孩大喊。

女弓箭手跳跃在迅速崩解的要塞表面,想逃过来。但她的身后升起了两道冰蔓,从后方甩来——

虹光波将它们斩为数截。仑美和几位舞刀使拉回彩光绚绕的长刀。莉比丝喘着气,跃到他们身旁。"俊!"她以长弓指向某处。

人们吃惊地看着另一座浮空要塞从视线中升起,仅离他们十几米的距离。亚煌持着双刀站在边缘,而在他后方的塔顶,大魔导士阿米里亚斯正舞摆着双手,与其他的幻魔导士协同稳固他们要塞的位置。

亚煌下了命令,他身旁的"捕猎手"普拉托尼尼旋转身子,用尽全力释放雪灵——渔网般的光线从他的双刃长枪向外扩张,像道延伸的长桥,落在俊等人的脚边,扎实地渗入冰缝之中。

强大的物理影响力撑住了两座要塞。

奔灵者、舞刀使开始朝对岸跑。"你们赶紧过去!"俊呼唤一声,然后转身滑动在龟裂的冰层之间,想确认是否还有生还者。

冰色的巨网依旧紧抓着这座要塞,冰藤正从各个方向吸吮上来。讽刺的是那些藤蔓的捆绑竟暂时防止要塞全面崩解。俊看见冰网的两侧在飞雪中飘晃,仿佛无意识地朝他们折叠过来。他浑身冷战,意识到它打算一次包覆住两座浮空要塞!

"俊!我们必须离开了!"子藤、佩罗厄、琴等人仍在摇晃的光桥上蹒跚跨越。

当俊朝着光桥疾驰过去,头顶已落下一条条的冰蔓。莉比丝从对岸射来一箭,撞锤般的彩光横扫他的周围。

他跃上"捕猎手"释放的光桥那一刻,身后的要塞瞬间被挤压得完全变了形。

"啊啊啊啊——!"普拉托尼尼施尽全力,似乎快撑不住光网。亚煌、黎音等人抓住他,也把兵器卷入光网协助他支撑重量。

"大家快走——"俊刚开口,身后传来巨大的碎冰声响。要塞解体了,被扯动光桥也开始一丝丝断裂。有舞刀使号叫着跌落海中。

朦胧的空气中,巨型冰网的轮廓越渐明显,从空中缓缓包覆下来,给人极大的压迫感。

在众人准备好前,亚煌的那座要塞被迫向后移动,捕猎手的光桥瞬间被扯断。彩光线在俊的脚边开始消散。他奋力拉住急速解体的一束彩光,悬于半空。随着要塞加速,残存的那半截光桥随之飘摆,像绽开线头的丝巾,挂着命悬一线的人们。

"撑住!"亚煌大喊。要塞边缘一整群人协助普拉托尼尼向后拉。

忽然,俊看见攀附在残破的光桥边缘的琴。她虚弱的脸满是黑血,神情不大对劲。刹那间,女孩翻了白眼,可能已昏死过去。而她身下的彩光束分崩离析。

"佩罗厄!抓住她!"俊朝离琴最近的奔灵者急喊,却已迟了。

底下是翻腾的新生冰域，充斥着数不尽的冰狩。当卷着她手臂的光绳消散，琴落入半空。她的黑发上飘，身体朝底下坠去。

离　焱

　　三座浮空要塞的表面都插有石锥，仿佛身躯中箭的士兵，但这并未使它们退缩。伤痕累累的要塞像陀螺似的在半空匀速旋转，让设置在边缘的一圈极光炮接连放出彩光，连番轰炸核心冰脊。

　　激绽的光波划破空气，击中巨角般的冰塔。它的紫冰质地和绿色光痕不停闪动，脊柱的主体却丝毫未损。连一丝裂缝、一点儿冰屑也没有。

　　"该死！为什么毫无用处！？"凡尔萨狰狞地盯着目标。

　　站在塔顶的妲堤亚娜对着晶石呼喊："我们正在攻击核心冰脊！极光炮没有办法对它造成任何伤害！"她试图即时把消息传递给亚阎和引光使的队伍。"听见了吗！？无法对核心冰脊造成伤害！"

　　"我们或许该撤退！"有舞刀使喊道。

　　"——大家抓稳！"同样来到要塞顶端的驱动师克瑞里厄斯挪动掌中的墨玺，位于下层的几名幻魔导士亦随之摆起双臂。正在自转的浮空要塞猛然朝旁偏移,避开了云中飞来的石锥。然而随着石锥出现的,是一批拍打着冰蓝翅膀的龙狩。

"七只……不,九只……"泰鸠尔绝望地看着天空。

幻魔导士坚持住自己的岗位,驱动要塞群坚守着它们凌空的位置。

"所有炮手听好!轮转到核心冰脊面前的人朝它开火!其他人,全力对付龙狩!"克瑞里厄斯放声说,坐落四方的极光炮手开始响应。

"它们来了!"炮台里的幻魔导士集体朝空中发出绚丽的炮火。浮空要塞的极光炮已做了全面改良,最大限度可仰角90度向上瞄准。然而龙狩矫健的身躯更胜一筹,总能敏捷闪避,空洞的眼中散放阴蓝杀意直扑而来。

炮火在空中团团炸裂,仿佛燃烧的光幔。有几头被击中的龙狩摔落片刻,便又拍起翅膀重拾方位。

幻魔导士不可思议地看着满天飞翼,无法相信极光炮在这些魔兽身上起不了大的作用。凡尔萨也沮丧地仰视。在空战中奔灵者几乎什么也做不了,只能眼睁睁看着敌人包围过来。

磅!!——撞击声响起,整座要塞剧烈震动。众人惊慌呼喊,地面出现失重感,要塞开始下沉。

"是龙狩!它在把我们往下拉!"克瑞里厄斯喊。

我们犯了大错。凡尔萨告诉幻魔导士："上头的守备交给你们了！泰鸠尔，你跟着我！"他旋即滑入一处通道的入口。

两人闯入幽暗的廊道，点起虹光循着阶梯螺旋下滑，不管板子刮膜冰壁。经过一条长廊后凡尔萨奋力撞开门，狂风吹得他差点向后倾倒。

在他们眼前是个下斜的凹室，开口应当朝着空中敞开，但现在，外头却被一片恐怖的肌理给遮掩。那是一头异常巨大的龙狩腹部，鼓动的鳞片半透明状，包覆着血管般的阴蓝光痕。凡尔萨毫不犹豫地扑了过去，撞上铁栏杆时顺势把巨剑劈进魔物体内。

他的双臂因冲击而麻木，龙狩的肌理比魂木还硬。泰鸠尔立刻用两支泛光的虎爪耙硬生生扒开它的鳞片和表肌。凡尔萨大喝一声，把巨剑埋得更深。

此举让龙狩有反应了。它停止扯动冰山，倏地扭转身躯，凡尔萨差点儿被拉了出去，但泰鸠尔抱住他。他俩抽离武器，正打算往后退。

龙狩的首部挪动过来，单眼盯着他们两人。它的眼眶周围是一圈振动的鳞片，空洞的眼珠里头是灼烧的蓝火。

"糟——"凡尔萨话未出口，魔物已甩动脖子。无数道利齿像剑雨般射向狭窄的洞口。

那一瞬间他打直双刃巨剑，本能地增强表面的物理影响力，千钧一发之际挡下了致命的攻势。他的肩膀和大腿都被切伤，看向一旁，却发现泰鸠尔已被钉在弧状的冰壁上。一片片利齿刺穿他的胸脯和腹部，鲜血瀑流，半边脸被击碎。

凡尔萨瞥见龙狩再次把头向后甩。突然有数道细长的虹光像坠子般落下，击穿它的冰翼。龙狩发出嘶吼，首部从凡尔萨的视线里消失，似乎在朝上方啃咬。他看见血水喷溅，像雨点打在龙狩身上。上头不断有舞刀使发出哀号，接着有人被甩向半空。

又有数道虹光波交叉射来，其中一道贯穿了龙狩的脖子，激出一片白雾。它发出激愤的悲鸣。

趁它注意力在上方甲板，凡尔萨飞跃出去，落在龙狩身上。"你们这些苟延残喘的人类——"它的腔调像被暴风吹散的余音。龙狩的双爪放开了要塞边缘，拍打起冰羽满布的双翼，腾空了。

龙狩飞翔的力道令凡尔萨险些从它的肩部滚落，但他徒手拉住强韧的鳞片，运用栖灵板的攀地力翻滚回去。强风令他睁不开眼，他感觉龙狩正愤怒地朝某处飞去。凡尔萨试图站起身。

少一只算一只，同归于尽吧！心中冒出这想法的一刻，雪灵之力已汇聚刀锋。凡尔萨抡起巨剑在头顶甩了一圈加重力量，然后瞄准它颈部的伤口划了过去。阻力像把刀剑切过泥坑,手臂青筋凸显,但他确确实实斩断了龙狩的脑袋。

在他脚下,失去生命的巨物仿佛化为一块残冰,一瞬间没了动能。它在半空悬置半秒,开始失重下坠。

"凡尔萨——!"雨寒的声音贯穿强风传来。

几乎本能地,凡尔萨毫不思索便朝声音的方向回奔而去,抢救正在扩大的距离落差。然而他逆着风阻看清了,要塞离他起码有二十米之遥。

沉重的无头尸体下坠,尾巴扬了起来。凡尔萨顺着龙尾向上滑行,到了末端的一刹那他释放出雪灵!——两头虹光猎犬做出扑击的姿态,撑住凡尔萨的栖灵板越过最后一段中空的距离。

雨寒站在要塞边缘,双臂敞开。

他扑入她的怀里,两人落在冰山甲板。他感到一股熟悉却又陌生的暖意。是雨寒的雪灵?

雨寒的身子比凡尔萨颤抖得更厉害,却紧紧地抱住他。"看上面。"她说。

凡尔萨仰头,哑然地盯着天空。

那是极端不可思议的景象。核心冰脊上空的云层出现一处空缺,就像无瑕的雪地被搅出一个洞似的。那洞口贯穿了封闭的天空,淡淡的金色光芒从那儿洒了下来,扫过三座浮空要塞,点亮海面。周围的一切都被逐渐升起的暖意给包围。

"艾伊思塔是对的。"雨寒眼角泛泪,凝望天际。凡尔萨这才发现她也浑身是伤,披风和袖子都被扯破,手臂的殷红伤痕仍在淌血。他立刻脱下白色披风把雨寒包裹住。

两人跪着的轮廓像被染上一层薄薄的金光。瓦伊特蒙的总队长搂着女长老,抬头扫视周围。

战况远未结束,所有浮空要塞都面临严峻的突袭。龙狩果然有承受日光的能力,即便身子冒起白烟,它们更加凶残地攻击要塞。核心冰脊则同样无动于衷,只有颜色变得昏暗。

海天之间的战场,奔灵者和舞刀使矗立在各个要塞的塔楼上,奋力与龙狩对抗时相继丧命。那些巨大的魔物每次下扑,便在冰山的表面榨出成摊的血红。不出多久,所有要塞表面都血迹斑斑。

在旁边的一座要塞,年轻的马格莉斯爬入一台极光炮座里,在她附近的帕尔米斯同时射出了三支虹光箭,撕裂一只龙狩的单边翅膀。它吼叫着拍打残存的翼,坠落于大海。而在第三座要塞上,愈师牧拉玛的身影游走在塔层之间,边闪躲龙狩的攻击边为伤兵治愈。杭特在他身旁射出虹光箭矢,掩护愈师。

极光炮持续开火,天空中尽是龙狩飞过的身影。它们画出蜿蜒的轨迹,回避炮击,逼迫要塞转向。

现在要塞群的注意力全在龙狩身上,再也难以蓄势攻击核心冰脊。它的色泽飞快地复原,内部的紫光变得明亮,表面的绿色光痕又像脉搏在跃动。与此同时,云端的破口被卷动的云丝给覆盖,密合起来。金色光芒遭到截断,世界再次像落入海底一般暗沉。

"没有用的!如果没有以等量的攻势一起压制三座核心冰脊,最终结果都一样!"克瑞里厄斯呐喊。

但另外有幻魔导士说:"联系不到俊的队伍,就只能不停止攻击,等待他们也做一样的事——"

"一直待在这儿我们迟早全军覆没!"凡尔萨意识到现在的情况根本不是办法。事实便是通信一旦中断,要同时摧毁相距数百公里的核心冰脊早已无望。他沿着阶梯朝塔顶滑去,对所有幻魔导士咆哮:"撤退吧!否则我们整个梯队会瓦解!"

妲堤亚娜面无血色地盯着手中的某样东西。韩德在她附近接连朝空中放箭。

"怎么回事?"凡尔萨喘着气登上冰山顶端。

"撤退……?我们走投无路了……"女幻魔导士松开手掌,两颗晶石滚落在她面前的台座上。"日痕山的领地正被大批狩群包围。亚法隆也传来消息……"她茫然地看着眼前混乱的天空战场,"敌人开始对欧洲大陆发动全面攻势……所有人类据点,现在同时遭到围剿。"

潾　霜

一颗虹光球体漂浮在海面上，与遍布四处的碎冰和藤蔓呈现极端的反差。不断有冰蔓朝它甩去，都被圆形的光盾给挡下。在那球体里头，汤加诺亚抱着失去意识的琴，设法支撑他俩的身子。

一波波的极光弹穿越飞雪，在半固化的海中央炸开无数层冰蔓。接踵而至的是十几道尖锐的彩光斩击，仿佛从天而降的箭雨，在汤加诺亚周围的冰蔓地带清出一圈空缺。纷飞的蓝色尘埃中，腰间绑着长绳的白发身影跃了下来。

落水前一瞬间，彩光从俊的栖灵板流泻出来，化为飞燕绕他疾旋，切断仅存的几条冰蔓。子藤也跃入海面，紧随在俊的身后。

汤加诺亚解除了光盾，以虚弱的目光看着他们游来。

更多舞刀使腰系绳索，落在邻近的碎冰水面形成一圈防阵。他们高举黑刃，抵挡正急速生成的冰晶藤蔓，以及从其表面衍生出来的冰狩。浮空要塞低悬在这批人的上方，离海面近得过于危险。舞刀使便在浪涛和碎冰之间与重重围困过来的细密冰藤抗衡，仿佛身处于冰蓝森林里的一处小空地。

而在防阵的正中央，俊和子藤抓住了琴和汤加诺亚，看见他俩从脸颊到衣服都被染得暗红。汤加诺亚把栖灵板钳在腋下，露出了浅浅的笑容。

浮空要塞开始上升，拉起俊和子藤等人。他们的表情突然变得煞白。

汤加诺亚从胸腔底下的躯干消失了，悬着破碎的粉色肉屑和白骨，里头还有几道反插的冰刺。

"要……要夺回阳光……"他松开手，让板子落入冰海里。"要保护好……艾伊思塔……"汤加诺亚闭起了眼。

他们只能放掉他的遗体，让他沉入海中。绳索从浮空冰山侧边的某个凹穴回收，俊等人也平安回归。幸存的三座要塞已退出敌阵，逐渐远离核心冰脊的攻击范围。

几位愈师迅速抢救昏迷不醒的琴。俊顶着湿透的身子和亚煌一同来到塔楼上，眺望周围。

风中的雪花越渐浓烈，之前看到的远方岛屿已从白茫茫的视野里消失。眼前只有无边的大海，以及伫立不摇的核心冰脊的倩影——它那紫绿相间的光芒强健地绽放，在这朦胧的画面中就像一座幽灵灯塔，巩固着周边随浪起伏的数千颗如鬼火般的蓝光。每一个光点都是一头冰狩,贪婪地等待任何落海的人类。在它们的层层列阵之间,巨大的冰网再次树立,更多蓝光缠结上去,强化了环形的守备网。

敌人的防御阵式已全面成形,坚不可摧。

战士们分批站在要塞的各个平台和阶梯上,任由雪片落在疲惫的面容上,无声凝望这绝望的一幕。

"我们的要塞也丢失了所有晶石,只剩下这一颗,与亚法隆相连的。"大魔导士阿米里亚斯摊开手掌,看向俊说:"欧洲大陆已全面陷入战火。梅西林诺斯说,包围亚法隆的狩群或许有几十万。"

"几十万……?"

人们全陷入沉默。世界已然绝望。

发尖的水滴在俊的眼前滴落。"白岛存在的每一秒,都有更多人丧生……"

"我们还是失败了……"佩罗厄低下头。

"也别无他法了,只能暂时先离开这儿。"子藤的声音充满悲凉。

"不,我们得进攻。"俊白霜般的眸子没有眨眼,丝毫没有从敌阵挪开。"之前是因为没做好准备,遭遇埋伏。这一次,我们倾全力攻击。"

"奔灵者,你疯了吗?"仑美转向他,"这是白白送死。"

亚煌也迟疑地说:"我们没有任何办法得知其他两个队伍的情况。"

"是的。"俊回道,"但当我们开始向前,他们有可能会看见。"

这句话让人们陆续凝望过来,注视台阶上的白发奔灵者。俊进一步解释:"当时艾伊思塔警告过所有人,海面即将出现冰晶体。她不仅能感知到冰脊塔的所在地,她能看见远方的一切。"

人们的神色稍微清醒了些。

"但这风险未免太大了。"佩罗厄说。

"不,这么说来……"仑美苍白无力地说,"说不定,同伴们这一刻也已经展开攻击,正在等待我们行动。"

亚煌思索片刻,最终表达赞同。"确实只能这么下赌注了。"他淡然地说,"但得做好准备,我们只有最后一次机会。不是彻底成功,就是消耗殆尽。"

俊点头。他看向莉比丝,女孩露出淡淡的笑容。

"也罢。世界正在沉沦,无人能幸免。"大魔导士阿米里亚斯的口吻相当平静,目光却早已锁住远方的核心冰脊。他命令身旁的塑能师把进攻指示转为闪光信号,传达给其他两艘浮空冰山,自己则甩动手臂,开始准备突击的航迹。

最终赌注的时候到了,俊心里想。路凯至死都相信同伴。莉比丝则唤醒他心中的某种决心。我们要打赢这场仗，夺回属于我们的世界。

三座浮空要塞再次转向，摆出进击阵形，穿越暴雪朝着核心冰脊前进。

"我有一个点子，"阿米里亚斯说完，却面色煞白地咽了口气。俊和亚煌看向他时，大魔导士仿佛在发抖。"如果能成，可以把我们梯队的攻击力集中起来，增强数倍。"

"该怎么做？"俊问道。

阿米里亚斯露出了溃散的颤笑，抬起手说："所有人，做好准备吧。"

引光使

艾伊思塔睁开双眸，碧绿色的眼底有一丝寒光。

"俊他们展开最后的进攻了。"她空洞地凝视远方。

空中到处是龙狩的巨大身影，冰晶羽翼在空中盘旋。浮空要塞持续放出极光炮击与它们混战。亚阎、哈贺娜等人看着引光使，愣了半晌。"原来如此。终于。"亚阎点头。

"全面突袭！"他转身告诉操控冰山的幻魔导士，"只有一次机会了！全面突袭！"

四艘伤痕累累的要塞重新集结，把炮火导往核心冰脊的方位。

十几头龙狩也振翅拉开蓝光轨迹，陆续聚首在正前方形成天空的防阵。它们凶狠地盯着浮空要塞，口中利齿翻掀，酝酿起不祥的蓝光波。

"这是最后一战了，我带你回要塞里头吧。"亚阎朦胧的声音传入脑中。艾伊思塔站在台阶上，不自觉地轻轻摇头。然后她隐约瞥见亚阎让双刀在掌中打转,坚守在她身旁,不再作声。

雪能驱动要塞动力,在彩痕斑斓的水雾推进下加速前进。艾伊思塔缓缓敞开手臂,闭起了双眼。

西方海洋的彼端,不仅有巨型触手跨越了结冻的内湾,覆盖住日痕山,还有更多触手从林中出现。舞刀使的家乡已陷入难以逆转的局面。外领地亦被狩军横扫而过,人民全逃到了峡地。

百余名舞刀使勉强组成防线,守住崖边。二十名奔灵者穿插在他们之间,举起彩光兵器共同抗敌。苍白扭曲的凝雪躯体不断出现,露出利爪杀来。一波劈散,后方又来一波。

平民百姓畏怯躲藏的峡地是非常不利的地理环境;一旦防线遭到突破,他们将等待被宰杀。但外头的雪地都是狩影,早已无处可逃。

开始有舞刀使死去,长刀断裂、仰天长号,身躯成了千疮百孔。愈师奥丁奔走在他们之间,仓促地提供治疗。老将额尔巴独自守住一个蜿折的坡道,他的冰眼满是杀意,一手持战斧劈开狩体,另一手的斧刃斩断爬过地面的冰脉。当敌人越来越多,他嘶吼着放出鳄鱼样的形灵把狩群压制回去,栖灵板却不知何时遭冰脉缠结。一束接着一束冰爪埋入额尔巴的身体，轻易扒开他。鲜血从他口中咯咯地涌出，体内的脏气倏地弹了出来。

一大群狩席卷而过，从额尔巴的尸体旁打开了防线的缺口，闯入惊叫四起的峡地。

黑夜中的森林尽是骚动，树木之间满是挪动的蓝光点。北境白城的星形城墙从各个尖端发出极光炮击，在林间扬起炸裂的彩光。冰尘飞散，闪烁在夜风之中。

然而在完全缺乏浮空要塞支援的情况下，这座远北的城境孤立无援。

年长的大魔导士葛莱妮亚亲自坐进一座巨大而复杂的极光炮里。在突出的墙垣，那魂木制的炮座像个伸指向前的手掌，五根炮管在她的操作下微微分开，往林间的大军发出一波波激绽的光痕。"胆敢妄想我们的城市！有胆再来啊！"她持续开炮。

幻魔导士们勇敢地扫荡敌军，然而迎面前来的蓝光点却越积越多，仿佛淹没林间的蓝光巨浪。

亚法隆————

耸立于湖泊中央的巨城，人类文明的最终要塞，它的城墙全被冰脉覆盖。成千上万的魔物垂直攀附在石墙上，和顶端的守军进行消耗战。整座城的环形峭壁闪动着密密麻麻的蓝光，在暗夜里像个幽蓝色的蚁丘。

空中可见龙狩的羽翼，在凌空防御的浮空要塞周围盘旋。

底下的护城河几乎全面结冻，被数不尽的蓝光点覆盖。瀑布仍从亚法隆顶端轰然落下，但水流一到了底部便瞬间结冻，缓缓垫高城市周围的冰层，以及集结在那儿的万千狩军。

大魔导士们驻守在城墙各处，领导人们抵御敌军。每当有极光炮在城墙边缘炸开，就有狩群雪崩似的溃散。偶尔也可看见虹光在底下整片狩军中央爆裂。

还有许多幻魔导士手持魂木制的单人筒炮，塞入富含雪能的银币，朝着墙顶出现的魔物开火。也有勇敢的人们乘着金属片，在空中持着筒炮对抗敌军，然而他们的机动性远远不敌龙狩，一阵冰风刮过便死于风中。

一部分的幻魔导士和奔灵者组成游击队，奔走在瀑布后方的旋梯之间，冒险袭击外壁表面的狩和冰脉。但冰脉逐渐覆盖进来，游击队员节节败退。

比克洛陶宛站在城墙的北面，他的雪灵挥动巨拳对抗一头壮硕的多核狩。麦尔肯的身影则出现在市中央的图书馆顶楼，环视远方城墙燃起的整圈虹光，以及陆续渗入防线的蓝光点。

直通市中心的几处密道开始有狩闯了出来，宰杀街道上零星奔跑的人。城市尚未遭到全面突破,但通道太多防不胜防,战斗已然白热化。排山倒海而来的狩群压倒了墙上的守军,利爪灌入幻魔导士的口中,撕裂他们的身躯。处处可见蠕动的冰藤爬过猩红的人类尸体。

攻守之间的天秤有可能在顷刻间失去平衡。一旦狩军突入这座环形陆岛的中央,大屠杀便会像海啸一般在顷刻间洗劫亚法隆。

四座浮空要塞与龙狩进行缠斗,极光炮和冰蓝羽翼不停交错。进攻方毫不气馁地分配火力轰向核心冰脊,使它表面闪动的色泽开始受到压制。

依可萝也朝冰脊射出箭矢,一朵炽热的彩光莲花在它表面燃烧。她喘着气又抽出一箭,眯起单眼瞄准时,有只龙狩从她侧面的死角飞来,张开血盆大口——

数道牙形的虹光波切破空气,接连击中龙狩的眼窝,逼着它在最后一刻转向。依可笋吃惊地看着飞以墨来到她身旁。"别分心,继续攻击核心冰脊!"浑身绷带的远征队长说完,女弓箭手点头,再次放出彩光箭。

此时,一波石柱从空中飞来,像是倾斜的暴雨,刺入浮空冰山。有幻魔导士、奔灵者接连被击中,当场死亡。要塞群变得更加摇摇欲坠。

哈贺娜站在栏杆边缘,无力地扫视四方。她的雪灵在雪地有莫大的优势，但现在几乎毫无用处。她回头，看向阶梯上的引光使。"哼，但愿你判断是对的，别让我们所有人在这儿白白丧命了！"哈贺娜的声音像道含糊的风声，传入引光使的耳里。

艾伊思塔依然闭着眼，但她的意念看见位于左侧的另一座要塞上，朗果正以彩光包覆的圆锤不断敲向一道嵌入冰山的石柱。它的边缘出现裂缝，断裂后落入海中，减轻了要塞的载重。在他附近，战士们正在对付一头刚降临的龙狩。它踩住海渥克，长长的颈子却被辛特列的彩光鞭子给缠住。海渥克屏住气息，以战斧不停劈砍它的脚掌。龙狩愤怒地甩动尾巴，尖端的锥刺贯穿他的脑门。海渥克的脸整个变了形，鲜血已从口鼻爆出。龙狩又猛然甩动脖子，辛特列立刻从要塞摔了出去，在半空中被另一头龙狩给叼住。龙狩半透明的喉头剧烈抽动，迅速粉碎的躯体在喉壁上化开血红。

艾伊思塔看见位于右侧的要塞上，刃皇放出一道垂直的彩光，像签子一样打穿一头龙狩的腹部。霞奈滑动她的栖龙板并舞摆长刀，抵御想攻击极光炮台的飞龙。只有他们那座要塞上的极光炮，正毫不失焦地攻击核心冰脊。

忽然地面剧烈摇晃，艾伊思塔差点儿没站稳。一头龙狩落在要塞顶端，一口咬死离它最近的幻魔导士，撞开其他人，满口獠牙的首部对准了底下阶梯的艾伊思塔。绿发女孩转过身。

亚阁从另一端像道疾风赶来,滑过龙狩的尾端时双刀接连劈砍它的数条腿。尤里西恩、舞刀使隆川都冲了过来,挡在引光使和龙狩之间。此时几道石锥从空中划过,其中一条击中了浮空冰山的下半部,切掉了整块冒着水雾的冰——巨响之中,要塞倾斜了。失去平衡的人们慌乱地俯身,艾伊思塔也跪了下来。龙狩臃肿的身子趁势向前倾,朝她咬来——

哈贺娜抱住艾伊思塔,躲过龙狩的利齿,以台阶为障碍甩脱它的目光。

与此同时尤里西恩高举双刃环,劈开龙狩的下颚。隆川也踏了上来,长刀上扬刺入颈部。亚阁则跃到龙狩的背上,眼神满是杀意,落放无数斩击。"大家让开!"依可萝在一段距离外,竭力射出光箭。

一连串的攻势把那龙狩砍得伤痕累累,它透明的皮肤流泻蓝光。它颈子后仰放声嘶吼。

"待在这儿别动。"哈贺娜蹲在战场外围,确保引光使无恙,然后才逆着倾斜的地势冲上一个制高点。龙狩疯狂地甩动庞大的身子,左撞右咬,连亚阁都跌落下来,险些落入空中——

哈贺娜蹬起板子划过半空,砰然落在龙狩的冰翼上,趁势滑到它的后颈,并在这过程中烧出一条虹光轨迹。

她旋转身子，在它的躯体掀起火焰般的光轨。龙狩发出怒吼，尾巴以夸张的角度撞击冰山，当场杀了站在另一端的依可萝。女弓箭手的酒红棉帽在冰墙化成一摊扁平，全是脑浆。

龙狩接着回首想啃咬哈贺娜，但飞以墨已从它腹部底下蜷身施放虹光斩击，一道接着一道，终于斩断它一条后腿，令它往要塞的边缘跌落。哈贺娜敏捷地跃了开来，看着龙狩的身子从要塞侧面向下滚，它的尾巴正甩过她的头顶——耳边传来一声惊吼，龙狩的长颈划破眼角边缘，口部准确地钳住她的双腿。

哈贺娜痛得泪如泉涌，但她以远征队长的气势拉起冰寒的利齿，毅然决然把栖灵板塞入龙狩口中，磨着它的内颊释放虹光！龙狩感受到灼热的疼痛，盛怒般地把她抵在地面咬磨。

"咿呀呀呀——"哈贺娜尖叫着，满口鲜血。龙狩狠狠咬住她的胸口，冰蓝眼眶散放恨意。飞以墨、亚阁等人全扑了上来，拼命攻击它的颈部。隆川斩断了它的翅膀，尤里西恩切开它的尾巴。

"从老娘的身上……滚开……"哈贺娜吐着血，凶狠地瞪视着魔物。她大吼一声，放出栖灵板的灵力。龙狩的咽喉绽射出虹光，刺眼而绚丽，然后爆了开来。

它的身躯摇晃片刻，瘫倒在要塞侧面。飞以墨赶紧从染血的龙齿之间拉出哈贺娜。原本墨绿色的发辫现在漆黑而湿润,她的胸部深陷进去,像摊肉泥,双腿也变得难以辨识,连栖灵板都粉碎了。

她流着泪,以最后的力气搂住飞以墨。男子身上的绷带全被染红。"管他世界……变成什么样子……你要活……要活下去……"她死去的那一刻,雪灵从碎板中散放出来,像一抹飘散的彩雾。

飞以墨把头埋在她脸颊里,动也不动。淡淡的金光落在他颤抖不止的臂膀上。

这时人们才吃惊地仰头,看见云端的开口。随着要塞持续朝核心冰脊施压,那洞口渐渐拓宽。阳光洒了开来,逐渐点亮空中的战场。

潋 芒

在引光使要塞的附近,霞奈站在自己那座浮空要塞上,呆愣地盯着天空。

金色光芒像无痕的羽毛,轻抚她的脸颊、颈子,每一寸肌肤。"这就是'阳光'吗?……"她的眼眶不自觉地湿润。

她无法说清楚云层发生了什么,只感觉一向灰蒙蒙的世界正在激烈转变。那景象仿佛现实世界被敲破了一个洞,梦境般的幻觉正在急速流入。这一刻,她终于真正明白了奔灵者的意思。若为了唤它重返世间,牺牲自己的生命也无妨。

金光扫过一座座浮空冰山,为它们的轮廓增添晶莹的光泽。要塞旁的水雾变得明晰,数道彩虹鲜艳地浮现。空中的龙狩则浑身冒出阵阵白烟。天空之洞逐渐扩张,阳光洒落整片海洋。最后,光芒扫过核心冰脊。

它表面的紫绿光痕幽暗地闪烁,像被压制到了极限,却未崩塌。

突然云层某处再次出现异样。卷动的灰云里射出一批石柱,并尾随着更多新加入战场的龙狩。"它们怎么会……源源不绝地出现?"霞奈一脸茫然,身旁的战士们已疲惫得不成人样。

站在要塞顶端的刃皇已旋腰,破空释放一道明亮的虹光,以强大的物理能力斩断那些石锥于半空。它们爆裂后的残骸扫过所有要塞,无害地坠往海面——

左侧射来一波冰齿,像横飞的剑雨击杀好几名舞刀使和奔灵者。刃皇也身中数道,浑身鲜血瀑流。那吐出冰齿的龙狩并未就此罢休,拍打着白烟四起的冰翼,降临在刃皇面前。

"刃皇!"霞奈与他隔了几层平台。她紧握黑色长刀想赶往刃皇身边,把潋芒的力量全集中在栖灵板向上奔跃。

就是在这一刻,几乎是不经意的一瞬,她发现手中传来异样的感觉。霞奈愣了一下,凝望兄长的黑色长刀。

"毒瘤般的人类!杀光你们重灵!"龙狩发出震怒的吼声,尾巴扫开包围的战士,并以利齿扯开一位奔灵者的身子,让他肠脏喷洒四方。

"滚。"刃皇撑起身子,倏地抡起长刀"空绝"放出斩击——虹光略过它的颈部,切下龙狩的半边翅膀和爪子。与此同时,龙狩以头部朝他撞去。

冰角满布的龙头"砰!"的一声把刃皇撞向冰山,当场杀了他。刃皇从胸腔到下巴都凹陷进去,放掉长刀瘫倒下来。他背后的冰壁留下一团放射状的血迹。

龙狩顶着严重的伤势,似乎满意地仰首嘶鸣。霞奈滑入它前方,长刀卷动彩光埋入它的胸膛。她没给龙兽反击的机会,抓起刃皇的长刀再埋了一记进去,然后带动栖灵板朝着一侧滑开——龙狩的胸口被撕开一道极大的伤痕,蓝光搅动着白雾从里头流泻出来。

空洞的蓝色眼眸带着恨意望向霞奈。龙狩发出浅浅的喉音,终于倒下了。

霞奈矗立在原地喘息,但仅此一刻,她的注意力便回到依旧混乱的战场。那些飞龙正毫不气馁地袭击各个要塞。

她看着兄长的长刀,看着阳光落在刀面。黑曜石所制的表面像铺了一层跃动的金色细沙。她急切地想再一次体悟刚才的感觉。霞奈与所有舞刀使不同,她的守护灵并非只有一处地方可以栖息。

她迅速以意识让潋芒完全回归栖灵板,不仅抽空了长刀的所有灵力,更令它犹如进入真空状态。这或许是其他舞刀使想都没想过的。

在这一刻,刀刃颜色出现奇迹似的转变,从黝黑变为金黄。

"它在……吸取阳光！"霞奈吃惊地看着金光闪闪的刀刃，仿佛把空气中的暖阳都吸收进来。"潋芒，帮助我。"她轻声说完，尝试让守护灵推动黑刀中的光波。

"啊！"霞奈吃了一惊——明亮的光束绽放出来，仿佛一道浓缩的金色射线，穿透了整片战场。她立刻调整角度，光束扫过天空中的龙狩的一瞬，熔断了它们的翅膀和身躯。

然而霞奈没有顾虑那些魔物，专注让光束落在核心冰脊上。

其他人并不明白发生了什么事，但包括引光使的要塞都开始聚集过来，掩护霞奈所在的要塞。极光炮火再次集中轰打核心冰脊，霞奈手中的恒光也锁住它，毫不失准。渐渐地，核心冰脊的光痕完全暗沉下来，仿佛石化。

它的表面开始出现细琐的裂痕。

潾　霜

　　幻魔导士做出了最大胆的决定。在他们的操控下，包括俊和亚煌等人所在的三座冰山全都打转为横向，让塔顶成了锥头，飞向敌军的防卫网。如此一来，架设在每一层平台四方的极光炮都转 90 度角，便能使浮空要塞的所有炮火全数对准同一目标——那逐渐暗沉的核心冰脊。

　　人们攀爬聚拢在打横的要塞的正上方，战战兢兢看着绵密的彩光炮火。

　　半数的炮击被冰网给阻拦，但更多穿了过去，持续击中了冰脊。

　　天空开了条缝隙，阳光落在覆盖整片海域的冰蔓和狩军当中。要塞飞过那片日光时，俊单手勾着一道围栏，感觉到片刻的暖意。他看着底下的蓝光平原和扫荡而过的金色光斑，那儿的敌人被燃烧殆尽，化为粉尘。

　　然而那仅是有限的区域，天空的开口极其微小，仍不足以威胁不断增生的敌军，不断自我修复的冰网。

冰网有如薄纱在雪幕中飘摆，却是最致命的陷阱。有一座要塞闪避不及，相触的一刻便被有攻击意识的衍生冰蔓给缠结。更多刀刃般锐利的巨藤朝它甩来，几乎要肢解整座冰山。它成了一摊卡在网子上的碎冰，残破不堪。然而里头幸存的幻魔导士依旧坚持使命直到最后一刻，不断朝核心冰脊开火。偶有人迹在冰网周围点燃一丛丛激绽的七彩光影，像是鬼火，又像沿着绳子四处蔓延的火焰。

另一座要塞在闪躲冰网时飞得过低，略过海面上的大军，遭到好几条突发的巨大触手给绑住，硬生生被拖入敌阵当中。战士们在坠毁的冰山上做出濒死挣扎，对抗汹涌的蓝光浪潮。极光炮胡乱放射，奔灵者以卵投石般地抵抗。成千上万的冰狩像一张蓝色绒毯，吸吮着那座失落的要塞。

"仅剩我们这一座了……"舞刀使仑美开口，面色苍白。

在俊身旁，生还者仅剩十几人，包括莉比丝、黎音、捕猎手，抱着昏迷的琴的佩罗厄，以及包括子藤、仑美在内的几名舞刀使。而能操控要塞的仅剩大魔导士阿米里亚斯一人，其他幻魔导士全阵亡了。

敌军的防守阵式如此严密，他们知道仅剩的力量已难突围。

雪花不断从空中落下，人们的疲惫已达极限，空洞地望着核心冰脊。俊甚至不确定付出如此大的牺牲，是否曾有一点儿效果。云层的洞口正在缓缓闭合,海面上的光斑也越缩越小。

"我们失败了……"黎音揉着眼睛,无意间抹开脸上不知是谁的血痕。

"不,看仔细。"亚煌盯着核心冰脊。

众人发现位于冰网彼端的巨大双色冰脊的状态似乎不如一开始稳定。即使人类停止了攻势,它依旧暗沉,而且表面出现明显的龟裂,像被巨大的爪痕给刮过。

"不会吧……难道……"黎音双眼圆睁。

"核心冰脊的整个系统出状况了,"俊恍然大悟,"我们的想法奏效了。"

"这代表远方的友军也在作战,也许就差那么一步。"子藤说。

"我们得再尝试最后一次。"亚煌说,"最后一次了。"人们看着他,眼神透露出他们都明白这代表什么。

仅剩一座浮空要塞,而且没有其他幻魔导士可操控极光炮,这是百分之百的失败率。

"各位,现在似乎只剩一个方法了……"大魔导士低着头,沉静地开口:"你们手动把所有极光炮的加载旋钮调到极限。我们以这座要塞冲撞核心冰脊,引爆这里头的所有雪能。"

人们听完,神情却像白化的枯木似的没有任何变化。

看见其他要塞和身旁的队友陆续阵亡,已让人们麻木不仁。他们都累了。

俊忽然发现在自己心底的某处有股隐隐的痛楚。飞雪混杂着冰尘,风变得强劲。黎音哭了。佩罗厄也低下头,禁不住地啜泣。俊的白色眸子扫视身旁,发现亚煌正凝望着自己,仿佛在征询他的最终同意。

子藤打直了长刀,和大魔导士一同望了过来。他们的目光都落在白发奔灵者身上。他是这支进攻队伍的领导者。

俊发现自己盯着海面密密麻麻的蓝光点,却不敢直视同伴的眼睛。他害怕在人群中瞥见莉比丝的脸。他不确定女孩站在哪儿,也不敢去巡视。

他从未想过这会是他们结束命运的方式。心底深处他一直抱持希望,能够活着打赢这场仗。但冲击核心冰脊代表这艘要塞上没有人可以存活。就算有人在撞击时没有立即死亡,要面对的是上百公里没有陆地的海面。底下只有巨浪和狩群。

他忽然感到窒息。身旁的这群人,还有他爱着的人,全都将丧命。有股纠结的声音说不能让一切就这么——

温暖的触感握住他的手,像在掌中融入阳光。

莉比丝就在他身后,轻轻把头靠在俊的背上。"走吧。远方的伙伴们,都在等着呢。"

泪水淹没了俊的白色眸子。他沉默了一会,眼睛从未眨动,便转向亚煌和阿米里亚斯,点了头。

他们这座浮空要塞以横向的姿态飞往敌阵,在雪幕中拉开一条明亮的光轨。

固化海面的冰狩大军成了一波波向后飞逝的蓝晕。大魔导士矗立在要塞中央,舞动双臂,持续加快冰山的速度。

众人攀着栏杆,看着冰网急速逼近。敌人似乎感觉到什么,冰网有了反应,开始扭动着自我强化。然而他们突然转往另一座已遭粉碎,卡在冰网上的要塞。

冲击的前一刻,莉比丝射出箭矢,以炮击般的巨大虹光扫荡纠缠着冰山残骸的冰藤——

要塞笔直撞上另一座要塞破碎的残骸。裂冰四散,他们从那儿的缺口突破了冰网的守备。然而敌人并非完全没有准备,好几道新生的冰蔓勾住了直冲的要塞,立即减缓他们的飞行力。空气中弥漫着冰尘和甩动的冰蔓。

舞刀使,俊和亚煌皆扬开兵器,奋力斩断阻力。

大魔导士阿米里亚斯的身躯被几束冰蔓给刺穿,他满口淌血,却未停止驱动力量。虹光从要塞的尾端激放,带着水雾向前推进。更多冰藤席卷过来,缠住要塞各处。

仑美站住脚步,盯着后方的彩雾,那些仿佛气泡般漂泊的彩色光影。她忽然放声大喊:"守护灵,帮助我们!"她含着泪嘶吼,"帮助我们夺回世界!"

要塞向前驱动,缕缕彩光极限推进。它扯住交错的冰藤笔直向前,再向前——

巨大的冰网扭曲了,像被指尖戳动的丝巾,整个被要塞往前拉。冰晶藤蔓从各处撕裂开来。就这样,浮空要塞夹带一簇簇断裂的冰蔓,义无反顾地向前飞去。

在阳光消失的前一刻,它坠入核心冰脊,炸开了无限耀眼的虹光。

离　焱

　　核心冰脊的表面一反之前活体的形态，变得厚沉阴暗，像古老的化石。它的硬壳出现不规则的龟裂纹理。

　　"它已到临界点了，再加把劲！"凡尔萨站在要塞边缘，目光随着极光炮在核心冰脊表面扬起大大小小的光火。然而空中的龙狩尚未撤退，它们躲避在乌云底下，持续骚扰浮空要塞。

　　两只龙狩卷动烈风而来，同时降临在塔台上。冒着烟的硕大羽翼投来一层阴影，阳光折射在冰鳞之间。

　　"趴下！"凡尔萨喊叫，但成排射出的锥齿已扫荡要塞边缘的一群人。冰齿仿若飞剑，打穿肉躯。有名奔灵者的腿断为两截，洒了一地的骨与血；有舞刀使的脸被横剁，留下松弛艳红的下颚。人们的嚎叫被风声压过，死的与活的躯体相继从冰山边缘跌了出去。

　　一段距离外的半空，帕尔米斯所在的要塞也遭到三头龙狩围剿。

凡尔萨盯着失控的战场，然后发现核心冰脊的龟裂正在缓缓复合。他发出咒骂，起身冲向肆虐的龙狩，看见韩德、因幡已矗立在破碎的平台，朝着龙狩施放光斩与光箭。要塞正在失速，穿越在金黄和铅灰交错的烟云当中。

一条龙狩朝着塔顶的妲堤亚娜咬去，但克瑞里厄斯推开她。"快离开这儿！"他只身挡在她的前方。韩德射出双箭拉开弧状光波，切过龙狩的侧腹时烧出了一阵白烟。它的头部向后倾，怒视渺小人类的瞳仁变得细密而狰狞——然后蓦然展翅，脱离了要塞。另一头龙狩甩了甩冒着烟的脑门，也朝一旁飞离了。

人们正纳闷怎么回事，一股阴影笼罩下来。

凡尔萨抬头，看见数道石柱正朝他们垂直落下。疾驰中的浮空要塞被其中几根扫到边缘，激烈摆晃。紧接着有一道石柱不偏不倚地打穿了冰山的塔顶。

人们爬上阶梯，看见妲堤亚娜坐在地上，失魂地盯着那石柱。它离她只有几寸的距离，贯穿了克瑞里厄斯原来站立的地方。她仅剩一只手连着臂膀留在外头，还有一些难以辨识的混着残布的肉块。那一瞬间的冲击炸开一大片面积的鲜血，溅湿女幻魔导士全身。

其他幻魔导士立刻接管死去的驱动师岗位，稳住要塞的翱翔轨迹。

另一方面，帕尔米斯所在的要塞也岌岌可危，插了至少六七道石柱,且侧面少了一大片冰壁。

更远方的第三座要塞被突来的石锥给击沉了,崩解的同时坠落海面。有些人乘着备用的金属片腾空,却难以匹敌龙狩的机动力,成了半空中的活饵。

杭特和牧拉玛在那儿……绝望感洗劫了凡尔萨。他想绕回去援救那些落海的生还者,却明白不可行。剩下的两座要塞为了顾全大局必须前进,而且他们将要面对敌阵最严峻的防御。

果不其然,或许发现两座要塞的速度丝毫未减,龙狩陆续飞回核心冰脊的周围,拍打着被金光灼伤的羽翼组织起密实的防阵。天空迅速变暗,冰脊表面的裂缝即将全数消失,绿色光痕又像复苏的心脏般充血跳动。

如果我们在这儿失败……所有人的努力都功亏一篑。凡尔萨茫然地凝望。

"——听得见吗?"空洞的回荡声响起,是个年轻女子的声音。

妲堤亚娜愣了一下,抹掉脸上的血红肉屑,从袍子内掏出一颗晶石。"是……马格莉斯吗?太好了,你没事。"凡尔萨看向一旁,与他们平行飞翔的另一座要塞。

他们两座浮空要塞上的幻魔导士持有多余的通讯晶石。

"我们这儿就剩三个人了,其他人全死了。"对方疲急的声音透着一丝莫名的僵硬。"听着,没时间说太多了。我们的推进墨玺全毁了,不久后就会动力全失。"

凡尔萨盯着那座要塞。确实,它那摇摇欲坠的航迹正在下沉。

"我们会驶向核心冰脊,用尽还能使用的极光炮。"马格莉斯说。

"什么?"雨寒出现在凡尔萨身后,急喘着气说:"我们驶过去想办法把他们接过来!怎么可以——"

"让他们去吧。"凡尔萨黯然说道。他指向迅速活跃起来的核心冰脊。雨寒随着他的目光望去,也哑然了。

"凡尔萨——"男子的声音从晶石响起。

"帕尔米斯吗?"

"如果有机会的话,请帮我向俊他们告别。"这一刻,他反常地从容。"还有……假如人类真能打赢这场战争,请照顾好我的家人。"他停顿片刻后说,"雨寒长老,能给予我承诺吗?"

"嗯,我答应你……"雨寒说。但所有人都心知肚明,或许没人可以活着离开。

印象中一向泰然的帕尔米斯,语气这才透露一丝惆怅,"再会了。希望我们会在阳光永现的地方,再次相见。"

他们为帕尔米斯的要塞护航,设法清除轮番袭来的龙狩。那座要塞下坠的速度开始加剧,距离核心冰脊仅几十秒的距离。隔着风雪和海洋，凡尔萨看见马格莉斯渺小的身影窝在厚重的极光炮台里，毫不间歇地朝着核心冰脊轰击。

此时在众人眼前，发生一件难以解释的事——

帕尔米斯矗立在下沉的要塞前端，扬弓射向飞来的龙狩。他的箭矢奇迹般地燃起了金光，拉开耀眼而白灼的轨迹埋入龙狩的身躯。被射中的魔物仿佛着了火，从伤口辐射出炽热的白光。

两座要塞联手朝着核心冰脊发出炮击。随着距离急速缩小，炸裂的彩光变得浓密。龙狩的防守乱了方寸，再也阻止不了他们前行。

然而仿佛来自白岛的最终杀意，空中再次飞来一波石锥，全瞄准了帕尔米斯的要塞。

"完了……"凡尔萨的心头一凉。

雨寒忽然踏上边缘栏杆，果断放出雪灵。那些彩光鸽子迅速转为金黄色，拉长了身形，风驰电掣地朝前飞去。凡尔萨无法理解眼前的光景——拂羽原本不具备物理能力，第一只鸟却从侧面撞开了石锥。

两波力量彼此冲击。雨寒的雪灵拉开纷乱的金色光痕，挡开风中的石阵。

核心冰脊像一道巨墙霸占了视线。帕尔米斯的最后几支箭击中了狂乱飞舞的龙狩，融化它们的冰翅和爪子。

暗沉的海天之间，闪耀的光箭，闪耀的鸟羽，四散的魔物和旋转的石锥彼此无序冲撞，激发一连串杂乱尖锐的声响，炸出浓烟、冰屑和令人窒息的光芒。浮空要塞从一片混沌当中冲出，一座遽然改变航向，另一座随着绵密的极光炮火撞上了冰脊，完全粉碎。

凡尔萨和同伴们紧抱着围栏，抵抗脚下倾斜的台面和剧烈吹拂的狂风，目不转睛地盯着核心冰脊。白烟和碎冰从它表面落下。有那么一秒，他忽然感觉海面在起变化。雨寒捂住了嘴，幻魔导士在周围惊呼。当要塞逐渐飞离，凡尔萨才会意过来——

核心冰脊崩裂了。

引光使

亚法隆外缘的瀑布、湖泊均已冻结，整个场域被魔物给淹没。

蓝光像是倒流的洪水，跨越高耸的亚法隆外墙，灌入城市中央。冰蔓覆盖了所有街道，攀爬在建筑物上。暗白的狩身处处可见，袭击紧闭的门与窗。生还的人类躲进了室内，绝望地等待命运审判。一扇接着一扇房门遭到击破，接踵而来的是屠杀的乐章——人群的哀号声、碎物声、撞击声，还有狩群展开虐杀时的咆哮声。

大批人群逃往城市底下的深谷，沿着石阶慌张下行。峭壁间，恐惧的风急扫而来，巨大的冰晶羽翼横跨悬壁之间，刮向尖叫的人群。仿佛一把麦穗随手洒开，人体四散在峡谷间，向下跌落，卷入巨型齿轮内。

与此同时，市中央的图书馆挤满了人。紧闭的大门外是一摊摊死尸，身上爬满冰蔓。而在塔顶，麦尔肯被许多平民挤到了边缘，动弹不得。他万念俱灰地看着整个亚法隆被蓝光海啸给吞没。

在城市的另一侧，比克洛陶宛、大魔导士梅西林诺斯带着人群躲在圆顶殿堂里。人们用身体挡住残破的入口，幻魔导士手举筒枪，从窄缝朝外射击。一阵清铃般的声响从上方传来，厅堂顶端整圈玻璃破碎了。人们发出尖叫，看着冰晶藤蔓从上方蠕动进来……

北境白城亦被攻破，树林里的狩群持续灌入已被弃守的城墙。

一部分的人们放弃了抵抗。他们把握最后这段时间来到市中心的圆形空井，动用工具把三座女神像挪入升降梯，再让升降梯缓缓下落。待最后的人员回到地面，他们立即毁掉空井，把入口掩埋起来。

狩群从各个方向侵入城里，朝中央包围过来，但这儿的人们已实现了最后的反抗意志——人类文明的结晶，那些封存时间的艺术品和文献，将在两百米底下的地窖安然沉眠……

日痕山一带，十几头体形异常巨大的狩在和舞刀使正面对决。它们体内有迅速滚动的核，利爪抓着死尸，在头顶像悬挂的巨伞一样摆荡。它们给人无限的压迫感，脚边有一波波狩群前仆后继闯入峡地。

残存的舞刀使和奔灵者们仍试图抵抗,却逐渐沦为被蓝光包围的孤岛。彩光带着顽强的最终意志,在敌阵扬起一波波冰屑。一百多名战士,面对上万头的魔物。

防线已全面崩溃,战士们自顾不暇。哭声回荡在峡地,集中的人群从边缘开始惨遭屠杀——

轰天巨响让艾伊思塔的意识猛然聚焦,仿佛意识里好几道倩影被无形的手掌给压合,让视觉清晰起来——在她的面前,核心冰脊爆裂了!

像是寿命已尽的暗沉石雕,它崩裂为许多块,逐渐粉碎。人们攀扶在各个浮空要塞的边缘,哑然盯着天空中不可思议的景象。

长达五世纪的昏沉天空,云层出现一潭潭的涡流。它们朝外扩散,急速卷动,中央透出亮眼的白光。

炽热的光芒像是流水,急速外溢,相互联结,融掉了阴沉厚重的云层。封锁太平洋的铅灰牢笼已不堪一击,白光就像从灰岩中渗出的海流,不出一阵子已占领了大片天际。

人类的瞳孔难以适应,紧捂双眼。有些人躲到要塞的阴影处,想避开白光的冲击。但很多人硬生生睁开眼,试图凝望亚细亚大陆的方向。天空一片泛白,并在每个人的眼睛慢慢适应时露出了温和的蓝。

这是人类首次看见辽阔的天空不再有边界。

潾 霜

　　白金流光蔓延天际，缓缓蚀去世界牢笼仅剩的残迹。远方海面的颜色也从阴灰变得碧澄明亮。

　　冰脊的碎片仿佛暗沉的石块，压着底下破碎的固体冰晶和海洋上的卷浪。在它的某个倾斜的断面，几束冰藤顽固地攀依在其表面，在海洋上方一段距离悬吊着几块残冰。那是已毁灭的要塞的残骸。

　　"俊——"

　　呼喊声让他睁开眼，意识猛然清醒。

　　莉比丝昏厥在他怀里，还有呼吸。他发现披风被不知哪来的血痕给染红，然后瞥视身旁，到处散布着舞刀使和奔灵者的破碎肢体。

　　白发奔灵者用长枪撑起身子，觉得仿佛体内的骨头都错位了。他看见斜下方大约二十米挂着另一处摇摇欲坠的冰架。在那儿，有一小群生还者聚集。

　　他抱起女孩，拎起她的栖灵板，小心翼翼地让潾霜滑动。几块碎冰在他身后崩解,落入数层楼高的深渊。下方的海面依旧有不计其数的冰狩残存,它们仗着阳光尚未扫过这附近,持着恨意悄然上行。

俊又跳过几片碎冰,逐步接近生还者的所在地。他看见子藤、仑美等四名舞刀使的身影。佩罗厄抱着琴从另一个方向攀爬过来。普拉托尼尼跪在某人的面前。俊绕过铺满死去蓝藤的冰壁来到同伴们的冰架上,看见那人的面孔。

亚煌坐在角落,左手握着长剑。他的右臂断了,腹部有道鲜红的冰刺突了出来。已死去的黎音躺在他大腿上;女孩的身躯被某种尖锐物削开,脖子可能在撞击的一刻便扭断。

"都到了吗?是否还有其他人?"亚煌的面色虚弱而煞白,但他的声音依旧不失沉稳。

"就剩我们这些人了。"普拉托尼尼悲愤地说。

"总队长……"俊把莉比丝交给子藤,立刻蹲了下来。但亚煌摇头,示意他别浪费时间。

"这里很快就会崩塌。"亚煌告诉众人,"你们做好准备。"

俊尚未理解他的意思,一阵彩光便从亚煌的栖灵板延伸出来,滑过所有人底下,垫起了重量。俊感觉自己仿佛乘在浅浅的溪流上,脚下有股蓬勃的浮力。

彩光动了起来,倏地把人们给撑高。他们各自调整好平衡,瞧见那是一头巨大的虹光鹰。亚煌把雪灵的翼展扩张到极限,确保没有遗漏任何人。

"我不确定能撑多久……"亚煌以最后的气力说,"如果无法送你们抵达安全的地方,请原谅……"

俊和亚煌的目光接壤,想开口却一阵哽咽,说不出话。他看见亚煌抛掉了长剑,用仅剩的那只手平贴栖灵板上的雪纹。

亚煌露出炯然的眼神。"——'翔影'——"在他唤出雪灵真名,施放出生命终结的瞬间,虹光巨鹰仿佛被注入一股强大的生命力,载起众人腾空飞翔。

他们在它的背上,看着昔日的总队长身影渐远。云层已大面积破开,犹如被光芒淹没的峡谷。一道金黄色的日光落在核心冰脊的碎块上,化石般的表面迅速溶解。原本凭借冰脊之力依附其身的冰藤,也在阳光照射下化为粉尘。浮空要塞的残骸崩开了。亚煌随着残冰落入底下的蓝光点。那些冰狩仿佛知道自己即将逝去,因此放肆舞爪宣泄恨意。

普拉托尼尼哭了起来,佩罗厄则眼角泛泪,没有挪开视线。然而这群人并没有哀悼的时间,因为巨鹰的状态变得极不稳定。

眼前是无尽的大海,强风吹拂下层层翻腾。他们飞翔的方向彼端有座海岛,是俊之前见到过的,似乎是旧世界的夏威夷群岛。它非常遥远，起码有数十，甚至上百公里的距离。而巨鹰的身后已然拖曳着飘摇的彩影，羽翼的末端消失在风中。雪灵越来越稀薄，随时可能溃散，让所有人摔入海中。

忽然，前方的海面闪烁起金色斑斓。他们飞入阳光的怀抱。

亚煌的雪灵仿佛着了火似的，绽开了金色的羽翼。它的体积变得比之前更加庞大厚实。就连形态也有了转变，脖子伸长，尾端扇开，颜色变幻在七彩和白金之间。

人们盯着脚下雪灵的模样，吃惊得说不出话。这让俊想起在许久以前，联合远征队的攸吕曾经说过的圣兽朱雀，或是远古典籍所说的凤凰。

九名生还者震惊地栖身在翔影的明亮身躯上。海面变得宝石般蔚蓝，闪动粼粼波光。那蓝色仿佛远比冰狩体内的幽光拥有更强的生命力。

俊逼迫自己把注意力集中在远方的岛屿，抑制泛滥的情绪。踏入战场的人们从来没有应得的时间与彼此告别，仅用遗憾换取彼此生存的时间。

仿佛奇迹似的，翔影一直没有消散。

它听见了主人的遗愿，让这段飞行成了自己最终的使命。它将跨越海洋，把俊等人送到安全的地方，然后才化为光丝，朝着天空的方向消散。

宇　蚀

艾伊思塔和雨寒两方队伍都尽了力抢救海中的生还者。然后在引光使的指引下，双方相约在夏威夷群岛会合。

她告诉所有人，有一群生还者在那儿等待营救。

"俊他们的要塞已全毁？……"亚阁禁不住问道，"你有没有看见我的兄长？他是否无恙？"

但艾伊思塔没有回答，一阵不安揪住亚阁心头。他压下焦虑，扭头凝望海面的滚滚白沫。这是新世界的蔚蓝海洋，给眺望者注入了新生的希望。就是此时，亚阁注意到一件所有人都忽略的事。

要塞维持阵式平稳地航行，在它们甲板上的人们沉浸在阳光归来的惊奇和喜悦中。因此，那现象如此明显，人们却视而不见。

亚阁感到一股寒意从背脊蹿升。左方的天际敞开至地平线的尽头，天空零散的乌云正在迅速散去。然而，右方天空中的云层却消散得特别缓慢。他注意到那异常的现象——遥远的乌云激烈翻搅,却迟迟未见阳光。远方依旧是一片迷蒙的黑。

那儿是白岛的方向。

要塞群刻意在光照之地飞行,绕过任何阴影遮蔽处。人们逐渐发现不寻常,不时抬头远望,惧怕白岛上空的云层不会消失。接下来的一段时间,众人沉默地站在浮空要塞的边缘,战战兢兢盯着那道绵延天际线的阴影。

云层终究是散去了……被阳光呼唤而来的阵阵凛风给驱逐。

然而接下来披露在眼前的景象却吸干了所有人脸上的血色。包括亚阁在内,没有人可以立即明白他们究竟看到了什么。

一阵子后,引光使梯队的四座浮空要塞用尽最后的能量,抵达她所指引的目的地。他们在几座海岛上空盘旋一阵,终于发现俊一伙人的身影。那块浮出海面的高地或许是毛纳基火山,或者峡谷之岛,亚阁不确定,在白岛降临后这地方的地理状态全变了。

他们陆续降临海岸,雨寒队伍仅存的一座要塞早已抵达,停在雪地里吸取稀薄的原生雪灵。

在这阳光照耀的岛屿上,三个进攻队伍的生还者再度重逢。雪地洁白而明亮,清晰地映照出每一位战士的轮廊。然而此刻的相聚却令人感到无比凄凉。

知道帕尔米斯、依可萝的阵亡,俊和莉比丝陷入难以承受的伤痛。失去姐姐的佩罗厄先是面无表情地站在原地,然后膝盖瘫软,无力地跪下。舞刀使为刃皇的死感到悲恸,幻魔导士也因同伴阵亡而啜泣不止。人们在决定掀起反击战时已做好生离死别的准备,然而事实终究超乎情绪所能承受的范围。

生还的战士不到百人,这是当初出发人数的四分之一。亚阁在密密麻麻的脸孔中寻找,却不见兄长的面容。最后,当俊从人群中望来,从那对悲怆的白眸子里,亚阁明白了一切。

"啊……"亚阁发出几声嘶哑的笑。这习惯似乎救了他,没在众人面前崩溃。

他用意志压回胸口的激流,颊骨起伏。仿佛只要用力磨牙,便能消磨掉眼角的湿气。他隐约察觉到暗灵正悄悄地保护着他,阻隔所有要决堤的情绪攻击他的理智。

战斗还未结束,亚阁对自己说,战斗还未结束。

艾伊思塔站在海岸边眺望远方。亚阁来到她身旁,随她的目光凝视那不可思议的景象——游丝缥缈的云气间出现了长空中的城墙。暗沉、坚固的岩块违逆常理,组成一片悬浮于苍穹的大陆。

人们慢慢聚集过来,在背后议论。他们终于知道当初从空中飞来的石柱源于何处。但无人能想象它如何出现,如何停留于半空。唯独一件事可以确定:没有一丝阳光能渗透进去。

亚阎立刻在脑中盘算它骇人的面积。即使目测再失准,它的直径也不低于数百里,面积不亚于他和艾伊思塔所去过的"方舟"。如此一来,那片天空大陆就像个完美的护盾,完全遮蔽住白岛。

"那儿不仅阳光无法渗入底下,"妲堤亚娜告诉亚阎,"来这儿的途中,我们发现只要一靠近,要塞的能量会立即流失。"

"白岛一直能够吸取电力和不同的能量态,"亚阎想起以往天空中的横向闪电,"为了防止所有可能的威胁。"

"艾伊思塔,你能告诉我们这究竟怎么回事?"雨寒的声音从后方传来。

引光使没有挪开面孔,朝着白岛的方向闭起眼。她的眉间隐隐抽动,浮现痛苦的线条。"我必须要……看得更清楚。"她的肩膀颤动,仿佛在体内对抗什么。"让我进去更深……更深的地方……"

她的额头突然向后一震,仿佛被什么给击中了脑门。亚阎紧张想扶她,艾伊思塔却开口了。

"……那些是源于地心的板块,由白岛伸出触手去挖掘。一年接着一年,由畅游云间的居民做辅助,在五世纪之间酿造于苍穹。"她的声音变得平稳而生涩。"支撑它的世界树是白岛躯体的一部分,有五世纪的时间成熟茁壮。"

"所以,那才是真正的核心冰脊?"雨寒的口吻在发抖。

"时至今日,白岛完成来此的目标:阳光已永远无法穿透。人类,再无法威胁白岛。"艾伊思塔淡然说道。

听完这些话,亚阎立刻明白了。这解释了所有龙狩在过去五世纪的行踪。它们从未无故消失。而白岛不仅占领了深海,更从地壳里挖出一块块巨岩,经年累月地由冰晶触手搬运到空中,耐心地建构了五百年的时间,筑起这座再无人能破坏的阻光之盾。

所以白岛等待了五世纪才对世界发动最终攻势……亚阎恍然大悟,因为它已不可能被击败。打从所罗门文明遇袭的那一刻起,就是白岛已做好万全准备,开始采取行动的征兆。

一切都是那么迅速而残酷。

亚阎想象目前地球的模样——白岛延伸出来的冰晶触手覆盖了所有的海洋,而在它正上方则长出结晶状的枝丫,让浮空的地壳成为它的天棚。这确实像棵骇人的巨树,以死亡深根世界。

"享受你们残余的光。这仅短暂阻止了狩魔军团。无论过多久,世界都会再次封闭。"不知为什么,艾伊思塔的腔调听来像是细碎的残冰。"时间并不站在你们这边，人类的命运已然注定。"在海浪边缘，绿发女孩缓缓转过身来面对众人，双眼闪动着幽异的蓝光。

"引光使！？"有几位奔灵者、舞刀使陆续亮出兵器。

"等等——！"亚阁赶紧遏止众人。但凡尔萨已立刻抡起巨剑，站到雨寒前方。俊看见了，僵硬地怔在原地。

亚阁回头瞥视艾伊思塔如冰霜般的面孔，忽然不知所措。

凡尔萨眉间一缩，抬起握剑的双手。"她的心智被白岛占领了。"

"凡尔萨，你想都别想。"亚阁抽出腰间的两柄长剑，眼中流泻杀气。

"你们认为透过缚灵师的手便能知晓一切，掌握对抗我的方法……"艾伊思塔的腔调忽然有种奇特的音韵，听来却像嘲弄。

"你让她阐述了多少谎言？"子藤边说边往前走，身后跟了几名舞刀使。他们全将黑色长刀打直，准备作势劈斩。

"她道出自己所有能看见的一切。即使片面不全，并非事实。"艾伊思塔的眼珠像两潭发光的蓝色沼泽。"也只有事实才能驱使人类文明的集结，派遣所有军力朝我而来。"

"所以你……是为了削弱人类阵营的守备力量，想在这儿把我们一网打尽……"飞以墨的语气强悍,开始向前靠。

"你们很听话,不是吗?"艾伊思塔说,"只要有限的逻辑没出差讹,澎湃的情绪占据心声,你们便会跟随,不是吗?"她露出了几乎是鄙夷的神态。"这便是人类这物种的限制。你们以为是希望的旗帜,简单便能营造出来。然后你们会自愿跟着去死。"

"是你杀害我们所有同伴!"飞以墨怒吼,"你还打算害死多少人!?"

"飞以墨,住口!"亚阁注视包围过来的人们,跟着挪身以防有人对艾伊思塔发动奇袭。

凡尔萨从人群中出来,站到他的面前。"让开,亚阁。"他愤怒地说,"你别忘记阵亡的同伴。"

"你也别忘记我们已经付出多少牺牲!"亚阁恶狠狠地回道,"事情还没成定局,仗还没打赢!你打算拆掉唯一能感应敌方的桥梁吗?"

"桥梁?说不定这一切都是盘算过的。"凡尔萨反驳,"你没有亲眼见过白岛对缚灵师做了什么。艾伊思塔的意识已经消亡了。"

"这不是由你说的算。"亚阁做好战斗的姿态,在心底传唤暗灵。

俊企图阻止所有人。"都冷静点,现在不是起内讧的时候!"在人群后方,琴和霞奈都呆愣在原地,不知所措。

"我们的命运彼此相连。为了巩固你们的途径,我得道出自己的途径。为了让我的狩军开拓反击路径,我得提供你们反击的路径。"艾伊思塔的模样近乎柔媚,抬起一只手掌。"差别就在当我们面对面,谁将注定消亡——"

"啊啊啊——!"在人们反应过来前,佩罗厄掏起三叉戟冲来。这牵动了所有人的动作。一波奔灵者、舞刀使同时袭来。就连凡尔萨也趁机向前跨步。

亚阎用长剑挡开佩罗厄的武器,回身撞开他。几名奔灵者一拥而上,亚阎挥动双剑反制,心中只闪过一个念头:如果再一次失去她,我就什么也不剩了。

怒意让亚阎精神焕发,接连击倒几名对手。他的板面出现黑雾般的触须,双眼也蒙上一层黑。

"你们都疯了吗!?"俊以长枪格挡子藤的黑刃,朝所有人喊,"这就是白岛想看见的!它要我们在这儿彻底瓦解!"

已经没人听得进去。身躯和心灵都被这场战役耗损至极的人们,在艳阳底下凶狠地斗殴。亚阎忽然发现凡尔萨穿过了他设下的防守线,朝他施放出暗灵。但飞以墨扑倒亚阎,不在意浑身绷带再次被暗灵燃烧,硬是压住亚阎的双臂,大吼一声:"凡尔萨,干掉她!"

凡尔萨来到毫无情绪的艾伊思塔面前,踌躇了半秒,然后伸手抓住她的喉咙。"艾伊思塔——"他刚开口,女孩的眼珠放射出刺眼的光芒。

一阵波动朝外散放,她身后的海浪被震开半圆状。所有人都被弹开,武器掉了一地,捂住刺疼的颜面。

亚阁撑起身子,勉强睁开眼。不知是否错觉,他似乎瞥见海浪中有道蓝光,穿越海面射向远方。

女孩四肢跪地,低垂着头,长发遮掩了她的面容。

亚阁奔向艾伊思塔,却忽然听见哭泣声。其他人也聚集过来,神情同样吃惊。

艾伊思塔坐起身子,露出满脸的泪痕。凌乱的绿发披散在肩上,她拼命抹自己的脸,泪水失控地奔流。然后她抬起头,仿佛第一次看到眼前这群人。"亚阁?……凡尔萨?"她抽噎着说。

亚阁怔住片刻,意识到她的声音已复原。她眼中的蓝光消失了,恢复以往的碧绿与澄澈。他跪在她面前,震惊得说不出话。

凡尔萨和其他奔灵者迟疑地站起身,看见引光使一反方才的冷漠,似乎情绪完全崩溃,泪流不止。

"它给我……看到一切……"艾伊思塔搂住亚阁,止不住泪水,痛苦地抽搐,"我知道为什么白岛降临到我们的世界了……我知道为什么它得杀光我们所有人……"

拂 羽

阳光让纯洁无瑕的白雪变得过度刺眼,仿佛不再是雨寒所熟悉的世界。雪地,天空,海洋,全都鲜亮得令人生畏。

高耸在人们背后的是脊骨状的山岳,披着五世纪无人踩踏过的深雪。和周围的白雪相比,雨寒背上的白毛披风已变得灰浊而暗沉。她站在人群中央,聆听绿发女孩说出的话。

艾伊思塔跪在雪地,试图把白岛离开她的意识前,灌输到脑中的信息一五一十说出来。她几度泣不成声,甚至语焉不详。然而他们都听懂了。引光使的每一句话,每一个字,都像利剑般劈砍人们的心智。

在白岛的引领下,她看见这颗星球诞生的第一道灵体。生于远洋,始于远古的时间尽头。那灵体的诞生为世间注入了生命。从海底,到陆地……海藻、树林、鱼群、爬虫。为了支撑不同生命的分支和延续,不同重量的灵体依附到各物种上。

微风吹过的绿叶，细沙表面的斑痕；天空中的尘埃，深海底的珊瑚……所有生命都有相同的来源。然而不等量的灵体划出相异的刻痕，决定了这些生命体在世间扮演的角色。恒河沙数的物种陆续诞生，充斥星球各角落，形成难以计量的生态轮回。

从尘菌到植物到昆虫到动物，生命所需的灵体密度逐渐加剧。当灵体浓缩而集中在动物的心智里，它们开始有了更成熟的自我意识。不同的时间纪元，不同的地理环境，分别由形形色色的物种支配着相互影响的生态域。

随着星球的命运在时空中轮转，灵体所支撑的生命形态也缓缓起了变化；灵体密度越大，物种的意识及智能越高。无论是海中的长颈龙和巨鲸，还是敏捷的野狼和蜂群，这些生物相互排斥，相互吸引，或多或少维持着星球生态的平衡。

然而在历史长河的某个时点，物种的进化出现了难以逆转的改变；在单独的生命个体中，汇集的灵体超越了过往的承载极限，驱动"人类"祖先的诞生。那是一种灵体浓度远远超乎其他物种的异类。所有生物与之相比，均属轻灵。

而人类这种"重灵"的存在，让星球的命运被一种难以驾驭的意志所主导，打破了亿万年来的平衡。他们懂得运用工具,却掌控不了欲望和情绪。所有由轻灵附着的生命——那些数不尽的动物、植物、地质、空气,甚至海洋本身——都在不同时期遭到破坏,甚至灭绝。

人类开拓疆土,建造城市,建造港口,有意识地集合起来。而每当重灵集中的比例高达一个规模,世间便会出现一种从未有过的现象——"战争"。他们以文明赋予的种种定义作为动机,以生灵交汇必然发生的争议为理由,大肆地彼此杀伐。

为了帮自己和彼此定义未来的路径,他们宁可磨灭生命积淀的轨迹。

事实上,人类自己从未知晓他们背后的真正驱力……那是一种螺旋脱序的力量,生命进程走偏之后难以返还的足迹。

于是,几乎不自觉地,重灵还打算再次进化,竭力挤压出密度更浓的生命意识。他们发现了电力,也就是维持生命的一种基础单位,并一次次加速文明的改变。多数人类从出生到死亡,都没有意识到他们耗尽一辈子的时间只为了给下一次进化提供一丁点儿的奠基。

一个世代接着一个世代,战争与时间消灭了重灵的肉体,却让这些灵体重新依附在某种超越了人类,即将破茧而出的超级意识之上。那些意识在未来终将吞噬地球所能供给的一切有机体,并糅合无机组织谱出终极失序的乐章。

阳光孵化了亿万年,栖息灵体的行星,终将成为毫无生机的死星。

受伤的地球发出哀号,而星际远方的那道蓝光响应了——因为他,正是地球的守护者。

在历史开始转动的更久远的时空,那道蓝光便已依循誓言,在地球需要的时刻一次次到来,重置一切。

天灾、洪水、海啸、陨石撞击……以往他的降临能迅速达到效果。然而这次最大的差别在于重灵早已分布在地球的所有角落。于是蓝光做出决定,将以人类惯用的战争方式展开扑杀。他调整了自身的状态以便和星球深度融合,降落在深海中央。

他封闭了整颗星球,让他必须保护的世界陷入沉眠,就像冰层底下依旧循环的海底生态。然后他开始一波波为星球清理重灵。他期盼着当一切重启,当星球再次苏醒,当灵体得以再度回归,灵体会以轻巧、多元的状态支撑起良性生命,不给世间带来任何负担。

并在最终,为地球唤回真正蓬勃的生命力。

艾伊思塔的最后几个字,淹没在她的哽咽声和背后的海浪声中。人们听完陷入了长久的沉默。

亚阁扶起绿发女孩,凡尔萨凝重地把双刃巨剑插在雪地。阳光已全面回归,暂且温暖了大家疲惫的身躯。然而人们看来已完全失去战意。

"原来我们的祖先,曾经做了许多伤天害理的事……"霞奈失神地说。

"不单是那样……"妲堤亚娜的讪笑空洞而无力,血痕在她脸颊上像干涸的颜料。"若照引光使所言,我们根本不该存在于地球上。"

雨寒捂着嘴,不知该如何思考。如果……如果我们才是危害整个世界的存在,那么,我们究竟为了什么在战斗?

没有人去质疑艾伊思塔话里的真实性,甚至没有一个人提起她或许遭到白岛欺骗的可能。当一个念头永远无法被证实,而且远远超出头脑能够理解的范围,人类便失去了选择相信什么的权力。因为一切早由本能决定。

五百年来压倒性的歼灭史,已贯穿人类的深层意识。听到艾伊思塔的话,等同于证实了一辈子的恐惧根源,解释了一切惨剧的因果。包括雨寒在内的所有人,只能卑微地顺从,低头接受白岛所陈述的就是不争的事实。

人们撑着遍体鳞伤的身子,神情连一丝希望都看不见了。在一望无际的晴空碧海包围下,这群生还者显得极其的狼狈。岛屿上原本洁净的白雪,在他们的脚下沾染着污褐色的血迹。

"嘻哈哈……"佩罗厄发出歇斯底里的怪笑。三叉戟从他手中松开,无声地落入雪地。"那么,我们还在这儿做什么?"

其他人看着他,神情茫然。有人发出压抑的悲咽,也有人再也握不住手中的兵器。

艾伊思塔缩着身子,眼泪依旧不停滴落。"我好难受……好难受……"她不断重复这句话,仿佛被梦魇击溃了意志,无法掌控破碎的情绪。

雨寒眨了眨眼,发现自己的眼角也湿了。她喘不过气。岸边的浪潮声带来胸口阵阵剧痛。人类不仅再也无法铲除白岛,而且失去了对抗它的所有理由,所有勇气。

原来世界希望我们灭亡……雨寒在心里想着,强忍住泪水。

世界希望我们灭亡……

她的目光茫然,盯着插在雪地的兵器。镀了银的长枪,短剑,刃环,三叉戟……那些武器和黑晶长刀的表面都有着淡彩般的波粼,那是稀薄到几乎看不见的虹光。所有雪灵也仿佛嗅到绝望的气息,全然陷入沉眠。

这真是耐人寻味的现象。一直以来,若主人不召唤,雪灵只会宁静等待。就像白岛的前身,那道永恒流浪于远方的蓝光。

雨寒仰头向天,面向艳阳。

光的来源高挂天际，是个无法直视的光球。但她没有让自己眯起眼。炽热的白光令她昏眩，在视觉边缘掀起糜烂的色彩。不出一阵子，泪水已不自觉地盈满了眼眶。但不知为何，她依旧没有闭上眼。

存在于视野边缘的虹光……她想起了不知多久以前，自己独自踏入雪地寻找雪灵时，初次瞥见的微小彩影。

"'以未来弥补过去，我们并未忘记远古的誓言'……"她也不知道为何在这一刻，自己想起了束灵仪式的祷文。有些战士们听见，失魂般地看向她。

她忽然想起瓦伊特蒙灭亡前的最后一战，那些投身冥河的战士。

她想起自己所熟知的每一位奔灵者，扬起虹光在迁徙中坚忍不拔地面对狩群。

她想起舞刀使扬起的垂直光幕，毫不动摇地阻挡在大军前方。

她想起帕尔米斯的金色光箭，以及拂羽绽放的金色羽翼。

雨寒的目光从太阳上挪开。她的眼前一片模糊，仿佛盯着水中的光波倒影；她知道人群正在望着她，眼前却只看见一片漫溢的白色。

慢慢地，她明白了一件事。一件人们始终都晓得的事。

"原来,这五世纪,阳光其实从未离开过……"雨寒轻声开口。

战士们撑着疲惫的姿态看着她。"你在说什么?"佩罗厄的声音从人群中传来。"现在我们都知道了……它抛下人类,就是希望我们全数灭亡……"

雨寒摇摇头,指向雪地的兵器,"看那儿。"

她的视力尚未复原,却能瞥见在奔灵者之间,一抹抹飘晃的虹光冒了出来。

人群发出轻微的骚动。在雨寒的视线里,彩光逐渐清晰,在人们的栖灵板和镀银兵器之间摆晃。打从成为长老以来,她的话都由统领阶级转述给众人。但这一次,她亲口在绝望的众人面前说出真正的想法。

"就算白岛说的是事实,就算我们的祖先曾犯下不可原谅的过错……世界并没有要人类就此灭亡。"她伸出手,一只彩光鸽子从栖灵板飘了出来,拍打着单薄的羽翼停在她的掌中片刻,然后飞向前方。

虹光羽翼无声地穿过众人的眼前。他们的雪灵也仿佛被唤醒似的飘了起来,弥漫在空气中。渐渐地,雪地仿佛被远古的极光彩缎横扫而过。

"阳光改变了方式停留在这世上。"雨寒抹掉眼角的泪。"它就是雪灵。"

人们睁大眼,看着空气中的缥缈色彩。他们的神情带有犹豫,不确定雨寒想说什么。

"五百年前,阳光消失的一刻,就是雪灵出现的一刻。"她沉静地告诉众人,"阳光透过雪灵一直在帮助我们,要我们生存下来。如果传闻是真的……如果,地球是因阳光而诞生,生命是由阳光所赋予,那么……"她忽略急剧的心跳,压下一股想哭的冲动,让自己看来从容无事。"那么,在世界遭到冰封的一刻,它就已做出了决定,愿意协助人类对抗命运。"

人们的视线穿过空气中的彩光,无比震惊地看着她。就连艾伊思塔也怀着不可思议的表情回望雨寒。

子藤摇头,满脸沧桑地说:"瓦伊特蒙的长老,这事情无人可以证明。"

"是啊。是没有人能证明。但你们的内心和我一样,都明白。"几只彩光鸽子在她身旁盘转,扬起的虹光丝像落雨般垂悬于肩。她等待喉间的抽搐稍微平缓,接着说:"你们一直都明白,这就是为什么只有雪灵能够威胁到魔物。你们明白为什么雪灵会选择栖息在绿魂植物里。也明白为什么雪灵方能化为暖流,甚至拥有治愈能力。因为它们……一直都是那股创世之力的一部分。"雨寒的脸颊湿润,双唇止不住地颤抖,但她的声音却和微风一样自然,"你们每个人都应该能感觉到。仔细去感受'阳光',它是无比熟悉的。"

人们凝重地盯着她,然后小心翼翼地瞥视天际,探望那股令人难以理解的热力。有些人朝着天空伸出手掌时,雪灵仿佛不经意地缠绕过来。

子藤非常严肃地凝视着自己长刀上的彩光,许久没有作声。

有人静静叹息,有人含泪轻笑。他们似乎想起长久陪伴自己的彩光灵体曾在多少个黑夜里,传达给他们一股执念……告诉他们,要活下来。

"就算当时世界封闭了,我们从来不是孤单的……"雨寒伸手抹了下眼角,轻声告诉所有人:"人类从来不是独自作战。"

虹光反射在每个人的眼底。没有人说一句话,他们陷入沉默,神色却变得坚毅。亚阁转向海面时,人们也跟着他的目光投向远方。这群人紧握虹光兵器,感受雪灵的存在。所有人全凝望着同一个方向——海洋彼端的永恒黑暗带。

"长老说的是不是事实,让结果来决定吧。"亚阁说,"战斗还未结束。我们还有最后的一段路要走。"

"该怎么做呢?不仅阳光无法渗入,浮空要塞也难以驶入那地方。"妲堤亚娜露出窘困的表情,"我们的兵器都无法对白岛产生威胁。"

众人面面相觑,好一阵子没人说话。此时,有个人影来到他们前方。

"各位,有个方法或许可以尝试。"一贯怯生的霞奈,露出了急迫的神色。她看了眼所有的舞刀使同伴,然后说出自己的想法。

雪地上,仅存的人类战士沉静地聆听。

宇　蚀

天空板块仿佛拱起了整片苍穹，像是沉浸在蓝天里的巨型石碑。云气在它边缘飘动，偶有阵阵尘屑飘落。

五座浮空要塞逐渐逼近，人们亲眼见证到它的体积大得难以置信，完全霸占了视野的极限。它阻隔了太阳的光芒，拉开一道非常明显的分界线，把海洋切割成蔚蓝和暗黑两个截然不同的世界。

要塞队伍的动力忽然变得极端不稳定，尾端的虹光泡泡间歇熄灭，仿佛一接近永恒黑暗带就有股魔力压制住它们。连通讯晶石也出现异状了。要塞只能沿着暗影的外缘航行，最终找到一处突出的陆地，像有白雪覆盖的块状石堆。

奔灵者、舞刀使在要塞边缘，借由绳索陆续朝那片石地落去。幻魔导士则全数留在要塞上。

亚阎站在围栏边，瞥了下眼底的着陆点，有预感那很可能是白岛延伸出来的一部分。"你现在还能看得见远方吗?"他问艾伊思塔。

"有些残留的影像在浮动……但越来越模糊了……"她看来筋疲力尽。

亚阖点头,然后最后一次问她:"真不待在要塞里头?"其他的伙伴们经过身旁,一个个从冰山边缘跳跃下去。

绿发女孩忽然来了精神,坚定地摇头,"我和你们一起。"

亚阖拎起她的手臂,将一对系有镀银锁链的腕环扣了上去。"那么戴上这个,总会起点作用。"

艾伊思塔诧异地看着锁链表面满满的钢刺。"这个……不是瓦伊特蒙的镀银武器?"

"所罗门文明的。我从北境白城的收藏间拿来的。"亚阖让女孩稳稳站在他的栖灵板后方。然后他拉住一条绳索上的游动铁环,往下跃。

强风卷起两人的黑绒披风,风中有股彻骨的阴寒。亚阖斜视着黑暗带的深处,它就像无边的黑洞,令人无法看清里头究竟什么样子。

落地时,他发现脚下的岩石正在缓缓挪动,坚实地紧缩起来。那是琴在不远处手持多角石,运用她的力量控制石缝间的冰晶残痕,让这片破碎的石地变得更加牢固。另一方面,舞刀使霞奈站在阴影的边界,全身沉浸于阳光底下；她把刃皇的长刀笔直插入岩缝中。

在众人的身后，五座浮空冰山以缓慢的速度升空并散开来。在阳光照耀下，冰山的表面出现晶莹的反光。每一座要塞的边缘，都有几名舞刀使仿佛仪式般高举长刀。

他们依照霞奈所说的，把守护灵暂时锁于体内，放空长刀内部的所有灵力。黑晶色的刃面立刻捕捉艳阳，熠熠生辉，再朝斜下方反射过去——数道耀眼的金光集中注入霞奈眼前的"空绝"。

她双手握柄，旋转角度。一道浓缩的炽热白光折射出来，笔直射入黑暗之中。

当阳光点亮了永恒黑暗带的空间，人们看见里头的景象时差点停止了呼吸。

崎岖起伏的岩块组成了毫无逻辑的景象，覆盖着无生息的雪末。仔细看才发现那雪竟是黑色的。一块块巨石堆起了扭曲的柱子直达天顶，像被冰冻的龙卷风，也像钢铁制的肠脏。这片从未见光的幽暗空间绵延到视野的极限，或许数十公里，或许上百公里。它就像一片失落的墓地，没有任何生命迹象，又像骇人的地狱，张开满口岩齿吞噬一切希望。

阳光的闯入启动了某种防御机制。蓝光出现了，像一丝丝游动的棉絮，从漆黑的地面，从天空板块的表面，缓缓浮现出来。

"有击中世界树吗?"亚阎站在霞奈身旁,凝望黑暗深处。

"糟了……里头的岩阵太密了。"霞奈的脸色铁青。

"距离太远了,那地势本身就有天然的阻光效应。"亚阎说,"世界树到底有多远都说不准。"他看着霞奈调整手中长刀的角度。他们无法看清,却感觉无论瞄准哪个方向,光束都会终止在黑暗里的某处。

"霞奈,把阳光维持水平吧。"子藤在他们身后说道,"我们得进去里头。"集中在身旁的战士们面露惶恐,但子藤继续说出想法:"所有舞刀使的刀刃都有能力改变阳光的方向。奔灵者,带着我们进去吧。"

黑暗带已出现难以计量的蓝光点,许多迅速凝雪为龙狩。那些黝黑的身影正朝着边缘地带的人类挪动。

"你确定支撑天空板块的世界树是真的存在?"凡尔萨把巨剑架在肩上,盯着亚阎身后的绿发女孩。"出了任何差错,我们全都完了。"地面的晃动越来越烈,魔物的大军正朝他们集中过来。

"白岛在我意识里的时候,我真的看见了……"艾伊思塔的口吻却有些不确定,她盯着深幽的远方,似乎想在记忆碎片里寻找什么。"只要能够绕开几座障碍物。四个……不,三个拐点!只要能改动阳光三次方向,就可以把阳光导向白岛的核心。"

"我们只能冒险了。"雨寒环视所有人。"……我相信艾伊思塔。"她和绿发女孩对望。

炸裂声从后方传来,众人仰头,看见一波龙狩不知从哪儿出现,顶着艳阳对浮空要塞展开奇袭。"没有时间了!"俊说道,"我们几个各载一名舞刀使突入。多数人还是得留下,他们必须保护霞奈。"他望向站在角落的黑发女孩,"琴,千万别让阳光中断。"

遍体鳞伤的琴,点头时目光坚定。

"这儿会是最重要的战场,"亚阁吩咐其余的奔灵者,"假使光源消失了,我们会全死在里头。"他利落地抽出双刀,看向艾伊思塔,"我和他们进入黑暗带,你留在这儿。"

艾伊思塔却皱起眉,用手指捏住他的脸颊。"我说过了,和你们一起。要战斗时,把你的雪灵分给我。"她秀了秀手臂上的铁链。

我体内的是暗灵,怎么分给你?亚阁哭笑不得地看着她,些许欣慰艾伊思塔确实回来了。

他再瞥了眼翱翔天际的龙狩,数量越来越多。他甩动栖灵板说:"那么你抓好了。"

当浮空要塞驶入黑暗带的尝试失败了,当直接运用光束一次击穿白岛的想法也失败了,这一小群人怀抱最终的使命,闯入永恒黑暗带。除了亚阁和艾伊思塔之外,还有雨寒，凡尔萨，俊，以及莉比丝。他们分别载着子藤，因幡，隆川，以及仑美四名舞刀使，追随阳光的路径。

前方有千万头魔物密集地聚拢，像有无数蓝色疮孔的黑色雪丘。然而阳光在它们中央切开一道明亮的通道，他们十人栖身在光束旁，划开五道轨迹向前疾驰。

虹光依附在他们的兵器上，排开不断袭来的龙狩。不出一会，视野已被魔物身躯给完全掩盖，他们正穿梭在成千上万的狩群间。

他们随着白光通道闯出了敌阵，正式进入地形怪诞的黑色领域。龙狩并未追来，因为它们把火力全集中在光束的来源处。

"再快点！"亚阎朝其他人喊。他们跃过几道深沟，穿越崎岖的岩块和黑雪丘，看着阳光就像一道稳固的光轨，指引他们的方向。

正上方数百米的地方，可以瞥见天空板块的底部有浮动的蓝光痕，像是杂乱分叉的树枝或诡异的法纹，维持整个天顶不致崩塌。无论地面和天顶都布满了獠牙般的黑岩，像钟乳石阵却如山丘般巨大。光束从中穿过，奔灵者则随地势起浮前行。

大约十几分钟后，他们遇见第一道屏障。那是片隆起的巨大岩墙，左右延展到目光可见的尽头。阳光在它的表面映照出一圈刺眼的光潭。

亚阁注意到当所有人都盯着阳光终止的地方,只有艾伊思塔正看向一旁。"右方……"她忽然开口:"在右方!那儿有道裂缝。让阳光从中通过,我们可以减少几个拐点!"亚阁谛视黑暗,却看不见任何裂缝。丛生周围的狩群已盯上他们,两侧的黑暗中再次出现蓝光点。

艾伊思塔吩咐亚阁停住栖灵板,手指触及光束。"就在这个位置,我们得让阳光转向。"她扫视所有人。

"你们走吧,这儿由我来。"隆川踏下俊的栖灵板,把长刀反插在光束的路径上。他扭转双手,阳光朝右方折射一个角度,点亮石墙的另一端。果然在那儿,庞大的墙面几乎破裂为二。阳光从中间穿射过去。

俊看了眼逐渐接近的敌军。"我也留下。"俊告诉其他人,"你们快走。"他让彩光附着长枪两头,做好了准备,然后看向载着仓美的莉比丝,以眼神向她告别。

女弓箭手露出不舍的神色,但最后只说:"一定要活下来。"

他们驰往巨岩的裂口,回头瞥见一波绽裂的虹光——俊的战斗已然开始。

穿越石墙后,他们持续追着阳光好一阵子,忽然撞上一道深不见底的鸿沟。光束并不受鸿沟的影响,但奔灵者花了点时间在旁侧找到一片交叠的岩桥。他们跃了上去,和光束平行前进。

岩桥在他们身后崩裂了,但没人有时间理会。到了对岸他们刮起阵阵黑雪,滑行一段距离再和阳光会合,迫切地推进。

斜前方出现一群龙狩的身影。莉比丝愤怒地放了一箭,瞬间驱散它们。此时,艾伊思塔要众人停下脚步。眼前的地势变得极端破碎,然后夸张地下斜。那儿是道凹陷的辽阔谷地。

"这儿!得有人在这儿改变阳光的轨迹。"艾伊思塔喘着气说,"我记得更远的地方有道锯齿状的山岳,只要越过那儿,就可以看见世界树了。但这中间有太多的石柱挡着,我不确定……"她压住自己的脑门,阳光反射在她的瞳仁里。"我们……得先让阳光穿过眼前这座峡谷,谷地的尽头应该就在锯齿山岳的边缘。对,得从那儿反射上去!"

"那么,我来吧。"仓美对莉比丝说完,从栖灵板走下来。

艾伊思塔忽然犹豫起来,迟疑地伸手指向目标方位。仓美的长刀以近乎直角把光束向左扭转,并且朝下方的幽暗谷地反射过去。光束点亮一片骇人的峡谷。

"各位,再会了。"莉比丝低头抽出箭矢,长发遮住她半边脸。

女弓箭手留下来保护仓美,剩下三对则寻找路径从峡谷的边缘蜿蜒下行。到达谷底时，亚阎抬头看见阳光就像被纹风不动的灯塔投射出来，从他们的头顶划过直指峡谷的彼端。莉比丝是个渺小的身影，她以箭锋燃起虹光，矗立在崖边望着众人离去。

峡谷的地貌令人毛骨悚然，他们经过无数个焦尸状的岩块。雨寒、凡尔萨、亚阎加速奔驰，穿过这条看似无止境的阴森地带。也是在这儿，他们隐约看见黑暗中的远方确实有排暗沉的齿状山脉。它有种恐怖的宏伟，局部遮蔽了天空板块的蓝光痕，是个令人窒息的存在。

"前方来敌！"亚阎大喊。一群黑雪生成的龙狩突现蓝光，阻拦在他们面前。

子藤、因幡各自从奔灵者背后的位置，同时甩出彩光波切散了邻近的魔物。众人接着杀入敌阵。亚阎劈开身旁的龙狩，吃惊地发现艾伊思塔真的用锁链沾染宇蚀的虹光，帮他解决后方死角的敌人。

凡尔萨的两头彩光猎犬率先抵达谷底的光潭。众人围着阳光汇集之地，对抗包夹过来的魔物。

"这儿由我来！"因幡对子藤说，"最后一个拐点交给你了。"语毕，他把长刀扎入光潭中央，然后单膝跪地，用刀刃压出一个夸张的折射角度。

阳光从峡谷中央反射出去，朝着锯齿山脉的顶端直射而去。

敌人不断地涌来，凡尔萨甩动双刃巨剑劈开一整排龙狩。"雨寒，艾伊思塔！你们走吧！"

雨寒凝望不断劈杀的凡尔萨的背影片刻，然后头也不回，载着子藤朝山顶滑去。亚阁、艾伊思塔紧跟在后。最后的四人追随稳定的恒光，毫不停歇地向上滑行。

亚阁询问艾伊思塔："我们只有子藤一柄黑刃了！你确定只剩最后一个拐点？"

"应该……就在山的顶端。是的，不会错，只要能在那儿反射阳光，就可以摧毁白岛！"她让自己听起来笃定，但亚阁看出了犹豫。她显然无法像先前那样确凿地看见所有地貌。

黑雪布满的锯齿山岳比日痕山高了至少一倍，他们不断甩脱沿路升起的狩群向上爬。艾伊思塔紧张地盯着光的方向。亚阁回望她，低声道："你已经失去了最后的感应力，对吗？"

艾伊思塔沉下头，"就在刚才……我什么也看不到了。"

山脉的表面变得难以置信的崎岖，奔灵者的力量急速耗尽。亚阁看见从他们头顶经过的光束超越了山的高度，射入视线尽头的天空板块。那光的尽头是那么的遥远，但他们仍能看见白光接触板块的那个炽热的光点周边，亮起了网状的蓝色晶脉，仿佛天空板块的神经正受到重创。偶有大小不明的岩屑散落彼方。

显然阳光对天空板块没有实质性的伤害。更糟的是，后方的狩群正以不可思议的速度在增生，尾随栖灵板的轨迹包夹过来。就在亚阎等四人逐渐接近山顶的同时，敌军发动了孤注一掷的袭击。

亚阎、子藤接连劈开魔物，雨寒则放出具有侵蚀力的鸽子，排开围困他们的敌人。奔灵者正被成千上万的龙狩给包围，若非阳光就在身旁，势必早已全数阵亡。然而狩群不再避开阳光，像急着赴死的虫子，滚过同伙散化的残物拼命扑来。

"就快到了！"山顶就在眼前了，他们随着白光上行，祈求阳光别因为任何理由中断。

抵达锯齿般的山峰时，视线瞬间宽敞。

山岳的另一端是片幽暗的盆地。仿佛呼应着天空板块的模样，地面也同样充斥着茎脉状的蓝光痕；那必然是白岛本体的一部分，就像绵延百里的血管。而在最远处，跨越了那片寒瘠之地数十公里的地方，是个大得令人吓破胆的冰座。它的体积让一切失去距离感，击碎人们对影像的逻辑。在它体内，游动的冰蓝寒光画着古怪的纹路，扭曲了观看者的思绪。整个底座仿佛是由地心破石而出，朝上方绽放开来支撑着整个天空板块。目测无法得知它究竟有多宽，或许上百公里。

"世界树"——无论底座或顶端都结满了岩块，只有中段部分裸露着阴寒的蓝色光晕。

"子藤！瞄向它的中央！"亚阎接连劈斩魔物，看着底下的狩军围成扇形，朝他们收密起来。

子藤来到光束略过山顶的交会处，正要举起长刀，却应声倒下——

数条冰蔓从黑雪中出现，捆住了他的双腿和手臂；更多的冰蔓缠住他的长刀，收缩时发出碎裂的声响。亚阎、雨寒都相继遭到捆绑。魔物已全面包围他们。

亚阎立即吞噬了雪灵之力，瞬间力量增强数倍，斩断缠身的冰蔓并顺势把艾伊思塔推开。暗灵从他体内冒出，由彩色转为漆黑，融入幽暗的环境去撕裂周围魔物。

他未停止舞动双剑，劈开袭来的敌人然后回身一道利光，斩断了控制子藤的冰蔓。

"不……"子藤发出破碎的声音，抓雪攀爬。亚阎喘着气，看着舞刀使拎起自己的刀柄。

长刀已然粉碎，成为山坡上的黑色残屑。一圈圈冰蔓正朝他们游动过来，后方跟着数万头咧嘴嘶笑的魔物。

引光使

彩光燕子收起翅膀,在黑暗中划出锐利而亮眼的弧线,打穿成排魔物。

但在它们消散为黑雾的地方,更多的狩体已成形。俊以持刀的隆川为圆心,急速划出一圈轨迹扫荡任何接近的敌人。彩光燕子在圆圈的另一端与他对应绕行,守住俊对面的半圈防线。

当他击杀了几头包夹过来的黑狩,忽然一阵闪烁的冰刺掠过身旁。俊一惊,立刻刹住栖灵板回首。

隆川用自己的身体护住长刀,染血的背上满是冰刺。阳光的轨迹丝毫没有动摇。

俊看见狩群不知为何已止步,暂时不再靠近,但它们从胸膛和手臂生出了更多冰刺……俊大口喘气,咬牙下了决心。阳光绝不能在此中断。

他矗立在隆川背后,提枪面对狩大军。他听着自己的心跳在胸口撞击,盯着狩群体内激绽的蓝光。

彩光燕子从他身旁飞过，射向魔物——此时，无数冰刺反向朝着他射来。

俊打转长枪，挡下一阵攻势。耳缘是冰晶碎裂的声响，皮肤是锐物刺入的剧痛。几条冰刺扎进他的手臂，腹部和大腿。突来的一股鲜血呛住他的喉咙。然而俊并未却步，再度打平长枪直视敌方。

又一波蓝光射来。俊的防御变缓了，冰刺埋入他的胸膛。有条刺打穿他的大腿，让他差点跪了下来。

"前方……"隆川虚弱地说。俊回头，发现他们已被整圈狩群给围困得密不透风。它们全部掀开体内的蓝光刺，准备一次歼灭这两人。俊挺着模糊的意识挪动身子，和隆川一前一后地护住光轨经过的长刀。

"要保护……阳光……"血液从喉间汩汩涌现，俊把长枪插入雪地，双手死命紧握，然后尽全力挺直了身子。周围的蓝光越趋明亮，他眯起了眼。狩发出吼声，混杂着冰晶搅动的声响。

冰刺从四面八方射来，飞向矗立中央的两人。

仑美倒下了。长刀被她无力的身子拖着倾斜，光束投往错误的方向。

站在崖边的莉比丝惊慌失措，乱了方寸。崖谷表面的狩群正在不断增生，一波波朝她爬上来；后方陆面的狩群也已集中过来，朝着承接阳光的黑刀走去。

莉比丝已浑身是伤，不仅雪灵之力耗尽，手中只剩下两支箭。

她边朝着歪斜的长刀滑去，边吃力地扬弓，松指。微弱的虹光随着单箭飞翔，看似快要失效，然而它穿过白金光束时轰然增强了数倍能量，化为耀眼的光波。扫荡过的整片狩群瞬间消灭。她把最后一支箭也放了，无足轻重地击穿崖边一些敌人。

她看见仑美倒在地上，似乎已没了呼吸。女舞刀使的腿被斩断，雪白的背部被爪痕刮成不堪入目的红色泥浆，像是皮开肉绽的花朵。但她染血的手却依然抓着黑刀。

莉比丝绝望地环顾四方，在逼近的魔物面前放掉手中的长弓。

心跳声撞击耳膜让她一阵昏眩，但她逼自己聚焦在白光剧燃的长刀上。

这是俊传来的光芒，绝不能在此中断……莉比丝在心中默念。同伴们在前方等待，他们都在等待！

"杀啊！"她奋力拉起仑美的黑刀。白光切过崖边，毁灭一整群魔物，然后重回之前的角度，穿过峡谷射向远方。

几十头狩露出了利爪扑向她。莉比丝没有看它们一眼，也没有理睬在脑后的冰齿搅磨声响。她闭起眼，用身体挡住承接阳光的刀刃。

凡尔萨正在恣意拼杀,却发现阳光消失了。周围陷入一片黑暗,无数幽蓝光点亮了起来,朝着他收缩。巨剑回旋劈砍,敌人却如铜墙铁壁。他的腹部爆出撕裂剧痛,然后是一阵绞疼。他感觉肠脏被刺穿了。

"嘶"……白光伴随冰晶融解的声响出现。阳光再次归来,吓阻了仓皇的魔物。然而它的落点却偏离原处,落在一段距离外的坡道上。

"因幡!"凡尔萨赶紧喊。

舞刀使回身甩出一道斩击,在密不透风的狩群中切开一条路。凡尔萨竭力载起他,朝着阳光滑去。鲜血湿了凡尔萨整个腹部,他的力量正随着一阵阵抽痛在流失。"离焱!再加速!"他用尽全力让栖灵板向前奔,两头虹光猎犬疲顿地跟随身旁,扑开袭来的狩。

在目的地前方数米,凡尔萨却倒下了。"去……快去……"他吐了血,朝因幡虚弱地挥手。

远方的山顶堆积了密集的蓝光,那必然是雨寒他们的所在位置。因幡跑向光束时,左臂却被几个狩爪给抓住。它们以蛮力折断他的手臂,但因幡仍倾全力向前,单手把长刀插入白光的路径。

"啊啊啊啊!"因幡将阳光导向它该去的地方。

凡尔萨也起身了，即使伤口鲜血瀑流，他松弛地挥着巨剑走向因幡。他命令虹光猎犬掩护舞刀使，自己则扑向模糊视线里的上百头魔物。

在天空板块阴影的边缘，光明与黑暗的交界处，战况无比惨烈。

不到百名的奔灵者和舞刀使，正被上万头魔物围剿。敌军从黑暗带毫不间歇地涌现，带着终极的杀意打算彻底消灭光束的源头。人类的战士原本集结在霞奈身旁，却难以招架潮水般的敌人，被冲散开来。狩群就是白岛的细胞，即便在阳光底下迅速爆裂，依旧不畏牺牲地袭来。

在空中，龙狩猛烈袭击浮空要塞，以冒着白烟的身躯撞向冰山。当一座浮空要塞被击溃，从半空中坠落，它折射出的阳光便告终断。汇聚到霞奈手中的阳光因此转弱了一个度。

在这疯狂战场的正中央，霞奈一人单膝跪地，稳稳把持住长刀"空绝"。她紧闭着眼，倾听阳光的声音，并把性命交给伙伴，纹风不动。

琴守护在霞奈的面前，释放暗灵解决接近的魔物，并尝试以意识捕捉任何可以掌控的地底冰藤，掀起骸骨般的冰牙来抵挡一波波来自黑暗带的敌军。渐渐地，战士们找回战斗的频率，以操控白光与暗灵的两个女孩为中心再次集结起来，阻挡永无止境的敌袭。

琴看见又一座浮空要塞坠落于海面。人类战士陆续阵亡，敌人却变得更加猛烈。前方的战士陆续倒下，琴握紧拳头，成为霞奈最后的盾。

完了。

短暂失去阳光让艾伊思塔的思绪冻结。她待在亚阁身旁，甩动锁链扫开狩群。亚阁的双刀在黑暗中无止尽地劈斩，周围是一潭不断变体的黑湖，吞没浪潮般的蓝光。子藤因为长刀断裂，只能握着木柄甩动鞭子般的虹光缎。而失去阳光的庇佑，雨寒的雪灵恢复到先前的微弱状态，不再有物理能力，不再对狩造成威胁，只能让彩鸲沉入同伴受伤的身体，协助治愈和恢复体力。

所幸不久之后，阳光再次扫过山坡，回归他们眼前。它像一道燃烧的白影击穿黑暗，劈开一条冰尘纷飞的轨迹。艾伊思塔不清楚远方的同伴发生了什么事，但她知道流失的一分一秒都可能使光源突然中断。

不幸的是，已没有任何方法让它改变方向。

四人在绝望中作战，看着敌军以倍数增生，充满视野。

"现在该怎么办？"亚阁砍死一头巨大的黑狩，喘着气询问，时有黑液从嘴边流出。

艾伊思塔盯着直冲天际的光束，心头全慌了。她早已丧失了感知能力。然而她依然有种离奇的预感，身旁的景物让她感到忽略了什么。情急之中什么也想不起来。突来的剧痛在肩头炸裂，她在黑雪中翻滚。"啊……"她甩甩头，睁眼时看见蓝光利爪挥了过来。

金色的飞鸟撞入那些狩的身躯，让它们接连化为粉尘。她转头看见雨寒就在一旁，操控雪灵穿过阳光，追赶四方的敌人。

雨寒单手压着胸口，仿佛耗尽了气力。然而女长老丝毫没有停止，再释放雪灵扼制敌人的接近。

亚阁也已到了极限。他满脸伤痕，任由暗灵甩荡，为自己争取片刻的喘息。黑雾般的灵体在他身后飘晃，和白金光束形成强烈的对比。"我自己……杀回去……带回更多舞刀使……"亚阁抹开嘴角的血水。

艾伊思塔知道他根本办不到。没人办得到。

亚阁毅然决然地闯入狩群，却立刻被击倒。子藤跃到他身旁掩护，争取时间让艾伊思塔把他拖了回来。他们集中起来，雨寒的雪灵羽翼绽放，像飞翔的护盾保护众人。然而无论暗灵或是光羽，行动的频率骤然变慢。他们撑不了多久了。

敌军将他们四人密封在一个狭小的范围，不顾穿越他们中央的光束，浩浩荡荡压迫进来。

"呵……这下全完了……"亚阎躺在艾伊思塔怀里,愤恨地盯着上方。

艾伊思塔睁大了眼。冰蓝色的翅膀鼓动着,划过黑色天际朝他们的方向飞来。她不确定那十几头龙狩是从哪儿出现的,但它们眼中的杀意清晰明了。

领头的那只龙狩飞速降临,毫不畏惧阳光。

"大家趴下!"雨寒沙哑地叫喊,用尽最后的力量朝天空施放出三只金色的飞鸽——金光绽放,龙狩的身子被撕开阴蓝色的伤痕。但它们没有减速,低空掠过时咬向雨寒。

子藤扑开她,背部被划开一道长痕。他和雨寒一起倒下。

更多龙狩张开血盆大口开始俯冲,全瞄准了他们四人。周围的狩群也发出疯狂的吼声,像某种祭祀般的仪式。

一切希望都幻灭了,这是白岛的全面胜利。亚阎却拒绝放弃,以长剑撑起无力的身子,挡在艾伊思塔前方,打算反抗到最后一刻。

艾伊思塔含着泪,也站起身。在这一瞬间,她看见他的暗灵像雾气般扩散,而与白光交错的空气中出现了朦胧的光影。她忽然领悟了什么。

"亚阎——宇蚀!"艾伊思塔指向光束。

亚阁只愣了零点几秒便明白了她的意思。其他同伴用身躯阻挡狩群，给了他时间召唤暗灵回归，启动第七属性。

亚阁逆向啃蚀自己的雪灵，然后——暗灵注入他手中的长剑。亚阁高举剑刃劈向阳光。

白金光束的轨迹微微改变了。

在这不可思议的光景之前，雨寒、子藤用尽最后的气力护住亚阁。艾伊思塔借助子藤的雪灵甩动锁链加入防御。在他们中央，亚阁发出怒吼，吃力地让光束转向。

他拼命吞下暗灵的物理影响力，不断改变剑刃的本质。艾伊思塔清楚这便是亚阁一直在寻找的答案。如果雪灵——也就是阳光的分身，有对物体产生影响的可能性，那么逆理奔灵便能反转这力量，让他紧握的长剑也转化成舞刀使的黑刀一般，能够完美地引导阳光。

一波冰齿从空中刺下，雨寒、艾伊思塔接连发出哀号。子藤被狩群压住，一道道冰爪埋入他的身体。而亚阁，在这一刻扭转双臂。

周围的狩群全涌了进来，龙狩从空中扑下——

从锯齿山岳的顶端，阳光成为一道金色的长矛，笔直刺入世界树中央。

白岛的嘶吼化为大地的撼动。天空板块有好几处网状蓝光激烈闪动，犹如世界树抽动的神经。伴随着轰隆声响，天顶的岩石松动了。

从远方战场折射而来的阳光，经由每一位同伴的双手跨越黑暗，击中了白岛的心脏。

一头降临的龙狩踩碎了一地的狩，愤怒地咬住亚阎，将他毫无抵抗能力的身躯抛向一旁。偏离的剑锋逆转阳光切过崩解的天空板块，然后光束完全消失。在回归黑暗的世界中央，亚阎倒在满是血水的黑雪里，左胸是好几道凹陷的齿痕，几乎扯下他整个肩膀。他含血盯着天顶，露出了胜利的笑容。

天空板块崩解的速度加快，开始有大块岩石落下。

在边缘地带，龟裂的岩缝间似乎有阳光透了进来。然后一道接着一道，光束就像远古骑兵的长枪，击穿灰岩护盾，斜斜地落入永恒黑暗带。岩屑随着飞雪凋零，天顶仿佛渗入了金色的雨，成了光暗交错的异世界。

板块表面的光纹变得繁密，裂口逐渐扩大；蓝光痕消失了，取而代之的是白金色的光波。一道耀眼的斜阳照耀在锯齿山岳的顶端，让无数狩群顷刻间化为粉尘。龙狩全陷入恐慌，振翅朝各方向逃亡。

艾伊思塔看着倒在山坡上的其他同伴，想爬到他们身边，却发现自己动不了。她的腿被利齿给打穿，在黑雪地上拖了整片湿润的血迹。

她把目光投向世界树。中央躯干已残破不堪，像流出了白茫茫的金色液体。在它方圆数里的地面尽是碎裂的冰晶，闪烁残余而虚弱的幽光。没了世界树的支撑，岩石天棚即将全面粉碎，渗入的阳光将落在白岛身上，摧毁它的一切力量。

从世界树的中心位置开始，天空板块呈辐射状崩解。巨大的岩块坠入地面，震荡着黑雪地。许多地方已被堆叠的碎石给埋没，整个区域仿若末日，艾伊思塔知道很快就会轮到他们。进入永恒黑暗带的所有人，无人能逃得出去。

但至少，他们办到了。他们一起完成了此生最重要的任务。

艾伊思塔双眼含泪，瞥向迅速枯萎的世界树，似乎听见了白岛的呻吟。她轻声说："请你离开吧……未来的人类，会保护好地球的。"

阳光以惊人的速度在黑暗带洒开，直至视野尽头。然而黑暗被驱逐的同时，落岩却重新带来了阴影。

雨寒躺在不断震荡的山坡上，感觉细屑不停洒落在皮肤上。她歪着头凝望远方，看见一束束的斜阳融合起来成为全面的明亮。她身心俱疲，心想终于可以阖上眼了。

缺乏阳光的世界，曾经夺取太多人的生命。最后这一刻，她忆起自己失去的所有人。母亲，导师茉朗，桑柯夫长老……或许，他们最终闭起眼时，和她现在的感觉一样。什么都不需要烦恼了，过往所追求的一切，过往面对的严酷世界，都可以放手了。或许下一个世界会更美好。或许，她会和所有人在那儿见面吧。凡尔萨、艾伊思塔……

雨寒睁开眼。

不对，阳光已经回归了，新生的世界将会重新运转。他们只有这一个世界。

她盯着正上方板块表面的光痕，想要起身。千万个念头从脑中窜过，但她一股劲地把它们化为力量。雨寒知道自己这辈子一直在犯错，犯了无数的错误，伤害过无数的人。但她对自己坦然，明白自己也有所爱的人。

在未来，那个阳光盈满的世界，他们都会好好地活下去。

雨寒跪在栖灵板前。"拂羽，拯救我的伙伴们。还有……"她把双手紧贴在雪纹上头，轻声说，"告诉凡尔萨，请他……请他记得我。"

摇摇欲坠的山峰上，丰盈的羽翼绽射四方。好几只金色的飞鸟从栖灵板冒出。她顶上的岩块已开始大量崩塌，在巨响之中下坠。雨寒不确定这么做会不会有用，但她在心中祈愿，知道要突破世界的限制，只有往上，不停地往上。

"拂羽——"

她以生命力量注入雪灵。所有的飞鸟变得和人一般巨大,并和她灌注的情绪一样活跃起来,拍打金色迷雾似的翅膀。有一只包覆住亚阎,另一只叼起子藤。第三只飞鸟包住艾伊思塔,避开落石,开始朝上空飞去。

"雨寒——!"艾伊思塔的声音从上方传来。似乎只有她还没失去意识。

包裹着亚阎和子藤的飞鸟穿梭在大大小小的落岩之间,拉开迂回的白光轨迹朝着天际而去。但艾伊思塔做出了挣扎;她在金色飞鸟体内旋腰,尽全力甩开手腕。

铁锁链从斜上方射来,穿越落雨般的石子——坚实地缠住雨寒的手臂。

雨寒感到皮肤收紧,锥刺掐陷传来微麻。下一刻,她的身子被拉了起来。

一个石块砸落在她们之间,切断了锁链。雨寒跌落在碎裂的岩坡上,但她慢慢站了起来。脚下的栖灵板持续汲取她的生命力,强化飞向远方的所有鸟儿。

艾伊思塔发出无声的呐喊。雨寒看着她被金色羽翼安然带往高空,便露出了最后的笑容。

成群的岩块落在雨寒站立的地方,压垮了整座山峰。天空板块的碎片持续坠落,埋葬了黑雪满布的山岳。

数只白金飞鸟仿若流光,穿越落岩,穿越峡谷,飞向不同的目标。

它们飞过峡谷的谷底,挤开碎石,带起昏迷的凡尔萨和因幡。

它们越过破碎的石墙,包覆住俊和隆川。

还有一只在断崖边,捞起了莉比丝。

这些飞鸟旋动翅膀,笔直朝天。柔如晴光的羽翼,突破了崩落的天空板块。它们轻捧着怀中的人们,奇迹般复原了他们的伤势。

远方海面上,残存的浮空冰山在空中等待。战争的生还者已登上要塞的塔台,焦急眺望溃散的黑暗大地。当天空出现数缕金光,人们发出震耳欲聋的欢呼声。

振翅的飞鸟翱翔在太阳前方,仿佛在引领着不再消逝的阳光,回归众人的身旁。

终　章

　　阳光的全面回归，从本源改变了人们对于未来的想象。首先最明显的，便是它仿佛手握看不见的笔刷，为新世界的白色帆布漆上色彩。

　　天空与海洋成了青碧的镜面，彼此辉映。冰河透出宝石般的澈蓝，剔透如练。深雪覆盖的森林，隐隐露出魂木的渥彩。就连旧世界的遗迹，战争蹂躏的废墟，木桩上的缎带，都有了更多层次的色泽。最惊人的是它每日夜时消失之前，洒开天际的缤纷霞影。

　　然而冰雪世纪的印记并未立即散去。五百年的天候循环不会在一夕之间改变；即使冰脊塔已全数溃裂，世界各地依然高频率下着浓雪。只不过，云层不再是永恒禁锢天空的铁墙，在滚动中露出了蓝天。这现象将会慢慢化为稳固的周期，直到许多年后的某一天，地球再次回归四季。

　　随着各地的冰脊塔陆续散化，人们相信海洋底下错综复杂的冰晶结构都消失了。据说，许多白岛战争的生还者在浮空要塞远离最终战场的一刻，看见一道明亮的蓝光朝天际射去，在蔚蓝晴空中缩小成微粒，直到肉眼再看不见。

归来的战士们在日痕山边举行了隆重的亡者告别仪式。

碍于山丘爆发后的情况，舞刀使决定采用奔灵者提出的建议，毕竟无论山顶或者地心的暖流都属同源。于是，即便阳光已归来，他们仍以船只把阵亡者的尸体载往南方，让流往大海的温泉成为他们的最终归宿。

除了幻魔导士希望把同伴的尸体封入冰棺内载回欧洲大陆，其他人都在这儿送别亡者，无论是死去的战士或平民。除了飞以墨和佩罗厄，当初率领瓦伊特蒙的统领阶级全数阵亡。他们当中许多人连尸首都未留下。

捆包好的遗体和信物被装载到船上后，人们聚集岸边，身后一排胸贴长刀的舞刀使朝天直射虹光致意。

他们给了瓦伊特蒙的女长老雨寒和刃皇同等的礼数，采用纯魂木制的棺木。由于雨寒的尸首不再，人们用她遗留下来的弦月剑作为信物，放置在小船的棺木中。

无人能解释雨寒究竟是怎么拯救了那么多人，但她最后的故事在人群中口耳相传，包括那些她从没机会再次相见的，位于欧洲大陆的千百位瓦伊特蒙的居民。假使她有在某些人的心底留下一点什么，那便是希望的羽翼永远系着一颗向阳积极的心。而所谓积极，便是最终选择相信。

此时，天空飘下纯净的白雪。引光使艾伊思塔代表众人念出瓦伊特蒙的祷文。奔灵者，舞刀使，幻魔导士肩并肩齐站，肃穆地凝望仪式的进行。只有凡尔萨一人站在远方，没有接近任何人。"愿阳光护佑你的灵魂，愿地心永远……永远为你保持温暖。"艾伊思塔哽咽地说，"雨寒，你是唤醒奇迹的奔灵者。是我们所有人的长老。"

船夫划动着小船，载着女长老和刃皇的棺木朝向南方。因幡继任为下一代刃皇，披着宽厚的长袍，金色槲衣隐藏残疾的手臂。他单手持着"空绝"，站在艾伊思塔等人的身旁，凝望一艘艘船只送走战友。

由于必须处理的尸体过多，告别仪式持续了一整天。但在当天夜里，人们允许自己为胜利做出节制的欢庆。舞刀使的平民以有限的食材款待战士们期待已久的飨宴。

因幡和议会告诉众人，任何瓦伊特蒙的子民希望定居在这儿，只需开口。他们也欢迎幻魔导士从今以后随时造访。有一部分奔灵者即将搭乘浮空冰山返回欧洲大陆，但牧拉玛决定留下。从远洋战场归来的他，把头靠在久违的奥丁肩上，两人牵着手离开飨宴，找到属于自己的宁静，与彼此分享迁徙分开后发生的所有细节。接下来的日子，他们两位愈师将在日痕山扮演起奔灵者的领导要角。

而在飨宴之后，艾伊思塔来到所有瓦伊特蒙子民的面前,道出一个想法:"大家……请听我说。"

隔天清晨,浮空要塞启动之前,亚阁在树林里找到凡尔萨。那儿是一片洁白的雪腹,散布着冰晶花朵。他在凡尔萨背后沉静了片刻。

"之前,我一直留意艾伊思塔的变化,却忘了一件重要的事。"亚阁的内心有些挣扎,因为他很清楚可能性有多渺茫。更大的概率是让凡尔萨二度绝望。"我们进入永恒黑暗带时,我注意到雨寒穿着白羊驼披风,是你后来给她的吧?"亚阁还是说出口了。

凡尔萨没有反应,亚阁甚至不确定他有没有听见。但亚阁在心底告诉自己,那些见证过奇迹的人,不会再相信偶然。

"那件披风的里层密袋,你搜过了吗?"

当然凡尔萨还是没回答,亚阁说:"艾伊思塔的灵凛石项链,我放在那里头。"

宁静的数秒过去。凡尔萨回过头来。

据说欧洲大陆的所有人类据点都受到非比寻常的创伤。一座座破碎的城墙上尽是黯淡的晶蔓残痕。

亚法隆周边的浓雾全面散去,露出环绕城市的碎冰带,以及远方小亚细亚陆地的景观。这个在远古爱琴海的边缘，旧世界被称为罗德岛的地方，战况尤为惨烈。浮空要塞抵达时，从高空俯瞰的人们无不发出惊叹。

亚法隆从四面八方被暗蓝色的残晶给覆盖，仿佛熔岩固化后的日痕山。人们已在积极进行战后的清理与重建。归来的人，守城的人，重逢的感觉恍如隔世。交换讯息时，大魔导士们道出一件出人意料的事。

"我们有了很严重的麻烦。"大魔导士梅西林诺斯说，"想等你们回来，亲眼见证。"他们来到离城好一段距离的雪地，看见几座人造的小型导能金字塔，并挖开雪地里的银制导管。里头的虹光泡泡变得稀疏异常。

接下来几天，城市内各个尖塔的虹光能量也变得微弱。甚至连裂谷底层的巨型齿轮也时不时地停摆。

"或许因为阳光归来……"俊看着昏暗的城市街道，喃喃说道，"原生雪灵……得离开了。"

艾伊思塔深挚地盯着稀落的虹光泡泡。"或许……这并非坏事。"

幻魔导士认为雪灵消失的危机不仅会让浮空要塞荒废，还可能瓦解欧洲大陆当前的文明根基。因此他们必须找寻别的方法来支撑社会体系的运转。数天？数月？数年？他们究竟还有多少时间，无人能预料。但势必新一波的勘察和研究必须立即展开。刚学会使用墨玺的麦尔肯也加入调查。这将是幻魔导士目前最迫切的任务。

曾被束灵仪式或者银封仪式转化的雪灵则没有这样的问题。奔灵者和舞刀使感觉在艳阳高照的新世界，体内的雪灵之力反而比以往更加旺盛。

然而，双方文明依旧在与时间赛跑。缺少了缚灵师，奔灵者必须研究舞刀使的束灵方式，而在日痕山的霞奈成为整件事的关键。她成了舞刀使议会的成员，并开始协助瓦伊特蒙的新人做奔灵试验，就像当初他们帮助她一样。欧洲文明在提供资源和技术支援的同时，也把信心寄托在这两个太平洋文明身上。

或许人类社会的未来困难重重，但现在，他们倾尽全力帮助彼此疗愈。

在地球生态慢慢复苏的白凛世界，三个文明开始了非常频繁的交流。很快地，在不同的城市都可以看见奔灵者，舞刀使，以及幻魔导士的身影。此外，除了共同探索新世界的生存法则，还有另一件大事正在发酵……

文明交织所带来的冲突是必然的。人们为了捍卫自己的传统与引领世界的地位，总会在脆弱的悬崖边与彼此叫骂，举刀相向。但每当他们抬头望见阳光——澄澈蓝天中央的无限光芒，以及时有时无，却从未彻底消失的流云——他们会想起许多事，暂且学会了沉静。

总会有人站出来告诉其他人，这是个冰雪正在融化为清澈溪流的新世界，生命的幼苗在各处发芽，有无尽的可能等待人们合作探寻。

"如果当初瓦伊特蒙和所罗门没有爆发全面战争,许多悲惨的事都可以避免。"俊盯着手中的多角石说,"或许所有人都可以少走些弯路……躲过不必要的牺牲。"穿过一个广场,图书馆就在他们前方。

子藤叹了口气,同意地点头说:"还有我们与欧洲文明的交流中断,也差点为此付出极大的代价。"身兼化术师的他,打算待在亚法隆一段时间。

"有点儿不切实际。"亚阁在他们身后反驳道,"和彼此斗争可是人类的天性。战争迟早还是会发生,因为历史上从没有恒久的和平。"

他们步入图书馆,看见群众已把里头挤得水泄不通。

"或许吧,"艾伊思塔站在他们的身旁,"没有人能为永久的未来做担保。但我们依然有可以做的事。"她穿过群众,来到图书馆的中央。

在那儿,有个巨大的圆形石板被竖立起来,漆成了黝黑的色泽。

有意愿的群众排成长队,在上头盖上白色的掌印,以另类的形态宣示忠诚的誓言。接下来,这样的石板会出现在每一个人类文明的城市里,作为石碑保存下来。留下印记的人,依照石板的刻文许诺,将在有生之年尽力走遍白雪覆盖的地球上幸存的所有文明,倾力协助彼此开拓属于自己的位置。

他们当中有些人甚至在眼角纹了白色羽毛刺青,纪念因失去了家园被迫率领子民踏上迁徙,却拯救了万千人类的女长老。

人们会使用既有的行动技术,也或许阳光回归后的未来会出现更多的旅行方式,但无论这些掌印宣示的人有没有奔灵的能力,都会终其一生奔走各地,不被地域给束缚。这是他们忠诚于人类文明的方式,也是忠诚于自我的方式,依照艾伊思塔的愿景宣誓——会无地域、无文明差别地去协助所有拥有个体意志的"重灵"。

他们不会忘记白岛的警惕。

悠远的历史框锢了未来,但人们还是能够以生命做赌注,以白色掌印和羽纹刺青许诺给自己活着的那一个世纪。这个在亚阎眼中无比荒谬的举措,将是第一道波澜,且在接下来数百年的关键时刻,起到它们的作用。

艾伊思塔盖下手印后,看见蓝恩大妈抱着皮诺和可可,也前来压印。

亚阎斜眼望来,笑容讽刺。"可怜的孩子,从小被迫以身相许。你觉得他们真能懂吗?"

"会的。等到他们长大,会比我们都明白。"艾伊思塔真切地看着他们。

皮诺和可可发出可爱的笑声,蓝恩大妈帮他们用小小的手掌压住白墨，然后按在石板上。他们的眼珠子反射着刻在石板顶端的字痕——"我属于世界"。

数周之后，分道扬镳的时刻到来。麦尔肯决定留在亚法隆，开始新阶段的学者生涯。他将与幻魔导士建立一种新的研究体系，同时从瓦伊特蒙居民里招募想成为学者的人，复苏研究院。

琴的伯父汤姆斯跑来告诉她，自己多么以她为荣，现在他们应当争取好足够的资源，带着一票人重返旧世界日本的北海道一带寻找族人的遗迹，一同复兴爱奴文化的传统。

"我们不会再见面了，伯父。"琴和妲堤亚娜将前往北境白城定居。在那儿，她们有许多工作得完成，包括挖通被掩埋的地窖。

人们有了选择新居住地的自由。艾伊思塔陆续参访了各个欧洲据点，包括她父母亲的出生地。这儿的人和她有非常相似的外貌，或许某一天，她会有机会花更多时间和他们相处。但现在，即使人们央求引光使留下，艾伊思塔知道有另一个地方更需要她。

她和一批志愿者踏上浮空冰山，因为回家的时刻到了。

"别忘记了，五年。"她最后一次提醒所有同伴。

"我们专程准备一艘浮空要塞给你。想好接下来要去哪儿吗？"一位大魔导士询问白发奔灵者。

俊站在亚法隆的城墙边，凝望远方。莉比丝在他身旁，她的脸上有道很深的伤疤，被灰色长发遮掩起来。

事实上，很久前俊就已做出了决定。五年是段充裕的时间，有许多地方可以探索。俊牵起莉比丝的手，询问她："先去'北美洲'吧，可以吗？"

"随你。"莉比丝轻声回。

"总队长！你在这儿！"尤里西恩气喘吁吁地跑来，身后跟着一群幻魔导士。"他们……从大陆北方归来的要塞带回了一些证物，你得看一下。"

不出多久，俊立刻意识到事情的严重性。因此，他并未立即离开欧洲大陆，而是跟随浮空要塞往北行，经过黑海，来到旧世界罗马尼亚的山区之中。

在一片隐蔽的森林里，有群幻魔导士在雪地等待。俊检视那暗沉的骨骸；它就埋藏在阴影底下，起码有七米长，很明显是某种生物断裂的翼骨，骨头之间少了翼膜。他削下已结晶的冰屑仔细端详，推测它成形不到一周的时间。

更令众人闻之色变的是充斥四处的断木，以及雪地里的巨大脚印。那是一条释放破坏力的路径，直指山中。

俊开始追踪，而莉比丝紧跟在旁。尤里西恩，捕猎手，佩罗厄也紧紧跟上，最后发现那足迹进入了喀尔巴阡山脉。

"我们都错了。龙狩并没有跟着白岛离去。"俊面露不祥，"或许它们已潜藏在世界各地。"他以长枪拨开木头表面的新雪，发现那断面有露水在夜间结冻的痕迹。这代表龙狩有时会在夜间出来肆虐。

俊看向莉比丝，"看来，短时间内我们去不了北美洲了。"即使白岛不在了，依旧还有许多未解之谜有待解决。欧洲大陆依然需要奔灵者的援助。

莉比丝没有反对，开始打量山谷的繁杂地貌。"这儿是欧洲大陆第二大山脉，该从哪儿开始找起？"

他们的担忧是多余的，因为很快地，俊便领着众人来到一道突出的岩架。底下是个阴暗的洞穴入口，刚踏进去，他们便明白里头是一个庞杂而巨大的山洞系统。

阵阵寒气从黑暗深处飘来，他们听见一声低沉的嘶鸣，顺着咽喉般的石壁回荡。

缥缈的虹光盘绕出来，覆盖所有人的武器，沿着银纹越渐明亮。他们朝洞穴深处走去。

姐堤亚娜第一次看见琴开始作画时，吃惊的神情不亚于初次见识到她用暗灵操控冰晶。颜料不足的地方，琴运用暗灵融雪的液体，涂抹出不同层次的水墨。她还找到几种方法调配出亮蓝色，以及橙色。

"'重灵'这种意识体的存在必然是有意义的。"某天夜里，琴告诉妲堤亚娜她的想法："没有轻灵可以天然地超越我们，但不代表我们就有权力驾驭世界……"琴停顿片刻，思考着。"我想探索这个星球给予我们的，还没被发掘的一切。然后在不破坏它的情况下，封存时间。"她瞧着手中的画笔。

妲堤亚娜似乎被她的话给触动了，忽然捧住琴的脸颊，深深吻了她。

她带着琴来到城里的某个地窖。里头有股闷热和芳香，还有浓郁的酒精味。人们柔声细语，衣装宽松，倾坐在柔垫上。琴看见阴影中有个戴着钢铁口罩的男人望了过来，怀里搂着两个绿发的女人。

妲堤亚娜帮琴卸下外衣，拉着她来到一群微醺的人身旁。他们以迷蒙的眼神打量着她的肩，嘴角微微上扬。"这儿的人们都喜欢绘画，总有很多大胆的点子。"女幻魔导士的妩媚笑容底下，流动着看不透的念头，"他们都满怀期待，想和你交流。"

艾伊思塔推开一道木制闸门，步入毫无人迹的冰霜之地。

亚阁在她身旁,以彩光点亮廊道。他们身后跟了一群人,包括飞以墨,几位幻魔导士,以及一票居民,里头有槌子手和大块头等工匠。千百根垂冰悬在人们头顶上,为尘封的气味带来一丝寒意。

才刚走过两条隧道,人们便发出诧异的惊叹——狭窄的廊道顶端出现了点点微光。随着他们的步伐,这现象越来越密,一路延伸到黑底斯洞。

数不清的萤火虫满布天顶,数量比起过往更加充沛。在微光照耀下,看得出来瓦伊特蒙各角落依然是当年战后的凌乱的残迹。要把这儿恢复成以往,将会是大工程。艾伊思塔却信誓旦旦,她将花尽心血和居民一起重建这地方。因为她和所有瓦伊特蒙的奔灵者做了约定,五年后的那一天,将在家乡再次重逢。他们会告知彼此,这段时间在世界各地的历程。

"知道这儿是安全的,就好了。"亚阁对她说,"那么我走了,五年后见。"

艾伊思塔捏住他的脸颊,凶狠地说:"你一年就给我回来!"

"是是是,知道了。"亚阁笑着耸肩,"不过,现在阳光回归了,人们会渐渐适应它,然后无视它。他们迟早会诉诸科学的逻辑。所以到底这样的信仰能坚持多久,你会慢慢见证答案。"

艾伊思塔也耸耸肩。"那也无妨。"她陪伴亚阎朝外头走去,"阳光对我们的意义,远不止那些。"

亚阎扬起眉角,"怎么说?"

"纪录里,旧世界的人类相信科学,但他们也良好地借用了阳光的力量。"艾伊思塔说,"后来它以雪灵的方式留存地球。奔灵者找到一种方式使用它的力量。舞刀使也找到另一种方式。幻魔导士更是找到我们完全想象不到的方法。不是吗?"

"这又代表什么?"

"生命延续的方法不是只有一个真理。人类选择相信什么,它就会给予我们什么。"艾伊思塔说,"我们永远有选择,所以文明才会生生不息。"

亚阎饶有兴致地打量着她,嘴角情不自禁地勾起。几个居民的小孩子跟在他们身后,一溜烟地跑出了隧道。

阳光使外头的白雪极端刺眼。不远处,一艘巨大的浮空要塞倾斜在雪地里。它载着他们归来后,便再也启动不了了。

"对了,等你们修复好阳光殿堂,把这个放回里头吧。"亚阎拿出一个木头挂饰,上头的银纹是头怒吼的狮子。他把它塞到艾伊思塔的手心里。然后,他再扯住自己挂着双剑的皮带,卸下了其中一柄剑。"另外还有这个,也帮我把它放在阳光殿堂。"

"这是你的长剑?……"艾伊思塔接了过来,迷惑地捧在怀里。

"不。它属于一位我望尘莫及的剑士。"

她目送亚阁在雪地扬开一道清晰的雪浪,渐渐远离。他会先前往"方舟",然后沿着亚细亚大陆朝向内陆探寻,在灰薰裔祖先的地方流浪。现在双子针没用处了,地表的面貌更是每分每秒在变化。但这是亚阁的方式,他将用自己的方法重构对于新世界的理解。而无论他发现什么,最终都会为人们带来福祉。

艾伊思塔往回程走时,那七八个孩子围了上来,仰头问她:"'太阳'到底是什么?"

她停下脚步,凝望蓝天思量片刻。"那是天空之镜。"她露出微笑说:"它反射着我们这世界的所有光芒。"

"镜子?"孩子们以圆溜溜的眼睛看着她。

"是啊。世界太大了,我们看到的彩光都只在我们身旁。"她蹲了下来,以碧绿色的眼眸看着孩子们,指向天上,"可是如果把整个地球的彩光都集合起来,就会像我们所见到的太阳。"

某天的黄昏时分,在瓦伊特蒙北边数千里的地方,凡尔萨攀上一座破碎的巨岩。

阳光已从白亮渐渐转为橙黄,天空尽是浓烈的彩霞。

数小时未曾休息令他汗如雨下。脚下的地势极端险峻，踩错一块松动的岩块都可能滑入万千碎石之间，滚落万丈深渊。他无法想象这片隆起于大海正中央的破碎地壳的最深处是什么模样。

放眼望去，高低不平的石阵交错堆叠，整个区域跨越了数百公里，像是立体的迷宫。这地方的表面覆盖着新雪，下方的中空部分却时而传来抑扬顿挫的浪潮声。给人吟诵挽歌的错觉。

凡尔萨回首，已看不见停泊在远处的浮空要塞。而在他身后，杭特累得趴了下来。更远处还有十几个渺小的身影就地歇息。他们已搜索数天，知道希望极其渺茫。

然而护卫队员未吭一声。在凡尔萨放弃之前，他们不会开口。

今天的天空与以往有些不同。这是他们踏上坠落的板块残骸以来，头一次看见这片陆地上方出现浓密的云朵。或许天候正在转变，他不确定这代表什么。

黄昏的阳光被云层给打散，在西方天际洒开柔靡的光。凡尔萨忽然发现远方一道倾斜的岩坡有半边被点亮——光影之间，仿佛它的表面是数不尽的羽毛在飘动。

凡尔萨独自朝那儿攀爬过去，在迎光面站定身子，望向急变的天空。

就是此时，凡尔萨愣住了。他紧盯着某处，感觉自己瞥见了什么。

然后他开始奔向前，脚步越来越快，踏过在地面浮动的云彩的缎影，也踏过在石面扫动的柔羽般的光辉。坑坑洼洼的雪地仿佛化为一片金色的原野，更远方的海面也染上飘摇的金光，仿佛整片海洋都沸腾了。

仿佛浩瀚的金色羽翼跨越了地平线，覆盖整片苍穹。

而在前方的某一处就是凡尔萨的目标，让他头也不回地奔去。

因为这一次——他确信自己从眼角瞥见了虹光。

图书在版编目（CIP）数据

白凛世纪.3，悬夜 / 余卓轩著. —— 北京：新星出版社，2021.7
ISBN 978-7-5133-4566-8

Ⅰ.①白… Ⅱ.①余… Ⅲ.①长篇小说-中国-当代 Ⅳ.①I247.5

中国版本图书馆 CIP 数据核字（2021）第 113260 号

白凛世纪.3，悬夜

余卓轩 著

出版策划：黄　艳
责任编辑：杨　猛
责任印制：李珊珊
责任校对：刘　义

出版发行：新星出版社
出 版 人：马汝军
社　　址：北京市西城区车公庄大街丙3号楼　　100044
网　　址：www.newstarpress.com
电　　话：010-88310888
传　　真：010-65270449

读者服务：010-88310811　　service@newstarpress.com
邮购地址：北京市西城区车公庄大街丙3号楼　　100044

印　　刷：北京盛通印刷股份有限公司
开　　本：780mm×1092mm　　1/32
印　　张：15.25
字　　数：220千字
版　　次：2021年7月第一版　　2021年7月第一次印刷
书　　号：ISBN 978-7-5133-4566-8
定　　价：46.00元

版权专有，侵权必究；　如有质量问题，请与印刷厂联系调换。

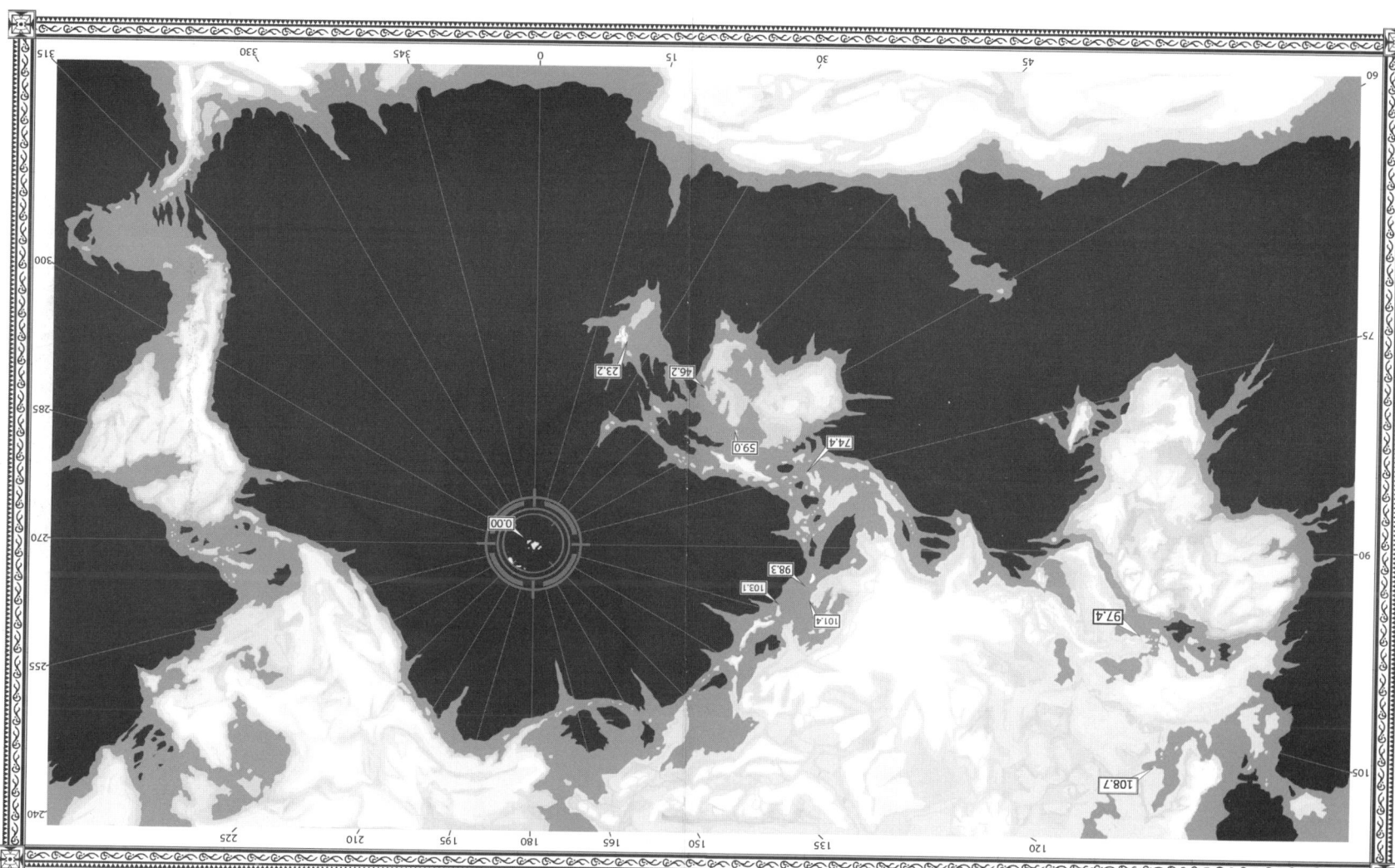

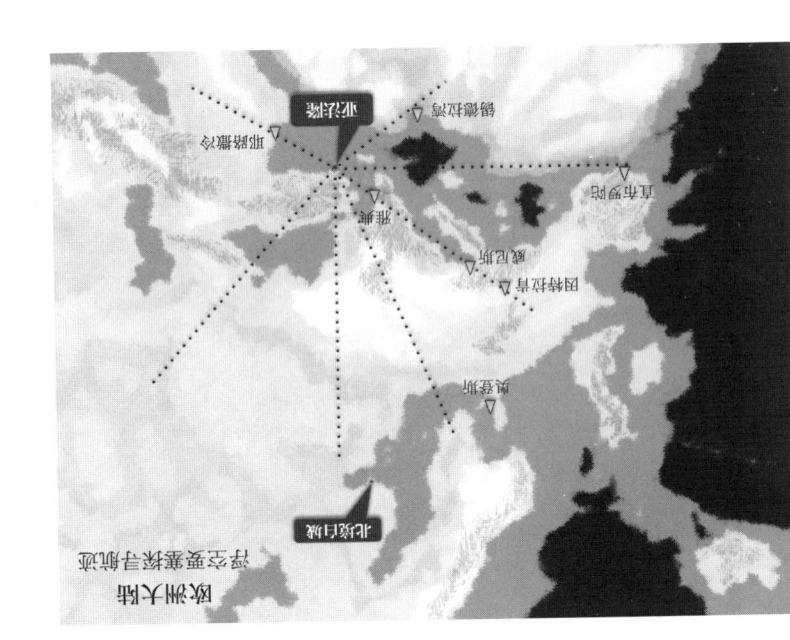